CONTE verlag

Ulrike Kolb

Schönes Leben

ROMAN

CONTE

Bibliografische Information der Deutschen Nationalbibliothek
Die Deutsche Nationalbibliothek verzeichnet diese Publikation in der Deutschen Nationalbibliografie; detaillierte bibliografische Daten sind im Internet über http://dnb.d-nb.de abrufbar.

ISBN 978-3-95602-301-9

Am Rech 14, 66386 St. Ingbert
Tel: (0 68 94) 1 66 41 63
E-Mail: info@conte-verlag.de
Verlagsinformationen im Internet unter www.conte-verlag.de

Kontakt GPSR: Stefan Wirtz, E-Mail: gpsr@conte-verlag.de

Umschlaggestaltung: Markus Dawo unter Verwendung einer Fotografie von Fritz Mittelstaedt *(Stadtarchiv Saarbrücken, Nachlass (NL) Mittelstaedt, Fotograf Fritz Mittelstaedt, Nr. 2699)*
Satz: Markus Dawo
Druck und Bindung: Conte, St. Ingbert

In der Nacht, nachdem ihre Mutter ihr gesagt hatte, dass ihr Vater gestorben sei, träumte Lily zum ersten Mal von dem Hund mit dem Frauengesicht. Der Traum führte sie in einen von Backsteingebäuden umgebenen Hof, der sich weit bis zum Horizont erstreckte. Gestalten bewegten sich dort, deren lange Schatten sich unter der niederfallenden Sonne vergrößerten. Fernes Glockenläuten erfüllte die Luft und mischte sich in die Geräusche der Menschen.

Lily sah ihre Mutter in einem langen, dunklen Kleid, dessen Schleppe über den Boden schleifte und sich am Ende zu einem Krokodilschweif verjüngte. Das Kleid fiel in breiten Falten über den Bauch der Mutter und öffnete sich über dem Nabel. Weiße, gespannte Haut schimmerte darunter hervor. Auf dem Kopf trug die Mutter eine weiße Haube, die sich zu einem bizarren Ballon aufbauschte. Streng und bleich leuchtete das Gesicht der Mutter darunter hervor. Weit fort, im entferntesten Winkel des Hofes, bewegte sich eine hünenhafte Gestalt, in der Lily ihren Vater erkannte. Aus seiner Brust wuchs eine Bärenpranke. Sein Haar ragte in alle Richtungen, überhaupt sah er aus wie ein wüster Pirat. Er hielt eine menschengroße Rose in der Hand, deren Stiel, Blätter und Blüte glänzten, als wären sie in schwarzen Lack getaucht worden. Kinder und Tiere spielten zwischen den Erwachsenen, sie balgten sich, schlugen aufeinander ein, vollführten Sprünge und Purzelbäume. Die Sonne fiel tiefer hinab, und hinter den roten Backsteingemäuern erhoben sich Berge, die in rostigen Klippen zum Meer sanken. Zwischen schäumenden Wellen balancierten Schiffe. Männer kämpften darauf und stießen mit Lanzen aufeinander ein.

Als Lily den Hof betrat, erschien eine Person, die einen Hund an der Leine führte. Es war ein niedriges, helles Tier, zwischen dessen Ohren sich ein Frauengesicht wölbte. Dieses Gesicht war sehr ebenmäßig und sanft. Rechts und links seiner Schläfen fielen weich die Hundeohren zu Boden, wie langes, blondes Haar. Das Gesicht war dem Himmel zugekehrt, und Lily wusste später nicht mehr, ob es die Augen offenhielt oder geschlossen. Was sie aber erinnerte, war das Lächeln auf dem Gesicht. Es strahlte eine wunderbare Ruhe aus, wie die heilige Jungfrau in der Kirche.

Eiche, wie angeordnet, gnädige Frau. Monsieur Camon legte sorgfältig die Papiere zusammen, die Luise Aschen unterschrieben hatte. Die blaue Lampe warf kaltes Licht auf den Schreibtisch, das sich in matten Kreisen von dort ausdehnte. Hell war der Raum nur im Zentrum des Lichtkegels. Monsieur Camon saß in einem dunklen Ledersessel, alle Gegenstände erschienen dunkel in diesem Zimmer, dunkel und groß, und nur das Gesicht und die Hände Monsieur Camons leuchteten hell aus dieser diffusen Dunkelheit hervor. Luise Aschen verschloss ihren Füllfederhalter und schob ihn in die Handtasche. Dabei fielen Monsieur Camon die Fingernägel der kleinen Madame, so nannte er sie bei sich, auf. Sie waren so kurz, dass die Kuppen in schmalen Wülsten darunter hervorwuchsen. Nägel wie bei gestörten kleinen Mädchen, dachte Monsieur Camon, und der rote Lack darauf sah ganz unpassend zu der sonst so eleganten Erscheinung aus, wie spaßhaft aufgetupft. Wie eine kindische Clownerie.

Luise zog einen Zettel aus ihrer Handtasche, auf dem sie sich Notizen gemacht hatte. Sie musste noch so viel erledigen, und in ihrem Kopf stieben die Dinge durcheinander. Sie hatte sich auf verschiedenen Zetteln alles notiert, was sie im Kopf hatte behalten wollen, aber auch diese Zettel stellten sich als unzulängliche Versicherung gegen Zerstreutheit und Vergesslichkeit heraus. Luise hatte nie eine Beerdigung ausgerichtet, und jetzt sollte sie, vom einen auf den anderen Tag sozusagen, all diese wichtigen Angelegenheiten besorgen, die eigentlich Sache der Erwachsenen waren. Sie kam sich idiotisch kindisch vor. Ja, die Grabinschrift. Natürlich, im

Grunde war es keine Frage. Sie hatte sich überlegt, in welcher Sprache sie sie in den schönen weißen Stein meißeln lassen sollte, den sie gerade ausgesucht hatte, und sie hatte beschlossen, dass es doch besser sei, auf das deutsche »hier ruht« zu verzichten. Oh, wissen Sie, Madame, sagte Monsieur Camon, den sie um Rat gefragt hatte, kennt man die Seele des Volkes? Sie sehen ja, in diesen Zeiten, wo der Mensch sich über nichts mehr wundert, weil alles, worüber er sich noch hätte wundern können, schon stattgefunden hat. Sie sehen ja, ... und er schüttelte den Kopf.

Luise nickte und streifte sich die Handschuhe über. Es waren schwarze, mit Seide gefütterte Handschuhe, sie hatte sie heute erst gekauft. Unmittelbar nach ihrer Ankunft im Hotel hatte sie sich schwarz eingekleidet. Es war wie ein Ritual gewesen, als sie loszog und sich auf ihre Streifzüge durch die Geschäfte begab, die *grands magasins* und die kleinen Boutiquen, das alles gehörte für sie dazu, wenn sie in Paris war. Paris war das Reich der Dinge. Und auch jetzt, trotz des Anlasses, hatte sie sich dieser Gewohnheit hingegeben, und das hatte ihr gutgetan. Das Unwirkliche der Situation, das ihr Leben in einen merkwürdigen Film verwandelt hatte, war plötzlich verschwunden gewesen. Und das hatte sie mehr beruhigt als alle Tabletten und tröstlichen Worte der Leute. Sie gefiel sich in dem Schwarz, und sie stellte sich vor, welches Bild sie während der Trauerfeier abgeben würde. Du sollst eine schöne Witwe haben, mein lieber Robert, auch in dieser Situation soll deinen Wünschen entsprochen werden. Es war wie eine Wiederbelebung gewesen, sich zu drehen und zu wenden vor den Spiegeln, einzutauchen in die Hoffnungen des Vergnügens und des Luxus. Danach hatte sich sogar ihr Appetit wieder eingestellt und sie war in ein Restaurant gegangen und hatte ein ganzes Menü verzehrt.

Für Robert Aschen war Paris die zweite Heimat gewesen. Er hatte hier seine Ausbildung als Kaufmann gemacht. Seine testamentarische Verfügung, hier auch beerdigt zu werden, war für Luise keine Überraschung. Sie hatten sich kurz vor dem Krieg in einem Pariser Café kennengelernt. Luise war mit zwei Freundinnen für ein paar Tage hergekommen. Es war irgendein Witz gewesen, mit dem Robert sich an die jungen Damen herangemacht hatte, ein ziemlich blöder Witz, wie Luise fand. Er hatte sich dann ohne zu fragen zu ihnen an den Tisch gesetzt und einfach gesagt, Sie können mich Robert nennen. Dabei hatte er Luise auf eine Weise angesehen, die ihr nicht ganz ernsthaft vorgekommen war, irgendwie eine Spur zu leichtfertig. Und sie war sich nicht sicher gewesen, ob die Art, wie er sich gab, ein Zeichen weltmännischer Unbefangenheit war oder einfach unseriös. Dennoch hatte sie sich auf das Spiel eingelassen. Warum kein kleines Abenteuer, man kann es ja in Grenzen halten.

Und dann war alles sehr schnell gegangen. Robert hatte Luise ohne ihre beiden Freundinnen zum Essen eingeladen, danach in ein Varieté, und dann waren sie die ganze Nacht herumgezogen, von einer Bar zur nächsten. Er hatte nicht gegeizt, sondern sich von seiner großzügigsten Seite gezeigt. Auch damals hatte sie sich ein Paar Handschuhe gekauft, das heißt, Robert hatte sie ihr spendiert. Es war ihr märchenhaft vorgekommen, wie ihre neue Eroberung den teuren Preis mit frivoler Beiläufigkeit zahlte. Die Freundinnen waren alleine nach Dresden zurückgefahren, denn an diesem Tag hatte Luise beschlossen, alles auf eine Karte zu setzen: auf die Karte Robert Aschen. Und sie hatte damit gewonnen.

Das schöne Leben hatte nach der Hochzeit noch eine Weile angedauert. Sie waren in die Schweiz zum Wintersport gefahren und hatten so leicht und so wohlhabend gelebt, dass sie nur am äußersten Rand ihres Bewusstseins wahrnahmen, was um sie herum geschah. Erst der Krieg hatte sie auf den Boden der Realität gezwungen, und das Aufkommen war jäh, wenn auch nicht so hart wie für andere gewesen. Es war nur der

Unterschied zu dem sanften Lauf der Dinge zuvor gewesen, der sie schockierte. Ein paar Leute aus Roberts Clique hatten bereits früher fliehen müssen, kurz nach fünfunddreißig. Aber mit derlei Schikanen hatte sich Robert abgefunden, zumal er ja nicht selbst fliehen musste. Erst der Krieg hatte Robert und Luise zutiefst erschreckt. Es waren dann Briefe mit geheimnisvollen Absendern gekommen, in denen um Hilfe gebeten wurde. Robert kam diesen Bitten des Öfteren nach, dabei achtete er aber darauf, dass auf keinen Fall ein Kontakt seinerseits mit den Flüchtlingen ruchbar wurde. Über Josef Sukow, seinen langjährigen Fahrer, ließ er den ehemaligen Spießgesellen des Vergnügens gewisse Geldbeträge zukommen, nicht einmal Luise wusste davon.

Später, zur Zeit der Deportationen verlor er die Flüchtlinge aus den Augen. Es war Robert Aschen einfach zu gefährlich geworden, den Kontakt in diesen horriblen Zeiten, wie er sich auszudrücken pflegte, aufrecht zu erhalten. Die Ansinnen der Hilfesuchenden waren unverantwortlich gewesen, wie Robert fand, schließlich habe ich Verantwortung für Frau und Belegschaft, sagte er sich. Er war bereits siebenunddreißig in die Partei eingetreten, aber aus rein taktischen Gründen, wie er später behauptete, sozusagen aus Gründen der Verantwortung und der Fürsorgepflicht seinen Leuten gegenüber. Eine tiefe Abneigung gegen Brutalität und Gewalt hielt ihn von vielen Dingen ab, die andere amüsierten. Zum Beispiel die Jagd oder Stierkämpfe in Südfrankreich nicht einmal Boxkämpfe mochte er sehen. Und die Brutalität, die damals im Gange war, hatte ihn zu dem privaten Schluss kommen lassen, lieber erst gar nicht daran zu denken. Denn fing das Denken erst an, ließ es einen nicht mehr los. Besser war es, den Gesetzen des Handels zu folgen, den Geboten des fantasievollen Paktierens, wenn es sein musste mit dem Teufel. Seine französischen Sprachkenntnisse hatten ihm dabei beste Dienste geleistet, und im Zuge der Sequestrierung Lothringens war ihm manches Schnäppchen gelungen.

Luise hatte sich in diesen Dingen Roberts Ansichten angeschlossen. Sie bekam Kopfschmerzen, wenn sie heute an all dies dachte. Im Übrigen war sie für das Schöne zuständig. Sie hasste alles, was nicht schön war. Sie war sich in dem großen Flug des Weltgeschehens immer vorgekommen wie ein schaukelndes Etwas. Die Dinge wuchsen und bewegten sich, verflüssigten sich, fluteten heran und stürzten über sie hinweg. Das einzig Zuverlässige war für Luise ihre Schönheit. Sie allein verschuf ihr Zugang zu der Welt der Ernstzunehmenden, derer, zu denen man aufschauen konnte, wie die jungen Frauen damals sagten. Und den Einsatz dieses außergewöhnlichen Vorzugs, denn sie war so schön, dass sich die Leute selbst in Paris auf der Straße nach ihr umsahen, hatte sie zu einer wahren Kunst entwickelt. Die Dramaturgie ihrer Auftritte war ihr in Fleisch und Blut übergegangen. Sie war naiv und gekonnt. Manchmal erreichte sie Hollywoodniveau. Politik war ihr zutiefst suspekt, immer gewesen, und wie man sieht, hatte ich recht, sagte sie nach fünfundvierzig. Außerdem hatte sie eine Aversion, gebündelt zu werden, in irgendeiner Menge unterzugehen. Die Pflichtübungen im Bund deutscher Mädel hatten sie maßlos gelangweilt, und für das Fidele des Gemeinschaftslebens hatte sie auch nichts übriggehabt. Sie verabscheute Arbeiten wie die in einem Bauernhaushalt, dem sie im Zuge des NS-Arbeitsdienstes als Kindermädchen und Küchenhilfe zugewiesen worden war. Als sie Robert Aschen kennenlernte, wusste sie sehr bald, dass hier gelebt wurde, wie es ihren Wünschen entsprach. So hatte sie es sich vorgestellt.

Und jetzt saß sie dem Bestattungsunternehmer Monsieur Camon gegenüber und musste Entscheidungen treffen. Gott seis gedankt gab es Leute wie diesen erfahrenen Spezialisten seines Fachs. Sie nehmen die Dinge in die Hand, man kann sie ihnen vertrauensvoll überlassen. Die Ereignisse der letzten Tage hatten ihr eine Verantwortung aufgebürdet, die ihr wie ein unüberwindliches Gebirge erschien. Morgens, wenn sie aufwachte und aus dem Fenster hinaus auf den Fabrikhof blickte, stießen Flüche in ihr hoch. Dieses finstere Gebäude, diese Zuckerrüben, dieser Ruß, dieser Gestank, diese Schlote und Halden, dieser ganze Dreck. Sie würde am liebsten alles verkaufen und irgendwo ins Grüne ziehen.

Gnädige Frau, sagte Monsieur Camon, er hatte sich diese deutsche Anrede eingeprägt, denn nicht selten waren während der letzten Jahre Kunden deutscher Herkunft zu ihm gekommen, gnädige Frau, wiederholte er, wenn ich auf das Eigentliche zu sprechen kommen darf, und er stellte eine Flasche Cognac auf den Tisch. Im vorliegenden Fall würde er ohne die Bekundung eines gewissen väterlichen Mitgefühls, sehr vorsichtig versteht sich, ohne jede Aufdringlichkeit, nicht auskommen. Diese kleine Madame schien der Sache, die ihr das Schicksal eingebrockt hatte, nicht gewachsen zu sein. Ein junges, verwöhntes Ding, nicht gerade überwältigt von Trauer, ein verwirrtes Hühnchen. Er bot ihr einen Cognac an, aller Erfahrung nach, ein guter Einstieg ins Gespräch. Luise hatte den Kopf über einen Katalog mit Särgen gebeugt und biss am Nagel ihres rechten Zeigefingers. Diese *pauvre petite malheureuse*, dachte Monsieur Camon, als sie schuldbewusst den Finger aus dem Mund nahm und nach dem Glas griff. Madame, sagte er, wir haben unser Möglichstes getan, es ist nicht leicht für Angehörige, aber ersparen kann ich es Ihnen nicht. Er wartete einen Moment, er wollte ihr das Gefühl geben, auf eine derart belastende Angelegenheit, wie sie nun auf sie zukommen würde, innerlich vorbereitet zu sein. Ah, sie nickte. Ein zögerndes, tapferes Senken des Kindergesichts, das, wie Monsieur Camon fand, einen merkwürdigen Gegensatz zu der Eleganz ihrer Kleidung bildete. Äußerst reizvoll, dieser Gegensatz, dachte er, und er konnte nicht umhin, sich vorzustellen, wie die kleine Madame bei der nun anstehenden Konfrontation reagieren würde. Er stellte sich das Zittern ihres Mundes vor, wie sie erbleichte und ihr Entsetzen angesichts des zur Person gewordenen Todes. Die Vorstellung gefiel ihm. Er genoss den Vorteil seiner Situation. Sie war ihm so vertraut, dass er ohne die geringsten Skrupel den Anblick der kleinen, ratlos in dem Katalog blätternden Madame auskosten konnte.

Er schlug ihr vor, die Entscheidung auf später zu verschieben und erhob sich aus seinem Sessel. Er tat dies mit der übertrieben erscheinenden Anstrengung, die im Laufe der Jahre Bestandteil seines Benehmens geworden war. Auch mit solchen Gesten wollte er der Kundschaft zeigen, dass er sich mit ihrem Kummer identifizierte. Der Mensch in Trauer ist ein Mensch in der Krise, pflegte er zu seinen Angestellten zu sagen, er ist zugänglicher für die Sprache der Zeichen als für die der schönen Worte. Ein Mensch in Trauer nimmt durch die Haut wahr, nicht durch das Hirn. Wie mit einem Kinde muss man mit ihm reden. Man muss ihm das Gefühl des Umsorgtseins geben. Der Trauernde soll die Gewissheit haben, alle Mühen würden ihm abgenommen und er brauche nur zu tun, was man ihm sagt. Rückfall, pflegte Monsieur Camon zu sagen, passagerer, trauerbedingter Rückfall in ein vorgeschichtliches Stadium der Seele. Der Mensch öffnet seine verborgensten Räume, eine ungewollte Naivität hat ihn weich gemacht, die Trauer beraubt ihn seines gewöhnlichen Selbstschutzes. Sie bewirkt einen seelischen Entkleidungsakt, man hat es mit einem psychisch nackten Menschen zu tun, dessen Wunde empfindlich offen daliegt, äußerst empfänglich für Schmerzzufügung. Deshalb Vorsicht mit Worten.

Zu Beginn seines Unternehmens hatte Monsieur Camon sein Lehrgeld gezahlt. Unwillentlich hatte er Kunden vor den Kopf gestoßen, ohne dass er auch nur im mindesten gewusst hätte, wieso. Bis er verstanden hatte, dass die Disposition des

Trauernden für Leidzufügungen außergewöhnlich ist. Seit dieser Erkenntnis waren ihm derlei Malheurs nur noch selten vorgekommen. Heute verstand er es, den Ariadnefäden *par les labyrinthes de l'âme* seiner Klienten zu folgen, herauszufinden, um welchen Trauercharakter es sich handelt, und darauf konnte er bauen. Sowohl dramaturgisch als auch kommerziell. Es ist die Atmosphäre, um die es hier geht, pflegte er zu sagen, es ist die Wahrung der menschlichen Würde bei allen Vorgängen, auch den unvermeidlich trivialen. Es geht darum, von Anfang bis Ende des Bestattungprozesses eine ernste Feierlichkeit herzustellen. Denn der Hinterbliebene ist in seiner Verwirrung meist nicht in der Lage, die dazu nötige Entschiedenheit aufzubringen. Gleichgültig, ob er nun das geschehene Sterben als Verlust, Erleichterung oder gar als Glück für sich empfindet. Eine existentielle Erschütterung ist immer da. Wo der Mensch auch hingehen mag, ob in einen Himmel oder in eine Hölle, ob er nun in den großen Kosmos eingeht oder im Nichts zu Nichts wird, ob er in einem anderen Wesen wiedergeboren wird oder den Weg in ein anderes Weltensystem aufnimmt, der Anlass bleibt ein äußerst feierlicher, wenn nicht der feierlichste überhaupt, den man sich vorzustellen vermag. Denn das Rätsel des Todes ist das einzige Rätsel, pflegte Monsieur Camon zu sagen, von dem man mit Sicherheit weiß, dass nie ein Mensch es lösen wird. Und das ist das Feierlichste daran. Der Mensch taucht in sein singuläres Geheimnis ein, und die im Leben Zurückgelassenen werden von einer dunklen Ahnung befallen, die ihnen Angst macht. Und diese Angst hat nichts mit der Furcht vor Einsamkeit zu tun, wie ein verbreiteter Irrtum glauben machen möchte, pflegte Monsieur Camon zu sagen, sondern es ist die Angst vor dem Wesentlichen. Der Trauernde empfindet Angst, weil sich ihm der Abgrund des Unergründlichen geöffnet hat, der nichts bietet als Finsternis. Angesichts dieses Ausblicks, der sich als schreckliche Ahnung in seine Seele senkt, zittert der Zurückgelassene. Vielleicht pflegte er zu sagen, wenn Kunden sich auf Gespräche über den Tod einließen, vielleicht ist es die Angst vor der Wahrheit an sich.

Aber im Falle der kleinen Madame machte Monsieur Camon nicht einmal den Versuch, über den Tod zu philosophieren. Ein auffälliger Zug um ihren Mund herum, der ihren geschminkten Lippen die klare Kontur nahm, ließ sie sehr unsicher erscheinen. Monsieur Camon fragte sich, ob dies ein trauerbedingter Zug sei oder ob er einen konstitutiven Charakterzug Madame Aschens ausmachte. Ich muss Sie darauf vorbereiten, dass sich die Physiognomie der Unfallopfer sehr verändert. Leider ist dies oftmals in einem solchen Ausmaß der Fall, dass selbst nächststehende Verwandte den Dahingeschiedenen nicht wiedererkennen. Dennoch, ich hoffe sehr, dass diese schmerzhafte Begegnung Ihnen ein würdiges Bild hinterlassen wird. Wir arbeiten mit ausgezeichneten Visagisten zusammen, Madame, und die Verantwortung den Gefühlen unserer Kunden gegenüber ist uns erstes Gebot.

Er schloss eine Tür auf, die in einen langen, weißen Korridor führte. Luise schwieg. Sie folgte dem kleinen alten Herrn, der mit sanfter Stimme auf sie einredete, sie war auf eine Weise sanft, dass Luise die Nebengeräusche des Sprechens hörte. Das einzig Harte an Monsieur Camon war sein Gang. Er trat fest auf, und seine auf dem Boden ungedämpften Schritte hatten etwas zur Ordnung Rufendes. Der Korridor öffnete sich zu einem Raum, der mit Särgen angefüllt war, ein Lagerraum, der in einen weiteren Korridor führte. Luise spürte, wie ihr der Mund zitterte. Ich bin ein reines Nervenbündel, dachte sie, ich werde alles falsch machen. Der Gang kam ihr unendlich vor.

Als sie Robert das letzte Mal gesehen hatte, hatten sie sich gestritten. Sie war erbost zurückgeblieben. Sie wäre so gerne mitgekommen nach Paris, aber Robert hatte es nicht gewollt. Er war der Ansicht, sie müsse sich um Lily kümmern, die mit

Grippe im Bett lag, was Luise völlig überflüssig fand. Schließlich hatten sie ihr Leben bis dahin auch nicht nach dem Kind ausgerichtet. Luise hatte geargwöhnt, ihr Mann wolle sich mit seinem Freund Hermann amüsieren. Du hast eine Weibergeschichte, hatte sie ihm unterstellt, mach mir doch nichts vor. Ich kenn dich doch. Ich dachte, ich hätte einen anständigen Ehemann, aber ich habe einen Lebemann geheiratet. Türenschlagend war sie aus dem Zimmer gestürzt und hatte sich weinend auf ihr Bett geworfen. Am Abend vor seiner Abreise hatte sie ein wunderbares Abendessen gekocht. Sie hatte sich in den Kopf gesetzt, Robert mit allen Mitteln der Verführung umzustimmen. Schneebällchen mit Kalbsbraten und Weinsauce. Den ganzen Abend lang hatte sie sich jegliche Bemerkung zu dem eigentlichen Grund dieser Inszenierung verkniffen. Sie gab sich charmant und witzig, sie flirtete ein bisschen mit Hermann, machte Scherze über die alten Junggesellen, die *es* nicht lassen können, und setzte sich zu später Stunde Robert auf den Schoß, um ihm zu demonstrieren, dass sie ganz ihm gehöre, und dass dies auch sein Freund Hermann wissen solle.

Später hatten sie miteinander geschlafen. Immer wenn Luise die Liebe eher strategisch einsetzen wollte, passierte ihr das Unerwartete, dass plötzlich die in den Jahren verloren gegangene Leidenschaft hochkam und sie am Ende die Kontrolle über ihre zugleich geschickt und intuitiv in Szene gesetzten Aktivitäten verlor. Es ging immer um dasselbe: Sieg oder Niederlage. In diesem Spiel waren sie sich einig. Offene Kämpfe wie in jener Nacht setzten elektrifizierende Energien frei. Luises Zorn über die Verweigerung der Reise hatte einen geradezu tierischen Liebesanfall Roberts zur Folge. Aggressiv hatten sie sich übereinander hergemacht und die so gestellte Machtfrage den Einfällen ihrer Körper überlassen. Am nächsten Morgen war Luise in der festen Überzeugung aufgewacht, er würde sie nach Paris mitnehmen. Aber er war bei seinem lakonischen Nein geblieben und hatte sie enttäuscht und hasserfüllt zurückgelassen.

Als der Anruf der französischen Polizei kam, war sie gerade dabei, sich für den Abend zurechtzumachen. Sie hatte nicht auf dem Trockenen sitzen bleiben wollen und hatte sich mit ihrem alten Verehrer Fred Strauß verabredet. Schon bei den ersten Worten des Anrufers wusste sie, dass etwas Entsetzliches passiert war. Es war, als senke sich der Boden unter ihr. Und als wenige Tage später zwei Polizeibeamte bei ihr erschienen und ihr rätselhafte Fragen stellten, bevor sie ihr eröffneten, es läge da ein Verdacht vor, alles deute darauf hin, dass die Spurstange des Wagens angesägt worden sei, war ihr, als entfernten sich die Wörter, die an sie gerichtet wurden, in eine unendliche akustische Ferne. Sie hatte Mühe, überhaupt zu verstehen.

Wenn sie jetzt, Monsieur Camon durch den endlosen Korridor folgend, an all dies dachte, traten ihr Tränen in die Augen. Und in ihre Schuldgefühle angesichts der Verwünschungen, die sie nach Roberts Abreise gegen ihn ausgestoßen hatte, mischte sich die Idee, dass er sich mit Absicht auf diese Weise davongemacht haben könnte, allein um sie zu strafen.

Monsieur Camon redete und redete. Wenn auch das Leben, gnädige Frau, sagte er, ungerade und verschlungene Wege geht, so soll der Dahingegangene mit der Bestattung doch eine letzte Ordnung finden. Eine angemessene Zeremonie, dies ist unsere vornehmste Aufgabe. Die Philosophie des Abschieds ist ja eine Wissenschaft für sich, und glauben Sie nicht, dass wir es uns leicht damit machen. Auf dem Wege des Adieux soll der Mensch präsentabel sein, um nicht zu sagen: schön. Er soll sagen können, das Leben war ein Kampf, doch meine niedergeschlagenen Lider haben Frieden geschlossen. So wollen es die Kunden. Wobei, gnädige Frau, ich sowohl die werten Hinterbliebenen wie auch den Dahingegangenen als meine Kunden ansehen möchte. Ich wüsste nicht, wem ich mich mehr verpflichtet fühlte.

Jetzt endlich waren sie an einer Tür angelangt, die Monsieur Camon langsam öffnete. Sie betraten eine Art nobles Wohnzimmer, in dessen Mitte ein großer alter Tisch stand, auf dem ein Blumenbouquet prangte. An der Wand hing ein Gemälde, das einen ländlichen Trauerzug zeigte. Die Trauernden folgten mit gesenkten Köpfen einem von einem Pferdefuhrwerk gezogenen Sarg. Die Szene war in schweres herbstliches Licht getaucht und vermittelte den Eindruck ewigen, altmodischen Friedens, so jedenfalls dachte Luise beim Anblick des Bildes. Sehr bald öffnete sich die Tür zu einem nächsten Raum, den Luise nun, von Monsieur Camon schweigend gefolgt, betrat. Robert lag auf einer Bahre, er trug einen Smoking. Sein Gesicht war an der linken Seite von einem Pflaster verdeckt. Luise empfand nichts. Hätte ihr jemand gesagt, es ist ein Irrtum, das ist nicht der Robert Aschen, den du geheiratet hast, sie hätte es sofort geglaubt. Sie beugte sich über seine Hände und berührte sie mit dem Zeigefinger. Es sah komisch aus, wie der abgenagte, rote Fingernagel hilflos auf die toten Hände tippte. Aber nicht einmal die Kälte der Haut vermochte in Luise eine Spur von Schrecken, Entsetzen, Trauer oder sonst eine Empfindung hervorzurufen. Der Bestattungsunternehmer beschloss für sich, während er sie aufmerksam beobachtete, sie könne ihren Mann nicht geliebt haben. Es erstaunte ihn geradezu, wie ungerührt sie dastand, nicht einmal erstarrt, und ihm fuhr durch den Sinn, dass man diese Person in die Knie zwingen müsse.

Max Cheer schlug die Augen auf. Er hatte nicht gut geschlafen, immer wieder war er aufgewacht, klebrigen Fuselgeschmack auf der Zunge. Der Mann neben ihm schnarchte. Der Algerier war gestern erst angekommen. Er lag mit offenem Mund da, sein Kopf war zur Seite gewandt, und aus seiner Kehle kamen rhythmisch rollende Töne. Gestern, Max erinnerte sich jetzt, abendliche Sauferei. Eine Flasche Fusel war herumgereicht worden. Max hatte sich zu den anderen Männern gesetzt. Hatte sich aufs Mitlachen beschränkt. He, kennst du diesen? Die meisten Pointen verstand er sowieso nicht, und da er sich zu blöde vorkam, nachzufragen, lachte er einfach mit. Ihm selbst fielen keine Witze ein. Stille Wasser, Mann, ich sags ja, Anton hatte ihm auf den Rücken geklopft, mit einer Wucht, dass ihm der Kopf nach hinten schnellte. Die Edda hat ein Auge auf dich, verdammt noch mal, und der Kleine tut, als wär er ein Mönch. Habt ihrs gesehn, wie Blücher hat sie sich an ihn ran gemacht. Ist einem ja vom Zugucken schon der Knochen gestiegen. Hat ausgesehn, als hätt sie ihm die Brust geben wolln, armes Deutschland, und der Säugling merkt nix. Max war nichts Schlagfertiges eingefallen. Eddas Achselschweiß hatte gerochen wie ein Gemisch aus Maggi und nasser Wolle. Er hatte sich auf dem Stuhl zurückgelehnt und gelacht, sollen sie denken, ich bin naiv. In Wirklichkeit bin ich nicht naiv, sondern anders, ganz anders. Womöglich unfähig.

Er hatte noch nie mit einer Frau geschlafen, und die Anspielungen auf Eddas Annäherungsversuche hatten ihn rot werden lassen. Denn eigentlich gab es nichts, was er sich mehr wünschte, als einmal mit einer Frau … Bisher war er zu schüchtern gewesen, und alle günstigen Gelegenheiten hatte er ungenutzt vorübergehen lassen. Sein Albtraum war, er läge mit einer Frau im Bett und sei impotent. Er kannte eine Menge junger Mädchen, die ihm gefielen, aber je mehr sie ihm gefielen, desto größer war auch seine Angst. Manchmal übte er. Er stellte sich erotische Situationen vor, bestimmte Szenen, die ihn erregten. Merkwürdigerweise waren diese Vorstellungen nur von Erfolg gekrönt, wenn er sich ordinäre und dicke Frauen vor sein inneres Auge rief. Dachte er jedoch an die hübsche Nathalie oder die kluge Fabienne, klappte nichts. Als die dicke Edda ihm ihr Büschel Achselhaar an die Nase schob und ihre Brust an seine Wange, war der Erfolg geradezu erschreckend heftig gewesen, so sehr, dass er schon fürchtete, die andern könnten es gemerkt haben. Hatten sie aber nicht, sonst hätten sie sich eine deftige Anspielung bestimmt nicht verkniffen.

Der Raum war voller Rauch gewesen, und Fritz Kolle hatte angefangen zu singen, das heißt, eher zu grölen. Bis er besoffen in Tränen ausbrach und sagte, seine Frau hätte heute Geburtstag, wenn sie nicht die Radieschen von unten … er hatte einen Witz machen wollen, war aber stattdessen in grauenhafte Sentimentalität ausgebrochen, derer sich die andern zu erwehren suchten, indem sie lauthals mitgrölten, hoch soll sie leben, hoch soll sie leben, dreimal … Der Abend hatte damit geendet, dass Fritz Kolle zum Besten gab, wie seine Frau unter die Trümmer gekommen war. Immer wenn er betrunken war, erzählte er die Geschichte, wie seine Frau unter die Trümmer gekommen war, und jeden Tag behauptete er, heute wäre ihr Geburtstag, wenn sie nicht die Radieschen … Sie sangen ausgiebig und mit fantasiereichen, alkoholischen Versionen das Geburtstagslied auf Frau Kolle, und jeder konnte dabei denken, an wen er wollte.

Max schlug die Augen auf und streckte sich. Er betastete

seinen Körper. Sofort fiel ihm ein, dass es eine Schande sei, immer noch keine Frau gehabt zu haben, und das mit fast neunzehn Jahren. Dabei war er ununterbrochen verliebt oder so etwas ähnliches wie verliebt. Wenn er darüber nachdachte und eine Formulierung suchte, fand er »verliebt« eigentlich unpassend, aber es drückte etwas aus, was stimmte. Vielleicht war es einfach die Neugier, eine irrsinnig aggressive Neugier auf das Leben. Diese seltsame, verworrene und lebensgefährliche Angelegenheit, auf die manche seiner Freunde in einer Art intellektueller Melancholie warteten. Er würde Philosophie studieren, das hatte er sich fest vorgenommen, was immer auch kommen mochte und wie schwer es auch zu finanzieren sein würde, so ein Studium. Philosophie musste etwas mit den Rätseln dieser seltsamen Angelegenheit zu tun haben. Er würde die Vorhänge lüften, die ihm bis jetzt den Blick hinter die Kulissen versperrten. Dass es auf der Bühne verrückt zuging, dass sich da der Wahnsinn abspielte, ein wahres Schlachthaus, das stand für ihn außer Zweifel. Aber wie das alles zustande kam, nach welcher Regie da gespielt wurde, genau das wollte er wissen. Diese geheimen Gesetze wollte er erkunden, und dafür würde er sich in alle Löwenhöhlen stürzen, wenn es sein musste. Vielleicht gab es da irgendwo etwas wie ein satanisches Kraftwerk, ein Elektrizitätswerk immenser Dimension, irgendwo musste diese gewaltige Kraft, die ja eigentlich etwas Menschenunmögliches war, erzeugt werden. All dieser Irrwitz, der über die Hochspannungskabel der Ideen in die Köpfe der Menschen geleitet wurde. Irgendwo musste da so ein gigantisches Zentrum sein, eine mit magischen Energien betriebene Anlage.

Er lag immer noch so da, wie er aufgewacht war, in einer embryonalen Haltung, die rechte Hand zwischen den Oberschenkeln, die andere auf dem linken Ohr. Er hatte sich unwillkürlich das freiliegende Ohr zugehalten, so laut schnarchte der Mann neben ihm. Max streckte sich aus. Immer wenn er aufgewacht war, wenn er richtig zu Bewusstsein gekommen war, wenn die Schatten des Schlafs den Geräuschen des Morgens gewichen waren und wenn er realisiert hatte, wo er sich befand, betastete er seinen Körper. Irgendwann würde er sich Mut antrinken … Eddas Achselhaar kam ihm in den Sinn, und die Haut seines Penis straffte sich. Das Kraftwerk funktionierte, wenn auch ohne Ziel und Zweck, aber es funktionierte.

Max kam aus Paris. Er lebte mit seiner Mutter nahe der Place d'Italie in einer Hinterhofwohnung. Seine Mutter war Jüdin, sein Vater ein deutscher Arzt. Irgendwann früher hatten sie in Frankfurt gelebt. Als Max drei Jahre alt war, hatten sich seine Eltern scheiden lassen. Elisabeth Schiodal zog mit ihrem Sohn nach Paris und nahm ihren Mädchennamen »Scheer« wieder an, den sie ein paar Jahre später in »Cheer« umschreiben ließ. Um unabhängig zu sein und nie wieder Kontakt mit ihrem Mann haben zu müssen, setzte sie bei der Scheidung die Auszahlung einer Summe durch, von der sie in den ersten Jahren der Emigration zu leben gedachte. Die Wahl war auf Paris gefallen, weil ein Bekannter von ihr, ebenfalls Emigrant, dort eine Arztpraxis eröffnet hatte.

Zweimal hatten die Deutschen an Elisabeths Tür geklingelt, aber sie hatte nicht aufgemacht. Das erste Mal hatte sie nicht aufgemacht, weil sie in der Badewanne saß und verweinte Augen hatte, mit denen sie sich nicht blicken lassen wollte. Sie wusste nicht, wer an der Tür war, doch später hatten Nachbarn ihr gesagt, es seien die Deutschen gewesen. Sie hatten die Tür nicht aufgebrochen. So zufällig, so willkürlich war das. Danach hatte sie mit einer französischen Bekannten die Wohnung getauscht, das war zweiundvierzig gewesen. Das Klingelschild der neuen Wohnung trug einen französischen Namen. Weiß der Teufel, wie sie es herausgefunden hatten. Aber auch diesmal hatte Elisabeth nicht aufgemacht. Sie öffnete damals nur auf ein bestimmtes Klingelzeichen, dreimal lang und einmal kurz, und in dieses Zeichen waren nur wenige Freunde eingeweiht. Bei diesem zweiten Mal wusste sie, wer es war, der da klingelte. Sie hatte gerade weggehn wollen und von oben gesehen, wie die uniformierten Gestalten die Treppe hochstiegen und die Namensschilder an den Türen lasen. Sie war dann schnell in die Wohnung zurückgelaufen und hatte sich in die hinterste Ecke des Schlafzimmers geduckt. Als hätte das etwas genützt, wenn sie die Tür eingeschlagen hätten. Aber auch dieses Mal hatte sie Glück gehabt. Noch drei Tage lang zitterten ihr die Hände. Der Arzt, bei dem sie gearbeitet hatte, war verhaftet und in la Santé, dem Gefängnis, das die Deutschen für ihre Zwecke beschlagnahmt hatten, eingeliefert worden. Elisabeth hatte nie wieder von ihm gehört.

Auch ihren Mann hatte sie nicht wiedergesehen. Als er ihr nach dem Krieg schrieb, er wolle seinen Sohn sehen, er wolle sich versöhnen, man müsse doch einmal vergessen können, man sei doch schließlich auch nur ein Spielball des Schicksals gewesen, wie alle, man habe doch auf allen Seiten Federn lassen müssen, man habe doch Opfer bringen müssen, ohne gefragt zu werden, man dürfe doch nicht verbittern, man habe sich doch schließlich einmal geliebt, man brauche doch die gegenseitige Hilfe in diesen schweren Zeiten, man tue doch dem Kind nichts Gutes mit dieser Halsstarrigkeit, man habe doch ein Fleisch und Blut gemeinsam, man sei doch intelligent genug, um zu wissen, wie das alles gekommen sei, (»Elisabeth, man lebt nicht zum Hass auf dieser Welt«), und dann schrieb er noch, man sei doch ein Mensch, ganz einfach auch nur ein Mensch … selbst als er ihr dies alles schrieb und ihr sogar eine regelmäßige finanzielle Unterstützung anbot, war Elisabeth das geblieben, was man hart nennt.

Max war zu einem jungen Mann herangewachsen. Bereits mit sechs Jahren hatte er die neue Sprache ebenso gut wie die anderen Kinder auch gesprochen. Jeden Abend las ihm seine

Mutter französische Märchen vor. Wir sind jetzt Franzosen, sagte sie, und er durfte alle Kinder aus dem Haus mit in die Wohnung bringen, wann immer er wollte. Er sollte nicht mit dem Gefühl aufwachsen, am falschen Ort zu leben. Mit den Emigranten, die später in die Stadt strömten, hatte Elisabeth nicht viel zu tun.

Ihre Ehe war ein Desaster gewesen. Die Affäre ihres Mannes während der Schwangerschaft mit einer anderen Frau, seine Entscheidungsschwäche, seine plötzliche politische Ereiferung, sein beißender gesellschaftlicher Ehrgeiz, seine neuen Freunde, alles war für sie zu einer einzigen großen Bedrohung geworden. Sie hatte Frankfurt verlassen und alles, was dort war. Eine radikale Trennung. Und sie hatte fast alle Kontakte abgebrochen, außer denen zu ihrer Mutter und zu einer alten Schulfreundin. Nichts sollte sie mehr an Frankfurt erinnern. Ihre Mutter hatte sie einige Male in Paris besucht, sich aber nicht rechtzeitig entschließen können dazubleiben. Nicht einmal als man ihr ihr Haus wegnahm und sie in eine mit anderen Juden überfüllte Unterkunft im Reuterweg einquartierte. Später war sie deportiert worden.

Die Schulfreundin hatte schon Ende der dreißiger Jahre nicht mehr auf Elisabeths Briefe geantwortet. Zwei Jahre nach dem Krieg war eine Einladung zu einem Klassentreffen gekommen. Der Krieg ist vorbei, man ist noch mal davon gekommen … wir würden uns freuen, dich wiederzusehen in unserer Runde … Aber Elisabeth hatte nicht geantwortet. Längst hatten sich das Politische und Private so vermischt, dass keine Trennung mehr möglich war. Sie konnte sich nicht vorstellen, jemals wieder in Frankfurt zu sein. Das Hurra des neuen Lebensgefühls, das aus dem Brief sprach, wunderte sie. Sie konnte das nicht verstehen.

Manchmal fragte sie sich, was aus ihrer Ehe geworden wäre, wenn Hitler nicht gekommen wäre. Ob sie sich mit ihrem Mann wie man so schön sagt zusammengerauft hätte, mit seiner preußischen Art, auf die er so pochte? Ob sie sich arrangiert hätte mit seiner komplizierten Art? Ob er sich unter anderen Umständen anderen politischen Idealen verschrieben hätte?

Entfernungen waren entstanden, die früher unvorstellbar gewesen waren. Ihr war, als hätte sie einmal auf einem anderen Planeten gelebt. Und wenn sie aus Träumen aufwachte, in denen sie durch ihr Elternhaus irrte und Treppen abwärts und aufwärts lief und die Stimme ihrer Mutter hinter verschlossenen Türen hörte, ein weit entferntes Gemurmel, stand sie auf, sah in den Spiegel und fragte sich, bin ich es oder bin ich es nicht. Was Max betraf, so hatte sie versucht, ihn frei von diesen Wirrnissen zu halten. Aber sie merkte bald, dass die Gedanken und Gefühle sich auf untergründige Art weitervermitteln, auch wenn sie nicht ausgesprochen werden. Max' Hass gegen seinen Vater war ihr bald vorgekommen wie ihr eigener Hass. Die Identität der Aversionen reichte bis in die Verzweigungen konkreter Einzelheiten. So hatte Max, als sie einmal mit ihm zusammen ein Fotoalbum durchblätterte, beim Anblick des Verlobungsfotos seiner Eltern festgestellt, dass sein Vater einen »ekelhaften« Haaransatz hätte. Es war derselbe Widerwille, den auch sie kannte. Ein Haaransatz wie bei Mephisto. Wie bei Mephisto hatte auch Max gesagt, und er hatte sich dabei geschüttelt und sich im Spiegel angesehen und sich das Haar zurückgestreift.

Max streckte Arme und Beine aus, er zog sich an den Pfosten des Betts nach oben, er hatte das Bedürfnis, seinen Körper zu dehnen, als könnte ihn das aus seiner klebrigen und von leichten Kopfschmerzen eingetönten Stimmung befreien. Es war erst halb sechs und noch Zeit bis zum Aufstehn. Ein Bekannter seiner Mutter hatte ihm diese Arbeit hier vermittelt, die im Verfassen von französischen Geschäftsbriefen bestand. Außerdem sollte er dem Kind Lily Französisch beibringen.

Max wollte nur ein paar Monate dableiben. Er wollte Geld verdienen, ja das wollte er vor allem. Es war bitter nötig, das sagte er sich immer wieder, seit er hier war. Außerdem wollte er seiner Mutter beweisen, dass er nicht mehr der kleine Junge war, den sie immer noch aus ihm machte. Nach Deutschland hätte ihn die Mutter nicht gehen lassen, aber »la Sarre« gehörte nicht mehr zu Deutschland, die Saarländer waren die Sarrois, und der Bekannte seiner Mutter war auch ein Bekannter der Familie Aschen. Insofern war Max eigentlich gar nicht in Deutschland, und trotzdem war er es. Das spürte er besonders, wenn beim abendlichen Absuff die Rede auf »die Mudder« kam, was so viel hieß wie »Mutter Deutschland« und auf den »Erbfeind«, womit die Franzosen gemeint waren. Max stand auf und hob sich auf die Zehenspitzen, streckte seine Arme hoch und zog die Morgenluft ein, die durch das Fenster strömte. Er machte Boxbewegungen ins Leere. Er fühlte sich voller Kraft in diesem Moment, ich könnte Bäume ausreißen, dachte er, ich *will* Bäume ausreißen. Gleich würde Kateb, der Algerier, aufwachen, gleich würde die Klingel ertönen, die Türen würden aufgestoßen und zugeschlagen werden, das morgendliche Husten würde anfangen, die nächtlichen Absonderungen der einsamen Kehlen würden unter Prusten, Spucken und Fluchen in den schmutzigen Waschbecken landen, diese typischen Männergerüche würden sich ausbreiten, dieser ätzende Geruch alten Schweißes, der in der Arbeitskleidung hing, der Schnapsmundmorgengeruch, der Max den Magen um fünfundvierzig Grad herum hob, so dass er nur mit Mühe die Margarinestulle zum Frühstück herunterbrachte. Gleich würde Fritz Kolle seine längst gestorbene Frau begrüßen, und Egon würde sein *eieiei Maria, dei Bux is aus Papiaaa* singen. Gleich würde alles anfangen wie jeden Tag. Gleich würde die ganze Maschinerie in Bewegung kommen, mit Volldampf würde auch dieser Tag in die Produktion gehen, und die Arbeiterinnen würden am Pförtnerhäuschen vorüberströmen und die Steckkarten mit rosigen Fingern in die Fächer schieben. Und jetzt fiel Max auch wieder die Radiosendung ein, die er am Abend zuvor gehört hatte, und deren Verfasser einen Namen trug, den er aus dem Fotoalbum seiner Mutter kannte. Manchmal überlegte Max, ob er seinen Vater suchen sollte, aber die unentwirrbare Mischung aus Neugier, Furcht, Ekel und Scham hatte ihn die Idee immer wieder verwerfen lassen.

Wenn Max von seinem Vater sprach, so sprach er von dem »Mann, der mein Erzeuger ist«. Den Vater Vater zu nennen hatte er sich seit langem abgewöhnt. Es war um die Zeit seines zehnten Lebensjahrs gewesen, als Adolf Hitler in Siegerpose vor dem Eiffelturm stand. Damals hatte sich in Max ein vertrackt schillerndes Fantasiegebilde von Vater aufgerichtet. Es zog ihn immer wieder dahin, wo die Deutschen waren, und ein paar Mal hatte er vor dem Eingang des Hotels Lutetia gestanden und sich die Männer angesehen, die dort aus und ein gingen. Und er war sicher, seinen Vater gesehen zu haben. Er trug eine Uniformmütze mit dem Hakenkreuz und strich ihm über den Kopf und sagte, na, du kleiner Racker. Damals war Max überzeugt, dass dieser Mann sein Vater war. Wieder und wieder ging er zum Hotel Lutetia. Aber der Mann tauchte nicht mehr auf. Max verbrachte Stunden, die er eigentlich in der Schule hätte sein müssen, vor der Eingangspforte des Hotels Lutetia und wartete auf seinen Vater. Heimlich war er stolz auf ihn, aber nur heimlich. Er hatte ihm gefallen, dieser Mann, der ihn kleiner Racker nannte. Er sah imposant aus, groß und männlich. Und wenn Max später, als Erwachsener darüber nachdachte, musste er sich eingestehen, dass er seinen Vater nur deshalb nicht mehr Vater nannte, weil dieser sich nicht wieder hatte blicken lassen. Weil er ihn ignorierte. Weil er ihn, seinen Sohn Max, nicht als seinen Sohn angesprochen hatte, sondern als »du kleiner Racker«, was er zu jedem kleinen Jungen hätte sagen können.

Die Begleiterscheinungen dieser heimlichen Erlebnisse, die sich in Form von Essstörungen bemerkbar machten, hatte Elisabeth mit Lebertran und der unentwegten Zubereitung von Lieblingsspeisen zu bekämpfen versucht. Es war eine dramatische, in aller Heimlichkeit äußerst dramatische Zeit für Max gewesen. Und, altklug wie er war, hatte er sie damit beendet, seinen Vater nicht mehr Vater, sondern »der Mann, der mein Erzeuger ist« zu nennen. Es hätte ihm so gut gefallen, von einem dieser Sieger als Sohn anerkannt zu werden.

Unter den Schulkameraden gab es welche, bei denen er als Germane hoch im Kurs hätte steigen können, weil die Deutschen für sie eher Helden als Feinde waren. Selbst als der Krieg vorüber war und als die Lynchjustiz gegen die Kollaborateure losging, und als jeder jeden beschuldigte, gab es noch Klassenkameraden, die für die Nazis schwärmten. Heimlich, versteht sich. Und manche häuften ein beträchtliches Vermögen an durch den Handel mit Hakenkreuzen, deutschen Fahnen, Hitlerbüsten, Ausgaben von *Mein Kampf*, Armbanduhren mit Naziemblemen, und solchen Sachen wie Abendtäschchen zur Aufbewahrung von Gasmasken, Modell 1942, *haute couture*, Stoffen mit eingewirktem Swastikamuster, Plakaten mit den Verfügungen der deutschen Besatzer und ähnlichem. Auch Fälschungen kamen in Umlauf, und die rentabelste Idee hatte Marcel gehabt, dessen Vater einen kleinen Betrieb zur Herstellung von Feingummiwaren besaß. Er entwendete hundert Präservative, zog sie über den Krokantstößel seiner Mutter und verzierte sie fein säuberlich mit Hakenkreuzen, die er in fantasievolle Ornamente kleidete. Er verscherbelte sie in den Cafés am Boulevard Saint Michel und in Saint Germain, indem er die aberwitzigsten Geschichten dazu erfand, die immer mit dem Satz anfingen: Wenn die Deutschen ins Bordell gingen, brachten sie diese Dinger da mit. Besonders die Amerikaner ließen sich gern solche Bären aufbinden.

Als die Deutschen in Paris waren, hatte Elisabeth ihrem Sohn streng verboten, etwas von seiner Herkunft verlauten zu lassen, insbesondere von der jüdischen. Aber das hatte seine Neugier nur gesteigert. Aus dem Mann, der irgendwann in der Urzeit seines Lebens aufgetaucht war, um kleine Späße mit ihm zu treiben, daran konnte er sich noch vage erinnern, war im Laufe der Jahre ein Phantom geworden. Eine Figur, die, hätte Max sie zeichnen sollen, nur in groben, großen Konturen Gestalt angenommen hätte. Wenn dieser Mann sich in Max' Gedanken einstahl, Besitz von ihnen zu nehmen trachtete, so dachte er unwillkürlich an jene Zeichnungen, wie sie in Kriminalfilmen zu sehen waren: an die weißen Umrisse eines Opfers am Boden, das man weggeschafft hatte. Nur diese Umrisse waren da. Sie zeigten einen leeren Körper und einen auffälligen Haaransatz, der einer Mephistokappe glich, ansonsten war die Figur leer. Bis zu dem Tag, als er ihn aus dem Hotel Lutetia kommen sah.

Max' Erinnerungen an seine frühe Kindheit in Frankfurt hatten nur wenige konkrete Bilder hinterlassen, ein großes Haus, ein grünes Sofa, über dem ein Hirschgeweih hing, und ein Pferd, auf dem Max einmal reiten durfte. Was später kam, spielte in Zügen, auf Bahnhöfen, in fremden Zimmern. Und dann waren da noch diese merkwürdigen und für ein Kind erschreckenden Erinnerungen. Es waren Leute mit großen, weißen, eingegipsten Armen oder Beinen, die in der Praxis seines Vaters aufzutauchen pflegten. Der Vater war Orthopäde, und Max sollte zwanzig Jahre später erfahren, dass er sich mit einer Doktorarbeit über den Klumpfuß nach oben gedient hatte. Wenn Max sich schon nicht dagegen wehren konnte, dass der-Mann-der-mein-Erzeuger-ist gelegentliche Gespensterauftritte hatte, so dachte er doch manchmal darüber nach, was wäre, wenn »das Exemplar« (auch dies eine der sarkastischen Benennungen) eine Ausnahme sei. Etwa einfach ein guter Arzt, der im Strom der Zeitläufe nicht umhinkonnte, da und dort harmlos verwickelt zu werden, der aber doch so etwas wie ein guter Mensch sei. Ein guter Mensch mit Fehlern.

Als Max aus dem Zug gestiegen war und die Straße des kleinen Industriedorfes hinabging, als er sich zum ersten Mal in seinem bewussten Leben in einer Gesellschaft wiederfand, in der Deutsch gesprochen wurde, jene Sprache, die genauso wie die französische seine eigene war, die aber außerhalb der Wohnung etwas Verbotenes für ihn hatte, war ihm zumute, als mache er sich die Füße schmutzig. Als verbünde er sich durch seine bloße Anwesenheit auf diesem Boden mit all dem, was groß und kalt und schmutzig und blutig irgendwo jenseits einer tabuisierten Grenze seines Bewusstseins gelegen hatte. Jetzt tauchte er in diesen Bereich ein, begab sich unter die *boches*, zu denen ein Teil von ihm, da gab es keinen Zweifel, zu gehören schien. Der Boden schwankte, die Erde öffnete sich, eine bislang ungekannte Angst kroch ihm die Haut entlang, so dass er ein Stoßgebet zu dem Allmächtigen, an den er nicht glaubte, schickte. Es hatte etwas mit dieser Umgebung zu tun. Irgendjemand musste es schließlich gewesen sein, der das getan hatte, was ihm die Wochenschaufilme aufgedrängt hatten.

Er hatte seine Großmutter nur ein paar Mal gesehen gehabt, diese kleine strenge Frau, aus deren Mund die deutschen Wörter eine eckige entschiedene Form annahmen, ganz anders als er es von seiner Mutter kannte. Seine Mutter hatte eine singende Stimme, sie sprach leise und schnell, und das Deutsche hörte sich bei ihr wie eine zerhackte Variante des Französischen an. Großmutter war das, was sich Max unter einer Preußin vorstellte. Trotz ihres hohen Alters pflegte sie sich aufrecht und eilig zu bewegen, und was sie sagte, klang meistens wie eine Aneinanderreihung von Beurteilungen, auch wenn es gar keine waren. Im Grunde war sie nicht das, was man sich unter einer Großmutter vorstellte. Obwohl sie

Märchen zu erzählen wusste und dem kleinen Max Lebkuchen mitbrachte, die sie in einer Blechdose aufbewahrte und mit einem Packen Hasenbrot aus ihrer Tasche hervorzauberte, war sie Max doch nie wie eine richtige Großmutter erschienen. Der Inhalt der Blechdose wurde nur peu à peu freigegeben, und auch bei noch so viel Betteln und Schmeicheln blieb die Großmutter konsequent. Nicht einmal der Hinweis, dass die grand-mère der kleinen Fabienne, die unten im Haus wohnte, nicht nur zwei, sondern drei und mehr Madeleines herausrückte, wenn man sie lieb darum bat, hatten Max' Großmutter erweichen können. Schluss ist Schluss, pflegte sie zu sagen, und damit basta. Später fragte sich Max, ob sie wirklich so gewesen war oder ob er sie in der Fantasie nur so machte, in der durch die wenigen Erfahrungen fixierten und nicht mehr nachzuprüfenden Erinnerung.

Seine Mutter hatte sich mit der Großmutter nicht gut verstanden. Wenn die Großmutter auftauchte, wurde Elisabeth nervös und launisch. Mutter und Tochter zankten sich, dann wieder fielen sie sich in die Arme und weinten, nur um sogleich wieder weiterzuschimpfen. Max hatte immer Partei für seine Mutter ergriffen, und einmal war es sogar so weit gekommen, dass er der Großmutter zuschrie: geh weg! Wohin denn, hatte die Großmutter gefragt, und wie vom Teufel geritten hatte Max ausgerufen: dahin, wo der Pfeffer wächst! Seine Mutter hatte ihm eine Ohrfeige dafür gegeben, aber bis zu dem Zeitpunkt, wo er begriffen hatte, was mit der Großmutter passiert war, bildete er sich wunders was ein auf diese freche Antwort. Später schämte er sich dafür. Und er suchte nach Erinnerungen, welche die seither auf der gerechten Seite des Lebens platzierte Großmutter rehabilitieren könnten. Das, was er jetzt wusste, machte die kleine, strenge Frau im Nachhinein zu einer Heldin. Er konnte sich die Großmutter nicht als ein Opfer vorstellen, eher als eine Art preußische Märtyrerin. Sie war nicht die Frau gewesen, die sich etwas gefallen ließ. Sie verwaltete ihr Mietshaus alleine, sie war absolut selbständig nach dem Tod ihres Mannes und ihr resoluter Charakter flößte jedem, der ihr begegnete, Respekt ein.

Seit Max hier in diesem Land weilte, war die Großmutter mit einer Präsenz gegenwärtig, die sie zum Maßstab aller Wahrnehmungen machte und die in Max eine Flut von Schuldgefühlen auslöste. Wenn er darüber nachdachte, wehrte er sich dagegen: es ist ja wohl der letzte Witz, *ich* fühle mich schuldig, keiner hier scheint sich schuldig zu fühlen, nur ausgerechnet ich! Aber er konnte nichts dagegen tun. Manchmal befiel ihn ein hilfloser Selbstspott. Dann wieder: Ich hätte sie nicht dahin wünschen dürfen, wo der Pfeffer wächst. Ja, es plagte ihn sogar die Idee, dass die Großmutter rechtzeitig zu ihnen nach Paris gezogen wäre, wenn er, das Enkelkind, nicht dermaßen grausam gewesen wäre. Mehrmals erschien sie ihm in der Reihe der gedemütigten Gestalten aus den Lagern, die Szene drängte sich in seine Träume und hinterließ eine ekelerregende Gefühlsmischung. Von den Deutschen, die er hier kennengelernt hatte, konnte er sich keinen in der Rolle des Lagerwächters vorstellen. Aber jemand muss es schließlich gewesen sein, dachte er, und wenn es nur ein Prozent gewesen wären, was nicht möglich war, aber wenn, dann müssten unter den Leuten, die um mich herum sind, mindestens zwei sein, die … Die Vorstellung von Händen ohne Körper befiel ihn, von Stimmen ohne Münder und von Füßen ohne Beine. Selbst das Gesicht des Herrn Schmitt aus dem Personalbüro, der in seinem kleinlichen Eifer widerliche Züge zutage legte, war in einem solchen Zusammenhang nicht denkbar. Auch nicht das des Fritz Kolle, der schon mal abends in trunkenem Zustand alte Nazilieder grölte, dabei aber so gutmütig war wie ein alter Bernhardinerhund. All diese Leute erschienen weit entfernt von dem, was Max auf einer anderen Seite der Menschheit suchen zu müssen glaubte. Als gäbe es neben der realen Menschheit noch eine andere, eine Neben- oder

Un-Menschheit. Eine Menschheit, die sich auf die Gesichter der Prominenz im Nürnberger Prozess reduzierte.

Manchmal ging mit Max die Fantasie durch, und er stellte sich vor, er hätte eine Art Enttarnungskappe, irgendein magisches Enthüllungsinstrument, mit dem er die Vergangenheit der Leute aufdecken könnte. Er dachte sich Szenen aus, in denen er sie niedermachen würde, vor aller Augen und in aller Öffentlichkeit würde er sie bloßstellen und der allgemeinen Rache überlassen. (Aber wer sollte sich rächen wollen, fiel ihm dann ein.) Er würde sie auf Knien zu ihren Kirchen kriechen lassen, er würde … seine Fantasie entfachte eine erstaunliche Grausamkeit, wenn er darüber nachsann. Und wenn er im Geiste Reden an sie richtete, nahmen die deutschen Wörter in seinem Mund den gleichen eckigen, bestimmten, unerbittlichen Tonfall an wie die der Großmutter.

Lily hockte zu Füßen des alten Mannes, des Marmeladenkochers. Er hatte eine Glatze, sie leuchtete wie poliert unter dem Licht der Wohnzimmerlampe, die über seinem Kopf schien. Er saß in einem großen Ohrensessel, seine Hände lagen auf den mit Spitzendeckchen garnierten Armpolstern. Lily hockte dem Mann zu Füßen. Durch das Fenster sah sie die Schornsteinspitze und den Rauch, der daraus hervorquoll. Eine unglaubliche, unfassbare Höhe, dieser Schornstein, und nicht einmal die mutigsten Kinder hatten es bisher gewagt, bis obenhin zu steigen. Die Welt blieb auf der unteren Ebene, nichts ging über diese Unmöglichkeit hinaus. Später würde Lily sich an diesen Wunsch erinnern: einmal über alles hinweg fliegen können, einmal alles von oben sehen. Von der Spitze des Schornsteins aus. Der Marmeladenkocher saß schweigend in seinem Sessel und rauchte. Lily blickte ihn von unten her an, und er sah sehr müde aus. Seine Augen waren geschlossen, und bei jedem Atemzug, den er tat, war ein kleines Rasseln zu hören. Es war sehr still in dem Zimmer, und Lily lauschte den Geräuschen des Mannes, sie beobachtete ihn mit übermäßiger Neugier. Sie sah, wie er seine Zigarette zum Mund führte und wie sie, nachdem er einen Zug getan hatte, an seiner Lippenhaut haften blieb und wie er seine Lippen danach mit der Zungenspitze befeuchtete. Onkel! … Ja, mein Kind? … Der weiße Rauch, der aus dem Schornstein stieg, ballte sich zu dicken Wolken, die sich zu mächtigen Gebilden ausbreiteten und sich in Elefanten, Nilpferde und Riesenhasen verwandelten. Lily würde diesen Anblick nie vergessen. Räume auf unterster Ebene und Wände, die die

Blicke der Kinder in die Höhe zogen, zu den unüberwindlichen Mauerrändern hinauf, wo sie sich auftürmten vor den wörtlichen Reden, die im Ohr geblieben sein werden und vor den Bildern der Gesichter und des Sandkastens und der Garage mit dem großen Holztor und der dunkel ausgekachelten Fabrikhalle und des mit Zuckerrüben angefüllten Fabrikhofes. Der Marmeladenkocher hatte fleckige, von Chemikalien gebräunte Hände. Erzähl doch! … Was soll ich denn erzählen, Kind? …

Dabei wusste er, was das Kind hören wollte. Er hatte immer in Fabriken gearbeitet bis das geschehen war, worüber er noch nie mit jemandem gesprochen hatte. Außer mit dem Kind, wenn da von Sprechen die Rede sein konnte. Denn es war ein einseitiges, von einer merkwürdigen Neugier getriebenes Fragen seitens des Kindes und ein ebenso merkwürdiges, ihm selbst unverständliches Antworten seinerseits. Er–zähl! … Ein gedehnter Aufforderungsklang, wie ihn verwöhnte Kinder manchmal strategisch einsetzen, Lily gab nicht auf. Der Herrgott hat kein Nachsehen, sagte der Mann, nein, der Herrgott … dann verstummte er, ohne den Satz zu Ende zu bringen. Es dauerte eine Weile, bis das Kind den Faden wieder aufnahm. Warum? … Warum was? … Warum der Herrgott kein Nachsehen hat? … Ach Kind! … Hat denn der Herrgott keine Augen? … Ich weiß nicht, ob der Herrgott Augen hat, aber ein Nachsehen hat er nicht. Das Kind dachte nach. Wieder verging eine lange Weile, bis es weiter fragte: Warum? … Der Marmeladenkocher schwieg. Ich sollte dem Kind nichts von diesen Dingen sagen, dachte er, ich hätte es niemals tun sollen. Er strich über den Kopf des Kindes und spürte das feine Haar an den Widerhaken seiner aufgerauten Hände hängenbleiben. Du bist ein gutes Kind, und dein Papa war ein guter Mensch, das sollst du wissen, ein feiner Mensch war dein Papa, er hat mir sehr geholfen, sagte der Marmeladenkocher und fiel wieder in Schweigen.

Es war ihm schwer geworden, den Menschen mehr mitzuteilen als unbedingt notwendig. Die Beaufsichtigung der Arbeiterinnen und die Organisation des Saisonbetriebs verlangten ihm eine Kraft ab, die er kaum noch aufbringen konnte. Früher war es anders gewesen, früher war er einer, der die Probleme, die sich stellten, mit Leichtigkeit angehen konnte und vor allem mit Humor. Immer hatte er einen Scherz parat gehabt, aber wenn er heute mit seinen Scherzen kam, gab es nur Missverständnisse, die ihn der Lächerlichkeit preisgaben, und die Mädchen lästerten über den alten Trauerkloß. Scherz mit Rheuma, der Marmeladenkocher verzog das Gesicht, und das Kind beobachtete ihn aufmerksam. Nur mit Mühe bewältigte er diesen Alltag. Am besten ging es ihm noch, wenn er unten in der Fabrikhalle stand, wo der Lärm das Leben vorantrieb und wo er, Egon Schanz, einfach dazuzugehören schien, und wo nicht auffiel, dass er eigentlich nicht mehr dazugehörte, wo er wie eine Maschine in Gang gehalten wurde. Lily hielt ihre Augen auf ihn gerichtet, als könne sie mit diesem Blick eine magische Spur auftun, die zu den Geheimnissen der Erwachsenen führt. Aber die Spur würde in ein absolutes Dunkel weisen, und davon hatte das Kind womöglich eine Ahnung. Zumindest witterte es, dass es sich hier um etwas handelte, das dem Verborgenen angehört, einer Seite des Daseins, die auch den Marmeladenkocher ängstigte. Er war ein Mann von etwa fünfzig Jahren, kaum ein Haar wuchs ihm noch auf dem Kopf, und er spürte kein Verlangen mehr. Nicht einmal der hübsche junge Arbeiter, den er vor ein paar Tagen eingestellt hatte und der früher weiß Gott was in ihm wachgerufen hätte, konnte eine Bewegung in ihm bewirken, die einem Verlangen gleichgekommen wäre. Nur dieses Kind, wenn es so vor ihm hockte und ihn anlauerte, verursachte eine Regung. War es eine Regung? Ein minimaler Funke von Rührung, vielleicht auch Grausamkeit, er wusste es nicht. Jetzt zupfte ihn das Kind am Ärmel. Onkel! … Ach

Kind, … Erzähl doch! … Erzähl doch von den Frauen! … Lily hatte die Ferse fest gegen das Gesäß gepresst und die Hände tief in die Achselhöhlen geklemmt. In solchen Momenten sah der Marmeladenkocher besonders alt und müde aus. Er lag in seinen Sessel gelehnt, seine Glatze schimmerte unter dem trüben Licht der Lampe. Er stand auf, schlurfte in die Küche und kam mit einer Flasche Bier und einem Glas zurück, die er auf den ebenfalls mit einem Häkeldeckchen geschmückten Tisch stellte. Es kam ihm wie Schwerarbeit vor, das zu tun, und jetzt lehnte er wieder in seinem Sessel und schloss die Augen. Hier in diesem Raum, wenn der Mann in seinem Sessel saß, sah sein Gesicht anders aus als das Gesicht des Marmeladenkochers unten in der Fabrikhalle, der mit energischen Bewegungen schwere Eimer schleppte und mit lauter Stimme den Arbeiterinnen seine Anweisungen gab. Er hatte sich jetzt eine Brille aufgesetzt, und Lily beobachtete, wie sie ihm langsam den Nasenrücken hinunterrutschte, während er sein Bier trank und wie er, wenn sie bei den Nasenflügeln angelangt war, sie mit dem Zeigefinger nach oben schob. Der Marmeladenkocher war in sich zusammengesunken, den alten Kopf tief zwischen den Schultern, auf eine Weise kläglich, die dem Kind unheimlich war. Er blickte über den Rand der Brille hinweg, gedankenverloren wie so oft die Erwachsenen. Sie sah, wie sich seine Oberlippe über die Zähne schob und wusste nicht, ob diese Gesichtsbewegung ein Lächeln war oder die Äußerung eines Schmerzes bedeutete, jedenfalls fragte sie sich das, wenn sie später daran dachte. Von welchen Frauen, fragte jetzt der Mann, als ob er nicht wüsste, was das Kind hören wollte. Du weißt doch, sagte das Kind, und mit kehligem, vorwurfsvollem Ton wiederholte es: weißt du doch, Onkel! Ich weiß gar nichts, Kind, ich bin müde. Er tat, als ob er einschlafen wollte. Er trank das Bierglas leer, lehnte sich wieder zurück und schloss wieder die Augen. Lily hörte wieder seinen rasselnden Atem. Doch plötzlich wandte er sich dem Kind zu, als ob er etwas Wichtiges zu sagen vergessen hätte. Weißt du was? Lily horchte auf. Du solltest zu deiner Mutter gehen, sie wird längst auf dich warten, vielleicht sucht sie dich schon, also sei artig und geh! Lily rührte sich nicht und schwieg, sie wusste, dass im Zweifelsfall keine Reaktion die beste war. Sie würde ein bisschen Ruhe geben und dann wieder anfangen. Schließlich wusste sie, dass der Mann zu schwach sein würde, ihrem Gebettel zu widerstehen. Man musste nur warten. Irgendwann geben sie auf, diese Erwachsenen. Oder sie schieben einen gleich vor die Tür. Irgendwann würde der Marmeladenkocher seine faltigen Lider hochziehen wie die Schildkröte Sokrates und würde sagen, na gut ... Er lag jetzt in dem Sessel, als wäre er eingeschlafen, aber Lily wusste, dass er wach war und dass er alles hörte und vielleicht auch sah, die Erwachsenen können ja mit geschlossenen Augen sehen. An den Wänden hingen große Bilder in schweren Goldrahmen, aus denen Meereswellen ins Zimmer stürzten. Nichts war auf diesen Bildern zu sehen als diese Meereswellen, die sich schäumend überschlugen. Längst war es dunkel geworden, nur die Umgebung der Lampe war matt erhellt. Die schwarzen Möbel hatten sich in der Dunkelheit in den Hintergrund geschoben, man sah sie kaum noch. Und aus den Bildern leuchteten die weißen Schaumkronen als wären sie das Einzige, was lebt, in diesem Raum. Ach Kind, sagte der Marmeladenkocher irgendwann, und Lily wusste, dass sie ihre Bitte noch oftmals wiederholen musste, denn was sie hören wollte, wurde nicht erzählt, so wie Geschichten erzählt werden.

Nein, Lily musste dem Mann die Antworten von tief unten hervorholen. Es war ein anstrengendes und erregendes Ritual. Sie musste sie ihm sozusagen von der Zunge ziehen, bis sie dann einsilbig, einwörtig, in abgebrochenen Fetzen hervorkamen. Diese Zusammenkünfte mit dem Marmeladenkocher hatten etwas Verschworenes. Sie standen mehr als alles andere unter dem unausgesprochenen Gebot der Verschwiegenheit, eines instinktiven Wissens um einen nicht berührbaren Bereich. Alles Verbotene schwamm hier zusammen wie zu einem schwarzen Wasser. Immer wieder, auch späterhin, sollte Lily zu Füßen des Marmeladenkochers hocken und ihm die immer gleichen Antworten entlocken. Von den Frauen, die schreien, sagte Lily. Der Mann hob den Kopf und warf einen Blick auf das Kind. Er war voll tiefer Erschöpfung. Selbst für ein Kind war dies zu sehen. Lily wusste jetzt, er gab sich geschlagen. Es war ein beidseitig in Gang gesetzter Prozess, auch wenn es den Anschein hatte, dass nur das Kind etwas von dem Mann wollte und nicht umgekehrt. Ja, die Frauen, sagte er jetzt, und er sprach die Wörter langsam und schwer. Hast du sie gesehen? – Ja – Warum? – Ach, Kind – Und haben sie geblutet? – Ja, Kind – Warum? – Man hat sie gefoltert – Es folgte eine Pause. Die Anstrengung hatte den Mann und das Kind gleichermaßen erschöpft. Das Kind war immer näher an den Mann herangekrochen. Der Mann lehnte sich noch tiefer in seinen Sessel zurück. Er wusste, dass das Kind weiterfragen würde. Er war darauf gefasst. Er wartete darauf. Lily holte tief Luft, so wie Kinder schluchzend Luft holen, nachdem sie geweint haben und fuhr wie immer fort: Warum? – Ich weiß nicht, Kind – Hat man die gehauen? – Ja, gehauen – und die Glatze? – Ja, die Glatze – Hat man die Haare von denen abgeschnitten? – Ja, man hat sie geschoren – Warum? – ach, Kind – und hat man die auf den Po gehauen? – Ja – und überall? – Überall, Kind – Auch auf die Augen? – auch auf die Augen – Und den Mund auch? – Hör auf, Kind. Der Mann war am Ende, und Lily hatte das verstanden. Immer war das so.

Josef Sukow kroch unter dem Lastwagen hervor und fluchte. Morgen früh sollte er nach Marseille fahren und eine Ladung Marmelade nach Algerien verladen, aber irgendwo war ein Defekt im Motor, und wenn er die Karre nicht bald flottkriegen würde, wäre von der Nacht nicht mehr viel übrig. Alles lief schief heute, und dann die Sache mit dem Chef. Die Frau Aschen hatte ihn kommen lassen und ihm den Wisch von der französischen Polizei unter die Nase gehalten. Irgendwas schien da nicht mit rechten Dingen zugegangen zu sein, und jetzt ermittelte die Kriminalpolizei. Sukow wischte sich den Schweiß von der Stirn, ein Bündel öliges Werg in der Hand, das schwarze Schlieren in seinem Gesicht hinterließ. Was soll ich damit zu tun haben? Sie waren es doch, den Herr Retur am Tag vor der Abreise bat, noch mal in den Motor zu sehen, hatte sie gesagt. Vorwurfsvoll und mit einer schrillen Betonung des Sie.

Er schüttete sich Kaffee in einen Aluminiumbecher und trank ihn in einem Zug, mit einer Gier, als wäre es Schnaps. Der Mercedes dieses Retur hatte ein Brückengeländer durchbrochen und war in die Tiefe gestürzt. Retur und der Chef waren tot, als man sie fand. Zwei Männer im besten Alter, wie man so schön sagt. Die Spurstange soll angebrochen gewesen sein, angeblich, so die Polizei, als Folge einer Manipulation, wahrscheinlich sei sie angesägt gewesen.

Als Sukow sich ein paar Stunden später von dem Nachtwächter verabschiedete, die nächtliche Straße betrat und hinter dem mit Stacheldraht überwölbten Zaun das Kraftwerk emporragen sah, da und dort erleuchtet von grellweißem

Licht, war ihm klar, dass es mit der Ruhe hin war und mit dem Schlafen heute nicht mehr viel werden würde. Er ging nach Hause, wusch sich, trank ein Bier, legte sich zu seiner Frau. Da er nicht schlafen konnte, schob er sich an sie, umarmte sie von hinten, schaffte sich unter ihr Nachthemd und nötigte sie, sich das gefallen zu lassen, was er, wenn er gut gelaunt war, »Nümmerchen« nannte. Zum Abschied biss er ihr in den Nacken, so dass sie aufkreischte und ihn mit einer halb ernst, halb spaßhaft gemeinten Ohrfeige fortschickte. Dann ging er wieder zur Fabrik, holte den Laster und fuhr los.

Die Sache mit der Spurstange ging ihm im Kopf herum. Die Franzosen hatten ja einen Hass auf alles, was deutsch war. Und er, Josef Sukow, hatte oft genug Gelegenheit, in den Genuss dieses Hasses zu kommen. Unter den Fernfahrern war es weniger schlimm. Man kannte sich, man traf sich in den einschlägigen Unterkünften und Restaurants, die an den großen Fernstraßen lagen, aber war man irgendwo fremd, dann konnte es ungemütlich werden. Es war ihm sogar schon vorgekommen, dass er nicht bedient wurde, dass man sich weigerte, ihm aufzutanken. Oder, was noch schlimmer war, dass getan wurde, was er wollte, aber mit einem Schweigen, das sich in sein Gemüt wie ein Eispflock rammte. Es waren dann mehrere Schnäpse härtester Sorte zur Wiederherstellung eines erträglichen Seelenzustands nötig. In der Regel aber klopfte man ihm auf die Schulter, nannte ihn »mon vieux pot« und gab ihm zu verstehen, dass unsereins, womit gemeint war, unsereins die armen Schlucker, auch nur ein Spielball der da oben gewesen seien. Dann kam sich Josef Sukow wie der verlorene Sohn vor, dem sich die Arme der Versöhnung öffnen und der in die Wärme eines großen Menschentopfs eintaucht. Es war ein ähnliches Wohlbehagen, wie wenn er von seinen Touren nach Hause kam und Zizi, Isabelle und wie sie alle hießen mit einer gründlichen Wäsche von seinem Leib und aus seinen Sinnen geschrubbt hatte und in das eheliche Bett versank. Dann schmiegte er sich umso wohliger an Herta, an ihre weichen, mütterlichen Hüften, die er so einladend ausladend fand. Und wenn er dann am nächsten Morgen aufstand und sich rasierte, sang er sein Lieblingslied, »diese schönen stinkigen Stunden an deinem Busen, Marie …«. Wenn also ein französischer Gastwirt, Fernfahrer, Tankwart oder Bordellkumpane ihm auf die Schulter klopfte und ihm signalisierte, dass er dazu gehörte zu den Verdammten, zu denen, die für nichts etwas können, den armen Teufeln, den Ausgebeuteten und so weiter und wenn er dann besagte Wärme verspürte in seinem Innern, seinem Rückgrat, auf seiner Haut, überall, und wenn Isabelle ihn ins Ohrläppchen biss und ihn zärtlich mon petit nannte, dann war seine Zufriedenheit wieder hergestellt.

Bevor dreizehn Jahre zuvor die Saar in den gefräßigen nationalen Mutterbauch einverleibt wurde, war Josef Mitglied der kommunistischen Partei gewesen. Später war er wieder ausgetreten, was kaum auffiel. Denn er war kein Agitator gewesen und auch kaum aufgetaucht, wo er sich politische Lorbeeren hätte verdienen können. Und wenn er sich überlegte, dass man nur einmal lebt, kam er zu dem Schluss, dass dieses Parteileben entschieden zu viel Freizeit kostete. Es war auch die Zeit, in der er Herta kennenlernte. Sie waren sich auf einem Fest des katholischen Gesangvereins in Straßburg begegnet, Feste ließ er sich nie entgehen, und danach fehlte ihm erst recht die Zeit für Versammlungen, Demonstrationen, Arbeitslosenveranstaltungen, Schulungen und nächtliche Flugblattaktionen. Es war einfach lohnender gewesen, mit Herta die süßen stinkigen Stunden zu genießen. Und als dann die Einverleibung kam, entschied er sich für den Weg des geringeren Widerstandes und trat bald in jene Partei ein, die in der nächsten Zeit den Lauf seines Schicksals ohnehin bestimmen sollte. Er tat dies auf Anraten seines Chefs, der zu sagen pflegte, sicher ist sicher, obwohl er ihm vor fünfunddreißig dringend empfohlen hatte, gegen den Anschluss der Sarrois ans Deutsche Reich zu stimmen. Auch in dieser Partei tat Josef sich nicht mit parteigemäßen Leistungen hervor, was, im Nachhinein besehen, sein Glück sein sollte. Ja, er vermittelte sogar dem einen oder anderen Bekannten des Chefs sowie dem jüdischen Elektromechaniker Willi Lemann Unterkünfte bei den Familien eines Tankwarts und eines Bauern im Süden Frankreichs. Auch tat er Robert Aschen den Gefallen, Geldbeträge, die für seine Verhältnisse beträchtlich waren, für den Chef aber Lappalien, unter der Hand zu transferieren. Dies ebenfalls sollte zu seinem Glück gereichen, denn vor ein paar Wochen erreichte ihn ein kleines Couvert von einem gewissen Mr. Ryder, früher Reiter, mit einer schönen Dankessumme.

Die Scheinwerfer blendeten weißes Nebellicht auf. Die Straße war kaum sichtbar. Josef versuchte sich am rechten Rand zu orientieren. Dicke Schwaden wallten der Windschutzscheibe entgegen. Die Lichtkegel wurden in der Diffusität aufgefangen und klumpten sich zu greller Helligkeit. Ihm war, als würde der Nebel in sein Hirn steigen und sich von dort unmittelbar in seine Augen schieben. Er kannte die Strecke wie seine eigene Westentasche, aber jedes Mal, wenn er ein Straßenschild sah, stellte er fest, dass er ganz woanders war, als er dachte. Von Zeit zu Zeit verschwand der Nebel, plötzlich, als wäre er abgeschnitten wie ein Kuchenstück, dann wieder die undurchdringliche Wand, in die Josef blind einfuhr. Schon über eine Stunde war er unterwegs, und kein einziges Fahrzeug war ihm begegnet.

Er dachte an Herta und stellte sich vor, wie sie warm in den Kissen lag und wie sich ihr Haar hell und feucht im Nacken kräuselte. Nie hatte er daran gedacht, dass sie ihn betrügen könnte, während er auf Tour war, und er wusste auch nicht, ob sie wusste, dass er sie betrog. Sie hatte nie danach gefragt, obwohl nicht immer alle Spuren der Sünde beseitigt werden konnten. Einmal hatte ihm Isabelle mit ihren langen Fingernägeln so den Rücken verkratzt, dass es aussah, als wäre er misshandelt worden. Und als Herta die Augenbrauen hochzog, stöhnte er und murmelte etwas von »Panne, unter den Wagen gekrochen und verdammter Rollsplit«.

Er dachte an den Chef. Was machst du, wenn der Ofen ausgeht? Du schiebst deine Nummer und plötzlich … Tränen traten ihm in die Augen. Er sah seine Kinder, wie sie im Bett aneinandergeschmiegt liegen, er hörte ihren Atem rascheln und schnurren und die kleinen Seufzer, die sie manchmal im Schlaf ausstoßen. Ihm fiel ein, dass er Christa eine Puppenstube versprochen hatte. In ein paar Stunden würde Herta sie wecken, und sie würden ihr über die dickgebauschte Decke beim Anziehen zusehen. Dann würden sie das Ofengeklapper aus der Küche hören und dann das Rufen ihrer Mutter, Schorschi, raus, Christa, raaauuus aus den Federn, los, ihr Racker, vite, vite, dabba, dabba! Und dann würden sie Brot mit Harz in sich stopfen und nicht einen Gedanken an ihn, Josef Sukow, ihren Vater, verschwenden. Er trat auf die Bremse, und der Laster rutschte zur Seite und wankte. Die Straße war nass und glitschig. Der rechte Vorderreifen stieß in die Grasnarbe, Josef stieg aus.

Eiskalte Feuchtigkeit schlug ihm entgegen. Er rieb sich die Hände und zündete sich eine Zigarette an. Nein, diesmal würde er nicht zu Zizi und Isabelle gehen. Es ist nie zu spät, ein guter Mensch zu werden. Ja, ein guter Mensch, wiederholte seine innere Stimme, du musst das Steuer fest in die Hand nehmen, kann verdammt schnell ausgehn dieser Ofen, nur nicht in den Graben donnern, gleich dahinter gehts abwärts. Ein Stück weiter und der Kasten wär umgekippt. Er würde Millimeterarbeit leisten müssen, um da wieder rauszukommen. Er kramte nach der Schnapsflasche, die er hinter dem Werkzeugkasten vor sich selbst versteckt hatte. Er nahm einen Schluck, wischte die Tränen vom Gesicht und schnäuzte sich.

Wenn das mal gut geht, Alter. Du hast ja Angst, gottverdammte Angst, fällt er in den Graben, fressen ihn die Raben. Dabei ist das Schlimmste doch passé, hätt schließlich genug passieren können damals, an der Front, mehrmals um ein Haar, und es wär vorbei gewesen. Und jetzt heulst du dir die Hucke voll. Er hievte sich auf den Sitz und ließ den Motor an, lenkte nach links und gab vorsichtig Gas. Wieder verschleierte sich sein Blick. Nein, diesmal auch keine Marmelade zu Isabelle und Zizi, nur auftanken und sofort weiter. Der Reifen rutschte. Stell dir vor, du drehst und drehst ins Leere. Die Karre geht ihren eigenen Weg, ihren verhexten eigenen Weg, alles rutscht, und du bist nichts als diese kleine Nummer: gewesen. Er stieg wieder aus und schob einen Sack vor das Rad, versuchte es dann noch einmal. Diesmal mit Erfolg, Herrgott ich danke dir. Du kannst einen ins Schwitzen bringen.

Was der Chef wohl gedacht hat, als es in den Abgrund ging? In dieser Zeit zwischen Brückengeländer und Wiesengrund, denkt man da an was? Eine enorm lange Strecke, eine Fernfahrt womöglich. Ob er an seine Frau gedacht hat, die kleine Chefin? Dass Sie mir auch pünktlich sind, hat sie gesagt und sich angestrengt, wie eine Respektsperson auszusehen. Mit einem komischen Gesicht und zitternden Mundwinkeln. Das machen wir, Frau Aschen, keine Sorge. Und jetzt wärst du beinah in den Schlamassel und um ein Haar wär die ganze Ladung im Graben gelandet. Diese Waschküche von Novembernacht. Reiß dich am Riemen Sukow, wer wird denn gleich weinen. Saukälte, und Herta im Bett, samt deiner Hinterlassenschaft im Bauch. Dabei könntest du jetzt gut zwölf Stunden ratzen. In Lyon wirst du zu Albert gehn und dir ein Glas genehmigen. Dass einen eine Sache, die einen doch nichts angeht, dermaßen zum Schlottern bringt. Werter Chef, sie haben mich erschüttert. Dermaßen in die Glieder gefahren.

Dabei bist du doch keiner von der zimperlichen Sorte. Wenn du an die Front denkst … dieser zerfetzte Bauch vom kleinen Emil, aber heut ist das was anderes. Der Friede macht einen zimperlich. Macht einen anfällig für dieses elende, mulmige Ichweißnichtwas. Da ist diese Karre ja nix dagegen. Eine hundsgemeine Höllenfahrt, c'est la vie, so isses. Plötzlich ist der Ofen aus, und du bist nicht mal dazu gekommen, an die Jungfrau Maria und ihre Fürbitte zu denken. Womöglich gehn dir da ganz andere Dinge im Schädel rum, als die, auf die's ankommt. Womöglich die Oberschenkel von Isabelle, wer weiß. Anstatt Herta und die Kinder und Mama. Womöglich kriegst du einen Steifen auf der Fahrt zwischen Brückengeländer und Wiesengrund, in den du reinratterst mit Karacho. Schon deshalb muss das aufhören mit den … Josef, du wirst prüde, ich sags ja, eines Tages wirst du prüde wie eine alte Betschwester. Der Seelensabber verdünnisiert dir den Saft, ich sags ja. Womöglich landest du noch wimmernd auf den Knien und flehst um Seelenheil. Und wenn es in den Abgrund geht, ab in den Abgrund, hast du womöglich deine Nase in Zizis Wolle, und dann, mein Lieber, gibts kein Erbarmen. Du wirst auf der Flanke landen, wenn das so weitergeht. Er drückte auf die Hupe, nur um sich aus seinem Tran zu holen. Vielleicht solltest du in Marseille in die Kirche. Ja, Beichten, das wärs, wofür hat man schließlich, Maria sei gegrüßet, oh Trost der Christenheit. Ach, Krone der Frauen, ich fleh voll Vertrauen, du wollest anschauen die Seele mein, befrei mich Elenden aus feindlichen Händen … Ja, das wärs, hättst du fast vergessen, alter Sünder. Er nahm einen Schluck aus der Thermosflasche, die Herta ihm mitgegeben hatte, einen guten Schluck Kaffee mit Zichorie.

Später, in einem kleinen Dorf hinter Lyon, machte er Halt am Hotel le Coin Bleu. Er parkte hinter dem Haus und bekreuzigte sich. Schließlich kann Isabelle auch nichts dafür, sagte er sich, und ein bisschen was umsonst kann eine alleinstehende Mutter immer gebrauchen. Er packte drei Glas Erdbeermarmelade, ein Eimerchen Sirup und drei Glas Himbeergelee in einen Karton. Die Tasche mit dem Rasierzeug ließ er auf dem Sitz liegen. Als ihm Isabelle die Tür öffnete, stotterte er ein paar entschuldigende Sätze, von wegen zu so einer Zeit, mitten am Tag. Sie lachte und tätschelte ihm die Wange. Sie hatte gerade das Essen fertig, Pfannkuchen mit Kaninchenfleisch. Ihr kleiner Sohn stürzte auf ihn zu, hast du mir was mitgebracht, Onkel, was hast du mir mitgebracht? Er drückte ihm eine Murmel in die Hand, die er eigentlich für Christa gekauft hatte.

Nachdem er gegessen hatte, zog er seine Jacke aus und leerte die Rotweinflasche. Er war betrunken, als er Isabelle ins Schlafzimmer folgte. Er küsste ihren Nacken und benahm sich wie nicht ganz bei Trost. Tu es fou, sagte Isabelle, tu es vraiment fou. Sie zog sich aus, aber Josef hatte es nur auf ihren Nacken abgesehen. Dann zog sie ihn aus, wozu er selbst nicht mehr in der Lage war. Sie zog ihm die Unterhose über die Knöchel. Du bist aber ganz schön verschwitzt, sagte sie, und sprengte ihm Lavendelwasser über. Betrunkene Männer waren ihr vertraut. Aber Josef, den sie seit langem kannte, hatte sie noch nie betrunken gesehen. Sie ahnte, dass er etwas auf dem Herzen hatte. Sie hievte ihn ins Bett und nahm ihn zwischen die Schenkel. Als auch das nichts half, und er sie immer nur in den Nacken beißen wollte, gab sie auf und deckte ihn zu. Er fiel sofort in den Schlaf.

Als er später doch noch seinen schweren Körper auf sie rollte, wobei er sie mit Herta ansprach, das ganze auf deutsch, spielte sie mit. Sie gab sich mütterlich und unterließ alle anreizenden Geschichten. Sie bot ihm ihren Nacken zum Küssen und Beißen, nicht ohne vorher gesagt zu haben, tu sais, ça coûte un supplément, mon chéri. Er versprach ihr immerwährende Treue, das konnte sie verstehen, schon am Tonfall. Der war bei solchen Schwüren deutsch wie französisch derselbe. Als er fertig war, tätschelte sie ihm den Bauch. Er sang ein Lied mit vielen Schs, was sie zum Lachen brachte. Sein Atem war eine einzige Alkoholwolke, und von seinem Körper ging ein muffiger Geruch aus. Alle rochen anders, sie hätte sie mit zugebundenen Augen allein an diesem Unterschied erkannt. Diesmal ärgerte sie sich. Ça suffit, mon vieux, du bist mir doch ein richtiges kleines Ferkel, sagte sie, ihr Deutschen seid einfach de gros dégueulaces, hat dir deine Mama denn nicht beigebracht, wie man sich anständig den Schwanz wäscht? Als obs kein Wasser und keine Seife gäb … Dann schob sie ihn in die Küche, gab ihm einen Klaps auf den Hintern, drückte ihm einen Waschlappen in die Hand und füllte ihm das Spülbecken mit warmem Wasser auf. Bevor er wegfuhr, holte er noch einen Eimer Sirup hoch, den er ihr plus einem Geldschein in die Hand drückte. Als er, einigermaßen ernüchtert, wieder hinter seinem Steuer saß, nahm er sich vor, auf keinen Fall noch zu Zizi, sondern stattdessen wirklich zur Beichte zu gehn.

Das Jaulen des Hundes war bis hinter den Bahndamm zu hören. Manchmal jaulte er ganze Nächte hindurch, und die Schlafsuchenden wurden von seinem langgezogenen Heulen gepeinigt. Besonders Luise hasste dieses Alptraumgeräusch, ist ja wie im Kazett, hatte sie zu ihrem Mann gesagt. Was weißt denn du vom Kazett, hatte er geantwortet, und Churchill blieb. Lily fürchtete sich, über den Fabrikhof zu gehen. Manchmal, wenn Churchill im Pförtnerhäuschen zu Füßen des Pförtners auf dem Boden lag, kniete Lily vor ihm nieder und strich ihm über das Fell seiner auf dem Boden ruhenden Pfoten und redete auf ihn ein. Sie wollte ihn zu ihrem Verbündeten machen, aber jedes Mal, wenn er dann plötzlich hochsprang und um sich schnappte, erschrak sie zu Tode. Trotzdem versuchte sie es immer wieder. Aber dann schnappte er wieder zu und sie wagte tagelang nicht, den Hof zu betreten. Einmal hatte er sie sogar gebissen. Selbst das hatte sie ihm verziehen. Er ist kriegsgestört, sagte der Marmeladenkocher, er war früher bei der Wehrmacht. Da hilft nur noch der Gnadenschuss. Bei ihren Versuchen, sich den Hund zum Freund zu machen, ging Lily manchmal so nah mit dem Gesicht an seine Schnauze heran, dass sie seinen Atem spüren konnte. Er stank. Merkwürdigerweise erhöhte das ihre Liebe zu ihm. Als einmal wieder die Rede davon war, ihn wegzuschaffen, weil er einen Arbeiter krankenhausreif gebissen hatte, reagierte Lily mit bedrohlichen Symptomen. Sie hörte nicht mehr auf zu weinen, plagte ihren Vater mit nächtlichen Ruhestörungen und bekam am Ende Fieber, so dass Robert Aschen sich erweichen ließ und dem Saukerl, so drückte er sich aus, eine letzte Gnadenfrist einräumte. Lily war selig. Gleichzeitig war ihre Angst vor dem Hund noch größer geworden. Wenn sie später als Erwachsene darüber nachdachte, schüttelte sie den Kopf und wunderte sich. Lily liebte es zuzusehen, wie der Hund wild in die Höhe sprang und das Maul aufriss, so dass sie tief in seinen Rachen blicken konnte, wie er einem fortgeschleuderten Holzstück nachjagte und wie er mit dem Kopf schlug, wenn man es ihm wieder aus der Schnauze nehmen wollte.

Jetzt war es schon fast dunkel, und Lily drückte sich gegen den Bretterverschlag einer halbverfallenen Hütte hinter dem Bahndamm. Karl wollte doch kommen, aber Lily wartete schon seit die Sonne hinter den Schloten des Kraftwerks untergegangen war, und er war immer noch nicht da. Sie stocherte mit ihrem Taschenmesser im Boden herum, stieß immer wieder die Schneide in den Grund, dass es knirschte. Alles um sie war dunkel, fast schon schwarz, erst hinter dem Bahndamm, da, wo der Fabrikhof anfing, war Licht. Sie saß reglos auf den Boden gekauert und sah hinüber. Sie konnte den Fabrikhof genau sehen. Da war das große Gebäude mit den Lampen über den Türen, die so hell schienen, dass sie sogar die Strichmännchen sehen konnte, die sie auf die Wand gemalt hatten. Aber Churchill konnte sie nicht sehen, er war von den Zuckerrüben verdeckt. Sie türmten sich und bildeten schwarze Berge. Nur ein schmaler Weg war freigelassen zwischen diesen Bergen und dem Fabrikgebäude. Niemand tauchte dort auf, kein Karl. Lily stützte sich hoch und schob die Ferse unters Gesäß. Jetzt war Licht im Wohnhaus angegangen, das Fenster öffnete sich und die Stimme Marias fuhr wie eine Ohrfeige über den Fabrikhof. Aber Lily rührte sich nicht. Das Fenster schloss sich wieder, das Licht erlosch, das Geräusch eines anfahrenden Zuges wurde hörbar.

Lily lauschte. Das rhythmische Schnaufen war unheimlich. Alles, was sonst vertraut war, verwandelte sich um diese Zeit.

Alles wurde unheimlich. Die Scheinwerfer des Zugs tauchten auf. Sie leuchteten aus der Dunkelheit heraus. Hatte der Onkel nicht erzählt, nachts kommen auf den Schienen die Menschenfänger? In großen Güterwagen kommen sie und greifen in voller Fahrt die Kinder auf. Sie werfen sie auf den Waggon, mitten in die Kohlen und Rüben und Kartoffeln. Und mitten auf den Haufen Gesindel. Mitten in die schwarzen Männer und Hexen und Verräter und Russen und Polen und dreckigen Missgeburten. Alle kommen ins Arbeitslager. Aus den Ritzen des Waggons tropft Blut. Sie schreien, die Frauen. Sie werfen Briefe aus dem Waggon. Da kommt es, das Ungeheuer mit Füßen so groß wie Häuser und Krallen so lang wie ein Fabrikschlot und einem Maul so schwarz wie der Bombenkrater hinter dem Schlackenberg. Es näherte sich. Lily hielt die Fäuste unter die Achselhöhlen geklemmt. Die Augen rasten auf sie zu. Jetzt war es da, jetzt, das Maul öffnete sich, die Funken sprühten, die Augen, das schwarze Maul, der Windzug. Und da, plötzlich lauter Köpfe, Berge von Köpfen.

Was brüllst du denn so? Karl hielt Lily eine Zigarrenkiste hin. Sie beachtete sie nicht. Sie zog Karl am Saum der Hose nach unten. Siehst du nicht? Voll davon, alles voll. Sie flüsterte. Lauter Köpfe, Totenköpfe. Karl kniff die Augen zusammen. Rollen sie durcheinander, und die Ratten, die fressen ihnen die Augen aus. Karl bemühte sich, etwas zu erkennen. Stielauge sieht Ratte, sagte er, er hielt sich die zu Röhren geformten Hände vor die Augen. Das sind die Feinde, wir haben gesiegt. Die Köpfe der Feinde, alles Franzosenköpfe. Lily zog die Hände unter den Achselhöhlen hervor, ihre Ferse war nass, die Strümpfe kratzten. Gib her, sie öffnete die Zigarrenschachtel und zählte das Aluminiumgeld. Achtzig Centimes. Sie nahm die Hälfte davon, rollte einen Strumpf herunter und schob die Münzen unter die Fußsohle. Es war der Erlös für einen Puppenwagen voller Eisenstücke, die Karl gesammelt und zum Eisenhändler gebracht hatte. Und das Bild? Lily kicherte. Los, mach! Versprochen ist versprochen! Und wenn ichs nicht hab? Dann, dann … Karl fiel keine angemessene Strafe ein. Lily fingerte eine vom oftmaligen Auf- und Zufalten brüchig gewordene Buchseite aus ihrer Jacke hervor. Da! Karl faltete das Papier auseinander und hielt es unter die Taschenlampe. Lily beobachtete ihn. Es war eine aus »die Frau als Hausärztin« gerissene Seite. Man sah darauf den Schnitt durch einen weiblichen Bauch im letzten Stadium der Schwangerschaft und eine Gebärmutter mit einem zwölf Wochen alten Embryo. Karl pfiff durch die Zähne. Er faltete das Blatt wieder zusammen und gab es Lily zurück. Du lügst! Tu ich nicht! Tust du doch! Ich zeig dir nie wieder was. Und wie kommt es rein? Sag ich nicht. Weißt du nicht. Nein, sag ich nicht. Nur wenn du mir ein Fahrrad malst. Der Handel wurde beschlossen. Für ein gemaltes Fahrrad, das Lily ihrer Mutter zu Weihnachten schenken würde, sollte Karl das Geheimnis erfahren.

Luise betrachtete sich im Spiegel. So also sieht eine Witwe aus. Ist es das, was man Erwachsenwerden nennt? Sie saß vor dem Frisiertisch und blickte in den Spiegel. Sie betrachtete ihre Hände. Ich müsste zupacken, dachte sie. Ob ich mir die Fingernägel lackiere? Die Leute halten mich für ein verwöhntes Ding, niemand wird mich ernst nehmen. Wie hieß noch mal dieser Mann, den Robert ins Auge gefasst hatte, ihn zu beraten? Warum noch mal darf der Betrieb nicht verkauft werden? Ich habe es nicht ganz verstanden, diese Sprache von diesem Notar ist einfach nicht zu verstehn. Auf jeden Fall werde ich bleiben müssen, an Ort und Stelle und in alle Ewigkeit. Sie rollte sich die Strümpfe über die Beine und befestigte sie an den Strapsen, dann blieb sie wieder tatenlos sitzen und starrte in den Spiegel. Ich kann mir nicht vorstellen, dass du nicht mehr auftauchst, hörst du, ich kann mir das nicht vorstellen. Lily hat es gar nicht verstanden, Kinder verstehen so etwas wohl nicht, sie hat gesagt, du kommst wieder. Oh Gott, was hast du mir eingebrockt, mein Herz klopft, wenn ich bloß daran denke. Noch nie im Leben eine Bilanz gelesen, was ist das überhaupt, eine Lanze ohne E mit einem Bi davor, heißt Bi nicht doppelt? Doppelt lanciert, doppelt hingeworfen, ist es so was? Ich werde etwas sagen müssen zu den Herren, mein Mund ist schon ganz trocken bei der bloßen Vorstellung, dass ich etwas Wichtiges sagen soll. Ich werde mich mit diesem Herrn Maurer, von dem du doch so große Stücke hieltst, hinsetzen und mir jeden Satz diktieren lassen. Einer muss mir schließlich helfen. Schon jetzt habe ich furchtbar viel Geld ausgegeben, mein Lieber, ich schwöre dir, ich hätte das nicht getan, wenn ich mich nicht hätte trösten müssen. All diese Kleider, nicht nur schwarze, alles Mögliche. Ob du mich sehn kannst? Und wie ich aussehe! Grau, wie eine Kriegerwitwe. Dieser braune Fleck auf meinem Kinn, war der früher schon da? Ist das ein Alterszeichen? Wird man mit dreißig alt? Irgendwo muss es ein Buch geben, wo diese Fragen beantwortet werden. Jetzt fehlst du mir wahrhaftig. Nicht zu fassen, wie sehr du mir fehlst. Sogar heute Nacht hast du mir gefehlt. Hab ich was versäumt, hätt ich zärtlicher sein müssen? Aber was kann man dafür, wenn man nicht mag? Hätte ich darüber weggehen müssen? Im Sinne einer höheren Sache, der Ehe? Du hast es immer eilig gehabt, keine Zeit. Nicht mal für mich. Selbst Samstagnachmittags, selbst dann. Ich habs gehasst, dieses Ritual, aber jetzt … wenn du zurückkommen würdest, ich würde alles gutmachen. Diese Ruhe nachts, diese schreckliche Ruhe, sogar dein Schnarchen fehlt mir, lach nicht. Ich würde sogar nichts mehr sagen, wenn du diesen schrecklich geschmacklosen Anzug anhättest. Warum um alles in der Welt hast du an diesem antiquierten Ding so gehangen? Nur um mich zu ärgern? Weiß der liebe Himmel, was du gewollt hast. Dein Taschentuch da riecht nach dir, als wärst du noch da. Ein Mensch ist weg, aber sein Geruch ist noch da, so was verrücktes. Weißt du noch damals, im Café de Paris? Und die Zeit danach? Es war die schönste, das musst du doch auch sagen, oder? Wir haben doch auch eine Zeit gehabt, auf die wir selbst im Nachhinein nicht verzichten würden. Alles noch Hoffnung. Es lebt sich so herrlich, es lebt sich so süß am Seinestrand in der Stadt Paris, wer hat das noch mal gesagt? Aber das war auch das einzige, was du an Literatur von dir gegeben hast. Im Grunde warst du ziemlich ungebildet, aber macht ja nichts, dafür hattest du andere Vorzüge. Das war übrigens bei deinem Vorgänger anders, der war eine Intelligenzbestie, der konnte alles auswendig, deklamierte den ganzen lieben langen Tag klassische Verse.

Du warst halt ein Geschäftsmann. Man kann nicht alles haben. Wenn du mir vorwirfst, ich wäre nicht treusorgend genug gewesen, dann tust du mir unrecht, wirklich, du hast das gar nicht gesehen, was ich alles für dich getan hab. Manchmal, da hast du recht, hab ich dich nicht riechen können, im wahrsten Sinne des Worts nicht. Dein Atem roch nach Büro und zu viel Arbeit, du hättest dir vielleicht öfter die Zähne putzen sollen. Auch waschen hättest du dich öfter können, du hattest auch deine Fehler, musst du wissen. Ich hasse Männerschweiß. Thea sagt, Männerschweiß regt sie auf, aber bei mir ist das anders, ich ekle mich vor Männerschweiß. Mir sträuben sich die Haare, wenn du so riechst, verzeih, rochst. Du warst halt ein bisschen zu wenig auf Ästhetik bedacht für mich, ich liebe eben alles was schön und appetitlich ist. Vielleicht hast du dich nicht gewaschen, um mich zu demütigen? Am Anfang war mir das alles nicht so aufgefallen, in diesen Hotels und in diesem Glanz um uns herum, der einen die schweren Zeiten manchmal hat vergessen lassen. Das war gut, das war ein eindeutiges Plus. Fandest du mich eigentlich schön? Du hast es mir nie wirklich gesagt! Oder warst du nur ein bisschen sadistisch, dass du mir gewisse Dinge, die eine Frau erwartet, vorenthalten hast? Zum Beispiel »ich liebe dich« und so weiter. Ich glaube sogar, du hast mich verachtet. Oder hast du manchmal nur so getan, als würdest du mich verachten? Es soll ja Männer geben, die zeigen ihre Liebe auf solche Weise, nur damit die Frau nicht auf die Idee kommt, sich überlegen zu fühlen. Wenn ich mich angestrengt habe und alles besonders gut hab machen wollen, dann hast du mich deine Verachtung besonders spüren lassen. Du hast alle Leute verachtet, die dir zu Willen waren. Etwas zu tun, was du wolltest, war in deinen Augen schon eine Niederlage, gibs zu. Mit wem übrigens hast du mich betrogen? Schade, das hätte ich gerne noch gewusst, und es ist eine Schande, dass du mir das nicht mehr sagen kannst. Im Übrigen hab ich dirs voll und ganz heimgezahlt. Hörst du mich? Kann man da oben auf uns Zurückgebliebene niedersehn? Bis in den letzten Seelenwinkel? Wenn ja, lass es mich wissen, es ist eine grauenhafte Vorstellung, heimlich beobachtet zu werden. Weiß der Himmel, wie ihr euch amüsiert. Ein Riesenfilm, keine Langeweile mehr … wo war ich stehen geblieben? Ach ja, gründlich heimgezahlt … Fred Strauß, du hast es gewusst, nicht wahr? Du hast uns gesehn, Silvester hinter der Garderobe, ich war ganz verbogen, weißt du noch, und mein Kleid war hochgerutscht, einschlägiges Delikt, um es in deinen Worten auszudrücken, ich tat, als wäre nichts, aber ich wusste, du hast uns gesehn. Danach im Bett hattest du dich selbst übertroffen, du warst toll nach mir, wie schon lange nicht mehr, draußen hatte es geschneit, und ich habe dein Gesicht gesehn, es hat in diesem Schummerlicht wunderbar männlich ausgesehn, wie Willy Birgel, und ich stand unter Strom. Du wolltest wissen, was ich mit deinem Freund gemacht hätte, und ich habe dir Sachen erzählt, die gar nicht wahr waren und auch gar nicht wahr sein konnten, so als machte ich mir einen Spaß daraus, als könnte ich dir solche Spinnereien gerade deshalb so hemmungslos ins Ohr tuscheln, weil nichts daran stimmte und ich nicht den Anflug eines schlechten Gewissens haben musste. Mein Gott, mir war ganz schlecht vor Lust. Was übrigens selten war, was wiederum daran lag, dass du selten wie Willy Birgel ausgesehn hast. Ansonsten haben wir uns oft enttäuscht, und bitte glaub nicht, nur ich hätte dich auf dem Trockenen sitzen lassen, seelisch meine ich, du hast auch mich furchtbar… siehst du, ich muss heulen, du hast mich mies behandelt, wie eine lästige Fliege hast du mich weggescheucht. Was meinst du, enttäuschen sich alle Paare? Oder nur die, die nicht passen, gib mir einen Tipp fürs nächste Mal. Jaja, das findest du jetzt gemein, aber wenn du dich dermaßen unangemeldet aus dem Staub machst … Ist das die feine englische Art? Und diese blöden Ermittlungsbeamten mit ihrer blöden Fragerei. Was du mir da aufgehalst hast … Übrigens, wenn ich ehrlich bin, ich glaube, ich hätte nicht für immer zu dir gepasst, irgendwann hätte ich dich genauso oft betrogen wie du wahrscheinlich mich. Vielleicht ist es ganz gut so, wie's ist. Verzeih. Tut mir leid. Deine Füße waren eigentlich hübsch, ungewöhnlich klein und weich für einen Mann von deiner Statur. Irgendwann wird sich wieder einer finden, vielleicht sogar einer, der zu mir passt … jaja, was ich denke, ist furchtbar traurig für dich, aber ich bin noch jung, und ich muss weitermachen. Du hast mich wahrhaftig gezwungen, erwachsen zu werden mit deinem … deinem Dahinscheiden! Was du mir alles eingebrockt hast! Ich spüre schon die steile Falte auf meiner Stirn, die bei Frau Schneider und Frau Edel so unweiblich und hässlich wirkt. Frauen, die sich durchsetzen, sind einfach hässlich, außer der Riefenstahl, aber sonst … dieser Kriegerwitwenzug um den Mund herum, schrecklich uncharmant. Es ist mein bestes Kapital, dass ich noch hübsch bin, und das will ich mir erhalten. Du hast eine nette, hübsche, kleine Witwe zurückgelassen, die Herren auf der Beerdigung hatten nicht nur Mitleid mit mir. Du kannst dir im Nachhinein noch was einbilden darauf, dass du eine so außergewöhnliche Frau geangelt hast. War ja keine Selbstverständlichkeit. Eine junge Schönheit, hat Monsieur Marx zu Monsieur Fleurin gesagt, und ich habe es gehört. Une jeune beauté. Du hast mich an die Kandare nehmen wollen, damit ich es nicht zu toll treibe, aber wenn du schon so viel Geld hattest, warum soll man sich nicht ein bisschen das Leben damit versüßen? Hat schließlich genug Leid und Elend gegeben, und dieser schreckliche Krieg. Ach, Robert, für dich war das immer nichts. Was ist dir durch den Kopf gegangen in dem Moment, bevor das Auto die Brücke hinunter stürzte, hast du vielleicht eine Landschaft gesehen, etwas Schönes und Weites, den Heiligenschein der Jungfrau Maria, oder das Leben, sieht man das Leben, wie es war?

Vielleicht erlebt man ja in diesem Augenblick alles noch einmal, vielleicht zwängt man sich durch den Geburtskanal, schnappt nach Luft, und so weiter bis zum bitteren Ende, alles überstrahlt vom Lichte der Ewigkeit, vorbeigezogen deine Mutter, deine Frau und deine Tochter. War ich dir so wichtig, dass ich an dir vorbeigezogen bin in diesem allerletzten Moment? Und wo bist du jetzt? Ich glaube nicht, dass es einen Himmel oder eine Hölle gibt. Da können wir getrost sein. In den Flammen wirst du jedenfalls nicht schmoren. Aber wenn es sie gäbe, würdest du … an bestimmte Dinge darf ich gar nicht denken, der edelste warst du wahrhaftig nicht. Was hattest du für Schweinereien im Kopf, du würdest dafür im Kessel brodeln wie deine Marmelade. Vielleicht hat der Teufel ja Humor? Verzeih, war nicht so gemeint … ich kann mal wieder nichts für das, was mir in den Sinn kommt, ich weiß, jetzt würdest du mich gerne …, mich kleines, durchtriebenes Luder, hab ich recht? Du hattest es immer gerne, wenn ich dir auf die Schliche kam. Solche Situationen haben dich gereizt, ach ich kenn dich ja so gut! … mir kannst du nichts vormachen! … wir haben nie ausdrücklich darüber gesprochen, aber du wusstest, dass ich es wusste, und ich wusste, dass du es wusstest. N'est-ce pas? Ich meine die Sache mit Donata Dornenkämpfer. Ich war dir ja durchaus dankbar dafür. Ich hätte keinen Mann geehelicht mit einem Bankert, und schon gar nicht aus solchen Kreisen. Und deine Mutter hätte diese Mesalliance niemals … Ich habe die Briefe gelesen, mit denen diese Familie Dornenkämpfer dich bombardiert hat. Armes Deutschland. Und ich weiß auch, was dieses Unglückswurm dich gekostet hat, zwanzigtausend Reichsmark, nicht wahr? Stimmts? Dein Ruf war dir allerhand wert, ich finde das immer noch durchaus nobel. Weißt du mein Lieber, das war vielleicht ein gar nicht so schlechter Einstand für uns. Wir waren Komplizen. Am Grab dieser Donata soll jemand deinen Namen genannt haben. Aber das kann dir ja egal sein, und jetzt sowieso. Sie werden triumphieren, diese Dornenkämpfers, ich werde nie keiner Menschenseele etwas davon …Ich hatte ja immer Intuition, ein Gefühl für Unsichtbares, das du nicht hattest. Manchmal glaube ich, ich bin eine Hexe. Du mochtest es, wenn ich dich durchschaut hatte, nana, dudu, weißt du noch, komisch. Einmal, als ich dir bewiesen hatte, dass ich alles weiß, da hast du dich auf mich gestürzt wie ein Affe, werd ich nie vergessen, war schrecklich, hat geblutet wie …, Gott hab ich mich geschämt, hat tagelang höllisch wehgetan, ich hätte dich anzeigen können, das war Körperverletzung, aber da seid ihr ja alle gleich, war übrigens nichts neues für mich, hatte ich dir verschwiegen, ich hätte schreien können. Hat aber manchmal seinen Reiz, so überwältigt zu werden. Nicht weil man es genießt, nein, sondern weil der Mann sich dabei dermaßen ins Unrecht setzt, dass die Frau tagelang, ja wochenlang Kapital daraus schlagen kann. Der Pelzmantel war der Preis dafür, weißt du noch? Ich trage ihn immer mit Hochachtung vor mir selbst. Dass ich das ertragen hab. Mon dieu! Schön schlüpfrig, richtig erwachsen, nicht wahr? Er war die Entschädigung, Entschuldigung und Ehrung fürs Arschieren, so nennt man das doch, oder? (wie tranchieren) Verzeih, es ist schrecklich pietätlos, aber wo wir jetzt schon mal soweit sind … die Gedanken sind frei … eigentlich ganz angenehm so ohne dich, mein Lieber, keiner treibt mich an, keiner hetzt mich, keiner will, dass ich so oder so bin, verzeih. Ich seh schon, mein Dasein wird eine einzige große Bitte um Verzeihung. Wenn man alles aussprechen würde, dann wären die Gedanken nicht mehr so frei, nur in heimlichem Zustand sind sie… mein rechter Eierstock tut weh, mein vorgeschädigtes Organ, wie es so schön heißt, ich hab zu viel an dich gedacht heut, das macht mich krank, ich sitze immer noch vor dem Spiegel und tue nichts, heute hätte ich dir keine Freude gemacht, es ist schrecklich traurig, dass du … und ich weiß auch nicht, was es ist, aber ich bin nun mal viel unernster als ich sein müsste, dabei ist all dies eine unvorstellbar ernste Angelegenheit, Robert *ist* nicht mehr, wie sich das anhört, aber wird schon schiefgehn, wie du ja immer gesagt hast. Nur unsere Lily, ach, sie macht mir Sorgen. Die Ärztin sagt aber, Kinder verkraften viel, im Grunde alles, was auf sie zukommt, wenn sie es nicht tun, dann sind sie nicht gesund, und dann ist es auch von der Natur so eingerichtet, dass sie zugrunde gehn. Lily wird nicht zugrunde … sie ist kerngesund, und ich auch. Wenn die Mutter gesund ist, ist auch das Kind gesund, hat sie gesagt, diese Doktor Ebermechel, da können wir uns ganz auf Mutter Natur verlassen. Es wurmt mich, dass ich nun nie mehr erfahren soll, wie du mich wirklich fandst. Du hast ja kein Tagebuch hinterlassen, nichts, woraus man deine geheimen Gedanken lesen könnte. Die Missverständnisse, nimm sie mir nicht übel. Ich bin halt eine temperamentvolle Person. Ich hätte besser nach Italien gepasst, da wäre ich nicht so aufgefallen mit meinem aufbrausenden Wesen, und wenn ich losgelegt habe mit meinem Mundwerk, kamst du nicht mehr mit. Sorry, würde der Amerikaner sagen. Und auch ich sage jetzt sorry. Du warst eben ein bisschen zu alt für mich, zu schwerfällig, wenn du dich über mich gebeugt hast, kamst du mir vor wie ein Gorilla. Dabei hätte ich mir einen wie Valentino gewünscht. Stell dir vor, ich wäre schwanger? Ein Kind, das seinen Vater nie sehen wird, wie ein Kriegskind, mir kommen die Tränen. Das Mitleid, das man mir entgegenbringt, tröstet mich. Sonst hat nie jemand Mitleid mit mir gehabt. Frau Kusch hat einen Brief geschrieben, sie würde dir so viel verdanken, du hättest ihr mit den Lebensmitteln das Leben gerettet und so weiter, sie wolle Lily als ihre Erbin einsetzen. Aber das habe ich sofort abgelehnt. Womöglich erwartet sie, dass man sich um sie kümmert, sie ist bereits jetzt ein Pflegefall. Wie du immer sagtest, keine Tiktak ohne Taktik. Die Leute denken, ich wäre viel trauriger als ich wirklich bin. Ich weiß auch nicht, woran das liegt, es tut nicht so weh, wie ich mirs früher vorgestellt hätte. Eher macht es Angst. Angst, das alles nicht zu schaffen. Mir ist es lieber so, als wenn du dich hättest scheiden lassen. Das hattest du doch angedroht, als ich die Woche weg war. Es hat mir größte Genugtuung verschafft, mir dich und deine Mutter vorzustellen bei der Überlegung, ob ich in die Saar gegangen wäre. Damit hätt ich dir eins auswischen können. Aber ich war ja nicht so. Ich bin ein guter Mensch, ich habe nie jemandem etwas zuleide getan, es sei denn, man hat mich angegriffen, so wie du damals. Das ging zu weit. Ich habe deine Hilflosigkeit genossen, als du mich geprügelt hast. Damals übrigens hatte ich dich wirklich nicht betrogen. Ich konnte nur das Kindergeschrei nicht mehr hören und den Rübengestank nicht mehr riechen. Ich brauchte ein Kindermädchen. Meine Zukunft war ein schwarzes Loch geworden, und ich hatte das Gefühl, du hättest mich kein bisschen mehr … ja, ich kam mir nicht wie deine Frau vor, du hast mich behandelt wie ein dummes Ding, hast du ja auch gesagt, dummes Hinkel, das ärgert mich heute noch, das ist das gemeinste, was du zu mir sagen konntest. Du hast mich nicht, wie soll ich sagen, mit Würde behandelt, mit großer erwachsener Würde, eher wie ein Ding, wie eine maîtresse, die froh sein kann, dass sie noch nicht verlassen worden ist zugunsten der ersten Person, der Ehefrau. Im Grunde hatte ich immer das Gefühl, da wäre noch eine Konkurrentin, eine würdigere als ich. Aber ich war doch deine Frau! Da kommen mir doch die Tränen. Und wenn du andere hattest, dann waren das Flittchen, die konnten mir wirklich nicht den Rang ablaufen. Jedenfalls ist mir lieber, du bist wo du bist, als dass du mich hättest sitzenlassen. Ich habe mehrere Beweise, dass du mich nicht ernst genommen hast. Dieses Fest bei Engelben Claussen, als du betrunken warst. Als wir dann früh am Morgen heimgefahren sind, du sternhagelvoll. Betrunkene sagen die Wahrheit, und als du auf den Tisch gestiegen bist und gegrölt hast, es lebe die Gattin, die Gans und die Galle, da haben alle über mich gelacht, weil jeder verstanden hatte, das war auf mich gemünzt. Dafür hab ich jetzt dein ganzes Geld, du kannst mir nichts mehr kürzen, ich bin die Königin. Daran hättest du nicht gedacht. Warst du kein bisschen stolz auf mich? Ich Ziege, Kuh, aufgeweichtes Weibshirn, Schweinchen, Flittchen, Luder, Christkindchen, dummes Hinkel, Gnädigste, Arschloch, auch das ist dir mal herausgerutscht, du Ekel, du Tyrann, du Hagestolz, du Widerling, du Untauglicher, du Schweinigel, du verdorbener Dandy, du … Aber ich war doch deine Frau, da kannst du dich drehen und wenden wie du willst, da kannst du dich auf den Kopf stellen und mit den Beinen strampeln, wer zuletzt lacht, lacht am besten, so sagt man doch, mein armer Robert …

Herta Sukow füllte die Zinkwanne auf und rief ihre Kinder, Schorsch, Christa, los, macht, hopp, hopp … Sie seifte sich genüsslich die Hände in dem warmen Wasser, (gut gegens Rheuma). Christa kreischte, der Kinderkörper zappelte unter Hertas Zugriff. Herta wischte sich den Schweiß von der Stirn, sie liebte diesen Geruch nach Kernseife und Kinderhaut, etwas wie Familiengeruch, wie immer dagewesen. Nach den Kindern stieg sie selbst in das Wasser und danach, letzte in der Wannenhierarchie, Helga Piorski mit ihrem kleinen Bruder Erich. Die Schnapsflasche wurde aus der Speisekammer geholt, wie immer Samstagabends, zwei Eierbecher wurden vollgegossen. Alles war in Ordnung. Herta hatte ein Paket nach Deutschland rübergeschickt, Schweineschmalz, Harz, Blockschokolade, Zucker, Watte und Kaffee. Für den Kirchenbazar Kuchen gebacken, alles in Ordnung. Bald würde Josef auf der Matte stehn. Jemand hat übrigens der heiligen Jungfrau ein blauweißrotes Pflaster über den Mund geklebt, kann doch nur einer von diesen Alten gewesen sein. Herta hatte sich morgens beim Bäcker ins Zeug gelegt, worauf die Rotbusch sie vaterlandslose Kanaille genannt hatte. Aber jetzt, gradzelääätz, besann Herta sich auf ihre elsässische Großmutter und sang ihren Kindern französische Lieder vor, au clair de la lune mon ami Pierrot …, während sie versuchte, dem sich sträubenden Schorsch die Haare zu schneiden. Komm, sei brav, nachher gibts Krumbeerkichelcher mit Haazschmier. Schorsch verzog das Gesicht, was seine Mutter mit brav meinte, verhinderte das Heranwachsen aller Helden. Dabei wusste sie noch gar nicht das Neueste. Mit dem

Förderband auf die Halden hoch, ganz oben hin, auf den Vulkan, dann runter und wieder rauf, egal wer schreit, egal, traut sich sowieso keiner nachzukommen. Das braun und rot geblümte Linoleum schimmerte frischgebohnert in dem funseligen Licht. Der Ofen strömte Mordshitze aus, die den Frauen ins Gesicht trieb. Helga Piorski lachte, siehst aus als hättste, weißt schon. Als die Kinder im Bett lagen, setzten sich die Frauen an den Küchentisch. Herta stellte einen Spiegel vor sich auf und drehte sich Lockenwickler ins Haar. Noch einen Schnaps und noch einen. Schon gehört mit dem Kind das? Im Keller der Fabrik hatte man eine Kinderleiche gefunden, eingepackt in Zeitungspapier und bereits von den Ratten angefressen. Wie kamma nur, Gott wie schrecklich, erzähl mal genau ... Herta bekreuzigte sich. Was soll man sagen, nix, gar nix ... Müsst man doch gesehn haben, kann ja nur eine gewesen sein, die sowieso schon dick iss, wo keinem auffällt, ob bisschen mehr oder weniger ... Als hätt der Satan seine Finger im Spiel, und in diesen Zeiten scheints schneller zu gehn wie bei den Karnickeln, schwuppdiwupp, schon sitzt dir ein Plag im Bauch. Helga schlug sich ein Handtuch ums nasse Haar, was redst denn du daher, komm, lass uns an was anderes denken. Sie stellten das Radio an, Liederabend mit Josef Schmidt, das ist der schönste Tag in meinem Leben ... die Eierbecher wurden aufs neue gefüllt, Herta schob das Stopfei von einem Strumpf in den nächsten. Ich bin blau, dachte Helga, nur nicht heulen jetzt. Weißt du eigentlich, dass ich mal verlobt war, Herta? Damals, als ich im Lazarett gearbeitet hab, ach ... sie nahm noch einen Schluck und wischte sich mit dem Handrücken über den Mund, wie um Ordnung zu schaffen. Herta sah von ihrem Stopfei hoch und in Helgas Gesicht, die hats aber gepackt heut, dachte sie, so hab ich die ja noch nie gesehn. Und? Helga zündete sich eine Zigarette an. Er hatte einen Steckschuss in der Hüfte und beide Arme in Gips, hab ihn gesundgepflegt. Ach war das ein Mann, lag da wie eine Mumie und ist bald verrückt geworden, weil er nicht mal sich selbst, du verstehst, und nach drei Wochen hat er gesagt, Schwester, wenn Sie wollen, dass ich nicht verrecke, dann … ich musste mit meinem Ohr ganz nah an seinen Mund runter, war ihm so peinlich, hab ich gesagt, sagen Sie nur, was Sie auf dem Herzen haben, ich dachte, es handelt sich um das übliche, einen Brief an die Liebste oder dass er ins Bett gemacht hätte … hat sich aber um was ganz anderes gehandelt, ich hab ihm dann die Erleichterung verschafft und gesagt, ich sehe da gar nichts unmoralisches bei, und so hat sich das entwickelt. Wir haben uns mords was geküsst, ja, ach … und ich hab ihn weiter jeden Tag auf diese Weise betreut, und als er aus dem Lazarett entlassen war, haben wir uns verlobt. Drei Wochen haben wir zusammengelebt wie Mann und Frau, und als er dann noch mal an die Front musste und gefallen ist, war ich guter Hoffnung. Komm mir nur mit so was nicht, hat meine Mutter gesagt, dabei wars schon ziemlich weit, im dritten Monat, und sie hat mir die Hölle heiß gemacht, das schaffen wir nie, wie sollen wir denn noch ein Kind durchfüttern, sagte sie und hat mir keine Ruhe gelassen, ich war ganz schlapp vor Kummer, war schlimmer als dass Papa im Feld geblieben ist, aber ich hab mich wieder aufgerappelt und gesagt, das bleibt, Mama, dafür steh ich ein. Als dann die Decke über dem Luftschutzkeller zusammengebrochen ist, oh Gott, war das schrecklich, ich war draußen und Mama war drin, und ich hab sie versucht unter dem Gerümpel herauszukriegen, sie hat bis zur Brust darunter gesteckt, ich hab den Balken hochgestemmt, und das Geschrei der Leute von drin unter den Trümmern, und Mama: zieh mich raus, zieh, zieh! Ihr Gesicht, das werd ich nie vergessen, ich hätte sie doch nicht auseinanderreißen können. Bin dann los Hilfe holen, aber jeder war mit sich beschäftigt, wie die Irren sind sie herumgetorkelt, bin dann wieder zurück, Mama hatte immer noch die Arme vorgestreckt, ich hab dann mit einer Stange versucht, die Brocken über ihr hochzustemmen, ging aber nicht, und dann wars aus. Einen Tag später hatte ich dann den Abgang, ein Mädchen wars, Helga weinte. Herta goss ihr Schnaps nach. Und so, schluchzte Helga, hat meine Mutter doch erreicht, was sie gewollt hat, ich heule nicht um Mama, ich heule … Ich kann solche Geschichten nicht mehr hören, dachte Herta bei sich, und weiß man, ob sie stimmen, sie traute Helga nicht über den Weg, nicht die Bohne, dachte sie, selbst jetzt nicht.

Josef hatte Helga und ihren kleinen Bruder eines Tages mitgebracht und gesagt, wir müssen das arme Ding unterbringen, und auf Hertas Protest hin hatte er geschimpft, so würd er sie ja nicht kennen, so kaltherzig, aber nachts im Bett hatte sie sich herumkriegen lassen. Unter einer Bedingung, nur bis sie was richtiges gefunden hat, hatte sie gesagt, das war ein Kompromiss, und jetzt hatte sie sie am Hals, und Helga dachte nicht daran, sich etwas anderes zu suchen. Trotzdem sagte Herta jetzt, armes Kind, das tut mir wirklich leid, mehr brachte sie nicht über die Lippen. Komm, sie schob ihr die Zigarettenschachtel hin. Helga war ihr alles andere als sympathisch. Ja, sie war ihr zutiefst verdächtig. Die können ja Gott weiß was erzählen, weiß mans obs stimmt? Schon dass sie aus dem Osten kam und dass Josef so ein Theater um sie machte, und außerdem kommt sie sich als was Besseres vor, die mit ihren Büchern und ihrem Brüderchen, von wegen Brüderchen, so nennt man das heut, das Bankert von Brüderchen. Und überhaupt, diese Pfürz im Kopp, von wegen studieren … Das arme Mädel, das arme Ding, äffte sie Josef nach, als sie allein war.

Sie goss sich noch einen Eierbecher Schnaps voll und holte den Brief ihrer Tante Thea aus Hannover aus der Schublade hervor. Ich traute meinen Augen nicht, schrieb die Tante, dein Bruder Fritz … Zuerst hätte sie ihn nicht erkannt, sei dann aber um ihn herumgelaufen und hätte ihn genauer inspiziert, und es stimmte. Also ist er nicht in Spanien, und also lebt er noch. Herta griff nach ihrer Unterlippe und knetete mit Daumen und Zeigefinger daran herum, das darf doch nicht wahr sein, murmelte sie. Ich bin auf ihn zugegangen, schrieb die Tante, ohne mich um diese Zigeuner und sonst das Pack zu kümmern, das da herumstand, und glaub mir, ich habe mich bekreuzigen müssen, so hat mir das Herz geschlagen. Wie ein Halbgehängter stand er da. Dann habe ich mir aber gesagt, ist doch der Sohn von deiner Schwester, und du musst aus rein familiären Gründen über deinen Schatten springen. Das Leben hat eben nichts als Enttäuschungen. Fritz inmitten von diesem Lumpenpack. Ein Schwarzmarktgangster, ich zweifele nicht daran, leider Gottes. Dieser Abschaum haust in unserem Bahnhofsbunker. Sie treiben ihr Unwesen, wo sie nur können. Kein anständiger Mensch traut sich in ihre Nähe, denn die lassen alles mitgehn, ohne dass dus merkst. Ich habe meine Tasche mit beiden Armen festgehalten und bin weg. Ich habe ihn nicht angesprochen, denn ich bin sicher, es hätte nichts genützt. Wahrscheinlich hat er mich erkannt, musste er ja, aber er hat getan, als hätte er mich nicht gesehen. Das sind Leute, die rauben uns das letzte Hemd vom Leib. Neulich haben sie einem Herrn sogar die Hosen ausgezogen. Gottlos und, man darf es ja heute nicht mehr sagen, aber du weißt was ich meine. Das nennt man also Spanien. Ein schönes Spanien. Dein Bruder Friedrich war schon als Kind ungeraten, ich habs schon immer gewusst. Schon vom ersten Tag an, wie ich ihn auf den Arm genommen hab, da hab ich gewusst, das ist einer, der ist aus der Art geschlagen. Aber deine arme Mutter hat ja an diesen Bengel geglaubt. Es ist eine Schande. Meine liebe Herta, es tut mir in der Seele weh, dies mitzuteilen, wo du doch so ein ehrliches Herz bist. Wer einmal dort landet ist verloren. Ich muss es leider so hart sagen, man muss schließlich der Wahrheit ins Auge blicken. Deine Mutter würde sich im Grabe herumdrehen, wenn sie das sehn täte. Ich war bei der Polizei, die hat gesagt, gehen Sie zu diesem Pfarrer Albertz, sonst kann man da nichts machen. Und dieser Herr hat doch nichts weiter gesagt, als man muss Geduld haben, das wären arme Menschen. Hab ich gesagt, Herr Pfarrer, gewisse arme Menschen kommen erst zur Besinnung, wenn man sie an die Wand stellt. Also von helfen keine Spur. Dabei könnte unser Fritz so ein anständiger Kerl sein, er hat alles gelernt, was man lernen muss für ein gottgefälliges Leben. Herta, überleg dir gut, was man da machen kann, da ich schon befürchte, er wird eines Tages vor unserer Tür auftauchen und uns schädigen. Man darf sich gar nicht ausdenken, was da passieren kann. Und das in unserer Familie. Ich will nicht die Worte wiederholen, die dein Onkel ausgerufen hat, als ich ihm das alles berichtete. Gott sei mit dir, mein Kind! Es grüßt dich in tiefer Ratlosigkeit deine dich liebende Tante Thea.

Als spät in der Nacht Josef nach Hause kam, fand er seine Frau sternhagelblau am Küchentisch sitzen, das aufgeschlagene Fotoalbum vor sich. Er trug sie ins Bett und las kopfschüttelnd den Brief. Lange betrachtete er seine schlafenden Kinder, deren Bett neben dem Ehebett stand. Dann ging er noch einmal in die Küche, schnitt sich die Zehennägel, wusch sich gründlich und nicht nur unter den Armen mit kaltem Wasser, öffnete eine Schnapsflasche, nahm einen Zug daraus und beschloss, dass das alles nicht mehr so weitergehen dürfte. Natürlich war er in Marseille nicht in der Kirche gewesen, und natürlich war er auch wieder zu Zizi gegangen.

Das Kind wird mir wunderlich, sagte Maria zu Herta, die zweimal in der Woche zum Putzen kam, es treibt sich herum, kommt nicht heim, wenns dunkel ist und macht beim Essen noch mehr Zicken als sonst, schludert bei den Aufgaben, stromert woweißichwas rum, hockt nachts auf der Fensterbank und redet mondsüchtiges Zeug, stöhnte Maria, und die gute Frau Aschen weiß auch nicht, wo ihr der Kopf steht. Neulich hats das B üben sollen, die Tafel voll schreiben, und was machts, das Luder? Hat drei große Bs über die ganze Tafel geschmiert, jedes B vom obern Rand bis zum untern. Hab ich gesagt, das geht so nicht, Mäuschen, das musst du anders machen, schön klein, jede Zeile voll Bs, sonst setzts was. Nein, kreischts, neiiin. Natürlich hat die Lehrerin ihm eine gewischt, wie ein geschlagenes Hündchen kams zurück, aber ein Dickkopf, sag ich dir, aber ein Dickkopf! Und dann hatts immer noch nicht gespurt, bis ich mir gedacht hab, das geht so nich, und dann abends Heinzelmännchen und selber die Tafel vollgeschrieben. Jetzt kommts jeden Tag, Mariaaa, bidde, bidde, oooch mach doch … und so weiter. Hats ja auch schwer, das arme Wurschtl, kapiert nicht, dass der Papa da iss wo er iss. Der Papi kommt wieder, hats gesagt, ich weiß es genau. Hab ichs in die Kirche mitgenommen und gesagt, der Papa iss im Himmel, guck da bei den Engelein, und da gehts ihm wunderbar. Aber nein: er kommt wieder und dann verhaut er die Olga. Warum denn die Olga, hab ich gefragt. Die hat gesagt, sagts, dein Papa wird von den Würmern gefressen, und guckt die Radieschen von unten an. Wie kann man einem Kind so was sagen! Die Chefin hätte das Kind mit auf die Beerdigung nehmen sollen, dann hätts einen ordentlichen Abschied gehabt, aber versteh einer diese Leute. Paris, wenn ich das schon hör. Heilige Mutter Gottes, das wird mir noch verrückt, faselt von einem Hund mit einem Frauengesicht. Hab ich mir gedacht, kaltes Wasser auf den Leib, hab ihm das Leibchen ausgezogen und es in die Wanne gestellt, aber das hättste mal sehn sollen. Das Gezappel und das Geschrei! Misch ich Lebertran in die Harzschmier, wenigstens das. Herta schüttelte missbilligend den Kopf, verwöhntes Prinzesschen, diese kleine Ratte, können aber im Grund mehr vertragen, als man denkt, wenn ich mir da den kleinen Erich anguck, gib ihr mal eins hinten drauf, und das Herzchen wird schon wieder an die rechte Stelle, diese Einzelkinder! Die heilige Mutter Gottes hat für jeden ein Ohr, die Fürbitterin vor dem Herrn, davon war Lily überzeugt. Sei gegrüßt du glorwürdigste Jungfrau … Sie presste die Zähne aufeinander, machte Fäuste, kniff die Augen zu, hielt die Luft an und versetzte den Körper in den Zustand gläubiger Starre. Die Anspannung aller Muskeln war zur Herbeirufung des Geistes vonnöten, als Zeichen größter und einzig auf das Eine gerichteten Anstrengung. Dass er wiederkommt, ich weißßß es genauuu. Sie hatten bei Karl zu Hause frisches Brot mit Sirup gegessen, und ihre Mutter hatte sie dafür ausgeschimpft: man geht nicht zu fremden Leuten sich den Bauch vollschlagen, wenn die Leute einem etwas zu essen geben wollen, sagt man nein danke, man isst den Leuten nichts weg und so weiter. Die Streitigkeiten mit ihrer Mutter machten die Wiedererweckung des Vaters umso dringlicher. Lily schmeckte es aus unerfindlichen Gründen nicht mehr zu Hause. Spiensig ist sie, sagte Maria, du kriegst mir noch die Schwindsucht, wenn du so weitermachst. Aber bei den Nachbarsleuten in der warmen Küche, am gescheuerten Tisch, in Gesellschaft von Karl und seinen Schwestern, wo das Essen nicht begleitet wurde von gewissen Mutterblicken und wo man bekam was man wollte, Brot mit Harz ohne Butter, da stellte sich bei Lily Wohlbehagen und Appetit ein. Maria weigerte sich, »Mamatschi schenk mir doch ein Pferdchen« zu singen. Warum nicht? Bidde bidde! Nein, Mäuschen, das ist nichts für traurige Seelen. Maria war fest entschlossen, aus dem traurigen Kind wieder ein fröhliches Kind zu machen.

Lily kroch auf allen Vieren hinter den Fässern durch das Loch im Zaun, dann rannte sie den schmalen Weg hinunter, der an der Rückseite der Gärten entlangführte, bis zum Bahnhof und über die Gleise an der Schlackenhalde vorbei zu dem ausgebombten Haus, von dem nur noch ein Teil stand. Es war umwuchert von Gestrüpp und Brennnesseln. Eine schmale Schneise war freigestampft. Verschont jedoch blieb man nie, wenn man ganz zu dem Haus vordrang. Lily brannten die Beine, auf Zehenspitzen ging sie weiter. Es war eine schreckliche Stille in der Ruine. Karl war noch nicht da. Lily dachte an den Marder, der die Hühner der Nachbarin gerissen hatte, und sie dachte an Mörder, was so etwas ähnliches wie Marder sein musste. Marder für Tiere, Mörder für Menschen. Also machte sie sich auf einen Mörder gefasst. Ihr Entschluss aber, den sie im Bündnis mit der heiligen, glorwürdigen Jungfrau gefasst hatte, war ihr so gewiss, dass alle Gefahren in Kauf genommen werden mussten dafür. Feiglinge wecken keine Toten auf. Das Heilige hat seinen Preis. Das Wichtige kostet Opfer. Das fängt beim Essen an und hört bei den Wundern auf.

Ein einziger Raum des Hauses war noch überdacht. Die Decke hing windschief in der Luft, so als wolle sie im nächsten Moment herunterkommen. Lily kniete nieder. In einer Ecke war eine Art Altar aufgebaut. Ein Tisch mit einer Brokatdecke, deren Saum in starren Falten hinabfiel und auf dem mit Glassplittern, Schmutz und Unrat bedeckten Boden wie eine Schleppe auflag. In der Mitte des Tisches war ein roh zusammengehauenes Holzkreuz aufgebaut. Eine Puppe war daran festgebunden, die Zelluloidarme nach außen gebogen, Hände und Füße mit Seilen umwickelt. Dickes Rot prangte auf dem Körper der Puppe. Es waren fette mit Lippenstift aufgetragene Placken, die die heiligen Wundmale darstellen sollten. Ansonsten war das Kreuz mit verwelkten Blumen geschmückt, Astern und Rosen, mit bunten Wollknäueln und Kugeln aus zerknülltem Silberpapier. Über dem Kreuz hing ein Hut Robert Aschens. Er hing in ähnlicher Weise verwegen schief da, halb nach vor und halb zur linken Seite geneigt, wie er auf dem Kopf seines Trägers zu sitzen pflegte. Das Kreuz war von Kerzen umstellt. Sie staken in Spielzeugtassen, Flaschen, zerbeultem Aluminiumgeschirr und einem hölzernen Geburtstagskranz. Auf einer Spiegelscheibe klebten Glanzbilder, Darstellungen lachender Blumenmädchen, lockiger Putten, auf Wolken gestützt und gen Himmel blickend. Des Weiteren lagen auf dem Tisch Bonbons, Kieselsteine, Hühnerknochen, bunte Scherben und Knäuel kupfernen Metallspans. Vor dem Tisch stand auf dem Boden ein zerbeultes Schälchen mit Weihwasser, entnommen aus Marias privater heiliger Asservatenkammer. Ein Rosenkranz wand sich um den Fuß der Puppe, seine in Goldbuchstaben schriftlich bestätigte Herkunft (Ölberg, Jerusalem, zweitausendjähriges Olivenholz) verlieh ihm nach Marias Aussagen besonders mirakulöse Kräfte. Der Herr Jesus hat dieses Holz schon berührt, kommt in der Wirkung fast an den Heiligen Rock von Trier heran. Lily wartete. Sie wartete sehr lange, sie zählte bis zweihundert, aber Karl kam nicht. Sie steckte einen Zettel an die Brokatdecke. Ein rot ausgewischtes Herz, in dessen Mitte sich minutiös gemalte Bs drängten, prangte darauf. Durch halbgeschlossene Lider brachte sie das Mysterium zum Funkeln. Die Angelegenheit war zu wichtig und zu heilig, als dass man ihr gerade ins Auge blicken durfte. Das Licht verdoppelte und brach sich, und das Funkeln barst auseinander. Lily nahm den Rosenkranz, umfaltete ihn, die Fingerspitzen andächtig unters Kinn geschoben, ganz nach Marias Vorbild. Sie presste die Zähne aufeinander, blickte hoch zu dem

Hut, um den sich eine leuchtende Aureole ausgebreitet hatte. Unter ihrem Schein tauchte der Mann mit der Bärenpranke und der schwarzgelackten Rose auf. Lily betete. Sie kniete in vollkommener Starre vor dem Altar und murmelte: Heilige Mutter Gottes, gebenedeite, mildreiche, barmherzige, gnadenreiche, bidde, bidde, wie viele Vaterunser befiehlst du mir, wie viele Bs, ich mache alles, was du willst, bidde bidde! Der Mann mit der Bärenpranke neigte sich herab, Lily streckte die Arme nach ihrem Vater aus. Eine Erschütterung bewegte seinen Hut. Er sagte etwas, aber Lily konnte ihn nicht verstehen. Gebannt sah sie zu ihm herauf. Jetzt, jetzt oder nie. Es hing einzig von ihrer Kraft ab. Von der Reinheit und Wahrhaftigkeit ihrer Kraft. In diesem Moment war er verschwunden. Nur die Aureole war geblieben, einsam über dem Hut. Lily meinte gesehen zu haben, wie er zitterte, als er verschwand.

Die Geschichten vom überraschenden Auftauchen verschwundener Väter kursierten in vielfältigen Variationen. Lily nährte ihre Hoffnungen daran. Wie Geister erschienen die plötzlich Aufgetauchten an unerwarteten Orten und zu unerwarteten Zeiten. Es war die Zeit der unglaublichsten Geschichten. Je nachdem, ob sie von Glück oder Unglück handelten, wurden sie als freudige Sensation oder als Schande hinter vorgehaltener Hand weitererzählt. Etwa so: »Dabei hatte sie schon einen andern im Bett«. Oder so: »Kommt Rosi zu ihrer Mutter gerannt und schreit, Mama, Mama, da is'n Mann, der sagt, er wär der Papa«.

Lily rechnete mit Erfolg. Selbst an diesem Tag noch. Unverdrossen hoffnungsvoll durchsuchte sie den Kleiderschrank ihres Vaters. Drei Tage später sollte ein weiterer Wiedererweckungsversuch stattfinden. Selbstverfertigte Zeichnungen, eine getrocknete amerikanische Banane, eine Apfelsine, Kieselsteine im Wasserglas, ein ihrer Mutter entwendetes Gebetbuch aus der Paulinus-Druckerei der Diözese Trier mit besonders schönen Heiligenabbildungen und ein auf Pauspapier gezeichnetes Fahrrad (von Lily durchgepaustes Lexikonschema). Als aber auch diese Devotionalien plus fleißigem Beten den Bedingungen der heiligen Jungfrau immer noch nicht genüge taten, der Mann mit der Bärenpranke wollte sich abermals nicht aus dem Bannkreis des heiligen Widerscheins in die Wirklichkeit begeben, fassten Lily und Karl einen radikalen Entschluss. Sie machten Nägel mit Köpfen, wie Karl es nannte. Er meinte, der Misserfolg der bisherigen Erweckungsversuche läge daran, dass kein richtiges Opfer gebracht worden sei. Ein wirkliches Opfer hieße wirkliches Blut. Die heilige Jungfrau und der liebe Gott und überhaupt die Heiligen hätten Augen wie die »Rönschenapparate«. Du kannst dich unter elf Bettdecken verstecken, aber sie sehn dich. Karls Heilige waren eine Mischung aus indianischem Stielauge und Gewissen. Also müsse auch das Blut echt sein, es müsse warm sein wie Metzelsuppe.

Lilys Wiedererweckungsplan stand unter Zeitdruck. Denn, wenn sie stimmte, die Sache mit den Würmern, dann war Eile angesagt. Am Samstagmittag also, als Luise nach Metz zum Einkaufen gefahren war, Maria ihren freien Tag hatte und Karls Eltern auf dem Land hamstern waren, machten sich Lily und Karl an einen erneuten Versuch. Diesmal sollte es ernst werden. Sie holten sich bei der tauben Frau Behr aus dem Stall hinter den Gleisen ein Huhn und liefen mit dem kreischenden Tier zu dem für die heilige Handlung vorgesehenen Ort, dem ausgebombten Haus hinter der Schlackenhalde. Das Geschrei des Huhns kam Lily, gemessen an dem Anlass, nicht eben würdig vor. (Vielleicht hätte man ein Lämmchen nehmen sollen?) Karl hielt es an den zusammengebundenen Beinen, den Kopf nach unten. Während Lily die Kerzen anzündete, schliff Karl das Messer. Das Opfer hatten sie derweil in einen Kasten gesperrt. Erneut wurden Devotionalien auf dem Altar ausgebreitet: ein goldenes Kettchen, ein Paar Babyschuhe (Lily hatte darin laufen gelernt, ihre Mutter sagte, sie brächten Glück), eine Weihnachtsbaumkugel, einen aufgeblasenen Luftballon, ein in Goldbronze getauchter Eichenzweig, ein Fläschchen selbstgemachtes Parfüm, (mit Wasser aufgegossene Rosenblüten), einen Eierbecher voll Schnaps (man kann ja nie wissen) und einen Stapel »Hostien« aus Marias Backwarenvorrat.

Die Schlachtung des gefesselten Huhns ging unter Gebeten und Gesängen vonstatten. Lily mobilisierte ihr ganzes Repertoire: sieben Vaterunser, das Ave Maria so gut es ging, für die mild süße, barmherzige, glormilde, sanftsüße, heilige Jungfrau. Karl machte sich ans Zerlegen, wobei er beschwörend in selbsterfundener Indianersprache vor sich hinbrabbelte. Schenkel, Kopf, Flügel und Rumpf des Huhns wurden unter das Kreuz garniert. Luises Brokatdecke war vollgesogen mit Blut. Die Gesichter gen Kreuz gewandt, warteten die Kinder auf das Erscheinen Robert Aschens. Die Kerzen waren fast schon heruntergebrannt, da erschien er: piratenhaft wild, im Flackern der Flammen. Lily stieß einen Schrei aus. Sie zitterte am ganzen Körper. Dann fiel sie in Ohnmacht.

Luise saß am Schreibtisch und blickte aus dem Fenster. Das Kraftwerk auf der anderen Seite der Straße kam ihr vor wie eine Strafanstalt. Der hohe Zaun aus dicht aneinander stehenden Betonstreben, der das Werksgelände umgab, war an seinem oberen Rand mit Stacheldraht versehen, bizarr und furchteinflößend. Der Werksbau, ein immenser Kasten, umgeben von kleineren Gebäuden und einem Hochspannungsgeflecht, war Luise immer unheimlich gewesen. Nachts, wenn es still war und wenn die Scheinwerfer das Gelände erleuchteten, konnte sie bei geöffnetem Fenster das Sirren der Elektrizitätsströme hören, ein unentwegtes Geräusch, das manchmal in Knistern umschlug. Schon allein die Vorstellung, dass hier ein Mensch nur an die falsche Stelle geraten musste! Auf dem Gelände des Kraftwerks herrschte nicht der gleiche rege Betrieb wie hier auf dem Fabrikhof, wo immer Leute waren, wo immer eilig gelaufen wurde, von wo immer Stimmen heraufschallten in das Büro. Das hatte etwas Beruhigendes. Aber dort drüben sah man nie einen Menschen.

Nachts, in ihren Träumen, wanderte Luise durch die Räume ihrer Kindheit. Sie stand auf der Balustrade im Treppenhaus und blickte hinab in die Eingangshalle, wo zwischen zerschlissenen Kanapees und Schutt ihr Vater, grauhaarig und mit einem Staubmantel bekleidet, umherirrte. Sie kniete hinter der Holzbalustrade und drückte ihr Gesicht zwischen den Stäben hindurch, im Bestreben, den Vater besser zu sehen. Einmal hielt sie den Vater in den Armen und tröstete ihn wie man ein Kind tröstet. Wenn sie aufwachte aus solchen Träumen, fühlte sie sich erschöpft, und ein matter Geschmack von Vergeblichkeit lag ihr auf der Zunge.

Jetzt saß sie am Schreibtisch und sann über ihre Pflichten nach. Der Gestank der Zuckerrüben war ihr zuwider und auch die Schwefelschwaden, die von der anderen Seite des Flusses herübertrieben. An Tagen wie heute legten sie sich wie ein giftiger, schwärender Dampf über die Gegend. Wie eine tägliche Strafe lag er über den Häusern der Industriesiedlung. Und wenn doch einmal der Himmel frei war, bei Wind, wenn die Wolken in Bewegung kamen, wenn das Helle durchbrach, konnte Luise geradezu närrisch werden vor plötzlich einsetzender Sehnsucht nach anderswohin, irgendwohin, wo es alle Tage so sein müsste. Dann hatte sie Lust, alles stehn und liegen zu lassen, nach mir die Sintflut, und an einen Ort zu fahren, wo sie mit alledem nichts mehr zu tun hätte. Robert hatte ihr nicht nur ein beträchtliches Vermögen hinterlassen, sondern auch einen Brocken an Verpflichtungen, die selbst für ihn waghalsig geworden wären. In diesem Jahr wurde die Sirupproduktion erweitert, und nicht nur die von den Leuten aus der Umgebung herangebrachten Zuckerrüben sollten verarbeitet werden, sondern weitaus größere, mit Zügen angelieferte Mengen, die in Loren vom Bahnsteig zur Fabrik herüber befördert wurden. Aufwärts sollte es jetzt gehn. Der Krieg ist vorüber, hurra wir leben noch, jetzt die Ärmel hochkrempeln, anpacken, loslegen, durchstarten, auf die Pferde, das Herz in die Hand und rüber übers Hindernis … So jedenfalls die Rede Roberts, an die Luise sich jetzt erinnerte. Groll und Trotz stiegen in ihr hoch, was hat er mir da aufgehalst! Ein stinkendes, schwefeldampfendes, sonnenloses Nest. Sie hatte sich von Herrn Maurer eine Ansprache aufsetzen lassen, die sie dann allerdings an manchen Stellen veränderte, weil die Ausdrucksweise ihr zu förmlich und unpersönlich vorgekommen war. Sie war sehr aufgeregt gewesen vor der Versammlung, aber dann war es doch erstaunlich leicht gegangen. Nicht ohne allgemeines Schnäuzen. Vielleicht würde ja auch alles von alleine weitergehn, dachte sie jetzt, die Herren werden ja wohl wissen, was zu tun ist. Ich überlasse Ihnen dies alles mit dem größten Vertrauen, hatte sie zu Herrn Maurer gesagt. Sie blätterte in den Briefen, die vor ihr in der Unterschriftenmappe lagen, immer noch Kondolenzbriefe mit beigelegten Danksagungen. Zwei seltsame Schriftstücke waren in der Post aufgetaucht, auf die sich niemand einen Reim machen konnte. Eines, das von einer Frau geschrieben war, womöglich im Suff und womöglich stand die Absenderin Robert näher als es Luise lieb gewesen wäre. Jedenfalls machte dieser Brief den Eindruck einer ungehörig intimen Nähe, und er endete, das fand Luise besonders unverschämt, mit dem Satz »wann immer Sie Hilfe brauchen sollten, meine liebe Frau Aschen, ich schulde es dem lieben Verstorbenen, Sie nicht im Stich zu lassen«. Das andere war ein Schrieb, einer von einem anonymen Absender, zusammengesetzt aus ausgeschnittenen Zeitungsbuchstaben, die auf einen schmuddeligen Zettel geklebt waren, unregelmäßig und mal in die eine und mal in die andere Richtung kippend. »Das Schwein hat seine gerechte Strafe verdient!!!« Das letzte Wort war mehrfach unterstrichen, mit dicken Balken aus genässtem Tintenstift. Die Sekretärin hatte Luise den Wisch mit heruntergezogenen Mundwinkeln und hochgezogenen Brauen gegeben. So ein Machwerk, so eine Niedertracht, machen Sie sich nichts daraus, Frau Aschen. Die Menschen sind ja so böse! Luise hatte es bereits zerknüllt, um es mit den Worten »das ist ja eine ganz unappetitliche, ekelhafte Sache« in den Papierkorb fallen zu lassen, da hatte es die Sekretärin schon wieder an sich gerissen. Könnte doch interessant für die Polizei sein, gnädige Frau. Denken Sie doch, vielleicht … aber sie hatte auf Luises entsetzte Miene hin nicht weitergesprochen. Luise hasste diese ganze »Verhörerei«, diese »ganze Angelegenheit«, diese »Schnüffelei«, dies »alles, was ich für einen unglaublichen Nonsens halte«. Und dass der

Wisch aus einer bolschewistischen Hetzecke käme, wie auch der grausige Fund im Keller, war Luises feste Überzeugung, so fest, dass sie keinen Disput darüber wünschte. Roberts patronale Haltung diente ihr jetzt als Vorbild, in das sie hineinzuschlüpfen versuchte wie in ein hinterlassenes Kleidungsstück. Das ging bis in die Identität der Wortwendungen. Bei ihrer Ansprache vor den Abteilungsleitern und führenden Angestellten hatte sie an Roberts Worte appelliert, sie alle seien doch eine große Familie, und die Herren waren sichtlich beeindruckt gewesen von der Entschiedenheit ihrer neuen Chefin. Luise hatte während ihrer Ansprache entdeckt, dass sie gar nicht so schüchtern war, wie sie geglaubt hatte. Sie hatte sich hochgereckt in ihrem Schneiderkostüm, das bewusst schlicht gehalten war, und hatte nach den anfänglich zaudernden Sätzen ihre Stimme lauter werden lassen und die Wörter klarer und deutlicher ausgesprochen. Ja, sie war sogar zu eindrucksvoller Pointiertheit in ihrer Betonung gelangt, und am Ende hatte sie einen ganz neuen Stolz in sich aufsteigen gespürt, der für einen Moment ihre Befürchtungen in unerwartete Zuversicht wandelte. Diese Zuversicht war jedoch nicht von Dauer, und wenn sie, wie jetzt, am Schreibtisch saß und darüber sinnierte, wie sie jemals diese Zahlen, Bilanzen, Briefe, Personalakten und Schreiben verstehen sollte, wo sie doch immer von sich behauptete, sie sei romantisch, temperamentvoll, musisch veranlagt und zu sensibel, um geschäftstüchtig zu sein, wenn ihr diese in der neuen Situation entmutigende Selbsteinschätzung durch den Sinn zog, war der schöne neue Stolz wieder dahin.

Ich bin doch eine Frau, seufzte sie, als ihr neuer Verehrer Friedhelm Schwarz auf sie einredete, nur ja die Zügel nicht aus der Hand zu lassen und nur ja selbst die Übersicht zu behalten. Das Mysterium der Sachlichkeiten türmte sich vor ihr zu schrecklicher Höhe auf. Ich bin doch eine Frau, das war inzwischen ihr Lieblingsspruch zu sich selbst geworden.

Friedhelm Schwarz hatte ihr auf ihren Seufzer hin die Hand auf die Schulter gelegt, aber praktische Hilfe hatte er ihr nicht angetragen. Du kannst dich bei mir aussprechen, aber sonst … Ja, was sonst? Luises Nachfrage zur Ermunterung, den angehobenen Satz zu beenden, der übrigens aufs Nachfragen geradezu zugeschnitten war, blieb jedoch ohne Antwort. Friedhelm Schwarz ließ seinen Gedanken in der Luft hängen, er schüttelte den Kopf und vertiefte den Blick in den Teller, auf dem ein Stück Coq au Riesling mit Kartoffeln lag. Luise nahm sich daraufhin vor, irgendwann einmal auf das ausgelassene Satzende zurückzukommen, zumindest im Scherz. Oder vielleicht auch im Ernst. Sie spielte sogar mit der Idee, wie es wäre, wenn sie ihn heiratete. Robert hatte sich über ihn mokiert, ihn einen Frauenhelden genannt, einen Schwächling und ihn für ganz und gar unbrauchbar fürs Geschäftsleben eingeschätzt. Aber gerade das reizte Luise in diesem Moment.

Sie strich über die Schreibunterlage aus grünem Gummi und versuchte, sich von neuem auf die Briefe zu konzentrieren. Im Grunde wusste sie überhaupt nicht, was sie hier sollte, außer ein paar Unterschriften zu absolvieren. Alle hatten mehr Ahnung von dem, was sie tun sollte, als sie selbst. Sie kam sich kindisch und hilfsbedürftig vor, geradezu blöde. Sie überlegte, ob sie einen weißen Kittel anziehn sollte. Robert hatte immer einen weißen Kittel getragen, wenn er arbeitete, selbst im Büro. Der weiße Kittel gehörte gewissermaßen zum Bild des Chefs, zugleich war er ein Zeichen der Gemeinsamkeit, denn alle im Betrieb trugen weiße Kittel. Nur die Sekretärinnen trugen graue Kittel, aus unerfindlichen Gründen. Eigentlich sollten sie überhaupt keine Kittel tragen, es sähe viel hübscher aus, wenn sie in Schottenröcken und dunkelblauen Blusen dasäßen, und Luise beschloss, die Sekretärin kommen zu lassen, um ihr einen entsprechenden Vorschlag zu machen.

Es war erst halb neun, und Luise war bereits so müde, als hätte sie schon einen ganzen Tag hinter sich. Seit Roberts Tod konnte sie nicht mehr gut schlafen. So wie es Robert gegangen war, ging es jetzt ihr. Um fünf wachte sie auf, aus einem Schlaf, der sich wie ein räuberisches Tier über sie hergemacht hatte, und dann rotierten die Sorgen in ihrem Kopf. Sie überlegte, ob sie in die Fabrikhalle heruntergehn sollte. Heute sollte der Rübensaft aus den Dämpfern in die Kochkessel gefüllt werden. Robert war immer bei allem dabei gewesen, er hatte seine Sache von der Pieke auf gelernt gehabt, und er wusste mit allem Bescheid. Aber sie, Luise, hatte sich nie um diese Dinge gekümmert, sie hatte es vorgezogen, sich in Romane zu vertiefen und in ihre Träume von ganz früher oder von später. Und in der letzten Zeit vor Roberts Tod war sie mit Bauplänen beschäftigt gewesen, es sollte ein schönes Haus in einer Villengegend werden. Jetzt fürchtete sie, man würde über sie lästern, sie meinte sogar gehört zu haben, wie die Sekretärinnen über sie tuschelten und sie ein Schäfchen nannten. Nein, sie würde sich nicht in eine bereits im Vorhinein als demütigend voraussehbare Situation begeben. Stattdessen schickte sie ein Lehrmädchen hinunter mit dem Auftrag, sich zu erkundigen, ob alles in Ordnung sei.

Um die Mittagszeit passierte es. Der süßliche Gestank hatte sich in die Schwefelschwaden gemischt, die von der anderen Seite des Flusses herübertrieben, Luise dachte noch, er verpestet die ganze Gegend, das Zeug macht einen blöde im Kopf, ihr war übel. Sie konnte nichts Süßes mehr sehn, geschweige denn essen. Die Kochkessel füllten den hinteren Raum der Fabrikhalle aus, und wenn man vom Haupteingang her kam, einem großen, gebogten Tor im Stil der Jahrhundertwende, glänzten einem die Kessel rotgolden aus dem Dunkel entgegen. Sie waren immer frisch geputzt und vermittelten den Eindruck solider Prosperität. Wenn Luises Stimmung Höhepunkte erreichte, konnte sie sich sogar an dem Anblick der Kesselanlage erfreuen. Hier wird doch pures Gold gekocht, pures Gold, mein Schätzchen, so des seligen Roberts scherzhafte Rede.

Niemand wusste, aus welchem Grund der kochende Saft plötzlich über die Kesselränder trat. Es ging in Windeseile. Noch bevor Egon Schanz der Katastrophe gewahr wurde, hatte sich das Teufelszeug bereits über den Boden der Fabrikhalle ausgebreitet, eilte in Form schäumender, mächtiger Zungen auseinander und fuhr zischend über die nassen Fliesen. Es war ein irrwitziges Schauspiel. Jeder Versuch, sich der Heizanlage zu nähern um das Feuer zu löschen, scheiterte an der Temperatur des durch die Halle rasenden Schaums. Wer versuchte, dieser Tatsache zu trotzen, verbrannte sich die Fußsohlen, so dass er schreiend kehrt machte und sich an den Rand des ausgeflossenen Sirupsees flüchtete wie an einen rettenden Strand. Es strömte und strömte aus den Kesseln, es kroch in alle Ecken und Ritzen, es nahm seinen unaufhaltsamen Lauf in die Fugen zwischen den Platten und Holzbohlen, seinen unfassbar geschwinden Lauf, es umspülte die Gegenstände, riss Eimer mit sich, drang unter den Türen hindurch in die nebenliegenden Räume, floss aus dem Tor hinaus auf den Fabrikhof und beruhigte sich erst draußen in der Kälte, wo sich dunkle, aber immer noch auslaufende Lachen bildeten, die in dicken schwarzen Rinnsalen mündeten. Hilflos standen die Arbeiterinnen dabei und sahen erwartungsvoll auf den Marmeladenkocher, den ein Lachanfall schüttelte. Er schlug sich mit der Hand gegen die Stirn und stieß dabei verrückte Laute aus. Die Arbeiterinnen versuchten schließlich, mit Schrubbern, Schippen, Eimern, Lappen und allem, was aufzutreiben war an mehr oder weniger geeignetem Gerät, von den Rändern her die Masse aufzufangen oder zumindest ihrem Fluss Einhalt zu gebieten. Böden, Treppen, Gegenstände, alles war in kürzester Zeit verharzt und verklebt. Kein Ding, das nicht pappte. Die Fabrikhalle hatte sich in eine einzige große braunschwarze Lache verwandelt. Als der Schaum sich niedergelegt hatte, blieb ein schwarzglänzender, heißdampfender Spiegel zurück.

Die rettende Idee hatte Maria. Auf Lilys Holzstelzen gelang es einem jungen Arbeiter, die Fläche zu überqueren, bis hin zu dem Wasserschlauch am anderen Ende der Halle. Das Zischen beim Zusammentreffen des kalten Wassers mit der immer noch heißen Masse wurde von Johlen und Klatschen begleitet. Die Katastrophe schlug um. Das halbe Dorf hatte sich in der Fabrik eingefunden. Die Kinder drängten sich an den schwarzen See heran. Sie tunkten die Finger hinein, kamen mit Brotkanten und Eimerchen, sauten sich nach Lust und Laune ein und waren durch kein Machtwort zur Raison zu bringen. Lily allen voran, schrien und kreischten sie vor Begeisterung über die ungeahnten Möglichkeiten grenzenloser Ferkelei.

Edda rutschte mitten in der knöcheltiefen und wasserverdünnten Brühe aus und fiel der Länge nach hinein. Als sie sich mit schmerzverzerrtem Gesicht erhob, bot sie das Bild einer Geteerten. Ihr rotblondes Haar hatte sich zu einem dunkelverharzten Wulst verklebt, und ihre Bluse klatschte braundurchnässt an ihrem üppigen Busen, ein Anblick, der ihr grölenden Beifall eintrug. Einen Augenblick lang wusste sie nicht, ob sie vor Schmerz und Scham weinen oder ob sie mitlachen sollte. Sie entschied sich für letzteres und stürzte sich auf den besonders laut lachenden Arbeiter Jean, auf den sie es sowieso abgesehn hatte, und ehe er sichs versah, hatte sie ihn umarmt.

Es war schon Abend, und man hatte bereits das Licht angeschaltet. Max kniete am Rande der abgekühlten Lache und ließ seinen Blick über die Szenen schweifen, die sich theaterhaft vor seinen Augen abspielten. Die schwarze Fläche reflektierte die Strahlen der Lampen und spiegelte die Gegenstände in bizarren Verformungen wider. Wenn Max den Kopf senkte, spiegelte sich auch sein Gesicht in dem gelackten Grund. Er tupfte den Zeigefinger darauf und bewirkte, dass sich eine kleine Spitze nach oben hob und beobachtete, wie sie wieder zurücksank in die Masse, bis sie sich ihr angeglichen hatte und glatt darin versank. Abends schrieb er seinem Freund Thiery von diesem merkwürdigen Ereignis, vielleicht, so dachte er, würde er sogar einen kleinen, witzigen Essay darüber verfassen und an die Zeitung schicken, in der er gelegentlich erste literarische Versuche veröffentlicht hatte. Es gingen ihm allerlei Assoziationen durch den Sinn. Die Laune der Kinder war in wilde Überdrehtheit umgeschlagen. Sie balgten sich, schubsten sich in den Sirup hinein, purzelten und rollten darin übereinander, zogen die Kleider aus, sprangen von neuem in den schwarzen See, ließen sich draußen in einen Haufen Sägespäne fallen, tauchten daraus als gefiederte Derwische hervor und hüpften und torkelten durcheinander, zu unvergesslichem Übermut aufgeputscht. Bald kugelte ein Pulk nackter kleiner Gestalten durch die Sirupmasse, ein Knäuel schwarzer, verrückter Zwerge.

Das Ereignis sollte noch wochenlang Gesprächsstoff im Dorf bieten. Die herbeigeeilten Reporter der Tageszeitungen nutzten die Gelegenheit zu fantasiegeladenen Berichterstattungen, über die vor allem Luise sich ärgerte, weil sie meinte, der gute Ruf des Unternehmens könne Schaden nehmen. Kein Hund und keine Katze im Dorf, deren Fell nicht schwarz verklebt war. Die Stechkarten waren besudelt, und wenn die Arbeiterinnen am Morgen ihre Gummistiefel anzogen, war ihnen, als tauchten ihre Füße in Leim. Es war eine nicht enden wollende Schweinerei. Ratten und Mäuse huschten in noch größeren Massen als sonst durch das Fabrikgelände, und die Katzen konnten das große Fressen, das ihnen geboten wurde, nicht mehr bewältigen. In der Umgebung wurden Vögel gefunden, deren Gefieder so verklebt war, dass sie nicht mehr fliegen konnten. Egon Schanz, der Marmeladenkocher, ließ sich starke Beruhigungstabletten verschreiben, die ihn in den Zustand gesteigerter Apathie versetzten. Luise war so nervös, dass sie sich resigniert dem Diktat ihres »Hausdrachens« unterwarf. Maria verordnete ihr eine Kur, die vor allem auf mit Baldrian angereichertem Milchbrei basierte.

Es war die Zeit, als das Kohlekraftwerk auf Hochtouren lief, und als der vermehrte Niederschlag von Flugasche den beschleunigten Gang der Wirtschaft anzeigte. Der schwarze Schnee rieselte nieder. Die Kinder haschten nach ihm und sammelten ihn in Streichholzschachteln. Lily und Zinks Tochter, die kleine Irina Zinkowna, streuten ihn über Sterne und Sicheln aus Zeitungspapier, die, auf weiße Flächen gelegt, ausgewischt und weggehoben, Wunder von Bildern ergaben. Wenn sich der schwarze Schnee durch vereinzelte Vorboten ankündigte, eilten die Frauen in die Höfe, rissen die Wäsche von der Leine, zogen die Fenster zu, schoben die Kinderwagen ins Haus und banden sich Tücher um den Kopf. Alles war in Anthrazit getaucht. Selbst die Blätter an den Bäumen hatten sich bis zum Herbst eingeschwärzt, und ihre flammenden Farben leuchteten unter der Rußschicht hervor wie das Ocker auf den patinierten Gemälden alter Meister. Die Verliebten befragten das Orakel des schwarzen Schnees. Sie fingen die Rußflocken mit herausgestreckten Zungen auf, die sie dann auf Löschpapier drückten, um aus den dabei entstandenen Formen die Zukunft zu lesen.

Es war die Zeit, in der der alte Scholly endlich Gerechtigkeit wiederkehren sah. Seit einem Jahr hatte er sich in die Mansarde unter dem Fabrikdach eingeschlossen und seine Brieftauben mit geheimen Botschaften an geheime Adressaten geschickt. Es waren Solidaritätserklärungen an die in Landsberg einsitzenden NS-Kämpfer und an verschiedene Komitees, die sich für ihre Freilassung einsetzten. Aber davon wusste niemand, nur Edda, die Sozialnudel vom Dienst. Sie war die einzige, die er nicht mit Gebrüll und Verwünschungen davonjagte. Sie brachte ihm täglich eine Schüssel mit Kantinenessen und eine Kanne Kaffee herauf. Hereingelassen in seine Mansarde jedoch hatte er sie noch nie. Das Glasdach über Luises Veranda war voller Taubenmist, aber sie hatte es aufgegeben, sich darüber zu ärgern. Es gab Dinge, die einfach nicht zu ändern waren. Und der alte Scholly gehörte zur Fabrik wie der Schornstein und die Zuckerrüben. Die überwältigende Anteilnahme der Bevölkerung am Schicksal der in Landsberg und anderswo Einsitzenden hatte Erfolg gezeitigt. Mit den Hinrichtungen war eine vorläufige Pause gemacht worden. Auch Schollys besonderer Schützling, Ilse Koch, konnte sich freuen. Das Lebenslänglich war auf vier Jahre herabgeschmolzen.

Die Gerüchte um die Kommandeuse von Buchenwald gaben das gefundene Fressen für die Illustrierten ab, jetzt wo der Zauber vorbei war, mit dem Schlagzeilen zu machen waren. Dass sie im Gefängnis schwanger geworden war, die »grünäugige, rothaarige Sphinx«, und Spekulationen darüber, wer der Kindserzeuger gewesen sei, ein Pole, ein Amerikaner oder ein deutscher Mithäftling, gehörte zu Ritas und Eddas Lieblingsthema während sie vor den Spinden die Kleider wechselten. Und dass sie einen schwarzen Hengst gehabt hätte und jede Menge Liebhaber, sogar einen Häftling, der ihr hörig gewesen sei. Und dass dieser Häftling, als die Kommandeuse von Buchenwald wegging, verrückt geworden sei. Und dass er sich sinnlos betrunken, die Wäsche seiner Herrin angezogen und sich eine ganze Flasche ihres französischen Parfüms über den Kopf geschüttet hätte. Und dass er dann in wilder Raserei Spiegel und Möbel im Zimmer seines Idols zertrümmert hätte.

Zwischen dem Austausch von Strickmustern und Rezepten für Weihnachtsgebäck, wurde die Debatte über Ilse Koch und Eva Braun geführt. Und Karin Roseher behauptete, sie hätte gelesen, dass Luis Trenker das Tagebuch der Braun hätte. Mein Gott war sie schön, seufzte Brunhilde, und so elegant. Und für Hitler hat sie Wäsche aus Rehleder angezogen. Und jetzt verscherbeln die Amis ihre Amateurfilme, so ein Jammer. Was hätt ich die gern gesehn. Und die Kommunisten in Thüringen haben sich den Mercedes vom Führer unter den Nagel gerissen und fahren damit zur Jagd. Na, so sind die eben, diese Mongolen, sagte Rotraut, die haben vor nix Respekt. Ich weiß übrigens, wer das war, der mit der Ladung Schnaps in die Kuhherde gefahren iss, behauptete Edda, er hat die ganzen Flaschen drüben ins Fass versteckt. Ich habs gesehn. Und wer isses? Sag ich nicht. Edda hatte recht. Das Fass war voller Fuselflaschen. Kichernd bedienten sie sich und zogen gut gelaunt nach Hause.

Es war die Zeit, als Luises Sekretärin, Fräulein Kaub, Propagandamaterial für *le Mouvement pour le Rattachement de la Sarre à la France* verteilte. Ihr Verlobter war ein Franzose. Sie handelte sich damit die allgemeine Ächtung ihrer Kolleginnen, dafür aber das Lob Luises ein. Das Lehrmädchen Paula lästerte hinter Fräulein Kaubs Rücken, Vadderlandsverääderin is das, unn wenn mir all so denge wödde, däde ma all uff da Stroos hugge … die Schlabbefligger däde uns doch gladd verhungere losse … Das Lehrmädchen Paula war die Enkelin eines altgedienten Arbeiters der Röchlingwerke und stolz darauf, dass ihr Großvater zu denen gehörte, die aus Treue zu ihrem Chef an dessen Stelle ins Gefängnis gehn wollten. Der alte Röchling war nämlich wegen seiner nationalsozialistischen Aktivitäten zu mehrjähriger Haft verurteilt worden. Und um Fräulein Kaub zu ärgern, stiftete sie Mathilde an, deutsch ist die Saar zu singen, deutsch immerdar, und deutsch ist unsres Flusses Strand … sie selbst hielt in Gegenwart der Chefsekretärin lieber den Mund, was sie mit »schließlich bin ich Lehrling« begründete. Edeltraut schüttelte ratlos den Kopf. Sie wusste überhaupt nicht mehr, wo sie dran war. Erst hat der Pastor gesagt, ich soll nix mit den Nazis anfangen, dann hat er gesagt, jetzt soll ich doch, und jetzt sagte er, das wären alles Verbrecher gewesen. Aber trotzdem, bei allem was recht ist, was die Kaub da vom Stapel lässt ... was zu viel iss, iss zuviel. Ich jedenfalls häkel Eierwärmer, damit unsere Kirche wieder aufgebaut wird, verkündete sie. Und die große, schlanke Klara Bissel musste immer wieder ihre Geschichte erzählen. Gleich nach dem Krieg hatte sie sich als Mann verkleidet und war mit einem auf den Namen Karl Bissei gefälschten Pass in ein Bergwerk ins Ruhrgebiet gegangen, weil sie dachte, als Mann kriegt man schneller Arbeit. Außerdem war die Zigarettenration für die Männer doppelt so groß wie für die Frauen. Und wenn sie nicht abgehauen wäre, ohne zu kündigen, wär die ganze Chose wahrscheinlich nie aufgeflogen. Aber so, der Richter hatte sie dafür zu mehreren Monaten Knast verdonnert. Jedenfalls waren, dem Himmel sei Dank, die Zeiten vorbei, wo man für das Übertreten der Sperrstunde, für das Betreten von beschlagnahmten Häusern und für das unerlaubte Verlassen des Landkreises ins Gefängnis musste.

Schlicker, der Schlosser, der es vorgezogen hatte, sein Leben im spanischen Bürgerkrieg aufs Spiel zu setzen anstatt fürs deutsche Vaterland, wetterte gegen die Separatisten, weil die doch nur Agenten von ausländischen Imperialisten wären, und weil die doch nur eins im Sinn hätten, nämlich im Auftrag des US-Kapitals und seiner französischen Filiale das Proletariat zu spalten. Er hatte an die Innenseite seiner Spindtür ein Stalinbild gepinnt. Er war sich ganz einig mit Zink und dessen russischer Frau Olga, die hatten sogar ein in Gold gerahmtes Bild von Väterchen Stalin über dem Kanapee hängen. Fräulein Kaubs Propagandaschriften regten Schlicker wahnsinnig auf, und er verbreitete über sie, sie sei eine Bonzenhure, die sich einbilden würde, als Chefsekretärin wär sie was Besseres. Er kannte sie schon lange, er hatte mit ihr schon im Sandkasten im katholischen Kindergarten gespielt gehabt, und sie waren beide auf der Spicherer Höhe über die grüne Grenze gegangen, als die Faschisten kamen, und nur deshalb, weil er sie als alten Kumpel schätzte, war es ihm nicht egal, was sie so von sich gab. Abends in der Wirtschaft, als sie alle zusammensaßen, sagte er es ihr offen ins Gesicht. Aus reiner Freundschaft. Du verkaufst deine Seele, Mädchen, und was kriegst du dafür? Silverne Nixelscher und goldene Wadeweilscher ...! Am ersten Mai war Schlicker mit den Genossen fahnenschwenkend auf die Straße gegangen, und zwar nicht mit der roten, sondern mit der schwarz-rot-goldenen Fahne. Später, nachdem der alte Scholly gestorben war, und als man in einem verschimmelten Karton hunderte von winzigen Zetteln fand, all die geheimen Botschaften, die die Brieftauben befördert hatten mit den Aufrufen zur Befreiung der deutschen Patrioten, hätte Schlicker sich in den Arsch beißen können, so drückte er sich aus, dass man diesem Schweinehund nicht den Hals umgedreht hat.

Egon Schanz ging an der Umzäunung des Kraftwerks entlang, ein selten benutzter Weg, fast zugewachsen von Gestrüpp, Weiden, Haselnusssträuchern, Bromheerbüschen und Brennnesseln. Sie können überhaupt froh sein, dass mein Mann Sie wieder eingestellt hat, hatte die Chefin gesagt, sie hatte geschrien, die Pferde waren mit ihr durchgegangen, und dann hatte sie nach einer Verschnaufpause hinzugefügt, nach allem was man von Ihnen weiß, mein lieber Herr Schanz. Natürlich musste ein Schuldiger gefunden werden für die Katastrophe, und natürlich war er dieser Schuldige. Es ist ein Ekel, eine miese kleine Welt, in die einen werweißwer hineingeschmissen hat, tagein tagaus in diesem Schlachthaus, die Hände verätzt von Säure, das Herz verätzt von den Menschen, am Arsch der Welt, verdonnert, in der Scheiße zu waten, irgendwann hineingesteckt in den Dreck, in ein enges, rußiges, schwarzes Haus, versackt in der Grubensenkung, zwischen rußigen Bäumen und rußigen Menschen und rußigen Mahlzeiten und rußiger Luft. Zwischen einem alten Mann, der nur sonntags ans Tageslicht kam, und einer alten Frau, die immer am Waschen war. Ihre roten, gichtigen Hände auf dem Gebetbuch. Und die Geschwister, die die Mäuler aufsperrten, bis sie selbst in die Grube fuhren und rußige Kleider heimbrachten. Kartoffeln und Bohnen und Speck, manchmal Birnen dazu, und manchmal ein Zicklein. Und überall Heiligenbilder und Kreuze an den Wänden. Und die heilige Barbara. Du gehst mir nicht davon, hatte sie gesagt, die Mamme, du nicht, aber dann war er doch davongegangen. Anfang zwanzig war ihm ein Licht aufgegangen, hatte er Blut geleckt. Wer mal auf die schöne schiefe Bahn gerät, der kann von Glück sagen. Erste Ahnung, dann himmelhoch jauchzende Erkenntnis, dann zu Tode betrübt. Sag mal Detlef! Hört ihr, wie er Detlef sagt, das sagt ja alles. Der iss jo vum annere Ufer. Wann bringst du eine Frau an, Junge, mach mal los mit deinem Leben, der Herrgott hats gegeben, und damit soll einer kään Schindluder treiben. Aber dann: Missgeburt! Babbe und Mamme, Zeter und Mordio, Bekreuzigungen unter dem Bild des heiligen Sebastian. Wirst schon sehn, wo du hinkommst! Teufelsgeburt du, anständige Leute und so was. Der Bub iss krank, der iss verrückt, der gehört nach Merzig, der muss mal zum Dokter, dem hat ääner ins Hirn geschissen. Denne Schanze ihr Egon, ei haschde geheerd? Und ab nach Kassel. Eine Abwärtsfahrt in die schönste Zeit des Lebens. Das Gewissen hat dann Ruhe gegeben, angesichts der funkelnden Gegenwart. Egon Schanz hatte einen Gönner gefunden, oder besser umgekehrt: weißt du eigentlich was für ein schöner Bub du bist? Sperrst das Maul auf und heulst wie ein Tier. Ab auf die Schlachtbank, brauchst keine Angst zu haben, Kleiner, soll dir gut gehn. Kannst ruhig brüllen, macht nix, lass ihm nur freien Lauf, dem Tier in deiner jungen Brust. Und was ist geschlachtet worden? Deine Tugend? Deine Frömmigkeit? Deine Mamasehnsucht? Deine nicht geborenen Kinder? Dein Seelenfrieden? Deine reine, weiße Jung- und Ehefrau? Wandervögel, latsch, latsch, die Heide blüht, männlicher Wanderpulk, aufgeladen mit großen Ideen und einer unbeschreiblichen, einer wahnsinnigen, explodierenden Lebenslust. Da war alles drin, aber alles, die Welt erobern und die Ärsche der Reihe nach. Michi mit der violetten Keule, Erwin mit dem Eisenbauch, Friedrich mit der fetten Zunge, Karl mit dem Stahlgebiss, Rainer mit dem Wunderloch, Schorsch mit der Seefahrerfaust, die schon in allen Häfen der Welt alle schönen Buben verrückt gemacht hat, Erich mit der zarten Seele, der so nah ans Wasser gebaut hatte, ja, Erich, den hatte er geliebt. Aber sein Gönner hat ihn nicht rausrücken wollen, auch hier musste schwer verdient werden. Gänseschmalz, Schuhwichse, Salatöl, alles war gut. Nicht wahr, mein kleiner Hänsel, du wirst auch eines Tages dein Fingerchen durchs Gitter stecken. Der Mund hinter dem Beichtvorhang hat Gift gespien, mein Sohn, und Egon ausgequetscht nach Strich und Faden und am Ende einen miesen Handel vorgeschlagen als Bedingung für die Absolution. Nie wieder um Vergebung gebeten. Kot bis zu den Waden und gefrorene Leiber in Christo. Verschwitzte, verrissene Uniformhosen, Schweiß, Blut, Scheiße, gefrorene Scheiße in der Hose, aufgeriebene Schenkel, wunde Eier, Sackwanzen jede Menge. Bei der Wehrmacht gibts so was nicht, mein Lieber. Strafbataillon, das verdankst du nur mir, ansonsten – eine Handbewegung am Hals entlang – Rübe ab. Nicht wahr, das wollen wir doch mal ein für alle Mal klarstellen. Der Offizier ließ dann Abbitte in der Latrine leisten: Komm, mach schon, du weißt doch, wie das geht, du kleiner Drecksack, du, mach und halts Maul, einss und zzweii und drrrei und … Feuer! Aber hinterher hatte er Egon Schanz verpfiffen. Michi hatte in den Stahlhelm gewichst und hat es mit dem Leben büßen müssen. Ich bin ein Schwein ich bin ein Schwein ich bin ein Schwein … und so weiter. Der Mensch ist die Scheiße Gottes, Egon. Der Gönner war reich gewesen und hatte Egon Schanz in die Kunst des besseren Lebens eingeführt. Ein paar tolle Feten, Reiterbälle bei der Kavallerie, das nennt man dann Leben. Kein roter Faden.

Jetzt stapfte er am Ufer entlang durch die regennasse Erde Richtung Westen auf dem Treidelpfad. Deine Stimme kommt aus dem Grab, vorne zwischen dem Zahnersatz fällt dir manchmal ein Wort heraus. Irgendein Wort, das irgendeine vergangene Zeit da vergessen hatte, und das einfach herausfiel, ohne Sinn. Müde, todmüde. Hat Mama eigentlich gewusst, wo du gelandet bist? Nach dem Krieg war keiner mehr da, und alle Brüder hatten ins Gras gebissen. Nur Ursula, die kleine Schwester: Mein Gott, Egon, dass du noch lebst! Muggefugg unn Haazschmier, hätt dich ja nicht wiedererkannt.

Er setzte sich an die Böschung und zündete sich eine Zigarette an. Er hielt die glühende Zigarettenspitze vor seine Augen. Seit ein paar Jahren konnte er keine Farben mehr erkennen. Er sah nur schwarz und weiß und die Töne dazwischen. Er zog die Hosen bis zum Knie herunter. Er schloss die Augen und legte den Kopf in den Nacken. Hätte jemand in diesem Moment sein Gesicht gesehen, so hätte er einen trügerischen Eindruck davon haben müssen. Ein Ausdruck unheimlicher Leidenschaft lag auf seinen Zügen. Er stieß die brennende Zigarette auf seinen Oberschenkel. Sofort war der Geruch von verbranntem Fleisch da. Er atmete tief ein. Dann zündete er die Zigarette von neuem an und drückte sie wieder auf der Haut seines Oberschenkels aus.

Die Chöre hallten durch die Räume, vielstimmig zwitschernde Frauenvögel. Dieses tirilierende Frauenbataillon, das einen verrückt macht, Josef Sukow fluchte. Der Gesang der Arbeiterinnen, er klang bis in die Garage, erweckte jene bekannte schreckliche Sehnsucht in Josef, die sich ohne jeden Respekt über einen hermacht und einen weichmacht, windelweich, sich jetzt Josefs armen Körpers wie auch seiner armen Seele bemächtigte, Herr hilf, heilige Jungfrau hilf, heiliger Bimbam hilf, und ihn in einen gottverdammten Zustand unaufschiebbarer Begierden versetzte. Josef stand der Schweiß auf der Stirn, er dachte an Helga Piorski, deren Hinternbild, das nun in seinen Sinn drängte, sich irgendwie mit diesen Tönen zu einer Art schwankend-singendem Milchmeer vermischte. Das machte die Wirkung noch brisanter. Allein mit seiner viehischen Sehnsucht, hatte er den Rücken gegen die Tür gelehnt, für alle Fälle. Es war nicht einmal eine besondere Vorstellung nötig, die Sirenengesänge genügten. Solchermaßen heimgesucht, machte er sich über den armen Stift her, dem er beibringen wollte, wie man einen Werkzeugschrank aufräumt, und den er jetzt anbrüllte, hab ich dir Dussel nicht gesagt, dass, und so weiter.

Lily saß Agathe auf dem Schoß und spielte mit deren Schillerlocken, es waren beneidenswert schön gedrehte, bis auf die Schultern in langen, schmalen Wülsten herunterhängende Locken. Mit solchen Locken wurde nach Kaiserslautern gefahren, ohne Passierschein, durch den Wald, und dann wurde auf Teufel komm raus getanzt. Und natürlich wurde Ausschau nach einem geeigneten Ehekandidaten gehalten, vorzugsweise einem Amerikaner, denn Amerika ist das Paradies auf Erden, wie jeder weiß. In Amerika lebt man am Rande eines Swimming-Pools und lässt sich die Sonne auf den Pelz scheinen, man tanzt von morgens bis abends in Bananenröckchen wie Josefine Baker (aber nein, so sehn die doch in Afrika aus, du verwechselst immer Afrika und Amerika, so Loni Rotbusch vorwurfsvoll zu Agathe), man wohnt in Wolkenkratzern, man stopft keine Strümpfe mehr, denn man hat so viel Geld und alles ist so billig, dass man das kaputte Zeug einfach wegschmeißt, man kann der Einfachheit halber auch Papierkleider kaufen, wenn man sich nicht den Luxus von everglaze (Läwwerklees hierzulande) leisten will, jenes gechintzte dreidimensionale Stoffwunder für Tanzkleider mit V-Boot-Ausschnitt.

Ja, wenn die Mädchen sich schön gemacht hatten, gingen sie also schillerlockenschön nach Deutschland in die Amizone Samba, Bebop und Blues tanzen. Jetzt wurde nicht mehr Friedhelm Ottens »Du kannst nicht treu sein« gesungen, sondern »you can't be true, dear«. Die Negerkapelle spielte auch das heißgejazzte »Fräulein Gerda« und die »Fishermen of Capri«. Ach, diese Hot-Club-Band, sag mal Irene, meinst du, man kriegt dümmere Kinder, wenn man 'nen Neger heiratet? Nää, Loniche, wemma so däbbisch iss wie du, kamma doo jo nix me falsch mache…! Die Abbildungen der Besatzungskinder in den Illustrierten, wo dunkelhäutige Babies in vorsprachlichem Alter Sprechblasen mit Sätzen wie »Wo ist mein Papi?« oder »Ich bin ein armes Waisenkind und suche eine Mami« ausstießen, hatten ihre Wirkung getan. Lily wollte, dass ihre Mutter ein Negerbaby kaufe. Sie dachte, so ein Baby sei ein geeignetes Spielzeug. Die schwarze Puppe, die sie besaß, war ein kläglicher Ersatz.

An diesem Tag fing Josef Sukow, noch berauscht vom Gesang der Frauen, Helga Piorski nach Arbeitsschluss ab und überredete sie, auf ein Schnäpschen mit rüber zu kommen.

Er ahnte nicht, dass Lily hinter dem Lenkrad des Lastwagens saß. Sie begriff, dass hier etwas passierte, was in den Bereich des absolut Verbotenen gehörte. Es war nur ein Ausschnitt, den sie zu sehen bekam. Sie hatte die Stirn gegen die Windschutzscheibe gelehnt. Die in dem Halbdunkel verschatteten beiden Gestalten bewegten sich aufeinander zu und verdeckten einander. Als sie sich für einen Moment in den Lichtstrahl schoben, war zu sehen, wie Josef Sukow vor Helga Piorski niederkniete. Helga Piorskis Körper beugte sich vor und wand sich um den Körper Josef Sukows wie eine körpergroße Hand. Die beiden Körper hatten sich in ein Tier verwandelt. Sein Leib hob und senkte sich. Eine plötzliche Erschütterung ließ das Tier in einem Knäuel Werg landen. Jetzt konnte Lily sehen, dass Helga Piorski die Strümpfe heruntergerollt hatte. Ihre weißen, dünnen Beine leuchteten aus dem Dunkel hervor.

Als Josef das Kind im Lastwagen entdeckte, erbleichte er. Der Mann und das Kind sahen einander an wie der Geist das Gespenst. Lilys wortlose Flucht aus der Garage hinterließ Josef Sukow mit gewaltigen Gewissensbissen. Er wusste nicht, was schlimmer wäre, wenn sie bei ihrer Mutter oder wenn sie bei Herta ausplaudern würde, was sie gesehen hatte. Was sie möglicherweise gesehen hatte, denn ein kleiner Trost lag immerhin in der Möglichkeit, dass sie gar nichts gesehen hatte. Am liebsten hätte er dem Luder eine Tracht Prügel verpasst. Eine schweißtreibende Vorstellung, das Theater, auf das er sich jetzt gefasst machen musste.

Es hatte angefangen, als Herta ihre Tante in Hannover besuchte. Helga Piorski hatte ihm die Thermosflasche mit Kaffee gebracht. Sie stand im Garagentor. Um den Kopf hatte sie ein weißes Tuch gebunden. Was darunter hervorkam, als er es ihr herunterzog, war eine Schmierage aus Haar und stinkendem Fett. Sie hatte sich den Kopf mit Pferdekammfett eingerieben, zur Verschönerung des Haars. Du stinkst wie ein altes

Stück Münster, dabei siehst du aus wie eine junge Madonna. Er hatte sie auf das Lager aus öligem Werg und Lumpen gezerrt und sich über sie hergemacht. Als dann später Herta ihm erzählte, Helga hätte ihr gestanden, sie habe ein Verhältnis mit einem verheirateten Mann und Angst, schwanger zu sein, hatte er beim nächsten Mal Helga eins übergebraten. Sie hatte nur gelacht. Nichts als gelacht. Dreist gelacht. Eine bestimmte Art von Frechheit konnte Josef Sukow nicht ertragen, und genau diese Frechheit steckte in dieser Lache. Josefs Meinung nach war Helga mit allen Wassern gewaschen, wahrscheinlich hast du's mit den Russen getrieben, und mit den Polacken auch. Na ja, kein Wunder, wo du herkommst.

Eigentlich verabscheute er Frauen, denen so jede mütterliche Sanftheit abging, und eigentlich nahm er sich von Tag zu Tag aufs Neue vor, Schluss mit der Schlange, so nannte er sie bei sich, zu machen. Du wirst dir doch nicht das eigene Grab schaufeln. Die Sache mit dem Chef hatte ihn für eine kurze Zeit vernünftig gemacht. Aber als Helga vor ein paar Tagen in der Garage auftauchte mit dem Satz, heut isses ungefährlich, hatte es ihn wieder gepackt. Treibs nur nicht zu bunt, du bist ein ganz schön ausgekochtes Luder, und er hatte ihr sogar vorgeschlagen, auf seine Kosten in die Tanzstunde zu gehn, er hatte sich überlegt, sie zu verkuppeln, nur um wieder seinen Seelenfrieden zu haben. Hat man nicht Ärger genug, la vie est dure, gell, braucht man doch nicht noch mehr Menkenges, Mädchen, Mädchen, was machst du für Sachen. Aber dann übermannte es ihn wieder und, ein paar Schnaps intus, kam er rüber geschwänzelt, komm, nur aufn Schlückchen, aufn Nümmerchen, und dann sang er, kleine Maus, zieh dich aus, mach dich nackisch … Dann wieder siebter Himmel, dann wieder die Hölle der Gewissensqual. So ein Affentheater! Dann wieder gab er sich geschlagen, er schob die Chose auf Helga, allgemein aufs weibliche Geschlecht und auf die Zeiten, die die Weiber schamlos gemacht hätten und ihren Willen hart wie Kruppstahl. Und das Biest wusste, was es wollte: dich, Josef Sukow! Diese eingebildete Schnute, die mit ihrem Bücherkram und ihrem besseren Hause, aus dem sie kam. Und jetzt noch dieser Rattenschwanz von Kind mit seinem vorwitzigen Mäuseblick. Und er dachte, dass das Leben selbst ein Rattenschwanz sei, alles vermurkste Geschichten, die man sich einbrockt, eine nach der andern, hat man was vermurkst, muss mans wieder ausbügeln, wozu man mords was anstellen muss, und wobei man grad wieder in den nächsten Schlamassel schliddert. Und immer dieses zwitschernde Frauenbataillon.

Die Kleine kann ja auch nix dafür, sagte er sich in versöhnlichen Momenten und verteidigte sie Herta gegenüber. Was wär sie denn ohne ihren eisernen Willen, das arme Ding? Jetzt fiel ihm ein, was ihm an Helga Piorski so gefiel. Nämlich genau das, was ihm wieder auch nicht gefiel. Dass sie so frech und graderaus war und was Besseres und ihr Spiel mit Herta trieb. Und dass sie bei ihm im Haus wohnte, das gab der Sache eine besondere Note. Und abermals beschloss er, zur Beichte zu gehen. Als er in die Küche trat, saßen Herta und Helga mit den Kindern einträchtig beieinander und schälten Kartoffeln. Niemals würde er kapieren, welcher Teufel diese Weibsbilder reitet.

Von innen stachen ihr die Nerven gegen die Haut. Als hätte man den Körper mit Nadeln aufgefüllt. Am stärksten war der Schmerz an den Handflächen und Fußsohlen. Helga Piorski lag im Bett, neben ihr schlief der kleine Erich. Er hatte den Mund offen und sein Atem brodelte. Helga schmiegte sich an ihn. Eine zu Schmerz gewordene Angst. Ein Meer von Angst, auf dessen Wellen halbversunkene Bilder schwammen: die Küche, Hertas Gesicht über der Kartoffelschüssel, die Ahnungslosigkeit in diesem Gesicht, Josefs Gesicht beim Hereinkommen, das Lager aus öligem Werg in der Rumpelkammer zwischen alten Autoreifen, Metallspan und Gerümpel. Die Liebe ist ein brüchiges Dach, auf dem sich der Schutt häuft, man merkt von dem Schutt nichts, bis das Dach herunterkracht. Irgendwo hatte sie so etwas gelesen. Der Lastwagen, die offene Ladefläche, den Kopf zur Seite, nur um nicht Josefs Schatten an der Wand zu sehen, diesen enormen Schatten, viel größer als der wirkliche Josef, der Schatten eines Monstrums, eines Stiers, dessen Umrisse sich komisch ausdehnten und ineinander verschoben. Ladeflächen auch damals, tagelang zusammengeduckt zwischen Gerümpel und Bündeln von Zeug, Kleidern, Decken und schnell Zusammengerafftem, knarrende Wagen, unordentlicher Zug vermummter Gestalten, ungewaschenes, nach Schaf stinkendes Haar, nach Schweiß und Fisch stinkender Körper, verklebte Unterhosen, getrocknetes Blut zwischen den Beinen, vollgesogene, faulige Binden, wundgescheuerte Beine.

Erichs brodelnder Atem, was hast du denn geträumt, bist durch eine Tür gestiegen, ein Amphitheater, ein Stadion, riesig, vollgestopft mit Menschen, fremden Menschen, ich steige die Treppen hinab, auf denen diese Menschen sitzen und sich drängen und ihre Gesichter einer Kanzel zugewandt halten. Sie singen, ach ja, ein sonderbarer Gesang von sonderbar traurigen frommen Liedern in einer unverständlichen Sprache, voller Schrecken und Düsternis, dazwischen Lachen, einstimmiges männliches Lachen wie auf einen bösen Witz hin. Sie sah sich hinabklettern, über Mauerränder, bis ganz hinunter. Eine Horde Jugendlicher in Uniform. Du musst entkommen, weg von hier, aber du bist doch in der Kirche, ist das nicht ein geschützter Ort, wo so viele Menschen sind, da kann dir doch nichts passieren, bei diesen frommen Liedern, da kann doch keiner zulassen, bei so vielen Leuten um dich, beeil dich, du bist schon unten, auf dem untersten Boden, krauchst über rissiges, aufgesprungenes Gestein, und diese Kanzel ist ein Turm ohne Zugang, keine Menschenseele da oben, du träumst doch nur, aber wenn nicht, die Uniformierten hinterher, jetzt weißt du es, sind Mörder. Die Knie auf dem Boden auf dem Stein, vorwärtsrobben, um den Turm herum, aber keine Tür, und jetzt, jetzt sind sie da, jetzt weißt du es, nichts mehr zu machen, weiter durch dunkle Lachen von irgend etwas Schrecklichem, sie bauen sich vor dir auf: Name! Ich hätte ihn nicht sagen sollen, aber jetzt ist es passiert, er ist mir herausgerutscht, es ist mir herausgerutscht. Jetzt wissen sie es. Jetzt ist es heraus. Jetzt können sie mich jederzeit überall finden. Die Uniformierten lachen, und ich versuche, an der Mauer hochzusteigen, wie ein Wurm, zur Hälfte schon senkrecht an der Mauer hoch, Brust und Bauch fest an der Turmwand, aber der untere Teil des Körpers auf dem Boden, und während ich mich anstrenge, wahnsinnig anstrenge, höher zu kommen, mit den Fingernägeln und der Haut schaffe ich mich höher, auch mit der Nase und der Zunge, wächst aus der Mauer heraus eine zweite Zunge. Sie bietet ihre ganze Fläche, groß wie die Zunge eines Ochsen, hoffnungsvoll groß in diesem Augenblick. Aber da haben sie dich schon. Der immer noch am Boden klebende hintere Teil deines Körpers, der es nicht höher geschafft hat, ist bereits ganz in ihrer Gewalt. Schon ziehen sie an deinen Beinen. Sie ziehen dich, so dass auch der obere Teil des Körpers wieder herunterrutscht. Das Gesicht schon am Boden, mitten in einer Bierlache. Noch berührt die Spitze deiner Zunge die Spitze der fremden Zunge, die, und das wird erst jetzt offenbar, ein Stück rohes Fleisch ist, der Rest eines zerrissenen Körpers. Sie konnte nicht wieder einschlafen. Die Handflächen und Fußsohlen taten ihr weh, und sie wunderte sich, dass ein nicht reales Ereignis einen so intensiven körperlichen Schmerz zur Folge hat. Sie tastete nach der Lampe. Als das matte, gelbe Licht in die Zimmerecke fiel, da wo zwischen Holzklötzen und Blechdosen die alte Stoffpuppe thronte, mit der sie als Kind gespielt hatte, und die jetzt grotesk dickbackig und einäugig lächelte, kam ihr in plötzlicher Klarheit zu Bewusstsein, wie einsam sie war. Sie stand auf und holte sich ein Buch. Es war eine Sammlung von russischen Gedichten. Sie war so müde, dass ihr die Augen brannten. Aber schlafen konnte sie nicht, und als sie versuchte zu lesen, kamen ihr die Wörter so fern, so nichtssagend vor, als handele es sich um einen Amtstext. Der Schmerz in den Handflächen und Fußsohlen hatte nachgelassen. Es war eine nüchterne, gnadenlose und in dieser Klarheit sogar beruhigende Erkenntnis. Dass alles von ihr abhinge, einzig von ihr selbst. Seit sie sich mit Josef Sukow eingelassen hatte, ging es ihr besser. Auch das hing von ihr ab. Sie hatte ihn gewissermaßen in der Hand. Sie liebte ihn nicht, er passte ja auch gar nicht zu ihr, aber sie brauchte ihn. Es belebte sie, wenn sie ihn ohne Beeinträchtigung durch Gefühl, Zärtlichkeit und Zukunftshoffnung auf sich stürzen ließ. Sie blieb dabei passiv. Sie ließ es sich wie von einer höheren Warte aus gefallen. Und wenn sie abends ohne den Funken eines schlechten Gewissens mit Herta in der Küche saß, in dieser überheizten, von Herta dominierten, engen Familienküche, in der sich das ganze Sukowsche Leben abspielte, war ihr, als sei sie die Kälte selbst.

Zink sollte in würdigem Rahmen die letzte Ruhe finden. Die Bergmannskapelle geleitete den Trauerzug mit Pauken und Trompeten durch das Dorf. Zink war das gewesen, was man ein Faktotum nennt. Jeder kannte ihn. Er war immer da. Seit er mit siebzehn Jahren aus der Grube in die Fabrik gekommen war, war er da. Er wohnte und arbeitete hier. Er war einer von denen gewesen, denen alles misslingt. Das Unglück hatte sich bei jeder Gelegenheit über ihn hergemacht. An Zink hätte man die Gesetze der Pechvögel erforschen können.

Bereits in den ersten Kriegstagen hatte er bei Tomaszow sein linkes Bein verloren. Der Stumpf war bald abgeheilt gewesen, aber Zink konnte das Gefühl nicht loswerden, sein Bein sei noch da. Er hatte einen Fimmel entwickelt, unentwegt griff er dahin, wo sein Bein gewesen war, kratzte sich, massierte sich, und manchmal ging er ohne Krücken los, als hätte er zwei Beine. Er hätte eine Prothese haben können, aber wollte keine. Sie wäre ihm erschienen wie Verrat an seinem zwar nicht mehr sichtbaren, jedoch für ihn selbst immer noch vorhandenen Bein. Wenn Lily ihren Finger auf Zinks Stumpf legte und fragte, tut das weh, Onkel, hatte er gelacht und behauptet, der Stumpf sei nichts als eine Sinnestäuschung, in Wahrheit sei das Bein noch da. Und wenn Lily dann weiter nach unten griff und die Finger bewegte, so als wolle sie Zinks Bein kitzeln, brach er tatsächlich in Lachen aus. Er konnte sich totlachen, wie man so schön sagt, wenn an seinem nicht mehr vorhandenen Bein gekitzelt wurde.

Lily verbreitete, Zinks Bein sei dick und behaart wie die Beine ihres Vaters, womit sie große Lacherfolge erntete.

Dabei führte das »wegge« Bein in Lilys Fantasie ein reges Eigenleben. Es spazierte alleine auf der Straße und über den Fabrikhof. Es führte ein ähnliches Eigenleben wie die Zähne des Großvaters, deren nächtliche Existenz im Wasserglas nach einem ersten großen Schrecken sich zu den selbstverständlichen Aspekten des Erwachsenenlebens gefügt hatten. Zink war keine Schönheit gewesen, im Gegenteil. Die Hässlichkeit hatte ihn geschlagen. Jahrzehntelang hatte er versucht, eine Frau zu finden, aber vergeblich. Nicht einmal für eine einzige schäbige Nacht hatte er eine finden können. Selbst der Besuch in dem Bordell mit den sieben nebeneinanderstehenden gelben Satinbetten, die von sechs gelben Satinparavents voneinander getrennt waren, hatte ihm nicht das gesuchte Glück beschert. Denn keine der Huren war bereit gewesen, ihn von seiner Jungfräulichkeit zu erlösen. Sich mit Zink einzulassen hätte bedeutet, sich auf immer und ewig zum Gespött zu machen. Und hinter den Paravents gab es kein Geheimnis, jede Hure wusste alles von der anderen. Nicht einmal mit dem Angebot, seine ganzen Ersparnisse für eine Nacht auf den Tisch zu legen, hatte er auch nur eine von ihnen erweichen können. Und auch das Ehevermittlungsinstitut der Knappschaft hatte ihm nicht zu helfen vermocht. Erst als die russische Zwangsarbeiterin Olga in jenes Haus eingezogen war, in dem jetzt Max und die Arbeiter nächtigten, hatte Zink Gelegenheit, Fortuna beim Schopf zu packen. Er hatte Olga beim Zuckerklau beobachtet. Wochenlang hatte er sie beobachtet ohne ein Wort zu sagen, bis ihm das Maß ihres Vergehens ausreichend erschien, sein Vorhaben zu realisieren. Dann war er wortlos aus dem Hintergrund erschienen. Ihrem entsetzten Blick entgegnete er mit einer unmissverständlichen Geste: er streifte die Kante seiner Hand am Hals entlang. Seine Rechnung ging auf. Olga geriet in Panik, sie kniete mit gefalteten Händen vor ihm nieder, er packte sie und gab ihr zu verstehen, dass es nur noch einen einzigen Ausweg gäbe. Sie fügte sich. Das

Ganze spielte sich zwischen Zuckersäcken ab. Sie legte sich auf einen Sack und ließ ihn machen. In einer Explosion jahrzehntelang aufgestauter Männlichkeit ejakulierte er noch bevor er in sie dringen konnte. Er hatte ihr sein nicht mehr vorhandenes Bein zwischen die Knie gestemmt, und das machte ihn rasend. Olga wollte, dem Herrgott dankend, schon den Rock wieder herunterstreichen. Aber da hatte sie Zink unterschätzt. Das plötzliche Glück entfachte die Potenz eines Stiers in ihm. Olga wusste nicht, wie ihr geschah. Der Ekel und der Hass dieses Moments sollten ihr erst später, viel später, zu Bewusstsein kommen. Zunächst dankte sie dem Herrgott, dass sie am Leben geblieben war. Es war ja die Zeit der allgemeinen Vergewaltigung gewesen, in der schon als Glück galt, mit dem Leben davon zu kommen. Mit abgewandtem Gesicht ergab sich Olga dem Schicksal. Starr auf dem Zuckersack liegend, die Finger in das Sackleinen verkrallt, ließ sie geschehen was geschehen musste. Es musste acht Mal geschehen. Als sie schwanger wurde, trug Zink ihr die Ehe an, was damals allerdings aus Gründen der Rassenschande verboten war. Der Engelmacherin, zu der sie ging, gelang es nicht, aus der Frucht einen Engel zu machen. Robert Aschen ließ die beiden trotz allen Risikos unter dem Dach des Arbeiterhäuschens, in dem jetzt Max, Kateb der Algerier, Fritz Kolle und die anderen wohnten, zusammenziehen.

Dass Olga sein Kind unter dem Herzen trug, setzte in Zink ungeahnte Gefühlsmassen frei. Ja, es veränderte deren Aggregatszustand. Es ließ aus Steinigem Flüssiges werden. Aus dem Zink ist ein anderer geworden, sagten die Leute. Er betete Olga an, er bat sie täglich um Verzeihung. Um ihren schwangeren Leib sah er eine heilige Aureole flammen. Olga fügte sich der Schande. Sie merkte, dass sie mit Zink machen konnte, was sie wollte, wenn sie ihm nur zu Diensten war. Er nutzte ihre unfreiwillige Bereitschaft weidlich aus. Nach dem Krieg willigte sie sogar ein, ihn zu heiraten. Als Irina

Zinkowna ihr Kommen ankündigte, und zwar mit Schmerzen, die ihrer Mutter wie Schwerthiebe durch die Wirbelsäule fuhren, rannte Zink zu Herta Sukow. Denn die für den Kreis zuständige Hebamme durfte von der Rassenschande nichts wissen. Sie hätte Zink sofort denunziert. Herta holte mit geschickten Griffen Irina Zinkowna zur Welt, deren Gesichtszüge bereits beim ersten entspannten Atemzug die Anzeichen ungewöhnlicher Schönheit zeigten. Das versöhnte Olga mit vielem.

Nach dem Krieg, als die anderen Zwangsarbeiterinnen nach Hause zurückgingen, blieb Olga da. Aus ihrer Heimatstadt Witebsk waren keine Glückwünsche für den Nachwuchs eingetroffen, sondern ein Brief, in dem ihre Mutter sie verfluchte. »Scham und Schande über dein Haupt«, hatte sie geschrieben, »du bist meine Tochter nicht mehr«. So war Olga nichts übriggeblieben, als sich in das Unvermeidliche zu fügen.

Zink wollte ein guter Ehemann sein. Er ging sogar so weit, seine Meinung über »den Russen« zu ändern, was ihm die Sympathie des Schlossers Schlicker einbrachte. Der Versuch eines Mitbewohners im Arbeiterhaus, Zink wegen kommunistischer Umtriebe beim Chef zu denunzieren, hatte keinen Erfolg. Robert Aschen waren die politischen Ansichten seiner Arbeiter gleichgültig. Er betrachtete sogar eine pluralistische politische Mischung in der Belegschaft als einen gewissen Vorteil. Es war immer gut, Beziehungen zu den diversen Organisationen zu haben. Von Nutzen konnten im Zweifelsfall alle sein.

Es ging auch das Gerücht, Olga sei eine sowjetische Spionin und sei hier eingesetzt, um Wirtschaftsspionage zu treiben, Kader zu bilden und die Weltrevolution vorzubereiten. Robert Aschen kümmerte dies ebenso wenig wie Zink, dem die Rolle des Außenseiters so vertraut war, dass er sich auch die Ächtung als Ehemann einer Sowjetspionin gefallen ließ, wenn

Olga ihm nur zu Diensten war. Sein politischer Sinneswandel war die Folge seiner väterlichen Affenliebe. Er vergötterte seine Tochter und sie sollte von würdigen Ahnen abstammen. Abends in der Wirtschaft hielt er jetzt Reden zur Verteidigung »Unserer Brüder im Osten« und hob Hymnen auf die russische Seele an. Sie sind genauso als Kanonenfutter verheizt worden wie unsereins, rief er aus. Ja, er trat sogar der kommunistischen Partei bei und bekannte sich trotz der frankophilen Haltung des Chefs zur Wiedervereinigung der Saar mit Deutschland, weil das Ganze keine nationale, sondern eine Frage der Klassen sei. Denn dies war die Meinung der Partei.

Olga brachte Irina und Lily die Krylowschen Fabeln bei. Mit eindrucksvollem Pathos deklamierte sie sie, und die Kinder wussten sie bald auswendig aufzusagen. Sie gingen damit hausieren, nu tschto sa schieika, tschto sa glaski … und ließen sich dafür Centimes oder Bonbons zustecken. Ihrem Freund Karl vertraute Lily unter dem Siegel der Verschwiegenheit an, ich bin die Spionin Spinata.

Irgendwann später wollte Olga trotz der Verwünschungen ihrer Mutter nach Witebsk zurückgehn. Als sie sich nach den Möglichkeiten der Repatriierung erkundigte, erfuhr sie, dass ihr auch aus anderen Gründen in der Heimat keineswegs das Glück blühte. Raissa hatte ihr von schrecklichen Dingen geschrieben, zwischen den Zeilen natürlich. Von den nach Russland zurückgekommenen Zwangsarbeitern, die Raissa kannte, war keiner mehr am Leben. Sie waren alle irgendwann abgeholt worden und nicht mehr aufgetaucht. Aber Väterchen Stalin ist bestimmt daran nicht schuld, sagte sich Olga und rückte das Bild über dem Kanapee gerade.

Also war sie bei Zink geblieben und hatte sich damit begnügt, in ihren Träumen durch das Haus ihrer Kindheit zu irren. Durch lange Gänge und Zimmer, die angefüllt waren von den Stimmen ihrer Geschwister und Eltern. Abends erzählte sie Irina russische Märchen.

Zink galt als verrückt, wie übrigens die meisten Männer, die aus dem Krieg heimkamen und ein Bein oder einen Arm oder das Sehvermögen oder das Gedächtnis verloren hatten. Die heldischen Gründe ihrer Behinderung waren bald in Vergessenheit geraten. Ihre reduzierte Brauchbarkeit demütigte die als Invaliden Heimgekehrten und machte sie zu unerträglichen Zeitgenossen. Ihre Ehefrauen taten sich in katholischen Frauenvereinen zusammen, um sich den Zorn über die häuslichen Schikanen von der Seele zu reden.

Zink aber war nicht so, er galt nur als verrückt. Als »die Paternellis« ins Dorf kamen und Zink beschloss, samt Olga und Irina mit ihnen zu ziehen, sagten die Leute, jetzt sieht mans, er spinnt. Die Paternellis, das war der berühmteste Zirkus im Land, denn es war ein Kriegsversehrtenzirkus. Männer ohne Arme, Beine, Gesichtshälften, Sehvermögen, Hörvermögen traten auf und führten die unglaublichsten Kunststücke vor. So etwa gab ein Mann, dem an jeder Hand jeweils nur noch zwei Finger geblieben waren, ein bravouröses Klavierkonzert. Ein anderer, dessen Beine oberhalb der Knie amputiert waren, führte waghalsige Seiltänze vor. Er balancierte auf einem von Dach zu Dach gespannten Metallseil ohne Netz und machte Sprünge und Saltos, dass den Zuschauern der Atem stockte. Ein Mime, von dessen Gesicht nur die obere Hälfte übrig geblieben war, es sah aus wie der Kopf einer Gans, verwandelte sich im Laufe eines hingebungsvoll dargebotenen Gesangs in das Trugbild eines schönen Operettenkönigs. Die Paternellis ernteten einen Applaus wie sonst nur die Oberstauferer Jodler.

Zinks Nummer bestand in einem einbeinigen Stepptanz. Er übte zäh und hartnäckig, bis seine Kunstfertigkeit an Fred Astaire heranreichte. Seine Partnerin steppte auf zwei Prothesen. Es gab sogar einen Tiger im Zirkus Paternelli. Sein Dompteur hatte keine Arme mehr. Er trug die Peitsche im Mund, und wenn er das Tier für seinen Gehorsam belohnte, reichte er ihm mit dem Fuß ein Stück rohes Fleisch.

Olga fand es schrecklich, mit ihrem Mann wie mit einem Affen in diesem Feindesland umherzuziehen. Nur der Herrgott wusste, durch welche Not sie in diese Situation geraten war, und sie bat ihn inständig und immer wieder um Verzeihung. Leider wurde den Paternellis von der französischen Aufsichtsbehörde die Lizenz entzogen, aus Gründen der Sittlichkeit, wie es hieß. In Wirklichkeit steckte die Diözese von Trier dahinter. »Diese armen Menschen« sollten sich nicht länger versündigen, und man wolle sie vor dieser »gotteslästerlichen Selbstentwürdigung« in Zukunft bewahren. So kehrte Zink mit seiner Familie wieder in die Fabrik zurück.

Es war Anfang Dezember, und immer noch wurden Zuckerrüben in Güterzügen angeliefert und in Loren von den Bahngleisen zur Waschanlage befördert. Zink stand gerade unten und sah hoch, er dachte noch, was für eine gute Idee, diese kleine Seilbahn. In genau diesem Moment löste sich eine der Loren aus ihrer Halterung, fiel herab, und zwar so, dass sie direkt auf Zinks Nase fiel. Es gibt eben Kreaturen, denen bleibt nichts erspart, sagten die Leute.

Lily hatte sehen können, wie Zink am Boden lag, eine Blutlache unter dem Kopf. Nachdem man ihn in Luises Citroën fortgebracht hatte, knieten Lily und ihr Freund Karl an der Unglücksstelle nieder. Sie rochen an dem mit Sägespänen vermischten Blut. Als der schönen Königin Marie Antoinette, von der die Großmutter immer erzählte, der Kopf abgeschlagen worden war und in einen Korb fiel, musste es genauso gerochen haben.

Zinks Wunde verheilte schnell. Was jedoch von seinem Gesicht geblieben war, war grauenvoll anzusehen. Bei aller Frömmigkeit brachte es Olga nicht mehr über sich, ihm zu Diensten zu sein. Und die kleine Irina lief schreiend davon, sobald sie ihren Vater erblickte. Da wo früher die Nase gewesen war, öffnete sich ein rotvernarbtes Loch, ein Gekräusel aus Hautresten und Fleisch. Bevor Zink auf den Dachboden ging, zwang er seine Frau, ein letztes Mal mit ihm zu schlafen. Da sie sich weigerte, hatte er alle Kraft aufzuwenden, sie zu zwingen. Während er sie in eisernem Griff hielt, stieß sie schreckliche Verwünschungen in ihrer Muttersprache gegen ihn aus. Sie kapitulierte nur, damit er ihr nicht alle Knochen brach. Sie machte die Beine breit, es sollte möglichst schnell gehn. Er presste seine Narbe gegen ihren Mund. Vor Ekel zog sie sich die Bettdecke vors Gesicht. Er entriss sie ihr, machte das Licht an und befahl ihr, ihm ins Gesicht zu sehen. Für den Bruchteil eines Moments öffnete sie die Augen. Es war entsetzlich. Und während er sich zum dritten Mal über sie hermachte und sie dabei weiter zwang, ihn anzusehen, erbrach sie sich. Als Olga ihn am nächsten Tag auf dem Dachboden fand, den Kopf in der Schlinge, schlug sie drei Kreuze und dankte ihm. Fast hätte sie ihn im Nachhinein noch geliebt für diese Tat.

Max' Versuch, das, was er von Hegels triadischer Bewegung verstanden hatte oder verstanden zu haben glaubte, in Form einer graphischen Darstellung zu Papier zu bringen, kostete ihn Nächte. Mit schwarzer Tusche, denn es sollte wirklich eine Zeichnung werden, skizzierte er Kreise und Linien, die er immer wieder durchkritzelte, um sie danach mit Kommentaren und Fragen zu beschriften, die er aber sogleich wieder durchkreuzte und mit zornigen Federstrichen spinnennetzartig überzog. Die Gesamtheit der Erkenntnis als großen umfassenden Kreis, der aber gegen alle Absicht eher oval ausfiel, wie die Mutation eines Eis, kam ihm plötzlich so komisch vor, dass er laut lachen musste über seine eigenen kindischen und erfolglosen Versuche, sich aus der Grube seiner Irrungen und Wirrungen zu schaffen. Am Ende stieß er mit der Feder auf das Papier ein, als gälte es, ein sich dort herumtreibendes feindliches Wesen zu erstechen. Mordgelüste befielen ihn. Subjekt und Objekt, zwei Strichmännchen mit übergroßen Nasen, kreiste er mit einer das ganze Blatt umfassenden Andeutung eines üppigen Frauenkörpers ein, dessen obere Hälfte er mit einem Dreieck aus Pfeilen überzeichnete. Entlang dieser Pfeile krakelte er die Wörter »Selbsterkenntnis«, »Sinneswahrnehmung« und »Obsubjekt«. Am Ende zog er, indem er die Feder so fest auf das Papier drückte, dass sie sich breit spreizte, ein mehrfach gezeichnetes Kreuz über das Blatt und setzte mutwillige Kleckse darauf.

Sein Kopf war ein Schlachtfeld. Er hatte sich vorgenommen, systematisch die Standardwerke der deutschen Philosophen zu lesen. Ein dicker Packen Bücher lag unter seinem

Bett. Aber mit der Systematik war er nicht weit gekommen. Die Sätze sprangen ihm wie wundersame Zirkusartisten von dem Papier entgegen. Es kostete ihn übermäßige Anstrengung, sie zu verstehen. Er eilte über die Seiten, griff zu diesem dann wieder zu jenem Buch, unfähig, längere Passagen am Stück zu lesen. Sprunghaft wechselte er von philosophischer zu journalistischer Lektüre und umgekehrt. Jede Menge Tageszeitungen und Illustrierte stapelten sich auf dem Boden. Er las, was er auftreiben konnte. Oder vielmehr, er irrte darin herum wie ein Betrunkener, der vergessen hat, wo er wohnt, in einer nächtlichen Stadt umherirrt. Über seinen Tisch hatte er sich einen Zettel mit der Aufschrift »Die Welt der Intelligenz und des selbstbewussten Wollens ist nicht dem Zufall anheimgegeben, sondern muss sich im Lichte der wissenden Idee zeigen«. Aber je mehr er mit sich und den Gespenstern seiner Gedanken kämpfte, desto wilder schwirrte es in seinem Kopf durcheinander. Wenn er wenigstens die feindlichen Heere, die da aufeinander zustürmten, hätte einordnen und definieren können.

In seiner Traumwelt ging es nicht minder chaotisch zu. Er führte Debatten mit Schattengestalten um Fragen, an die er sich beim Aufwachen nicht mehr erinnern konnte. Ihm träumte, er selbst sei der aus dem Hotel Lutetia tretende Mann in der deutschen Uniform, und er selbst streiche einem kleinen Jungen über den Schopf. Er selbst schreite in der Masse der fahnenumflatterten deutschen Soldaten über die Champs-Elysees auf den Arc de Triomphe zu und ihm selbst gehöre einer dieser sich tausendfach zum Hitlergruß erhebenden Arme. Einmal, als er nachts vom Gebell eines Hundes aufwachte und aus dem Fenster sah, tat sich vor ihm ein düsteres Szenarium auf. Hinter dem grellerleuchteten, mit Stacheldraht überstülpten Zaun auf dem Gelände des Kraftwerks standen abgezehrte, kahlgeschorene Gestalten. Sie waren nackt. Sie standen da wie Statuen. Andere hingen an den Hochspannungsmasten, nicht festgebunden, nicht den Kopf in Schlingen, sondern in einem statisch schwebenden Zustand. Über dem schwarzen Geflecht der Stromleitungen sah er Köpfe, Arme und Beine. Wie Gegenstände, die nichts mit menschlichen Körpern zu tun haben, waren sie in der Luft platziert. Das einzige, was sich in diesem Szenarium bewegte, war ein Hund. Es war ein niedriges, falbes Tier mit einem Frauengesicht. Die Gestalten und der Hund waren der gnadenlosen Helligkeit der Scheinwerfer ausgesetzt. Es war Max unmöglich, sich von dem Fenster, aus dem er auf diese Szene blickte, fortzubewegen. Ihm war, als sei er Bestandteil der eingefrorenen Statik des Bildes.

Benommen schreckte er aus solchen Situationen auf und versuchte, in telegrammartig verkürzten Aufzeichnungen festzuhalten, was ihm widerfahren war. Zumindest wollte er die Sicherheit haben, später, wenn mehr Zeit wäre, dies alles noch einmal zu überlesen und zu überdenken. Auf jeden Fall wollte er es nicht vergessen. Wie ihm überhaupt die Vorstellung, irgend etwas zu vergessen, unerträglich war. Er wollte gar nichts, auch nicht das Unwichtige vergessen. Und wenn es vorkam, dass ihm ein Wort oder ein Ereignis nicht einfallen wollten, konnte es sein, dass er die ganze Nacht darüber grübeln musste.

Er schrieb sehr viel auf in dieser Zeit. Er verfasste auch einen Essay über seine Eindrücke in diesem Land, über die Leute im Betrieb und was sie so von sich gaben. Anhand einer von Witz und Ironie klirrenden Beschreibung der blau ausgemalten Tanzschule Agathe Kesslers entwarf er ein groteskes Bild der Gesellschaft und ihrer Paradoxien. Die Tanzschule als Metapher dafür eignete sich bestens, mit den typischen Anekdoten umrankt zu werden. Eine der komischsten Geschichten fand Max die von dem erbitterten Tanzmusik-Streit, der in diesen Zeiten nicht nur bei Agathe Kessler, sondern auch an den deutschen Rundfunkanstalten ausgefochten wurde. Es ging um die amerikanischen Spreizbeintänze, wie Agathe Kessler sich ausdrückte. Es ging um deutsch oder nicht deutsch, um die Entscheidung zwischen dem Wiener Walzer, der Tanzmusik fürs Herz, um Violine oder Saxophon, um nett oder heiß, um rote Laterne oder Negermusik, um schönes Singen oder nervtötendes Plärren, Grunzen, Jaulen und unanständiges Ächzen. Die vergnügungssüchtigen Fabrikarbeiterinnen aber wollten keinen Walzer. Sie wollten Blues, Bebop und all das, was es in Kaiserslautern gab. Max gelang eine wirklich geistreiche literarische Skizze, die er zusammen mit der Besprechung einer Aufführung von Dantons Tod im Saarbrücker Stadttheater an die Pariser Studentenzeitung schickte.

Als besonderen historischen Sarkasmus erwähnte er die Tatsache, dass dieses Theater, in dem solche Sätze wie »Wenn einmal die Geschichte ihre Grüfte öffnet, kann der Despotismus noch immer an dem Duft unserer Leichen ersticken« auf der Bühne gesagt wurden, ein persönliches Geschenk Adolf Hitlers an die Stadt Saarbrücken war. Und Dantons Lebensgefühl, immer auf dem Theater zu stehen, selbst wenn wir auch zuletzt im Ernst erstochen werden, war genau das, was Max zu jener Zeit für sich selbst empfand. Er ruderte sozusagen verzweifelt mit Armen und Beinen gleichzeitig, nur um in den schwarzen Wassern des Ungreifbaren und Unwirklichen nicht vollends unterzugehn. Das wiederum setzte große Energien in ihm frei. Er war voller geistigem Tatendrang. Die Zeit seines Schlafs beschränkte sich auf nicht mehr als vier oder fünf Stunden. Und in dem Bedürfnis, sich jemandem mitzuteilen, schickte er lange Briefe an seinen Freund in Paris.

Er wollte eine Debatte über die Frage führen, aus welchen Gründen Hegel eine so blödsinnige Auffassung von Freiheit habe und ob das Hitlerregime nicht etwas damit zu tun haben könne. Xavier aber antwortete, Hegel sei ihm im Moment so gleichgültig wie die Farbe der Zehennägel der Concierge, und das einzige, was ihn interessiere, wäre der Jazz. Ja, er habe gerade diesen genialen Boris Vian kennengelernt, in dessen Clique er jetzt Paris neu entdecke, und wogegen ihm dieses ganze Philosophiezeug wie ein Sarg vorkomme. Das Leben, mon ami, la vie!, schrieb er, la vie, das Saxophon, der Film und die Liebe! Und nicht diese verknöcherten Gehirnleichen! Das einzige, womit dieser Hegel recht habe, sei, dass er die Zukunft der Welt in Amerika sehe. Aber das ist nur der Fall, weil es in Amerika radikal antihegelianisch zugeht. Er habe sich entschieden, nicht Philosophie zu studieren, sondern Theaterwissenschaften und Filmregie, schrieb Xavier.

Als Max diesen Brief Xaviers las, befiel ihn eine schreckliche Sehnsucht nach Paris. Trotzdem beschloss er, es bis Weihnachten hier auszuhalten. Er hatte noch einiges zu erledigen.

Es war die Zeit der Feste. Die Grammophon- und Radioindustrie nahm gewaltigen Aufschwung, und von den Schellackplatten eierte die neue Musik in die Wohnzimmer. Luise trug schwarz, und dass sie außer in engstem Freundeskreis aus Gründen des guten Tons auf Feste verzichten musste, sah sie als ernsthafte Beeinträchtigung ihres Lebens an. Dafür hielt sie sich an die Angebote ihres Verehrers Friedhelm. Sie ahnte ja nicht, wie hoffnungslos es um seine ökonomische Situation bestellt war. Hätte sie es gewusst, sie hätte die Glaubwürdigkeit seiner Liebeszeichen einer strengeren Prüfung unterzogen.

Nichts lag ihr ferner als der Argwohn, jemand könne sie aus einem anderen Grund als um ihrer selbst willen umwerben. Wenn sie sich einer Sache sicher war, so war es die ihrer erotischen Anziehungskraft, ihres Sex-Appeals, wie man das ja neuerdings nannte. Sie basierte auf ihrer ganz allgemeinen Überzeugung, grundsätzlich in den Mittelpunkt zu gehören, wo immer sie auch sei. Friedhelm Schwarz war das, und in diesem Punkt hatte Robert Aschen recht gehabt, was man einen Frauenhelden nennt. Jedes Mittel war ihm recht, wenn es darum ging, eine Frau zu erobern. Und wenn er sie hatte, so war ihm ebenso jedes Mittel recht, sie auf Abstand zu halten. Er hatte ein paar geflügelte Worte parat, mit denen er in der Gesellschaft dieser Kreise Erfolg hatte. So machte es allgemein Eindruck, irgendeine xbeliebige Aussage mit einem hintan gehängten im »Hegelschen Sinne« zu garnieren. Etwa, »ich fühle mich aufgehoben im Hegelschen Sinne« (wenn er in den Armen einer Frau auf dem Sofa lag). Lieblingswörter von ihm, wie »großartig« oder »phantastisch« oder »gottgleich« standen, von der Kühnheit der Betonung einzeln in den Raum geschickt, noch Minuten wie akustische Statuen in der Luft. Wo Schwarz war, war Stimmung. Er war ein guter Pianist, und das hatte er mit Luise gemeinsam. Auf Festen spielten sie um die Wette und manchmal vierhändig. Er konnte jede Melodie aus dem Kopf spielen, auch wenn er sie erst einmal gehört hatte. (Luise später: mein Gott, was haben wir uns amüsiert!)

Luise und Friedhelm waren drauf und dran, aufeinander hereinzufallen. Ihre unausgesprochenen Hintergedanken gingen hinter ihrem Rücken ein perfides Amalgam ein. Friedhelm, der seine gerade erst angetretene Stellung in einem Chemieunternehmen verloren hatte, Luise wusste das noch nicht, kalkulierte insgeheim auf die finanziellen Potenzen seiner Eroberung.

Seine Traumidee war die ungeahnte Möglichkeit der Atomkraft. Während des Verzehrs von lapin à l'alsacienne schwärmte er ihr davon vor. Irgendwann, meine Liebe, stellte er ihr in Aussicht, rüstest du dein Unternehmen um, und wir produzieren Atomenergie. Alle Vorstellungen von Leben werden veraltet sein, glaub mir, meine Liebe, mit Hilfe der Atomenergie werden wir ein Alter erreichen wie Methusalem, sie reißt die uns Menschen gesetzten Grenzen radikal nieder, sie wird uns ermöglichen, alle Krankheiten zu heilen, und sie gestattet uns, ein Leben zu führen wie die Insulaner in der Südsee, wir werden nur noch in der Sonne liegen und uns aalen, wir werden paradiesische Früchte von den Bäumen pflücken, Rasenflächen und Gärten werden von ungeahnter Üppigkeit sein, die atomaren Düngemittel werden auf immer und ewig jeden Nahrungsmittelmangel der Vergangenheit angehören lassen, ein unvorstellbarer Überfluss von Wärme und Fruchtbarkeit wird über uns kommen, neue, heute noch unbekannte und unvorstellbare Blumen werden erblühen, groß wie Bäume, die Formen der Pflanzen werden sich zu fantastischen Gebilden verwandeln, die Fabriken werden nur wenige Stunden in der Woche in Betrieb gehalten werden und doch im Überfluss produzieren, neue Gesteine werden entstehen, köstliche mineralische Strukturen werden aus der Tiefe der Erde in Windeseile emporwachsen, Edelsteine mit noch nie dagewesenem Feuer, es wird Verkehrsmöglichkeiten geben, die unsere Vorstellungen von Raum und Zeit und alle durch die menschliche Trägheit entstandenen Beschränkungen zunichtemachen werden, das Ende menschlichen Leidens ist in Sicht, meine Teuerste, und all dies als Nebenprodukt der einfallsreichen Suche des Menschen nach einer neuen Waffe, welch eine göttliche Paradoxie! Dem Kommunismus wird jeder Wind aus den Segeln genommen werden durch diese so herbeigezauberten grenzenlosen menschlichen Fähigkeiten, und das ist überhaupt das Beste daran. Auf Luises ungläubige Nachfrage, woher er dies alles wisse, nannte er den Namen eines amerikanischen Professors, eines gewissen Mr. Hutchins, Rektor der Chicagoer Universität, und er kündigte Luise an, er wolle alles daran setzen, diesen Propheten des heraufziehenden neuen Zeitalters persönlich kennenzulernen. Denn hier scheine sich nun endlich das zu bewahrheiten, was Hegel etwas verfrüht das Reich des Heiligen Geistes genannt habe. Friedhelm Schwarz glühte vor Zukunftsbegeisterung und hatte schon beinahe vergessen, wem er gegenübersaß und was an diesem Abend anstand.

Luise lächelte etwas ratlos, denn sie verspürte nicht das geringste Interesse an den Visionen ihres Freundes. Sie hatte sich für diesen Abend totschick gemacht, und nun saß sie ihrem Verehrer mit beinahe schon enttäuschten Erwartungen gegenüber. Die Ärgernisse des Tages hatte sie mit dem Überziehen ihres schwarzen Kleides abgestreift. Und an diesem Tag hatten sich die Ärgernisse gehäuft. Es hatte angefangen mit dem Auftauchen dieser Ermittlungsbeamten in Sachen

Unfall, dann eine der nicht enden wollenden Zankereien mit Maria, deren Bevormundung schon nicht mehr schön war und die Luise vorkam wie eine Dampfmaschine des praktischen Lebens, dann die Unterredung mit dem jungen Franzosen, diesem Monsieur Cheer, den sie angeheuert hatte, mit Lily die Hausaufgaben zu machen und Französisch zu lernen, und mit dem sie im Laufe der Unterhaltung eine ihr ganz und gar nicht verständliche Auseinandersetzung um Fragen der Erziehung geschlittert war. Er meinte, das Kind sei verstört und hatte auf Luises Empfehlung, Lily etwas energischer anzufassen und ihr gegebenenfalls einen Klaps zu verabreichen, einen Monolog lehrhafter Ratschläge losgelassen, den sie mit der vorwurfsvollen Frage, was erlauben Sie sich eigentlich, junger Mann? hatte beenden wollen. Widerreden, wie er sie dann vom Stapel ließ, verzeihen Sie, Madame, Sie müssen mir schon ein gewisses Urteilsvermögen zugestehen, wenn Sie wollen, dass ich der Kleinen helfe, und dann des großen und breiten pädagogische Darlegungen, die ihr mehr verdächtig als seriös vorkamen, ja, die sogar einen kommunistischen Unterton zu haben schienen, solche Widerreden war sie nicht gewohnt. Sie hatte dem Gespräch mit einem definitiven »also versuchen wir es noch einmal« ein Ende gesetzt. (Mich von so einem Grünschnabel belehren zu lassen!)

Mit dem entschiedenen Willen, einen schönen Abend zu haben, saß sie also jetzt Friedhelm Schwarz gegenüber und ließ halben Herzens sein enthusiastisches Schwärmen in ihr Ohr dringen. Ihre Gedanken waren mit ganz anderem beschäftigt. Der lapin à l'alsacienne war verzehrt, und soeben wurde die Nachspeise, eine île flottante, ein apfelgroßer Eischneeball, übergossen von flüssigem Karamell, aufgetragen.

Friedhelm beugte sich dem Gebot der Stunde und fand sogar Spaß daran. Da die Welt als Produkt seiner Vorstellung Luise nicht zu interessieren schien, ergriff er jetzt ihre Hand.

Als er sie zwei Stunden später in seinem Bett liegen hatte, in Schweiß gebadet von der Anstrengung, die Liebesmüh nicht vergeblich sein zu lassen, traf ihn jäh der schreckliche Verdacht, er könne sich in etwas verwickelt haben, aus dem er nicht so schnell ungeschoren wieder herauskommen könne. Gepeinigt von dem Argwohn, sich Blößen gegeben zu haben, spielte Luise die Gleichgültige. Sie lag da, als würde sie sich langweilen. Träge wie ein sattgefüttertes Tier wälzte sie sich in dem Junggesellenbett und verlangte nach Champagner, mit dem Friedhelm Schwarz aber leider nicht aufwarten konnte. Und weil sein aufgestachelter männlicher Kampfgeist es nicht zuließ, Luise den Triumph zu gönnen, nicht von dem hohen Ross ihrer aufreizenden Gelassenheit zu fallen, startete er eine weitere sexuelle Anstrengung.

Er ahnte ja nicht, dass Luise von ähnlichen Befürchtungen geplagt wurde wie er und dass sie gerade deshalb die größtmögliche Gleichgültigkeit zur Schau trug, zu der sie fähig war. Denn ihre grundsätzliche weibliche Devise war: Wenn du von einem Mann etwas willst, mach dich rar bis zum letzten. Dieser eiserne Grundsatz der Kunst, sich begehrt zu machen, war ihr im Überschwang des plötzlich entflammten »Spaß an der Freud« abhanden gekommen. Sie hatte sich regelrecht gehenlassen, etwas, was in den Dingen des Geschlechterkampfs als riskantes Vergehen galt. Fürs erste zahlte sie es Friedhelm Schwarz mit den Mitteln der Ungerührtheit heim. Sie ließ ihn abblitzen und stand, als er mit dem Küssen gerade bei ihrem Hals angekommen war, mit einem abrupten Sprung aus dem zerwühlten Lager auf, zog ihr Kleid an und verließ mit einem »Überleg dir, was du tust, mein Lieber!« die Wohnung. Sein übertölpelter Stolz ließ ihn wie einen geschlagenen Hund zurück. Er war so verblüfft, dass er es nicht einmal fertigbrachte, sich ebenso schnell wie sie anzuziehen und ihr hinterherzulaufen. Die Zeichen für ein brisantes Verhältnis zwischen einem Mann und einer Frau waren gesetzt.

Erschrocken entdeckte Luise in den nächsten Tagen, dass Friedhelm in ihrem Innenleben gelandet war. Wenn sie morgens oder nachts aufwachte, tauchte sein Bild vor ihr auf und richtete etwas in ihr an, was wohl das sein musste, das man Sehnsucht nennt. In ihrer Ehe mit Robert war sie weitgehend von jenen überwältigenden Wallungen verschont geblieben, von denen sie in Romanen gelesen oder in geständnishaften Gesprächen mit Freundinnen gehört hatte. Derlei Abgründe waren ihr fremd geblieben. Ihre ehelichen Liebesbezeugungen waren unbelastet von allzu schwerwiegenden Gefühlen. Dank der relativen Begrenztheit ihrer Gelüste, die nur durchbrochen wurde, wenn sie gar nicht darauf gefasst gewesen war und wenn sie die Liebe eher strategisch einsetzen wollte. Ein freifliegendes Wesen zu sein, irgendwo zwischen dem Boden der Realität, der ihr zuwider war, und der Luft darüber, die aus lauter freien Möglichkeiten bestand, so ein freifliegendes Wesen zu sein, das entsprach ihrer Natur, auch in den Dingen der Liebe.

Roberts von Zeit zu Zeit gestellte rhetorische Frage »bist du glücklich, Liebling?« konnte sie ohne Skrupel mit ja beantworten. Es stimmte. Die im Laufe ihrer Ehejahre zu allerlei Varianten verfeinerte Simulation der Leidenschaft oder dessen, was sie sich darunter vorstellte, war eine der Grundlagen dieses Glücks. Manchmal war sie sich nicht einmal sicher, ob das, was sie da spielte, nicht vielleicht doch identisch sei mit wirklicher Liebe. Sie wusste es nicht. Jetzt, nach der Nacht mit Friedhelm Schwarz, fühlte sie sich von dem Verlust ihrer Kontrolle bedroht. Den ganzen Tag wartete sie auf seinen Anruf. Erst gegen Abend meldete er sich, aber nur um ihr zu sagen, dass er die nächste Woche nicht abkömmlich sei. Abkömmlich, ja, so drückte er sich aus, und er stellte nicht einmal die Frage nach ihrer Befindlichkeit, kein Bist-du-glücklich-Liebling oder ähnliches. Selbst wenn sie auch keine eindeutige Antwort gegeben hätte, aus ganz prinzipiellen

Gründen schon, (sich auf solche Weise preiszugeben wird von den Männern in der Regel mit nichts als Verachtung gestraft), hätte sie die Frage doch gern gestellt gehört.

Irritiert legte sie den Hörer auf und kehrte ins Esszimmer zurück, wo Lily am Tisch saß und in ihrem Quarkstrudel stocherte. Sie war damit beschäftigt, einzelne Rosinen aus dem Strudel zu picken und sie fein säuberlich auf dem Tellerrand aufzureihen. Sie war ganz versunken in diese Tätigkeit. Die kleinen, braunen Rosinen lagen um den Teller herum, sie wurden von Lily mit großer Sorgfalt hin und her geschoben, bis sie eine regelmäßige Kette bildeten. Luise setzte sich und breitete die Serviette auf ihren Knien aus. Der Anblick ihres gestörten, mageren, hässlichen, krankhaften, törichten, ungeratenen Kindes widerte sie an. Etwas in ihr schnaubte. Das Maß war fast voll. Die Kapazität ihres Vorrats an guten Nerven war erschöpft. Sie versuchte noch, sich zu beherrschen, indem sie mit zusammengepressten Lippen den Blick in die Zimmerecke richtete, dahin, wo auf dem Vertiko der Adventskranz stand, da passierte es. Es war ein kleines, langgezogenes, ekelerfülltes »I«, das Lilys kleinem Mund entfleuchte. Das war der Auslöser. Luise stürzte sich auf ihre Tochter und verabreichte ihr eine Ohrfeige, deren Wucht, gespeist aus dem geballten Konglomerat von Enttäuschung, Hilflosigkeit, Ärger, Wut, verletztem Stolz und Einsamkeit der letzten Zeit, Lily zu Boden schleuderte. Reglos blieb sie am Fuß des Vertikos liegen. Sie gab keinen Ton von sich.

Viele Jahre später, nach einem psychotherapeutisch herbeigeführten Erinnerungsschub, sollte sie das Ereignis so definieren: Dem Erdboden gleichgemacht. Überraschungskrieg. Endgültiger Bruch der natürlichen Übereinkunft zwischen meiner Mutter und mir, dessen, was man wohl Mutterliebe nennt. Strafe für etwas nicht als böse Empfundenes. Eruption alles Bösen. Sie hat mich niedergemacht. Für immer. Aus heiterem Himmel. Mitten aus einer intimen Tätigkeit gerissen und dem Erdboden gleichgemacht. Entwürdigung bis zur untersten Ebene. Hatte zur Folge, dass ich immer in Habachtstellung sein musste, denn man wusste ja nie, wann der nächste Ausbruch kam. Erbitterter Kampf mit allen Mitteln töchterlich-mütterlicher Intuition. Im Übrigen war ich nicht nur ihr Opfer, sondern wurde alsbald ihre Imitatorin. Erbitterte Konkurrentin. Was sich übrigens in meinen erotischen Fantasien auswirkt. Eine Konkurrentin muss immer dabei sein. Schärfte meine Waffen an ihren Waffen. Feuergefecht ohne Ende. Meistens Niederlage, selten Sieg.

Lily begann, jene Sensibilität zu entwickeln, wie sie typisch für launisch geliebte Kinder ist. Die atmosphärischen Ankündigungen der nervösen Anfälle ihrer Mutter waren wie ein Geruch. Ihr Spürsinn bildete extrem empfindliche Sensoren für Hintergründiges aus. Hypersensibel auf Veränderlichkeiten eingestellt, die schlechten wie die guten, und vor allem darauf, die einen von den anderen zu unterscheiden, zeigte Lily einen Hang zu zwanghafter Wahrnehmung, die, vermischt mit ihrer materiellen Verwöhntheit, eine echte Prinzessin auf der Erbse hervorbrachte.

Als Luise sah, was sie angerichtet hatte und sich über ihre am Boden liegende Tochter beugte, um sie zu umarmen, denn schon in diesem Moment bereute sie ihren Ausbruch, empfing sie einen Fußtritt in die Magengrube. An diesem Abend flüchtete das unglückliche Mutter-Tochter Paar, jede für sich, in die Einsamkeit ihres Betts. Lily tröstete sich mit Lutschen und mit der innigen Vergegenwärtigung ihres Vaters. Luise nahm drei Schlaftabletten und versank in die Abwesenheit, nach der sie sich jetzt sehnte.

In den schwarzen Schnee mischte sich bereits der weiße Schnee. Es war Anfang Dezember. Über der Erde, Max stellte seine Beobachtungen nicht ohne Sarkasmus an, setzte die Natur ihre Zeichen, und zwar in jeder Beziehung. Das Stärkere siegt, nicht nur im biologischen Sinn, und das Stärkere hat die Tendenz, unter allen Bedingungen das Stärkere zu bleiben. Die Platzwechsel verliefen nicht unbedingt nach den Prinzipien ausgleichender Gerechtigkeit.

Was Max nicht wissen konnte: Für manche war es die Zeit des Abtauchens in unterirdische Schichten und Schächte. Die Finsternis der Stollen untertage bot manchem schlechten Gewissen Schutz. Sie bot auch dem guten Gewissen Schutz, das sich ungerecht verfolgt fühlte und in den karbonalen Urtiefen der Mutter Erde Zuflucht suchte. Kurz, in den Gruben betätigten sich einige Ärzte, Rechtsanwälte und sonstige Angehörige des gebildeten Standes unter falschen Namen als Hauer. Es waren alte Nazis, die, wären die Alliierten ihrer habhaft geworden, nichts Gutes zu erwarten gehabt hätten. Ihr meist gutes und selten schlechtes Gewissen (»was früher recht war kann heute nicht unrecht sein«) hatte sich wie ein frisch gewaschener, gestärkter und gebügelter preußischer Hemdkragen um jeden Anflug von Selbstzweifel gelegt. Unter der Rußmaske verbargen sich die neuerdings verkannten feineren Züge mitteleuropäischer akademischer Empfindsamkeit. Das Ausmaß ihres Leidens war begrenzt, denn sie waren allesamt zuversichtlich, dass die Chose schon wieder geschaukelt würde. Na, alter Knabe, denn wollen wir mal. Nichwahr, zwo, drei, vier, hic rodus, hic hicke hacke hicke hacke eins zwei drei …

Unter der Erde also, in den karbonglänzenden Sohlen aus geologischen Vorzeiten, vergewisserten sie sich ihrer irdischen und kosmischen Aufgehobenheit. Es wird der Mensch zu Erde, zu Staub, sagten sich die so Lebenden, und so betrachteten sie auch das, was sie getan hatten: als ein im Sinne der höheren Naturgesetze vollzogener Pflichtakt. Waren sie selbst nicht auch dem Rhythmus des zu Erde Werdens unterworfen? Ist denn der Tod so schrecklich? Und vor allem: hat sich nicht erwiesen, wer hier zum Leben auserwählt ist? Hat die von der Natur vollzogene Auslese nicht dem Kern der jetzt verbotenen teutonischen Prophetie Recht gegeben? So philosophierten diese einstweilen heimlich untertage Lebenden in der dreizehnten Sohle eines Steinkohlenbergwerks.

Denen von der anderen Seite der Menschheit aber, diesen Wenigen, erteilte man die Benennung »Überlebende«. Eine Bezeichnung, die nach Rettung klingt, die sich aber in der Tat ausschließlich auf die, die nicht mehr lebten, bezieht. Sie hatte insofern eine gewisse Richtigkeit. Man sollte doch froh sein, dass man noch lebte! Jetzt gings doch erst richtig los. Die Herzen sind schon über die Hindernisse geworfen, man war bereits mitten im Sprung. Jene Herzlosen aber, die, deren Organ der Innerlichkeit sich in allzu beschädigtem Zustand oder einfach dem des Nichtmehrvorhandenseins befand, weil es zerrissen, gebrochen, ausgeblutet und ausgelöscht worden war … was war ihnen geblieben, das sie übers Hindernis hätten werfen können?

Angesichts seiner zunehmend auf die Gegenwart gerichteten Gedanken fingen die philosophischen Texte an, Max zu langweilen. Sie waren entschieden zu langatmig für seine momentane Nervenanspannung. Er brachte es nicht mehr fertig, sich auf Schopenhauers »Die Welt als Wille und Vorstellung« zu konzentrieren (er hatte den Text neben seinem Kopfkissen liegen), es wollte ihm nicht einmal gelingen, auch nur eine einzige Seite am Stück zu lesen. Und als er darüber nachsann, schob sich ihm das Wort »konzentrieren« ins Hirn und begann darin wie eine Kugel in einer blechernen Schüssel zu rotieren. Sich um das Kind zu kümmern, lenkte ihn auf angenehme Weise von solchen Grübeleien ab.

Lily blickte Max über die Schiefertafel hinweg an, als erwarte sie von ihm ein Wunder. In ihrer Wimper hing ein Rußkorn, das herabfiel und als schwarze Schliere auf ihrer Wange blieb. Er nahm sein Taschentuch und wischte sie ihr fort. Sie nannte ihn Onkel Max, was Max angesichts seines Alters komisch fand: Onkel Max, mach du doch! Ihre Unlust, Hausaufgaben zu machen, verlängerte die täglichen Sitzungen um halbe und ganze Stunden. Manchmal nahm er Lily aufs Fahrrad, setzte sie in den Korb an der Lenkstange und fuhr mit ihr durchs Dorf und weiter bis in den nächsten Ort. Sie weihte ihn in ihre verstörten Fantasien ein. Er erzählte ihr Geschichten, die ihm seine Großmutter erzählt hatte und sang ihr französische Kinderlieder vor, die sie in überraschend schneller Auffassungsgabe nachsang. Überraschend, weil sie sonst eher begriffsstutzig schien. Und dies in einem Ausmaß, das zu ernsthaften Bedenken Anlass gab. Man könnte meinen, dachte Max manchmal, das Kind ist geistig zurückgeblieben. Aber gerade dieser Umstand reizte ihn und stachelte seinen pädagogischen Ehrgeiz an. Er würde ihrer Mutter schon zeigen, wie man ein Kind erzieht.

An diesem Nachmittag aber radelte er alleine los, durch Ortschaften, Zechensiedlungen, an Häusern vorbei, die schief aus dem Boden wuchsen, weil sie über Grubensenkungen eingesackt waren. Es war eine graue Landschaft, eine im Versinken begriffene Welt, versinkend in den Hinterlassenschaften der industriellen Gefräßigkeit, keine Landschaft für Sonntagsspaziergänge. Hier hatte der Krieg kaum etwas verändert. Nach wie vor sah sie arm aus, diese Landschaft, obwohl sie die Goldgruben der jeweiligen Nation barg, die das politische Sagen hatte.

Max war auf dem Wege, einen Herrn aufzusuchen, dessen Name ihm durch Zufall als Verfasser einer Sendung über Aristoteles zu Ohren gekommen war. Es war derselbe Name, der im Fotoalbum seiner Mutter mehrmals auftauchte, in kurzen Kommentaren zu Fotografien aus der Zeit ihrer Ehe. Aus der Zeit, die sie in das vage »Damals« zu fassen pflegte, und über die sie nur in Andeutungen sprach, wenn sie überhaupt darüber sprach. Die Fotokommentare lauteten etwa so: Fastnacht mit Hubert und Clara Qualrich, Sommer in Hiddensee mit Qualrichs, und so weiter. Und jetzt war Max auf dem Weg zu dem Mann, der diesen Namen trug und der vielleicht derselbe Mann war wie der in dem Fotoalbum seiner Mutter. Max hatte ihr nichts davon geschrieben. Ein bisschen mehr Gewissheit wollte er schon haben.

Sie hatte ihm in einem langen Brief nahegelegt, nach Paris zurückzukommen. Sie wäre froh gewesen, wenn er diese finstere Seite seiner Herkunft vergessen könnte, diese Seite hinter dieser Grenze, die sie selbst einmal und für immer entschieden überschritten hatte. Er radelte über eine holprige Straße. Zu seiner Rechten ragte eine Schlackenhalde hoch. In der vernebelten Luft war die Landschaft zu einem graphischen Akkord grauer Linien geworden. Es nieselte. Eine Mischung aus Wasser und Ruß ging auf die trübselige Landschaft nieder. Elisabeth Cheer hatte ihrem Sohn von Israel geschrieben, von Freunden, die in einem Kibbutz lebten, und sie hatte in ihrem Brief die Überlegung angestellt, dass der junge Staat junge Menschen brauche. Sie hätte ihren Sohn lieber »im Land« gesehen als da, wo er war, lieber in Erez Israel als hinter dieser ein für alle Mal überschrittenen Grenze.

Manchmal träumte ihr, sie sei zurück, sie sei irgendwo jenseits dieser Grenze, und sie habe weder Geld noch Kleider, und sie liefe nackt durch die bekannten Straßen dessen, was man eigentlich Heimat nennt. In diesen Träumen hatte sie auch die Sprache vergessen, mit der man sich dort verständigt.

Und geldlos, sprachlos und nackt hetzte sie durch diese ihr merkwürdig bekannte und zugleich fremde Gegend. Aus solchen Träumen wachte sie mit Gedanken auf, die in ihrem Kopf wie Metallkugeln in einer Blechschüssel rotierten. Und in eben dieser Stimmung hatte sie ihrem Sohn einen langen Brief geschrieben, voller behutsamer Überlegungen für die Zukunft, allzu behutsam, um nicht in ihrer Not durchschaut zu werden. Sie hatte' beim Schreiben dieses Briefs im Radio die achte Symphonie Beethovens gehört. Es war ganz zufällig gewesen. Und für einen Moment hatte sie den Ort und die Situation ihrer jetzigen Gegenwart vergessen. Eine sentimentale Unterbrechung, ein rührseliger Rückfall in die Vergangenheit, mit der Folge des »Messers«. Sie nannte das so. Es war ein im Laufe der Zeit vertraut gewordenes Instrument, dieses Messer. Sie stand auf und stellte das Radio ab. Genau das war der Zweck des Messers. Eine zeitgemäße Art der éducation sentimentale, in diesem Fall zur Unterlassung der Gefühle. Nie wieder, nie wieder sich sinken lassen. Konsequente Entsagung solcher Anfechtungen, kein süßes, weites Kindheitsland, von dem die Dichter schreiben. Keine Kindheitsmelodie. Keine Kindheitslandschaft. Nichts als Gegenwart. Hart aufkommen auf dem Boden der Gegenwart. Unentwegt und immer wieder endlose Wiederholung von aufstehen und niederfallen und aufkommen auf dieser unerbittlichen Notwendigkeit. Und trotzdem manchmal und gegen jeden Willen vor Augen die blitzhaft aufscheinenden Bilder von früher, von einem früheren Früher als dem ihrer Ehe: der Kindheit. Die berühmte portable Heimat, was sollte das sein? Elisabeth Cheer widersetzte sich mit all der ihr zur Verfügung stehenden Energie diesen »sentimentalen Anfechtungen«. Das Messer war daher ihr einziges Hilfsmittel. Keine Erinnerungsströme, keine Gedichte. Kein Beethoven und nicht einmal der nahe Heine. Lauter ad acta gelegte Abschreibungen einmal gehegter Vorstellungen, weiß Gott wohin gelegt.

Wie sehr hätte sie sich gewünscht, dass auch Max diese mühsam getrennte Welt gemieden hätte. Dann wieder tröstete sie sich mit der Idee, dass es vielleicht notwendig sei, Max mache seine eigenen Erfahrungen. Und ihr Freund Michel Colby, dem sie ihre Sorgen anvertraut hatte, riet ihr, auf Verbote oder allzu dominante Vorschläge zu verzichten und stattdessen mit Gelassenheit zu reagieren. Selbst wenn sie vorgetäuscht sei. Max sei ein stabiler junger Mann, erkenntnisbegierig genug, sich nicht zu verlieren. Max wisse doch, was er wolle, und seine Fähigkeit zu kritischer Betrachtung der Dinge, sein Eingebettetsein in die französische Umgebung und nicht zuletzt die psychische Sicherheit, die Elisabeth ihm im Laufe der Jahre vermittelt habe, seien Grundlage genug für eine eigenständige Existenz.

Elisabeths vorläufige Beruhigung durch derlei Trostworte war aber unberechenbar launisch. Im nächsten Moment schlug sie ins Gegenteil um. Die Furcht vor den immer wiederkehrenden gleichen Träumen hinderte sie am Einschlafen. Am meisten fürchtete sie sich vor den schönen Träumen, wie dem, der sie in regelmäßigen Abständen heimsuchte: Sie sah einen Garten, einen blühenden Baum, eine Wiese, ihre Mutter, ihren Vater, ein blondes Kind mit einem Körbchen mit Kuchen. Auch solche Träume bedurften des Messers. Unmittelbar nach dem Aufwachen wurden sie damit bearbeitet: abgeschnitten und als »grässlich« verworfen. Das macht mich krank, sagte sie zu Michel Colby, ça mea rend malade, tu saus. Sie meinte damit nicht das Abschneiden, sondern die Träume. Und seit Max fort war, suchten sie diese Träume beinahe jede Nacht heim. Elisabeth beschloss, sich Härte abzuverlangen. Eines Nachts, als sie wieder ruhelos dalag, kam ihr die Idee, der Grad dieser Härte müsse, solle sie nützlich sein, dem Grad ihrer Besorgnis entsprechen. Und in den letzten Tagen war noch ein weiterer Traum hinzugekommen. Ihr träumte, Max käme nicht wieder. Er bliebe in Deutschland.

Er sei verhaftet worden. Jemand hätte eine Tür aufgebrochen und ihn auf einen Lastwagen geworfen. Daraufhin hatte sie ihm den langen Brief geschrieben, in dem sie auf das Leben im Kibbuz zu sprechen kam. Trotz der Ratschläge ihres Freundes Colby hatte sie also Max diesen Brief geschrieben. Natürlich war Max' Sensibilität für die Regungen seiner Mutter ausgeprägt genug, als dass er nicht erraten hätte, was zwischen den Zeilen stand. Er hatte beim Lesen dieses langen Briefes lächeln und an seine Großmutter und ihren Spruch »Nachtigall, ick hör dir trapsen« denken müssen. In seinem Antwortbrief blieb er noch allgemeiner als sonst. Das heißt, er schrieb von der kleinen Lily, von Luise, von seinem algerischen Zimmernachbarn, der so unerträglich schnarchte, von diesem und jenem, von Ereignissen des Tages, von den Sarrois, diesem komisch behäbigen Menschenschlag, den die nette Helga Piorski als »bumm« bezeichnete, und so weiter, nur um seine Mutter nicht zu beunruhigen. Lediglich am Ende fügte er ein paar Gedanken zum Thema »Nähe und Ferne« bei, Gedanken ganz grundsätzlicher Art. Und er äußerte die Idee, dass das Entferntsein von der vertrauten Umgebung gar nicht übel sei für Kopf und Denkfähigkeit, und dass ihm hier allerlei aufginge, worauf er im schönen Paris nie gekommen wäre. Er wollte damit andeuten, dass er sich mit etwas beschäftigte, was seine Mutter nicht unbedingt gutheißen würde, was für ihn selbst jedoch von äußerster Wichtigkeit sei. Seine Mutter verstand natürlich, was er damit sagen wollte, denn sie konnte genauso gut wie er zwischen den Zeilen lesen, und entsprechend beunruhigt war sie wieder.

Max also radelte durch die Landschaft und fragte sich nach der Adresse des Herrn Qualrich durch. Die Leute auf der Straße waren freundlich, doo niwwer, doo nuff unn doo um die Egg erum, und Max gelangte zu einem dieser rußgeschwärzten Häuser einer Bergarbeitersiedlung. Qualrich hatte sehr eng zusammenstehende Augen. Er war klein, und sein Blick aus diesen eng zusammenstehenden Augen kam von unten her. Mit einem »was verschafft mir die Ehre« wurde Max begrüßt. Er wurde »junger Mann« genannt, und das in einem anerkennenden Tonfall. Qualrieb war sichtlich erfreut über das Interesse an seiner Aristoteles-Sendung.

In der Annahme, dass Max' Beweggrund für seinen Besuch die höheren Fragen des Lebens und der Menschheit seien, fiel er sofort ins Philosophieren. Die Natur beschäftige ihn seit langem. Ihr inneres Prinzip, welches die Dinge zu ihrer vorbestimmten Vollendung führe, die Vollendung der Reihe und ihre Vorbestimmtheit durch die in ihr konzipierten natürlichen Schritte, darauf käme es an. Das Überleben des Tauglichen, junger Mann! Und auch Empedokles sei zu empfehlen in diesem Zusammenhang. Wissen Sie, sagte Qualrich, wissen Sie eigentlich, dass der Phönix sich selbst verbrannte, sich selbst, sage ich, um aus der eigenen Asche neugeboren wiederemporzusteigen? An diesem wunderbaren ägyptischen Mythos, lieber Freund, arbeite ich zur Zeit, man muss seinem Geist Nahrung geben, auch dies ein Gesetz der Natur. Wie herrlich, dass es noch interessierte junge Menschen gibt, er schlug Max auf die Schulter. (Immer schlagen sie einem auf die Schulter, Xavier, und sie tun es mit einer Wucht, dass einem der Arm von einem Schock gelähmt ist, erst wenn es zu spät ist, könnte man zurückschlagen.)

Die Wirtin tischte auf Geheiß ihres Mieters, tun Sie dem alten Knaben mal etwas Gutes, Gnädigste, Kaffee, Kuchen und Schnaps auf. Dann zündete Qualrich eine Adventskerze an: So, denn wollen wir mal. Solche Tage sind die Tage der Philosophen, sagte er, draußen der Sturm der Natur, drinnen der Sturm des Geistes. Im Schutze der Hütte den Feinden zum Trotz. Seine eng zusammenstehenden Augen blitzten vor Wohlbehagen. Max kippte drei Glas Schnaps in sich. Die Stimme des Mannes füllte das kleine Zimmer mit gnadenloser Vitalität aus. (Max später an Xavier: dass er von Haus aus kein Hauer sein konnte, war klar wie Kloßbrüh, wie man hier so schön sagt.)

Max wunderte sich, dass der Mann genauso redete, wie er es sich vorgestellt hatte. Er selbst war in eine ratlose Schweigsamkeit verfallen. Es war, als hätte ihm dieser Qualrich das Maul gestopft. Es war wie eine Verbannung in die Sprachlosigkeit. Wieder füllte sich sein Kopf mit Kugeln an, die in einer Blechschüssel rotierten. Eine dieser Kugeln: der Mann vor dem Hotel Lutetia, der mit Sicherheit mein Vater gewesen war. Er glaubte plötzlich, sich zu erinnern, dass der Mann vor dem Hotel Lutetia die gleiche Art zu reden gehabt hätte wie Qualrich. Eddas Achselhaar kam ihm in den Sinn und das kleine kluge Gesicht der Helga Piorski, mit der er gestern Abend einen Austausch langer, heftiger Küsse gewagt hatte. Das Rotieren der Kugeln schepperte ihm durchs Hirn.

Eigentlich hatte er diesen Qualrich nach seinem Vater, Eduard Schindal, fragen wollen. Sie kennen ihn doch, wollte er fragen, ganz harmlos, wie schön, dass man sich so trifft, ich kenne Sie aus dem Fotoalbum meiner Mutter, Sie hatten Fasching vor achtzehn Jahren ein Damenhütchen auf, wenn Sie sich erinnern, und ich kenne auch Ihre Frau, sie hatte einen Zylinder auf an diesem Faschingsfest, wie Marlene Dietrich. (Hat eigentlich Fasching was mit Faschismus zu tun? Faschingismus? Xavier, du hättest mich sehn sollen, ich saß da wie ein Esel, wie ein Idiot, auf diesem Sofa.) Max fragte nicht nach seinem Vater. Er vertagte »die ganze Angelegenheit« auf später. Der Kanonenofen ballerte vor sich hin. Erstickende Hitze hatte sich in Qualrichs Stimme, denn das Zimmer war Qualrichs Stimme geworden, ausgebreitet. Aristoteles hatte sich in ein Männchen mit zu eng zusammenstehenden Augen verwandelt. Aristoteles kippte mit eifernder Stimme philosophisches Prinzipiengerümpel aus. Die alten Griechen, ich sage Ihnen, junger Mann, sie führen uns zu dem wahren Licht der Erkenntnis. Schauen Sie nur wie traulich diese Flamme flackert, eine wehmütige Sanftheit geht von ihr aus, die Verheißung, die Erlösung, die entsprungene Rose, sie erinnert mich an meine Kindheit, ich hatte eine wunderbare, behütete Kindheit im Herzen einer wunderbaren und von Gläubigkeit erfüllten Familie, sagte Qualrich, ohne diese Erinnerung hätte ich nicht die Kraft, all dies durchzustehen, nicht wahr, junger Mann. In seinen Augen sammelte sich Wasser. Er erzählte von einer kleinen Schwester, der das Schicksal gnädig gewesen sei, und die der Barmherzige zu sich genommen habe, ihr Grab schmücke ein Tabernakel, wie er kein schöneres jemals gesehen habe.

Die Metallkugeln veranstalteten in Max' Kopf einen unerträglichen Lärm. Er stand auf und verließ das Zimmer ohne sich zu verabschieden. Er hatte zu viel Schnaps getrunken. Draußen vor dem Haus, als er aufs Fahrrad steigen wollte, stülpte sich ihm der Magen um. Er erbrach eine Mischung aus Kuchen, Schnaps und Kaffee. Es dunkelte bereits. Die Schemen der schwarzgrauen Landschaft formten gegenstandslose Linien. Immer noch ging der Niesel herab. In Max' Kopf zog Ruhe ein. Er leerte sich. Das verschwindende Wortgerümpel hinterließ einen kühlen Raum. Sein Haar war feucht geworden und auch seine Kleider.

Bis in die Nacht war er unterwegs. Die Kälte legte sich um seinen Körper. Sie drang unter die Haut. Er fuhr am Fluss entlang. Klar und schwarz lag das Wasser da und fing den Niesel auf. Die Luft, ein klares, kaltes Getränk. Ein graues Dreieck tauchte vor ihm auf und brach auseinander. Viele graue Dreiecke entstanden, unendlich viele Schattierungen von Grau. Ein Gesplitter aus grauen Dreiecken, die sich zu geometrischer Anordnung schoben. Ein kaleidoskopisches Bild, aber ein asymmetrisches.

Kateb, der Algerier schlief bereits. Max öffnete weit das Fenster. Der Mann aus dem Hotel Lutetia nahm wieder abstrakte Form an. Er konnte es nicht gewesen sein. Nein, er war es nicht gewesen. Als Kind war Max nachts aufgewacht und hatte schwarze Männer durch die Tür kommen sehen. Jetzt war die Figur des Manns-der-mein-Erzeuger-ist nicht mehr leer, aber sie hatte auch kein Gesicht. Sie war wie eine Figur von Oskar Schlemmer oder von Leger, jedenfalls wie eine dieser lediglich als kompakte Form erscheinenden Menschendarstellungen.

Strenge, sehr strenge Linien würden gefunden werden müssen. Auch für das Denken. Nicht diese stickigen Zimmer, nicht diese Kerzen, nicht diese Stimmen, nicht diese Phantome von dem Mann, der mein Erzeuger ist, nicht diese Hitze, nicht dieses Gerümpel, nicht dieser Kuchen, nicht dieser Schnaps, nicht diese traurigen Lieder, nicht dieses Horch-was-kommt-von-draußen-rein, nicht diese Sofas; nicht diese Giebelhäuser, nicht dieser Advent … Nicht: ein gutes Wort.

Max streckte sich aus. Seine ernüchterten Sinne öffneten sich, ohne Widerstand jetzt. In dem leeren, von allen Ekelhaftigkeiten dieses Nachmittags geleerten Raum bildeten sich weitere Räume. Es war wie ein architektonischer Prozess. Ein Hirnraum, der alles einlassen und zu verarbeiten bereit war. Eine räumliche Ordnung. Ganz unvermittelt fiel ihm eine russische Erzählung ein. Sie handelte von einem Mädchen, das von seiner Mutter in strenger Abstinenz von aller Literatur erzogen worden war. Sie wurde einzig und allein in den Naturwissenschaften unterrichtet. Die erste und vor der Mutter verheimlichte Berührung mit der Welt der Literatur, die ihr natürlich von einem jungen Mann nahegebracht wurde, hatte eine so gewaltige Wirkung, dass das Mädchen daran zugrunde ging.

Max sagte vor dem Einschlafen in einer plötzlichen, erlösenden, schnapsgereinigten Klarheit seines Geistes zu sich selbst: Rekapitulieren wir, ich fahre zu Qualrich, um etwas über meinen Vater zu erfahren. Ich finde nicht den Mut dazu. Die letzte Hoffnung Nicht-Dreck an meinem Erzeuger würde von diesem crétin … der Überbringer einer Nachricht hat eben doch Einfluss auf die Nachricht selbst … ich leere mich. Ich weiß, wenn die Natur einen Sinn hat, dann den, dass sie dir den Wind durchs Hirn jagt. Der Mann, der mein Erzeuger ist, ist meine Literatur … Max hörte den Regen draußen aufs Dach prasseln. Er fiel in Schlaf, ohne an Eddas Achselhaar oder an Helga Piorskis Mund zu denken. Fürs erste war eine Entscheidung gefallen.

Die neuerliche Ankündigung des Kommissars der französischen Mordkommission hatte für Luise die Erhöhung ihrer Schlaftablettendosis zur Folge wie auch die weitere Verkürzung ihrer Fingernägel. Manisch biss sie die letzten noch zu fassenden Nagelreste ab. Friedhelm Schwarz hatte bereits seine anzüglichen Witze parat, wenn er ihre komisch wirkenden roten Nagellacktupfer auf ihren kleinen auf seinem Bauch ruhenden Fingern sah. Diese komischen Kleinmädchenfinger rührten ihn sogar, eine Regung, die ihm selten unterkam. Die Sache zwischen den beiden hatte sich programmgemäß fortentwickelt. Bisher war das Programm des Liebesverlaufs hinter ihrem Rücken und hinter ihrem Bewusstsein versteckt geblieben. Luise hatte natürlich ihren Vorsatz, Friedhelm die kalte Schulter zu zeigen, nicht konsequent durchgehalten. Etappe für Etappe ließ sie sich in die neuentdeckte Leidenschaft locken, wobei sie, wiederum Etappe für Etappe, neue Strategien zur Rettung ihres Stolzes entwarf. Jedem Anflug von Leidenschaft wurde mit einem kategorischen Nein entgegnet, das dann umso heftiger durchbrochen wurde. Friedhelm Schwarz ging es ähnlich, nur mit dem Unterschied, dass er die Initiative hatte. Auch hier griff kein lieber Gott zur Herstellung ausgleichender Gerechtigkeit ein.

Jedenfalls, als Luise nachts um zwei von Friedhelm nach Hause kam und nicht einschlafen konnte, einerseits, weil sie an das Vergnügen dachte, das sie soeben genossen hatte, andererseits, weil ihr die Sache mit der Mordkommission Sorgen machte, griff sie nach dem Fläschchen mit Schlaftabletten, von denen sie die doppelte Dosis wie gewöhnlich zu sich nahm. Das Vergnügen dieses Abends war wirklich genüsslich gewesen, was immer man an Friedhelm Schwarz aussetzen mochte, in diesen Dingen war er ein Meister. Er hatte sie mit seinen aufreizenden Spielereien so lange hingehalten, ohne das zu tun, was sie das Eigentliche nannte, bis sie sich vergaß. Sie forderte ihn mit Wörtern heraus, die ihr noch nie im Leben über die Lippen gekommen waren. Im Nachhinein wusste sie nicht einmal, woher sie diese Wörter hatte. Jedenfalls war es ihnen gelungen, sich gegenseitig auf die Spitze zu treiben.

Als am nächsten Tag die Herren von der Mordkommission erschienen, war sie immer noch benommen von der Wirkung der Schlaftabletten. Sie kam sich vor wie im Kreuzverhör. Bestand etwa der Verdacht, dass sie, Luise …? Können Sie beschreiben, wie Sie sich von Monsieur Aschen verabschiedet haben? Was hat er vor seiner Abreise gesagt? Versuchen Sie genau, sich zu erinnern, Madame. Kennen Sie seine Mitgliedsnummer? Welche Mitgliedsnummer, Monsieur? Ich bitte Sie, gnädige Frau, die der Partei natürlich. Er war in keiner Partei, glauben Sie mir, er war nie in einer Partei. Sind Sie sicher? Absolut! Er hatte eine Aversion gegen Politik. Was wissen Sie über Herrn Retur? Er war ein Freund meines Mannes. Er war Geschäftsmann, hat mit Glas gehandelt, Fensterglas, glaube ich. Das Interesse der Herren konzentrierte sich penetrant auf »cette certaine époque« im Leben der beiden zu Tode Gekommenen. Luises Frage nach den Gründen solcher Fragerei wurde nicht beantwortet. Die Herren schienen mehr zu wissen, als sie, Luise selbst, gaben aber partout keine Auskunft. Wollte man etwas aus ihr herauslocken, was gar nicht herauszulocken war? Die ganze Angelegenheit wurde immer mysteriöser. Non, Monsieur, ich kenne keine Bekannten meines Mannes in Paris, außer den Geschäftsfreunden und dem Vertreter Monsieur Marx. Sie verfluchte ihren Freund Friedhelm Schwarz, der wieder einmal keine Zeit hatte, ihr beizustehen. Damen? Non, Monsieur, wo denken Sie hin?

Wie sollte ich Damen kennen, ich gehe davon aus, dass auch mein Mann keine Damen kannte, Sie verstehen. Früher, mag sein, früher hatte er wohl das Leben in dieser Hinsicht genossen, aber nach unserer Heirat … Was erlauben Sie sich überhaupt? Mit Sicherheit hatte mein Mann keine maîtresse, wenn Sie das meinen. Was Herrn Retur allerdings betrifft, da weiß ich natürlich gar nichts. Ja, den Wagen hatte Herr Sukow gewartet, irgendetwas war kaputt, aber fragen Sie nicht, was. Es war ja nicht der Wagen meines Mannes, es war ja Returs Wagen. Mein Mann hätte niemals einen Mercedes gefahren. Schon allein aus Taktgefühl seinen französischen Freunden gegenüber. Im übrigen, Herr Sukow ist ein absolut zuverlässiger Mann. Seit ich denken kann in den Diensten der Fabrik. Bringen Sie mir um Himmelswillen keine Unruhe in den Betrieb, meine Herren. Tun Sie mir den Gefallen und seien Sie diskret. Gewisse Dinge sprechen sich sofort herum, und die Gerüchte sind schneller als der Überfall auf Polen.

Die Herren gaben nicht auf. Luise hasste diese Art unhöflicher Aufdringlichkeit. So etwas war sie nicht gewohnt. Die Weigerung der Beamten, ihrer Bitte, nun das Haus zu verlassen, Folge zu leisten, sie habe zu tun, und es sei ja jetzt wohl alles klar, versetzte sie in helle Empörung. Sie wurde ausfällig. Sie war ein verwöhntes Kind. Ihre Mutter hatte sie verwöhnt, Robert hatte sie verwöhnt, ihre Dienstmädchen hatten sie verwöhnt, alle hatten sie verwöhnt, schon allein aus Furcht vor ihren nervenzerreißenden Reaktionen auf alles, was nicht ihrem Willen entsprach.

Aber die Beamten blieben hartnäckig. Sie drohten mit einer Hausdurchsuchung. Die Geschichte machte ihnen nicht nur Arbeit, sondern auch in gewisser Weise Spaß. Sie ließen Luise in ihrer Empörung zappeln. Sie saßen auf dem grünen Ledersofa im Wohnzimmer und stellten unnötige und indiskrete Fragen. Zu guter Letzt bestanden sie darauf, die privaten Fotoalben einzusehen.

Luise bot Cognac an und zog ihre letzten bewährten Register. Sie setzte ihren weiblichen Charme ein. Ja, sie gab sich kooperativ. Die Sache mit den Fotoalben, sie rückte damit heraus, als ob sie sich schäme, sei ihr terriblement unangenehm wegen gewisser Aufnahmen, die in den Ferien am Strand von Sylt gemacht worden seien. Dies seien intime Familienangelegenheiten, das müssten die Herren doch bitteschön verstehen. Die Beamten aber gaben nicht nach. Und als Luises letzter Versuch fehlschlug, ihren Freund, den Polizeipräsidenten zu erreichen, damit er mittels der Autorität seines Amtes diesen Unverschämtheiten Einhalt gebiete, der Polizeipräsident war nämlich verreist, blieb ihr nichts übrig, als die Fotoalben hervorzuholen.

Die Herren durchblätterten sie mit unverhohlenem Amüsement. Auch Hermann Retur tauchte darin auf. Es waren in Budapest aufgenommene Fotografien. Während der certaine époque hatte er bei der Deutschen Botschaft dort vorübergehend einen untergeordneten Posten innegehabt. Natürlich trug er auf der Fotografie die Insignien seiner damaligen politischen Zugehörigkeit am Revers. Aber auch von Robert Aschen existierten mehrere Fotografien, in denen er die Uniform der Partei trug, und von denen Luise, mit triumphierenden Blicken danach befragt, behauptete, dies sei nur Sache einer Formalität gewesen. Es sei ihm gar nichts anderes übriggeblieben, als in dieser Uniform aufzutreten, rein formal, wie in einem Theaterkostüm sozusagen, das habe nicht das Geringste zu bedeuten, dafür könne sie, Luise, seine Ehefrau, die es ja wissen müsse, ihre Hand ins Feuer legen. Und außerdem, wofür sei denn das jetzt noch von Belang? Könne es ihn wieder zum Leben erwecken? Messieurs, vous me tourmentez! Die Herren betrachteten sich jede Fotografie eingehend und lange. Auch die Nacktaufnahmen von Sylt. Sie stellten auch Fragen nach Luises Verhältnis zu Monsieur Retur, (als ob sie das etwas anginge). Es machte ihnen Vergnügen, diese jolie petite Madame, wie sie sie für sich nannten, nicht zu schonen.

Im Grunde wusste Luise tatsächlich wenig über Hermann Retur. Bei seiner Beerdigung hatte sie seine Mutter kennengelernt. Eine alte Dame, die hinter dem Sarg herging, als sei sie auf dem Weg zu einer unaufschiebbaren geschäftlichen Angelegenheit. Unwirsch hatte sie Luise die Hand gedrückt. Zum Abschied hatte sie ihr einen nach Naphtalin riechenden Pelzmantel geschenkt. Dies sei ein Erinnerungsstück von Hermann. Er habe ihn damals aus Budapest mitgebracht, Luise möge ihn zum Andenken annehmen. Außerdem gab sie Luise ein Kästchen, in welchem auf einem Wattekissen eine goldene Brosche lag. Luise war entzückt. Nehmen Sie's, hatte die alte Frau Retur gesagt, mein Sohn war närrisch nach diesen Dingen. Als ihr die Schaufel mit Erde in die Hand gedrückt wurde, zögerte sie einen Moment, als wollte sie sich noch etwas überlegen. Es schien kein Zögern aus Erschütterung zu sein. Eher sah es aus, als ob noch eine grundsätzliche Entscheidung für sie anstünde, die vor dem Zuschütten des Grabs getroffen werden müsste. Die Trauergemeinde vernahm einen Ton, der sich anhörte wie das kurze Bellen eines Hundes. Dann hatte sie sich entschlossen hochgereckt, auf diese typische Art, die man preußisch nennt, und die von einem komisch anmutenden Gesichtsausdruck begleitet wurde. Komisch, weil selbst in der Ernsthaftigkeit dieser Situation ein solcher Gesichtsausdruck unangemessen rigoros wirkte. Nachdem Frau Retur die Erde auf den Sarg hatte fallen lassen, war sie ohne Gruß und ohne Beachtung der Trauergemeinde davongegangen. Sie war mit denselben entschieden eiligen Schritten davongegangen, mit denen sie gekommen war.

Luise fand sie später, als sie sie in ihrem Haus aufsuchte, in einem zerschlissenen Ohrensessel vor dem Ofen sitzen. Mein Sohn war ein schlechter Mensch, sagte sie, als Luise sich verabschiedete. Er war ein leichtsinniger Lebemann, und er war weichlich wie eine Memme. Nicht einmal ein richtiger Soldat war er, und das als Abkömmling eines deutschen Offiziers. Nicht einmal Soldat. Mein Sohn war ein Versager, und die Strafe dafür war abzusehen. Dann reckte sie sich auf in ihrem Ohrensessel und verzog das Gesicht, als ob der Gedanke an ihren Sohn sie anwidere. Ihr Händedruck war schmerzhaft. Luise atmete auf, als sie das Haus verlassen hatte.

Immer noch saß sie den Ermittlungsbeamten gegenüber und antwortete auf Fragen, die ihr nichts als unsinnig vorkamen. Nein, mein Mann hatte keinen Kontakt zu Kommunisten, außer natürlich zu denen im Betrieb. Die Situation kam ihr absurd vor. Sie zündete sich eine Zigarette nach der anderen an. Warum lässt man mich nicht in Ruhe, dachte sie. Sie hasste diese Ermittlungsbeamten. Und erst jetzt kam ihr die Idee, dass man in solchen Fällen einen Rechtsanwalt zu Rate ziehen müsste. Als Friedhelm anrief, fertigte sie ihn barsch ab. Sie habe jetzt keine Zeit, sagte sie, sonst nichts. Nachdem die Herren gegangen waren, nahm sie ein heißes Bad und legte sich zu ihrer bereits schlafenden Tochter ins Bett. Sie schmiegte sich an den Kinderkörper und wünschte sich nichts sehnlicher als selbst wieder ein Kind zu sein.

Der Tannenbaum ist auch nicht mehr das, was er mal war, sagten die Leute und fielen in wehmütige Erinnerungen an früher. Früher, da hatten wir noch kräftige, echte Tannen, früher konnte man nachts auf die Straße gehn, ohne überfallen zu werden, früher, da hatten die Schuhe noch Qualität, da hat eine Glühbirne ein Leben lang geglüht, und überhaupt … Früher war das zeitliche Niemandsland, eine in die Vergangenheit gepflanzte schöne Vision. Keine Chronik hatte dieses Früher jemals festgehalten.

Für John Ryder, dem die Folterer die Fingernägel mit einer Zange herausgezogen hatten, gab es dieses schöne Früher nicht mehr. Auch für Elisabeth Cheer nicht. Aber in der Fabrik und in dem Industriedorf und beinahe überall war früher der Himmel auf Erden. Früher war Zarah Leander und »Unser Adolf«, früher, das war für die einen die französische Revolution und für die anderen die arme Marie Antoinette, und früher war die Schultze Katrin, der Engel der deutschen Verwundeten achtzehnsiebzig, früher gab es noch genug Kohlen und früher gingen die Mädchen noch jungfräulich in die Ehe. Für den alten Scholly unter dem Fabrikdach war früher die Zeit, wo man »dieses Gesindel dahin gesteckt hat, wo es hingehört«, und für Herrn Gröling war früher der emporgerichtete Blick einer Frau angesichts seines Kaiser-Wilhelm-Schnurrbarts ebenso wie die Stahlqualität bevor die Franzosen kamen. Früher, das war die Abwesenheit der Zigeuner und Algerier und Neger und verlauster Verschleppter, das war die Wehrmacht und der Anstand, das waren für Frau Schmitt aus Neunkirchen der Reichsparteitag und der

Heiratsantrag, den Hitler ihr, wie sie früher wohl und jetzt nicht mehr behauptete, gemacht hatte.

Heute aber war die Zeit des Marshallplans, der vierzig Jahre später übrigens sehr selten als »früher« auftauchen sollte. Das »Neue Blut« wurde in Form von achthundert Millionen flüssiggemachter Dollars allein in die Adern der westzonalen Industrie Deutschlands geleitet. In diese blutsüchtigen Adern, die nicht von einem, sondern von einer Vielzahl wutschnaubender Herzen bedient wurden. Es knisterte in diesen Adern vor Energie. Die Substanz war zukunftsträchtig. Dazu kamen Getreide, Fett, Öle, Baumwolle und Petroleum, Schätze, die auf Schiffen in den französischen Häfen von Saint Nazaire, Marseille und La Rochelle landeten. Und die Leute sprachen von der »Via Dollarosa«, und Edda verkündete, der Kommunismus sollte durch Wohlstand bekämpft werden, womit sie, wie man später sehen sollte, recht hatte. Es war die Zeit, in der sogar der kommunistische Schlosser Schlicker aufseufzte und seinen »inneren Reichsparteitag« rühmte, weil ihm die Genugtuung über seine Erfolge gegen die separatistischen Aktionen Fräulein Kaubs Freude machte. Er merkte gar nicht, was er da von sich gab.

Das Mäxje hadd e Juddeschwänzje, ein Mitbewohner des Schlafhauses hatte es gesehen, er hatte es ja schon geahnt. Edda hatte daraufhin sofort ihre Bemühungen um Max verstärkt. Er war genau »das Exemplar«, was ihr in ihrer Männersammlung noch fehlte. Sie schwänzelte also um Max herum, schob ihm beim Tischabräumen in der Kantine den Busen an die Wange und griff zielstrebig mit ausgestrecktem Arm über seinen Kopf hinweg nach dem Geschirr, so dass ihm der Maggigeruch ihrer Achsel in die Nase strömte. Max aber hatte Helga Piorski geküsst. Edda war nur für die Fantasie mit gemischten Gefühlen gut. In der Wirklichkeit gelang es ihr nicht, bei ihm zu landen.

Es wurde schon Advent gefeiert, und es roch nach

Lebkuchen, denn wenn der Sirup zu etwas nütze war, dann war es vor allem zur Herstellung von Lebkuchen, den Mathilde in Herzform an ihren in der französischen Kriegsgefangenschaft sitzenden ehemaligen SS-Mann schickte. Der alte Scholly ließ per Brieftaube der kleinen Sekretärin, die sich in einen der Todeskandidaten in Landsberg verliebt hatte, den Rat zukommen, sie solle sich persönlich an den General Clay wenden, wenn sie das unschuldige Leben ihres Auserwählten retten wolle. Die Antworttaube brachte ein paar Wochen später die Nachricht, dass sein Rat befolgt worden sei. Gerade weil das Fest der Freude sich näherte, verstärkte der alte Scholly seine Aktivitäten im Sinne der Gerechtigkeit. Er kämpfte wie ein Löwe für seine Schützlinge, und er hatte es in diesem Jahr so weit gebracht, dass die Tauben direkt in die Gefängnisse flogen.

Es war die Zeit, in der die Nachsommerkinder gezeugt wurden, und in diesem Jahr waren es der Statistik nach überproportional viele. Es lag etwas in der Luft, und vor allem um Edda herum lag etwas in der Luft. Es war da etwas wie eine nicht sichtbare und nicht riechbare Hülle überhöhter sinnlicher Reizbarkeit. Edda ist eine Nummer für sich, so Max' Definition, die, hätte er hinter die Kulissen ihrer Vergangenheit blicken können, sich als schreckliche Verharmlosung herausgestellt hätte.

Edda war eine Betriebsnudel. Ihr ausgeprägter Sinn fürs Soziale machte sie zur Vertrauensperson für alle Trostsuchenden und Hilfsbedürftigen. Sie war munter, lebensfroh und immer beherzt, wenn es ums Anpacken ging. Sie kam aus Königsberg. Von Beruf aus war sie Kinderpflegerin und Fürsorgerin zugleich. Zuletzt, das heißt, zuletzt vor fünfundvierzig, hatte sie in Steinhöring am Inn in einem Haus gearbeitet, das von den Leuten der Umgebung Zeug-Haus genannt wurde. Es war ein Haus des Lebensborn. Edda, damals Erdmuthe, hatte sich dort als »Engel der Waisen« verdient gemacht. »Die

Rassesubstanz eines Materials lässt sich bei Pferd wie bei Mensch an den Zähnen prüfen, ob Sies glauben oder nicht«, mit derartigem Glauben ausgestattet hatte sie ihre Fürsorgerinnenbögen ausgefüllt. Die guten ins Töpfchen, die schlechten ins Kröpfchen. Bevor sie in Steinhöring war, hatte sie ein Kinderheim im »Warthegau« für die neu herübergesiedelten deutschen Kleinen geleitet. Sie liebte es, wenn bei ihrer Arbeit etwas Sichtbares herauskam. Eine Zeitlang arbeitete sie auch als Kindermädchen bei einem hohen SS-Tier, wie sie sich ausdrückte, in Polen. Werter Herr, hatte sie zu ihrem Chef damals gesagt, der ihr aus dem Ghetto einen Pelzmantel mitgebracht hatte, Sie werden doch wohl nicht glauben, ich ziehe eine jüdisch durchschwitzte Haut über. Ich hab eben meine Prinzipien. Dabei lachte sie ihr überschwängliches, raues Lachen, das die Männer so herrlich fanden.

Als dann »die Chose schief ging«, wusste die damalige Erdmuthe und heutige Edda sofort, was Sache war. Sie machte sich auf den Weg gen Westen. Entnazifizierung und solche Kinkerlitzchen sind nichts für Vaters Tochter, hatte sie sich gesagt. Edda war kein Plappermaul. Gewisse Dinge hatten in der Tiefe ihrer entschiedenen Auffassung von Recht und Unrecht ewigen Frieden gefunden. Ich kann schweigen wie ein Grab, pflegte sie zu sagen, wenn eine der Arbeiterinnen ihr unter dem Siegel der Verschwiegenheit eine heimliche Liebesgeschichte anvertraute. Irgendwann würden die ewigen Wahrheiten hervorgegraben werden, wie das Familiensilber, das man viele Jahre, vielleicht Jahrzehnte zuvor, im Garten tief unter die Erde vergraben hat.

Nur Haltung, mein Fräulein, nur nicht klein beigeben, nur keine lächerlichen Kniefälle, keine Canossagänge, das Holz, aus dem unsereins geschnitzt ist, ist noch lange nicht morsch, Vaters Tochter hält nichts von diesen Kinkerlitzchen, die sich der Amerikaner in Unkenntnis der Gefahren aus dem Osten ausgedacht hat. Also wurde aus Erdmuthe Engel Edda

Fritz, und Edda Fritz machte sich auf, so westlich wie möglich zu kommen. Dort wollte sie sich einen Mann suchen, einen Franzosen vielleicht, wegen der Lebensart, von der ihr Vater ihr nach dem Frankreichfeldzug vorgeschwärmt hatte, (Seidenunterwäsche, amour, Käse, Schick) oder auch einen Engländer möglicherweise, ebenfalls wegen der Lebensart, (Schloss, Schafe, Adlige, Gespenster) aber auf keinen Fall kam ein Ostler in Betracht, kein Ungar, kein Tscheche, kein Rumäne, ein Pole sowieso schon nicht. Dass ein Ostler nicht in Betracht kam, verstand sich von selbst. Auf keinen Fall. Mit dem Amerikaner dagegen war das so eine Sache, einiges sprach dafür, einiges dagegen. Inzwischen, was man so alles hört, eigentlich mehr dafür. Ein Ausländer jedenfalls musste es sein, jetzt war Ausland angesagt. Der Engländer übrigens soll ein feiner Mensch sein, nur nicht so hübsch wie der Franzose. Tatsächlich, der Franzose, das war hier zu sehen, hatte Schwung und Schnitt, das musste Edda zugeben, nur leider will er eine Jungfrau heiraten. Er scheint von besonderer Hartnäckigkeit in dieser Frage zu sein.

Eddas Vorstöße in das Reich der amour fingen alle mit der Beteuerung der Männer an, »*je t'aime, je t'adore, j'ai envie de toi*« und endeten alle mit »*tu es folle, mon amour, on n'épouse pas une putain …* «. Eddas Hoffnung auf Max allerdings hatte mit Heiratsabsichten nichts zu tun. Der Kleine war eindeutig zu jung dafür und außerdem, nicht wahr, bei allem was recht ist, man muss ja nicht gleich, also auch das wär nichts für Vaters Tochter, ich meine die Sache mit der Rasse, die in gewisser Hinsicht natürlich enorm reizvoll ist, wenn mir der in die Tasche springen würd, er ist ja auch so hübsch, der Kleine, aber andererseits, also, was soll man dazu sagen, da gibt's nichts zu sagen, da ist schließlich alles gesagt.

Erdmuthe alias Edda oder umgekehrt, begabt mit der unverwüstlichen Selbstsicherheit deutscher Offizierstöchter, war nicht eine von den Jammerlappen. Ausgestattet mit gnadenloser Vitalität und dem Sexualtrieb einer rolligen Katze hatte sie sich westwärts gemacht. Als sie in die Fabrik kam und trotz höherer Ausbildung diese Hilfsarbeiterinnenstelle annahm, ließ sie sichs dennoch nicht verdrießen. In Erdmuthes Familie sagte man: beleidigt sind nur Dienstmädchen. Eiserne Grundsätze machten alles ganz einfach. Es waren mit der Muttermilch eingesogene Grundsätze. Und seine Zeit nicht mit Beleidigtsein zu vergeuden oder mit nutzlosen Betrachtungen längst vergangener Ereignisse, die man doch nicht mehr ändern konnte, war der Kernpunkt dieses Grundsatzsystems.

Dabei fand Edda, dass diese Alliierten einem allerhand Grund geliefert hätten, beleidigt zu sein. Wo wir sie doch so freundlich und mit offenen Armen empfangen haben, sagte sie zu Mathilde. Als sie zum ersten Mal einen Amerikaner sichtete, machte sie einen Knicks, der an choreographische Kunst grenzte. Sie drehte sich dabei, dass ihr der Rock zu einem Teller aufflog. Gleich zu Beginn ihrer Ankunft hier in der Fabrik hatte sie sich daran gemacht, die Kriegerwitwen mit ihren Halbwaisen zu versammeln. Sie organisierte Wohltätigkeitsveranstaltungen und Sonnwendfeste und war sofort in ihrem Element. Auch hatte sie die Initiative zu einer kleinen Kantine für die Männer aus dem Schlafhaus ins Leben gerufen, und Robert Aschen hatte ihre soziale Ader in aller Öffentlichkeit gerühmt.

Edda also verspürte Appetit auf Max. Ich hab einen Leckerbissen auf der Platte, sagte sie zu ihrer Freundin Loni, aber ich sag nicht, wers is (dass sie mir nicht auf dieselbe Idee kommt). Sie behauptete, über besondere Kräfte zu verfügen, und tatsächlich, als Max sich darauf einließ, die Fingerkuppe ihres Zeigefingers über seinen Fingerkuppen kreisen zu lassen, entstand eine Art magnetischen Stroms, der sich kugelartig zwischen ihre und seine Fingerspitzenkuppen schob. Eddas Avancen irritierten Max. Denn so sehr es ihn lockte, sich vor dem Einschlafen Szenen mit ihr auszumalen, so sehr sträubte sich etwas in ihm gegen diese Fantasien, denen er sich am Ende dann doch immer wieder mit vor Widerwillen gesteigerter Lust hingab. Die Essenz dieser Vorstellungen war Eddas raue, freche Lache angesichts ihrer Entdeckung, dass er, Max, noch nie mit einer Frau geschlafen hatte. Sie brüstete sich in diesen Fantasien mit nacktem Busen vor ihm auf und spottete über seine Unerfahrenheit und Dummheit. Du kleiner Idiot, rief sie aus, und alle hörten es, du pauv'petit con, du Schlappschwanz, du Angeber, du Betrüger, du Aufschneider … solcherart Beschämungen erregten ihn schrecklich, wirklich ganz schrecklich. Und dies auf dem Hintergrund der Tatsache, dass man in der Fabrik mit nichts sein Ansehen mehr schädigen konnte als mit derartigen Bloßstellungen.

Jedes Mal, wenn Max nachmittags kam, um mit Lily Hausaufgaben zu machen und ihr Französischunterricht zu geben, bot Luise ihm einen Cognac an und wechselte ein paar Worte mit ihm. Es war ihm aufgefallen, dass sie nervös war. Er hatte eine Antenne für weibliche Nervosität, er kannte das von seiner Mutter, und er witterte auch den Beigeschmack dieser Nervosität. Lilys Mutter war schmal geworden in den letzten Wochen. Sie sah durchscheinend aus. Unter ihren Augen zitterte die Haut, das konnte Max sehen, ein kaum merkliches, hypernervöses Hautzucken. Und wenn sie ihn anblickte und zerstreute Fragen stellte, an deren Beantwortung ihr gar nichts gelegen schien, und wenn die Hand mit den abgebissenen Fingernägeln ratlose Bewegungen machte, fiel ihm etwas ein wie ein bekannter Geschmack: es war die Unzufriedenheit. Einmal hatte sie zu ihm gesagt, Sie wissen ja gar nicht, wie froh ich bin, dass Sie sich so rührend um meine Tochter kümmern, ma fille est tres difficile, ich fürchte, sie hat l'esprit tordu. Sie sprach manchmal französisch mit Max, das machte manches Geständnis leichter, und die Gespräche über Lily bestanden für sie ja meist aus Geständnissen. Merkwürdigerweise war sie sogar froh darüber, dass der junge Mann so eindeutige pädagogische Ansichten hatte. Diese Ansichten gefielen ihr zwar nicht immer, aber er gab sich Mühe mit dem Kind, und das war das wichtigste. Es entlastete sie.

Wenn sie an ihre Tochter dachte, verwandelte sich ihr Kopf in einen von luftartigem Unbehagen gefüllten Ballon. Und dies vor allem, wenn sie an Lily und Friedhelm Schwarz gleichzeitig dachte. Eines Abends war Lily zum fünften Mal nach dem Gutenachtsagen und trotz mehrerer Klapse auf den Hintern heruntergekommen und hatte gespielt kindisch und mit krähender Stimme gerufen, eieiei was seh ich da, ein verliebtes Ehepaar!, und das hatte Luise in eine unangemessene Wut versetzt und sie hatte ihr eine gehörige Tracht Prügel verabreicht und sie ins Schlafzimmer eingeschlossen. So genau allerdings weihte sie Max nicht in ihre Nöte ein, aber sie gestand ihm, dass das Kind sie ratlos mache.

Besonders erregte sie sich über Lilys Weigerung zu essen und über andere Untaten wie die mit der Brokatdecke. Stellen Sie sich vor, eine wunderbare, herrliche Altardecke, ein Geschenk meines Mannes, das er mir aus Lyon mitgebracht hatte, wissen Sie, wo wir sie gefunden haben? Zufällig gefunden? In der Ruine hinter den Halden. Und wissen Sie, in welchem Zustand sie war? Besudelt und verdreckt, als hätte man ein Tier darauf geschlachtet. Und dann die Sache mit Marias Rosenkranz, an dem die arme Maria doch so hängt, auch der Rosenkranz lag da, mitten im Schutt. Dieses Kind! Das nervöse, schöne Gesicht Luise Aschens beunruhigte Max. Und während er Helga Piorski küsste, schob es sich vorwurfsvoll in seine Fantasie. Irgendetwas in mir spinnt, notierte er in sein Tagebuch.

Mit Helga Piorski traf er sich jetzt fast jeden Abend. Sie war eine wahre Entdeckung für ihn. Er konnte nicht verstehen, was sie an diesem Sukow fand. Er passt wie die Faust aufs Auge zu ihr, dachte er, überhaupt passt sie nicht hierher. Sie war ein belesenes Mädchen, sie kannte nicht nur die klassische Literatur der Russen, sondern auch die moderne, von der er, Max, gar nichts wusste. Sie war voller Ideen und völlig unsentimental. So ein Mädchen hatte er noch nie kennengelernt, so nüchtern und resolut und so gebildet. Mit ihr konnte er reden, und er erzählte ihr auch von der Sache mit Qualrich, den er doch noch einmal aufgesucht hatte.

Sukow hatte ihn mit dem Motorrad hingebracht. Es war

ein verquerer Abend gewesen. Auf der Hinfahrt war Max ein Splitter ins Auge gekommen, und er hatte, auf dem Hintersitz des Motorrads balancierend, seine Faust in die Augenhöhle gedrückt und gerieben. Mit einem roten Auge war er dann bei Qualrich erschienen. Trotzdem, oder vielleicht deshalb, hatte er all seine Vorsätze diplomatischen Vorgehens fallen lassen und Qualrich (mit der Tür ins Haus) nach seinem Vater, Eduard Schindal, gefragt. Er hatte wie ein Kindskopf dumm gerade heraus gefragt. Die Antwort war ein jähes Zusammenrücken der Augen gewesen. Qualrichs Blick bildete Kreise, als hätte man Steine in ein Wasser geworfen. Und nachdem er beteuert hatte, dass er leider nicht wisse, wo sich Eduard Schindal befände, gab er Max eine Adresse. Er gab sie ihm ohne Erklärung. Der Abend war für Max ein Alptraum gewesen. Dieses überheizte, enge Zimmer, diese Stimme, dieses alles, dieses undefinierbare Alles. Nachdem Qualrich ein paar Fragen zur Ausschaltung von Missverständnissen gestellt hatte (wer konnte denn wissen, wer dieser Bengel wirklich war), hatte er Max versichert, was für ein guter Kamerad sein Vater immer gewesen sei. Er hatte auch gesagt, als Sohn Ihres werten Herrn Vaters darf ich doch erwarten, dass Sie zu dem vernünftigen Teil der Menschheit gehören, Sie wissen ja, was ich meine. Und zu späterer Stunde hatte er redselig über die Schikanen des Amerikaners und des Franzosen geklagt und von einer höheren Gerechtigkeit geredet.

Es weihnachtete bereits. Der allgemeine Warenmangel trieb die Begierden ins Obsessive. Kommerzielle Turbulenzen wirbelten die Gesellschaft auf, indessen unentwegt und allenthalben der Erlöser herbeigesungen wurde. Die großen wie die kleinen Produktionen liefen auf Hochtouren. Herta Sukow, das Nähtalent, fertigte in wenigen Tagen zwei Abendkleider aus Tüll und Moire für Luise an, zwei Träume in Schwarz, mehrere Röckchen und einen Skianzug für Lily wie auch einen Wintermantel aus dem Stoff eines englischen Plaids, das sich Robert Aschen abends auf die Knie zu legen gepflegt hatte. Dabei sang Herta Adventslieder, sie sang im Wettstreit mit Maria, deren kirchenchorgeschulte Stimme von früh bis spät durch das Haus hallte. Auch die Fabrikarbeiterinnen sangen und Lily versuchte, sie darin zu imitieren. (Luise: Diese geschmacklose Art, die Töne schmalzig in die Länge zu ziehen, mein Kind!)

Besessen wurden Tauschgeschäfte getätigt. Von verschiedenen Zentren aus wurden die Fäden des Geb-ich-dir-gibst-du-mir gesponnen, sie reichten in die entlegensten Orte, bis über die Grenze nach Deutschland hin. In dem Haus mit den sieben gelben Satinbetten, das im Volksmund Knappschaftsbordell hieß, wurden französische Luxuswaren feilgeboten. Vor allem Champagner, besonders saugfähige und gut waschbare Monatsbinden, Nylons, Butter, gebrauchte Beinprothesen, kandierte Veilchen, Korsetts, Nougat von Montelimar, Lyoner Seide, französisches Parfum, algerischer Wein und Qualitätspariser. Jeanette räkelte sich in einem fast bis zum Hals zugeknöpften Kleid vor ihrem Freier auf der

Satinsteppdecke und stellte für jede weitere Knopföffnung die Bedingung, dass er ihr einen Kanister Waschbenzin abkaufe, den sie dem vorhergehenden Freier abgehandelt hatte. Natürlich hatte sich der Preis inzwischen verdoppelt.

Nur wenn du mir drei Stangen Lucky Strike besorgst, besorg ich dirs, wagte Loni Rotbusch ihrem Verlobten, dem hübschen Knappen aus Saarlouis, ins Ohr zu raunen, als sie am Sonntagnachmittag mit ihm auf der Spicherer Höhe in eisiger Kälte spazieren ging.

Wie und wo was zu besorgen war, das war die Frage, die die Gemüter erregte. Auch in der Fabrik war ein reger Handel im Gange. Blockschokolade, Couverture, alte Kleider, Mettwürste, Deputatskohle, Wehrmachtsdecken, getrocknete Zuckerrübenschnitzel, Marmelade, Sirup, Backwaren, Weihnachtsgänse, Schuhe mit Kreppsohlen und vieles mehr wurden verschoben. Beziehungen wurden spielen gelassen, »ich kenn do äner, der kennt do äner«, so fingen die Gespräche an. Und es wurden Pakete hinüber nach Deutschland geschickt, zu den armen Verwandten dort, denen es miserabel ging.

Herta hatte sich aus dem Kleiderschrank des verstorbenen Chefs ein paar Dinge aussuchen dürfen, unter anderem einen echten Borsalino, den sie Josef als Überraschung schenken wollte. Sie wollte, dass sich ihr Josefchéri sonntags so anzieht wie der Chef, Gott hab ihn selig. Ihrem Bruder, der sich immer noch bei den Bunkerbanden in Hannover herumtrieb, strickte sie eine Decke aus aufgezwirbelter Marinepulloverwolle. Sie hatte zwanzig Stück solcher Pullover kurz zuvor einem Richter in Kaiserslautern abgekauft, der sich seinerseits vor der Kapitulation das Verhindern eines Todesurteils wegen Fahnenflucht mit einer Ladung Marinetextilien hatte bezahlen lassen. Noch vor dem Fest wollte sie sich einen Passierschein nach drüben organisieren. Sie hatte einen Brief geschrieben und diesen an die Hannoveraner Tante mit der Bitte geschickt, ihn ans Personensuchbrett des Roten Kreuzes im Bahnhof zu nageln. Aber natürlich war keine Antwort gekommen. Es tat ihr in der Seele weh, wenn sie an ihr Brüderchen Fritz Klarenthaler dachte. Er hatte sich sechsundvierzig einfach aus dem Staub gemacht und dabei Hertas Schmuck mitgehen lassen. Trotzdem wurde Herta das Herz weich wie Butter, wenn sie an ihr Brüderchen dachte, und sie stellte in der Kirche eine Kerze für ihn auf.

Übrigens hatte sie das unbestimmte und nicht beweisbare Gefühl, ihr Josefchéri könnte etwas mit dieser »Arschzicke von Ostschmarotzer, dieser espèce d'enculée«, mit Helga Piorski nämlich, angefangen haben. Herta war darauf gekommen, als sie neulich abends beim Skat am Küchentisch zusammensaßen und als Josef Null-ouvert spielte und Helga »Hose runter« sagte. Der Blick, den sie Josef dabei zuwarf, hätte Herta um ein Haar aus der Haut fahren lassen. Aber solange sie nicht sicher war, wollte sie sich keine Blöße geben. Schließlich ist nichts lächerlicher als eine eifersüchtige Ehefrau, nichts beschämender als die betrogene Gelackmeierte zu sein. Sie hatten bis nachts um halb eins gespielt, und dabei ziemlich viel Schnaps getrunken. Herta hatte die beiden den ganzen Abend mit Argusaugen beobachtet, und als die Gelegenheit sich bot, hatte sie mit vielsagendem Schielen auf Helga zu Josef »ruff mit der Zicke uffn Markt« gesagt, wobei sie so lachen musste, dass ihr die Tränen kamen. Und um Helga unmissverständlich zu demonstrieren, wer hier die Eigentumsrechte innehatte, tätschelte sie Josefs Bauch, nannte ihn mon p'tit Mops, und fragte Helga, ob sie nicht auch fände, dass er ein bisschen aufpassen könnte … Je mehr der Alkohol zum Wirken kam desto frivoler wurde ihr zumute, und sie ließ allgemeine Sprüche über die Männer los, die natürlich alle auf Josef gemünzt waren und die Helga zu verstehen geben sollten, dass sie sich nur ja nichts auf Josefs Anmache einzubilden bräuchte. Denn ihr p'tit Mops sei, wie eben alle Männer, ein Vielfraß, was die Sache mit den Frauen beträfe.

Dies sagte sie natürlich nicht explizit, sondern in ganz allgemeinen Andeutungen. Und sie sagte auch, dass die Weiber, die so blöde wären, sich diesem »Mops maniaque« zum Fraß hinzuwerfen, sich nicht zu wundern bräuchten, wenn sie später überhaupt keinen mehr abkriegen würden. Denn so was würde sich schließlich herumsprechen.

Helga und Josef hatten natürlich verstanden, worauf Herta den ganzen Abend angespielt hatte. Sie taten, als wäre nichts, und Helga pflichtete sogar Hertas allgemeinen Auslassungen über das männliche Geschlecht bei. Und als sie noch mehr betrunken waren, sang Helga: … ob rot, ob blond, ob schwarz, ob braun, es liebt der Mann halt alle Fraun … und während sie unter dem Tisch Josef, der ihr gegenüber saß, ihren Fuß zwischen die Beine schob, und ihre Zehenspitzen mit seinen Eiern spielten, sang sie weiter: … noch schöner fand ich die Kreolin, doch alle Schönheit schnell verbleicht, wenn man dagegen hält die Polin, der Polin Reiz ist unerreicht … Herta, die mittlerweile ebenfalls so viel Schnaps getrunken hatte, dass ihre Eifersucht einer frivolen Versöhnlichkeit gewichen war, hatte eingestimmt in Helgas Bettelstudenten-Gesänge, und der Abend hatte feuchtfröhlich geendet.

Immer noch nicht war aufgeklärt worden, woher die Säuglingsleiche im Keller der Fabrik gekommen war. Aber man hatte genug mit dem eigenen Schlamassel zu tun, als dass man sich den Kopf über eine so kleine Leiche zerbrechen konnte, die höchstens dafür gut war, Spekulationen über das bessere Früher anzustellen oder über die Gottlosigkeit der Kindsmörderin. Früher wär so was nicht passiert, sagten die Leute, geht ja zu wie bei Jääbs, und für einige war der Fund Anlass, fantasievolle Gerüchte über die eine oder andere weibliche Person in die Welt zu setzen.

Der weihnachtlich erwachte Familiensinn hatte bei manchen einen intensivierten Hass auf die Franzosen zur Folge. Dass man nicht einfach herüberfahren konnte zu den

Verwandten in Deutschland, hatte das familiäre Zusammengehörigkeitsgefühl erst recht aufgeputscht und in pathetische, nationale Dimensionen getrieben. Die charmante, leichtfüßige französische Marianne hatte sich wieder einmal in einem Akt transsexueller Metamorphose in den männlich-martialischen Erbfeind verwandelt. Dem zu erwartenden Erlöser wurde unter anderem zu verstehen gegeben, dass das Erlöse-uns-von dem-Übel zumindest zweideutig zu verstehen sei. Einmal handelte es sich, wie man weiß, um die eigene Sündhaftigkeit, zum andern um den Franzosen. In die Weihnachtsgesänge mischten sich Parolen wie »die Saargruben dem Saarvolk« und »Mudda Deutschland sei getrost, mir sinn deutsch unn nidd franzost«.

Komisch, diese Welt. Tags kommen fremde Männer und nachts geht der Hund mit dem Frauengesicht unter dem Mond spazieren, und der Pirat springt von einem Fass zum anderen. Mama schreit und schimpft und schlägt und beißt sich die Fingernägel. Lily indessen lutschte. Während Maria ihr abends »Es ist ein Ros entsprungen …« sang, wickelte sie die Mittel- und Ringfinger von Lilys rechter Hand in eine mit Essig getränkte und mit schwarzem Pfeffer panierte Bandage, die bis zum Handgelenk hochgebunden wurde. Hör mal, Schätzchen, im Kinderheim wird nicht gelutscht. Wir gewöhnen uns das jetzt ab, basta. Ich will nich ins Kinderheim! Egal ob Kinderheim oder nicht, das Lutschen gewöhnen wir uns ab. Du weißt ja, der Schneider mit der Scher …

Der Schneider mit der Scher setzte in Lilys Vorstellung ein Bildprogramm in Gang. Dieser mit langen Schritten und stracks nach hinten starrendem Haar, dieser im Sauseschritt ins Zimmer jagende Schneider, dessen Berufsbezeichnung in diesem Zusammenhang erst wirklich Sinn gewann. Maria wickelte die Finger zusammen, und Lily sah das Bild eines abgeschnittenen Daumens, vom dem dicke Blutstropfen fielen. Die Grausamkeit dieser Drohung aber war erträglich. Aller Erfahrung nach war es eine leere Drohung, was allerdings, man konnte ja nie wissen, doch gelegentlich überprüft werden musste.

Neulich, als Robert Aschens alter Freund Johannes Reiter, jetzt John Ryder, hier war, um Luise einen Beileidsbesuch abzustatten, hatte Lily lange auf dessen Fingerspitzen geblickt. Ohne Umschweife hatte sie auf diese verknorpelten, nagellosen, komischen, hässlichen, rötlichen, vernarbten Male gestarrt. An den Stellen, wo bei anderen Leuten die Fingernägel waren, hatte der Onkel aus Amerika diese Male. Sie waren unübersehbar. Sie prangten in ihrer Auffälligkeit. Dass es sich hier um etwas handelte, was der Mama hinter dem Rücken des Onkels den Zeigefinger auf die geschlossenen Lippen führte und bei Maria ein Hochziehen der Schultern bewirkte, also etwas, worüber man sich mit anderen Ausdrucksmitteln als mit Worten zu äußern pflegte, hatte Lily sofort verstanden.

Aber (»wie Kinder nun mal sind«), als Luise für einen Moment das Zimmer verlassen hatte, so dass Lily mit dem Onkel aus Amerika alleine war, *musste* sie fragen. Onkel? Ja, mein Kind? (Er wusste schon, worauf sie hinauswollte, ihr Blick war nicht zu übersehen gewesen). Onkel? Lily bohrte den Fußballen in den Teppich, als wollte sie Käfer auf dem Boden zertreten, verdrehte verschämt den Körper, die Lutschhand wanderte schon zum Mund, machte aber auf halbem Wege kehrt, um den Zeigefinger nun mutig auf die Fingerspitzen des Onkels zu richten: Das da! (Pause) Kommt das vom Lutschen? John Ryder schüttelte den Kopf. Nein, mein Kind. Woher dann? Das ist nichts für Kinder. Der Onkel zündete sich eine Zigarette an. Tut das weh? Nein, nicht mehr, mein Kind. Lily ließ nicht locker. Bevor die Mutter zurückkam, musste sie es wissen. Onkel! Ja? Wenn einer klaut, schnappt die Schublade zu! Der Onkel lachte, soso, du denkst also, ich wäre ein Dieb? Lily wand sich zwischen Scham und Neugierde. Die Neugierde siegte. Sie bohrte weiter, bis der Onkel sagte: Böse Menschen haben mir die Fingernägel mit einer Zange herausgezogen.

Lily hielt den Atem an. Also doch Schneider mit der Scher. Warum? Weil sie böse sind. Hast du doch gelutscht? (Man konnte ja nie wissen, Geständnisse werden nicht auf die ersten Fragen hin gemacht.) Statt zu antworten zog der Onkel eine Micky Mouse aus der Tasche, die er auf den Tisch stellte. Damit wenigstens einer da ist, der nicht lutscht, sagte er und strich Lily übers Haar. Sofort rutschten Lilys Finger in den Mund.

Lily lutschte, obwohl sie hoch und heilig versprochen hatte, damit aufzuhören. Sie lutschte ohne Unterlass. Nachts riss sie sich die Verbände von den Fingern, die Maria jeden Abend sorgfältig anlegte. Nichts half. Lilys Lutschen war hörbar. Wenn der Lehrer eine Frage an sie richtete, öffnete sich ihr Mund, aber nicht um eine Antwort zu geben, sondern um Mittel- und Ringfinger der rechten Hand einzusaugen. Die Fingerspitzen berührten das Zäpfchen. Im tiefsten Raum der Mundhöhle waren sie gut aufgehoben. Es schmatzte, wenn Lily lutschte. Sie blickte den Lehrer dabei vorwurfsvoll an. Die Ohrfeige, die dafür auf ihrer Wange landete, würzte den Geschmack der Finger mit Trost. Hast du nicht gehört, was ich dich gefragt habe? Lily brach in Tränen aus, ihre Finger aber blieben im Mund. Allein im Mund waren sie sicher. In der Wärme und Nässe des Mundes fühlten sich Lily und ihre Finger geschützt. Nur da. Die Haut an den Fingerkuppen war rauhgeschrumpelt vom langen Gelutschtwerden. Lily sog inbrünstig.

Sie blickte auf den Fabrikhof. Es war Nacht. Sie hatte sich auf die Fensterbank gekauert und blickte nach draußen, dahin, wo sich die vertrauten absonderlichen Dinge ereigneten. Im Schein des Lichtkegels, der sich vom seitlichen Eingang des Fabrikgebäudes bis zum Pförtnerhäuschen aufspannte, bewegte sich etwas. Die Zuckerrüben rollten auseinander. Der Öffnung entstieg eine Person, deren Gesicht verdeckt war von überfallendem Haar. Zu ihren Füßen sprang ein Hund hoch. Die Person war eine Frau, ihr langes Kleid schleppte schwer über den Zuckerrübenberg. Die Ratten lagen friedlich da und ließen sich die Schleppe übers Fell streichen. Um ihre dicken runden Körper schlangen sich zufrieden die Schwänze. Sie sahen aus wie der Friede selbst. Die Frau warf den Kopf zurück, so dass ihr Haar über den Rücken fiel: was sich dabei entblößte, glich eher einem geschorenen Hinterkopf als einem Gesicht. Keine Augen, keine Nase, kein Mund. Nichts als ein glattes, weißes, sanft gewölbtes Oval.

Die Frau wuchs an. Sie wurde immer größer. Ihre Hand glitt an der Backsteinmauer empor, sie reichte schon bis zu den oberen Fenstern. Lilys Finger lagen gut eingebettet zwischen Zunge und Gaumen. Ihre Nase hatte Zuflucht in der Armkuhle gefunden, in dem warmen, hautigen Geruch dort. Ihre Wimpern berührten die Haut, und wenn sie die Lider bewegte, war es wie die Berührung mit einem Schmetterlingsflügel. Lily wartete auf den Piraten. Er erschien immer, auch wenn die anderen, die Frau und der Hund, nicht erschienen. Im äußersten Winkel des Fabrikgeländes, da wo die Fässer lagerten, wölbten sich dunkle Elefantenrücken. Es war eine ganze Elefantenherde, die sich einträchtig aneinander drängte. Bäume trieben aus ihnen hervor, lebende, fleischige Bäume, Arme und Beine und Hälse mit kopfgleichen Auswüchsen.

Die Riesin ohne Gesicht öffnete ihr Kleid. Der Spalt ließ weiße, gespannte Haut frei, schimmernd wie Kieselstein. Sie ließ sich auf einem Elefantenrücken nieder und legte stöhnend den Kopf zurück, so dass ihr leeres Gesicht hell unter dem Mond aufleuchtete. Die fleischigen Gewächse wehten im Rhythmus ihres Atmens. Auch die Frau auf dem Elefantenrücken bewegte sich in diesem Rhythmus. Es war ein großes, dunkles, rhythmisch atmendes Ganzes. Indem die Frau langsam versank, ging sie darin unter wie in einem atmenden Meer.

Der Hund aber war geblieben. Er war ein ganz normaler Hund. Er lächelte. Seine langen blonden Ohren fielen bis zum Boden herab. Da erschien der Pirat. Seine aus der Ferne sich nahende Gestalt wandelte in der Luft wie Jesus auf dem See Genezareth. Lily hatte die Handflächen gegen die

Fensterscheibe gepresst. Sie hatte aufgehört zu lutschen. Der Pirat kam auf sie zu. Spiel doch noch einmal die letzte Rose, sagte er. Geh zum Klavier und spiel! Aber Lily bewegte sich nicht. Der Pirat reichte ihr die Hand, die Handfläche nach oben. Eine Miniaturgestalt erhob sich darin, eine sich anmutig aufrichtende Zirkuskünstlerin in einem glitzernden Trikot. Sie sprang von Finger zu Finger, vollführte Saltos und Sprünge. Der Pirat lächelte. Auch ihn verschlang das Meer.

Herta Sukow sah in den Spiegel über der Küchenspüle und prüfte ihre Zähne. Sie klopfte mit dem Zeigefingernagel gegen die metallene Krone über ihrem linken Schneidezahn, dann nahm sie die Zahnbürste, stuppte sie in die Dose mit Schlämmkreide und setzte zum Zähneputzen an. (»Mein Esszimmer scheuern«). Ihr Haar hatte sie hochgebürstet und am Hinterkopf zusammengesteckt, so dass die gebündelten Locken dick über ihre Stirn fielen. (Ihr Sohn Schorsch: Mama du siehst aus wie ein Pudel). Prallgepackte Taschen standen im Flur, mehrfach umwickelt mit Kordel. Unverdächtige Apfellagen zuoberst verbargen französische Tauschwaren, Champagner, Gänseleberpastete, Parfum, Wäsche und Nougat. Herta wollte nach Hannover, sie wollte ihren Bruder suchen. Und außerdem brauchte sie dringend Geld. Josef hatte seine Herta gut versorgt. Die Leute waren verrückt nach solchen Sachen. Vor allem die Tommis und die Amis.

Auf dem Bahnhof umarmten sie sich. Sie tätschelten aneinander herum. Als der Zug kam, biss Josef seine Frau zum Abschied in den Nacken zwischen Mantelkragen und Haaransatz, um sie dann, ihr Gesicht vom Kinn her mit einer Hand umfassend, auf den Mund zu küssen. Er küsste sie inbrünstig und lange. Er schmeckte ihren Speichel, er fuhr mit seiner Zunge an ihren Zähnen und den Innenseiten ihrer Lippen entlang. In diesem Moment liebte er sie. Dann ihr Kopf aus dem Zugfenster, Taschentuchwinken, und er eilte nach Hause. Der innige Abschied von Herta (meine süße kleine stinkige Dicke) hinderte seine Gedanken nicht daran, sich ohne Umweg Helga Piorski zuzuwenden. Vergnügt pfeifend ging er in die Fabrik.

Herta richtete sich in dem Zugabteil ein und dachte an Josef und die Kinder. Sie dachte auch an Helga Piorski, dieses Miststück von Flüchtlingsgöre mit ihrem Bankert, das sie als Brüderchen ausgibt. Sie stellte sich vor, wie sie alle um den Tisch herumsäßen und wie Helga ihnen die Teller auffüllte, wie Josef das Miststück mit diesem Blick, hochgezogene Brauen und mit dem Kinn in Richtung Flur zeigend … wie er also mit diesem Blick, der normalerweise ihr, seiner Herta galt, dieses Flittchen von Flüchtling in den Flur komplementierte und ihr den Hintern tätschelte und womöglich sonst was. Diese Vorstellung braute sich zu einer zunehmend detaillierten Szene in Hertas Kopf zusammen. Sie zeigte Josefs Hand an Helgas Hintern entlangrutschen, und sie zeigte genau das Gesicht, das er dabei machte, und den Mund, den er vorstülpte, um sich auf Helgas Mund zu stürzen, und dies alles nur als Vorbereitung dessen, was ja dann unweigerlich auch noch kommen muss. Herta kannte schließlich ihre Pappenheimer. Sie konnte nicht mehr aufhören, sich vorzustellen, was Josef mit Helga Piorski anstellen könnte. Und die Details dieser Vorstellung nahmen im Laufe der Zugfahrt an Konkretheit zu. Sie nahmen peinigende Genauigkeit an. Dass ich aber auch so dumm bin, dachte Herta, und mich hab breitschlagen lassen. Dabei hätt sie genauso gut woanders unterkommen können, diese vieille pute, die … Sie wurde gar nicht mehr losgelassen von diesen Vorstellungen. Ihre Stimmung hatte sich bis zur Ankunft in Hannover zu heiligem Zorn verdichtet. Sie fluchte, sie sann auf Rache.

Die Tante servierte Semmelknödel mit Specksauce, die Herta in der Gier ihrer eifersüchtigen Erregung zu Massen in sich schlang. Ihr heiliger Zorn hatte sich bis zum Abend in Mordlust gewandelt. Sie betrank sich mit dem Fusel des Onkels und wachte am nächsten Morgen voller Tatkraft auf (Zum Bäumeausreißen!), die sie geradewegs zum Bahnhof trieb, und dort direkt in die Bunker zu den »Halbgehängten«.

Niemand wusste, wie viele es waren, die da dicht aneinandergedrängt lagen. In Fetzen, auf Strohsäcken, auf Holzbänken lagerten sie, zwischen Verschlägen aus Säcken, aus weggeworfenen Verdunkelungsrouleaus, aus in Ruinenresten aufgetriebenem Zeug, das notdürftig zusammenmontiert worden war, aus vielerlei Materialien alles zu dem einen Zweck, sich von dem nächsten röchelnden, stinkenden, stöhnenden, keifenden Menschentier abzugrenzen, in einen eigenen Raum zu retten, und sei er noch so dürftig bemessen. Wenigstens für die Nacht in dem Kanon des Grunzens, Schnarchens, Seufzens, Gurgelns, Schnoddelns, Räusperns, Kicherns und Schreiens ein eigenes Wesen sein. Die Gerüche waren schon schlimm, an sie jedoch gewöhnte man sich. Aber an die Geräusche gewöhnte man sich nicht. Nachts, wenn es dem Morgen zuging, wenn die Träume die Masse der Schlafenden heimsuchten, war es am schlimmsten. Dann kulminierten die Stimmen der Verrücktgewordenen in grauenerregenden Tönen, in unterdrücktem Kreischen, und man hörte Leiber, die aufeinander klatschten und sich in geballtem Unglück vereinigten.

Durch Abfallmaterial sollte eine lächerliche räumliche Trennung und damit eine minimale Intimität gewahrt werden. Wenn auch die akustischen Übergriffe nicht zu vermeiden waren, dann wenigstens sollte die Illusion des Für-sichseins hergestellt werden.

Herta streifte durch die Gänge des Bunkers und suchte nach ihrem Bruder. Aber vergeblich. Zufällig hörte sie mit, wie ein paar Jugendliche den Diebstahl eines Pferdes ausheckten, das sie dann in einer ausgebombten Fabrikhalle schlachten wollten.

Nachdem sie diese selbst für ihre abgebrühten Fantasien erschreckende Unterwelt wieder verlassen hatte, schlenderte Herta in der Bahnhofsgegend herum. Sie wurde ein paar Waren los, kaufte dafür amerikanische Schuhe mit Kreppsohlen, ließ sich um die Mittagszeit auf einem Rost über den Bunkern nieder, dort, wo es warm von unten hoch kam, und aß das Butterbrot, das sie sich morgens eingepackt hatte.

Die Passanten schimpften auf »diese arbeitsscheuen Elemente da unten«, denen es noch nie so gut gegangen sei wie hier und heute. Wenn sich die trüben Wasser klären, werden auch die Fischzüge dieser Faulenzer ein Ende nehmen, erregte sich jemand. Gemeint war der Schwarzmarkt, insbesondere der mit Tabak. Immer noch war der Tabak eine gute Währung, denn er war das »Stimulans der wiederaufbaufähigen Deutschen«, so ein Journalist des damals bereits erscheinenden Magazins »Der Spiegel«. Tabak wurde als Lebensmittel Nummer zwo gehandelt, wenn nicht Nummer eins. Aaah, dieser geistige Abstieg, sagte ein Herr zu seiner Begleiterin, dieser Abstieg eines kultivierten Volkes! Und er fügte hinzu, früher hätts so was nicht gegeben. Dass man das aber auch zulässt!

Die Belüftungsschächte, die nicht nur frische Luft nach innen, sondern auch die Geräusche von innen nach außen ließen, leiteten manchmal Interna an die oben auf Sensationen harrende Öffentlichkeit, die dazu angetan waren, die Urteile über »die da unten« noch gnadenloser ausfallen zu lassen, als sie ohnehin schon waren. Manchmal stiegen Journalisten aus Amerika oder England in das von menschlichem Raubtiergestank angefüllte unterirdische Labyrinth und machten Sensationsreportagen. Immer mit Bild, denn ohne Bild gab die Sache nichts her. Interessant wurde sie erst durch die Ansichten der frechen, blassen Gesichter der jugendlichen Bunkergangster und der erbarmungswürdigen Gestalten, von denen es ja sonst nicht mehr so viele zu sehen gab in diesen Zeiten.

Da hausen die Zigeuner, sagten die Leute, wenn sie sonntags zur Kirche pilgerten, um dem Herrn eine möglichst baldige Wiedergutmachung nahezulegen. Asoziale, Gesindel, die vom Stamme Nimm, Pack, Mob, soll der Herrgott sie doch zu sich nehmen, diese armen Schlucker. (Letztere Empfehlung an den Herrn nicht ohne die Wollust heiliger Verwünschung.)

Das sind doch nur Bolschewisten, die unser sauer verdientes Geld aus dem Fenster schmeißen. Man darf ja heut leider nicht mehr sagen, was das sind. Ausrangiertes Menschengerümpel, diese Bunkermenschen, aber man darf die Dinge ja heute nicht mehr beim Namen nennen. Der Nacken des so redenden Onkels von Herta Sukow war in den wenigen Wochen, die seit der Währungsreform vergangen waren, bereits angeschwollen. Das deutsche Nackenfett war dabei, seine typisch feste Konsistenz zu entwickeln. Abschaum, Schwemmholz, Freidenker wahrscheinlich, sagte Hertas Tante und der Onkel meinte, Kommunisten, internationales jüdisches Tabakmonopol, wie die Börse, ja, was soll man sagen, Hertachen, dass wir unsere Konzertlager nicht mehr haben, das ist ein Jammer. Um Himmels willen, die Tante hatte bei diesen Worten gen Himmel geblickt, irgendwie roch ihr da was nach Sünde. Aber in den eigenen vier Wänden konnte einem ja keiner was, Gott seis gedankt.

Später tauchte Herta noch einmal in die Bunkergänge, in das Gegröle um diese Zeit, es wurde Fusel und jener als Negerschweiß bezeichnete dünne und mit Malz vermischte Kaffee angepriesen. Sie tastete sich mit der Taschenlampe von Gestalt zu Gestalt und fragte, kennen Sie einen Fritz Klarenthaler? – Fritz? Machst wohl Witze, Kindchen, Fritzen gibts hier wie Sand am Meer, nix als Fritzen hier. Zwei übereinander getürmte Kinderwagen dienten als Bollwerk vor einer Art Bett, auf dem sich ein Mädchen (am helllichten Tag, da sieht mans !) vor einem vorüberschlendernden Mann anbieterisch rekelte. Sie zog ihren Rock über die Oberschenkel, die in faltigen, ausgeleierten, an roten Strapsen befestigten Strümpfen steckten. Das Mädchen konnte nicht älter als fünfzehn sein und zeigte ihre schmalen, weißen, wunderschönen

»Schinken«, so jedenfalls drückte sich einer der Vorüberschlendernden aus, Herta schnappte so manches auf an diesem Tag.

Sie fand ihren Bruder nicht. Sie nannte Fritz an diesem Nachmittag »Schätzchen« und hielt Zwiesprache mit ihm, ihr war schon ganz sentimental zumute. Sie suchte drei Tage lang. Sie zog durch die Bahnhofsgegend und verscheuerte ihre Waren, sie kungelte und schummelte und machte sehr gute Geschäfte. Noch ein Paar Kreppsohlenschuhe, Batterien von Kalodermagelee, Mousoncreme, Siebenundvierzigelf, und das beste: Silber, echtes Familiensilber, egal woher, jedenfalls echt. Das war Währung, das war Spitzenwährung. Sie drängte sich durch die Flure zerbombter Häuser, in Hinterzimmer, überquerte Höfe, in denen sich der Fäkaliengestank staute, und je länger sie nach Fritz suchte, desto jünger und unschuldiger wurde er in ihrer Erinnerung. Schließlich war sie es gewesen, die ihn aufgezogen hatte, die Windeln gewaschen, ihm das Haar geschnitten und die Kleider zum Anziehn aufs Bett gelegt. Mein Stromerchen, mein Spätzlein, mei' Schwänzje, wo steckst du nur, du Lausejunge, du Racker du … Gelegentlich kam ihr Josef in den Sinn, aber ihre Mordlust hatte sich längst in etwas anderes verwandelt. Sie war einem versöhnlichen Familiengefühl geschwunden.

Tapfer stieg Herta in Mansarden, immer den schummrigen Tipps nach, die ihr gegeben wurden, unter die abgebombten Dächer, wo sich im Schutz zugiger Provisorien zweites und drittes heimliches Leben abspielte. Wo die Zuhälter ihre Ställe hielten, die letzten Absteigen der heruntergekommenen Stadt. Herta brachte ihre Luxuswaren an den Mann, und als sie am zweiten Tag einem Briten die letzte Flasche Champagner gegen einen Shetlandpullover und ein paar Dosen Cornedbeef aufschwatzen wollte, widerfuhr ihr das unerwartete Gelüst, sich auf dessen lukratives Angebot einzulassen.

Dass er ihr auf den ersten Blick gefiel, setzte ihre bisherigen

Vorstellungen von Anstand in ein neues Licht. Was isn schonn dabei?? sagte sie sich und verspürte überrascht das Herabgleiten sämtlicher Skrupel von ihrer katholischen Seele. Das abermalige Aufblitzen ihrer Eifersucht tat das seine hinzu. So ging sie kurzentschlossen mit dem Briten Reggie nach oben. Am Morgen hatte sie sich mit der Brennschere der Tante durch ihre verfilzten Dauerwellen geschafft und die Strumpfnähte penibel gerade geschoben. Als hätt ichs geahnt, dachte sie jetzt, als sie mit dem Briten die Treppe hochstieg bis unter eines dieser zugeteerten Pappdächer. Sie ließ ihre hochgetuppten Pudellocken verführerisch (als ob das noch nötig gewesen wär!) auf ihre Lider herabwippen und schob ihren rotgemalten Mund über ihren Metallzahn. Sie lachte so gewinnend und so vertrauenerweckend, dass Reggie fast vergessen hätte, das zu tun, was er immer tat, bevor er es tat. Noch einmal ging ihr der Gedanke an Josef und Helga durch den Sinn, diese Schlampe, na ja, die ausm Osten, sagte sie sich, und ei wie gut dass niemand weiß, dass ich Rumpelstilzchen …

Als sie mit Reggie das Zimmer betrat, das eigentlich ein Hohn auf ein Zimmer war, eher war es ein stinkendes Elendskabuff, zauderte sie, begab sich aber dann doch entschlossen hinein. Hat der Mensch noch Worte, Herta sprach dies zu sich selbst, wer hätt das gedacht. Aber sie würde ordentlich was anschleppen, keiner soll diese Weihnachten zu kurz kommen, und sie, Herta, würde mal wieder die Tante aus Amerika spielen.

Der Brite Reggie hatte nicht begriffen, dass sie keine von »denen« war, aber die Grenzen hatten sich ohnehin verwischt, und die Hausfrauen mit Söckchen und Pömps und Einkaufstaschen waren genauso im Geschäft wie die Professionellen. Als sie die Tür, oder besser, den Bretterzaun hinter sich geschlossen hatten, und als Herta sich auf der Matratze niedergelassen hatte, zog Reggie dann doch (er war einfach ein vorsichtiger Mensch) die Taschenlampe, die er immer bei sich trug, aus der Jacke und machte sich ans Werk.

Herta hatte sich das alles anders vorgestellt. Was machst du denn da, fragte sie ahnungslos, als er ihr die Augenränder herunterzog und in die Schleimhäute leuchtete, und als er mit der gleichen Sorgfalt, nachdem er ihr die Unterhose ausgezogen hatte, ihre Schamlippen untersuchte. Spinnt der, dachte Herta, die es mit der Angst zu tun bekam. Sie klappte die Beine zusammen. Er lachte und murmelte etwas, was sie nicht verstand. Dann hob er die Taschenlampe vor ihren Mund und kehrte die Innenseiten ihrer Lippen nach außen. O.K., sagte er, das hatte sie jetzt kapiert.

Verwirrt saß sie auf der schmuddeligen Matratze und zittere, während Reggie sie festhielt und daran hinderte, die Flucht zu ergreifen. Es gab jetzt kein Zurück mehr. Er packte sie, rollte sie auf den Rücken und faltete sie auseinander wie einen Säugling. Don't be silly, sagte er und legte seine Hand auf ihr freigemachtes Untenrum. Da gab sie sich einen Ruck und beschloss, die Weihnachtsbeute voll zu machen. Wiederum dachte sie an Josef und Helga, diese vieille pute. Sie sah dem Briten in die Augen, zog ihm die Hosen herunter und machte sich vollends frei. Wenn schon denn schon, entschied sie. Sie nahm ihn fest in die Arme. Sie vergnügte sich bis zum Morgen mit ihm und ging mit einer Tasche voller erstklassiger Ware (eine Silberkette, echter Whisky, noch ein Shetlandpullover, noch mehr Cornedbeef, Zigaretten und Tabak) zu Tante Thea nach Hause.

Als sie morgens bei der sorgenvoll blickenden Tante und dem empörten Onkel auftauchte, spürte sie bei dem Gedanken an die genossenen Freuden ein triumphierendes Zucken in ihrem Hintern. Wir dachten schon wunders was passiert wär, Kind Gottes, wo warst du nur?

An diesem Tag trieb sie Fritz auf. In einem der hintersten Verschläge des Bahnhofsbunkers fand sie auf einer auf dem Boden ausgebreiteten verlöcherten Steppdecke eine zusammengekauerte Gestalt. Sie erkannte ihn erst beim dritten Hinsehen. Das heißt, die Gestalt kam ihr bekannt vor, aber auch wieder nicht. Als sie ihn beim Namen rief, blickte die Gestalt hoch und zeigte ihr Gesicht. Herta sackte das Herz in die Magengrube. Er sah schrecklich aus, aber er war es. Apathisch kauerte er auf einer schmutzigen Steppdecke und sah sie an, als würde er sie nicht erkennen. Er war völlig betrunken. Mariaundjosef, heilige Muttergottes, heilige Barbara hilf! Sie setzte sich neben ihn und legte ihm die Hand auf den Rücken. Fritzchen, mein Stromer, wo warst du nur all die Zeit? Er hustete. Sie musste lange auf ihn einreden, bis er aufstand und mit ihr ging. Sie musste ihn den ganzen Weg lang stützen, so betrunken war er. Die Tante war entsetzt, als sie mit ihm in deren Wohnung erschien. Sie setzte ihn trotz des Protests der Tante in die Badewanne und wusch ihn wie sie es früher getan hatte, als er noch das Brüderchen gewesen war.

Während sie mit ihm ins Saarland zurückfuhr, dahin, wo alles anders war, und nur mit letzterem Argument konnte sie ihn locken, mitzukommen, brachte sie ihn zum Reden. Sie erfuhr, wo er sich in all der Zeit herumgetrieben hatte. Nachdem er sich mit ihrem Schmuck (Gott, es war nicht viel, mehr Silber als Gold, nur eine Handvoll), davongemacht hatte, war er mit dem Erlös daraus nach Spanien gegangen. Über die Pyrenäen nach Spanien, das lag nahe damals. Er hatte sich irgendwo anheuern lassen wollen, irgendwo hatte er hinwollen, raus aus dem Dreck, raus aus dem Arbeitarbeitarbeit, du Faulpelz. Dann war er wie gesagt in Spanien gelandet. Wieso denn grad Spanien, Kleiner? Na, das war nicht schwer. Da war diese Frau Stausser … Welche Frau Stausser denn? Kennst du die nicht? Na, diese Stausser eben.

Frau Stausser war eine Dame, auf die vor allem alte Nazi-Größen bauten, denen sie zur Flucht über die grüne Grenze und zur Not weiter nach Argentinien verhalf, eine Dame von bewundernswertem Organisationstalent. Sie war die inoffizielle deutsche Vertretung in Spanien, sie handelte rein menschlich, pflegte sie zu sagen. So allerdings berichtete Fritz seiner Schwester das nicht. Du musst die doch kennen, die kennt doch jeder, sagte er. Er war bei Frau Stausser als Mädchen für alles eingestellt worden, nachdem sie ihn aus dem Gefängnis in den Pyrenäen geholt hatte. Er hatte dort alle Hände voll zu tun gehabt. Bald hatte er die Adern der grünen Grenze kennengelernt, er war jeden Felsblock und jeden Weg abgelaufen. Es war ihm die ehrenhafte Aufgabe zuerteilt worden, hochkarätige SS-Juwelen herüberzuholen. Er sprang auch im Restaurant Horcher ein, jener vornehmen Gaststätte in der Alfons-XII-Straße in Madrid, wo an manchen Abenden rein deutscher Publikumsverkehr die Stimmung beherrschte, mit den schönen alten Liedern und der optimistischen Heimatverbundenheit, die unverwüstlich unter der spanischen Sonne weiterblühte. Er verdingte sich als Kellner, als Putzhilfe, als Garderobenboy, als Babysitter, als Tischler, Maurer und Gärtner in den gepflegten Anwesen seiner Landsleute. Bis eines Tages ein britischer Journalist kam, Fritz fiel ihm wie eine reife Pflaume in die Hände. Unter Vortäuschung falscher Tatsachen hatte sich dieses »Element« (so Frau Stausser) in die Gesellschaft der emsigen Teutonen geschlichen und auch in das Vertrauen der Dame Stausser. Eine Woche später war dann die Aufregung da. Der BBC sendete die sagenhafte Geschichte vom Engel der verdammten Nazis, von der barmherzigen Dame Stausser.

Antifaschisten und Nazis standen gleichermaßen Kopf, aus verschiedenen Gründen natürlich. Die Sendung zog eine Invasion von Journalisten in die spanische Enklave der teutonischen Idylle nach sich. Fritz musste gehen, er musste sogar flüchten, denn er wurde verdächtigt, von der anderen Seite zu sein. (Eingeschleuster Kommunist).

Wieder schlug er sich durch verschiedene grüne Grenzen und landete im Ruhrgebiet, wo er eine Arbeit fand, die er jedoch bald wieder loswurde. Er verlor sich im Dschungel des Schwarzmarkts. Der gute, brave Fritz Klarenthaler aus dem Elsass, was war aus ihm geworden! Fast wäre er verhungert. Schnapsrausch, knurrender Magen, Angst. Bis das Schicksal ihn an die Seite Gabys schleuderte, das Geschäft der Zeit: Echte deutsche Mädels. Arierinnen bis ins letzte Glied. Bald waren es nicht mehr nur Gaby, sondern noch Rotraut, Camilla und Helene, eine Rotte makellos blonder Fräuleins. Was die Natur an blond hatte fehlen lassen, wurde mit Wasserstoffsuperoxyd in die heiß begehrte Farbe gewandelt. In diesen Jahren fanden mehr deutsch-amerikanische Eheschließungen statt als deutsch-deutsche. In diesen Zeiten wuchsen den Teufeln Flügel und den Engeln Hörner.

Fritz Klarenthaler wurde Geschäftsmann, Ehevermittler, Zuhälter, Antiquitätenhändler, Zimmervermittler … die blonde Ware bot mannigfaltige Berufsmöglichkeiten. Bestens organisiert und immer offen für neue Ideen zur Belebung des Umsatzes entdeckte er, wie man aus dem Nichts ein kleines Imperium schafft. Die Moneten mehrten sich. Auch Fritz frischte sich die Farbe seines Haars auf. Einmal in der Woche fand das Ritual statt, seine Mädchen und er klatschten sich die mit Wasserstoffsuperoxyd angerührte Mehlpampe aufs Haar, die Mädchen klatschten es sich nicht nur oben, sondern auch unten hin, damit alles von oben bis unten der Nachfrage entsprach. Es kommt eben darauf an, die entscheidenden Marktlücken zu entdecken, pflegte Fritz zu sagen. Der kleine Fritz war innerhalb weniger Monate zu einem reichen Mann geworden, (reich natürlich in Grenzen, er hatte ein schönes Zimmer, ein schönes Mädchen, und immer was in der Tasche. Vor allem hatte er genug Whisky). Er lieferte nach K-Town, nach Düsseldorf, nach Frankfurt, nach München, überallhin im westzonalen Bereich. Oh, sind sie appetitlich!

Oh sind sie hell, sind sie sweet, sind sie unschuldig, schwärmten die Kunden.

Sonntags lungerten die, die noch nicht an den Mann gebracht worden waren, mit Fritz in der Wohnung herum. Sie lasen Illustrierte und rauchten und tranken und machten sich schön. Sie übten sich im Singen, denn das Singen der richtigen Lieder spielte eine große Rolle, wenn es darum ging, einen Mann zu einem richtigen Mann, das heißt, zu einem Mann mit weitergehenden Interessen als den unmittelbar abendlichen zu machen. Nimm dich in acht vor blonnnden Frrraun, die haaaben so etwas Gewisses, es ist ihnen nicht gleich anzuschaun, aber irrrgend-etwasss-isss-es … Sie lungerten mit Fritz auf den zerschlissenen Kanapees und in den Betten herum und aßen Kuchen. Damals bereitete man sich noch auf den interkontinentalen Heiratsmarkt vor, indem man möglichst viel in sich stopfte. Mager war nicht gefragt. Es musste quellen, quetschen, quietschen.

Das Geschäft florierte bis zur Währungsreform. Für Fritz war die Währungsreform der Ruin. Sie brachte die Mädchen auf die Idee, doch vorerst besser im Heimatland zu bleiben. Die Währungsreform machte die Mädchen anständig. Die Währungsreform brach den Engeln die Hörner und den Teufeln die Flügel. Alles, was sich gerade so schön angelassen hatte auf dem Gebiet des internationalen Lustgewinns, fiel zusammen wie ein geplatzter Pariser. Die Heiratskandidatinnen wurden Schneiderinnen, Friseusinnen, Sekretärinnen, Haushälterinnen, flüchteten auf die Schulen zurück, und das bürgerliche Leben streckte langsam, langsam dem schönen heruntergekommenen Schlamassel die Zunge heraus. Die Mädchen wollten von Fritz Klarenthaler nichts mehr wissen. Ja, einige drohten, ihn der Zuhälterei anzuzeigen, und Camilla hatte ihre Drohung sogar wahr gemacht. Fritz entzog sich dem Gesetz, indem er sich in Hannover im Untergrund des Bahnhofsbunkers versteckt hielt, wo er dem Alkohol verfiel und nach neuen Marktlücken suchte. Jetzt klopfte ihm Herta auf die Schulter und sagte, tu vas voir, mon petit, on va arranger cela, Fritzchen, du fängst jetzt eben tout simplement ganz neu an …

Jede Zeit hat ihre Lüste, und die Adventszeit ist die Zeit der Vorlust. Alles war auf Kommen eingestellt. Alles roch nach Erwartung, nach Zimt, nach Anis, nach Schlachtgans, und natürlich nach Kernseife. Der Magen hatte seine Säfte bereits bei der bloßen Vorstellung dessen, was da kommen sollte, wie Wildwasser ausgestoßen, und auf den Zungen bildeten sich Adventspfützchen, die durch die schmale Lebkuchen und Plätzchenration sonntags bei brennenden Adventskerzen nicht aufgesaugt werden konnten. Josef ging es seit Tagen schrecklich, er verspürte unstillbare Gelüste, insbesondere wenn sich der eine Appetit mit dem anderen vermischte und der eine den anderen steigerte.

Josef saß in Paris an der Place Maubert, er saß hinter einem Fenster in einem Café und leerte millimeterweise seine Tasse, so versunken war er in seine Gedanken. Jetzt waren sie vorüber, die schönen Zeiten, wo der Chef ihm ein paar Francs in die Hand gedrückt hatte, damit er damit essen gehn oder sonst was konnte. Er hätte sich am liebsten den Bauch vollgeschlagen, aber ihm fehlten die Mittel. Und das in dieser Stadt, wo alles glänzt und glitzert und glüht.

Josef wartete auf Madame Colbertini. Madame Colbertini war die Geliebte des Chefs gewesen. Sa maîtresse preferée. Er hatte bei Madame Colbertini angerufen, die Nummer kannte er ja, früher hatte er öfter dort anrufen müssen, um der Madame etwas auszurichten. Und heute hatte er, gleich nachdem er angekommen war, Madame Colbertinis Nummer gewählt, ohne jedoch eigentlich zu wissen, was er sagen sollte. Irgendwie hoffte er, etwas von ihr zu erfahren, vor allem etwas, was diesen idiotischen Verdacht, den die Ermittlungsbeamten zu haben schienen, aus dem Weg räumen könnte. Stotternd hatte er Madame Colbertini verständlich gemacht, wo sie ihn treffen könne, und sie hatte sofort zugesagt. Das war vor zwei Stunden gewesen.

Ein Riesendurcheinander, wie im Krimi, dieses Dingsda, dieses Leben. Das Schicksal bringt keine Langeweile, obwohl, manchmal könnte es mit den Aufregungen ein bisschen sparen. Manchmal möchte man am liebsten auf und davon. Man könnte ein paar Waren aus der Ladung verscheuern, aber das war jetzt alles viel schwerer geworden, seit der Patron nicht mehr war und seit Herr Maurer seine peniblen Kontrollen machte. Josef blickte durch das Fenster auf die Place Maubert, und die alten Zeiten gingen ihm durch den Kopf. Eine einzige große Kirmes, diese Stadt, und wenn der Chef hierhergezogen wäre, wäre er, Josef, samt Herta und den Kindern mitgekommen.

Übrigens, Herta und Helga, diese beiden Furien. Herta behauptete, ihr wäre zu Ohren gekommen, Helga hätte zu der Nachbarin gesagt, sie, Herta, habe eine »Schamhaarfrisur«, und das war dann der Auslöser gewesen. Dabei hatte Helga behauptet, sie hätte das über ihre eigene Frisur gesagt, und das sei doch auch der Grund dafür, dass sie sich immer Pferdekammfett auf die Haare tue. Vielleicht haben sie sich schon gegenseitig die Hälse zugedreht, auf Josefs Mund machte sich ein stilles Lachen breit bei diesem Gedanken. Er saß einmal wieder in der Klemme. Und was wäre, wenn er einfach nicht mehr zurück …? Die Weiber Weiber sein und sie samt Weihnachtsbraten schmoren lassen und sich die Augen auskratzen … Die Ladung verschieben und von der Bildfläche verschwinden? Die Ladung als Anfangskapital, und dann ab nach Marokko oder nach Algerien oder Spanien aus dem Staub. La vie, quel bordel, er leerte seine Tasche und bestellte einen Anisschnaps, roch geradezu nach Weihnachten.

Wahrscheinlich wird sie nicht kommen, diese Colbertini, warum sollte sie sich mit einem Schlucker wie mir treffen.

Der Chef hatte ihm in jenen Momenten, wo sie sich wortlos eins gewesen waren in der Sache mit den Weibern, auf die Schulter geklopft und ihn alter Meister genannt. Von Mann zu Mann, na, alter Meister, wie ist sie, die kleine Maus? In der Nahrungsmittelbranche tummeln sich nicht die Kostverächter, auf gehts. Vas-y! Ruf an und sag, der Chef ist auf dem Weg zur Himmelspforte. Und wenn die Gattin nicht mit war, waren sie schon mal parallel ins Vergnügen gestiegen, und Josef hatte den Chef später abgeholt.

Eine besondere Vorliebe hatte der Chef für Bauchtänze gehabt, Josef hatte alle Bauchtanzetablissements ausfindig gemacht, die es in Paris gab. Glitzernde Bauchpracht, zitternder Speck, je länger gezittert wurde, desto größer der Beifall der Kenner, das Zittern wurde beendet durch ein paar entschiedene Hüftstöße nach vorn oder nach hinten, dass einem vom bloßen Zusehen schon ganz schwach wurde. Und diese Fingerspitzen, die sich graziös an die Schläfe oder an die vibrierende Hüfte spreizten, Schmackes, gell, alter Meister, hatte der Chef dann gesagt. Und am Ende wurden der Tänzerin Geldscheine zwischen die schweißtriefende Haut und den drall gespannten Gummi um den Busen und um die Hüften gesteckt, so dass sie aussah wie mit Geldscheinen gefiedert.

Aber jetzt, öde Zeiten. Armer Hund du, keine Zizi oder sonst eine Trostspenderin, der man mal kurz die Poitrine hätte kneten können. Diese Piorski geht mir nicht aus dem Kopf. Allgegenwärtig war ihr weißer Arsch, knall deinen Schädel gegen die Wand, du kannst nicht sagen, du hättst das nicht gewusst, was da jetzt wie ein Gewitter aus der Ferne anrollt. Manch ein Anblick verdirbt einen für immer und ewig. Diese verdammte Sache mit der Spurstange, weiß der liebe Himmel, die Möglichkeiten der Missverständnisse sind, wie man weiß, unendlich. Ein Witz, das ganze. Vielleicht wars ja der Monsieur der Madame, dieser Monsieur Colbertini, den es ja auch irgendwo geben muss. Die Eifersucht soll schon so manchen zu etwas hingerissen haben, was er nachher bereut. Du landest noch für nix und wieder nix im Knast.

Josefs Gedanken sprangen wild durch Gegenwart und Vergangenheit, und sein ungestillter Appetit machte ihn ganz hilflos gegen dieses Alles. Als Herta in aufgekratzter Stimmung mit diesem heruntergekommenen Nichtsnutz von Bruder aus Hannover zurückkam, hatte Josef den Hausherrn gespielt und seiner Herta klargemacht: nur über meine Leiche! Nicht in meinem Hause, dieser Kriminalfall! Gut, dass er gleich am nächsten Morgen auf Tour musste, raus aus dem Schlamassel, aus diesem Irrenhaus. Weiß der Himmel, was der für Krankheiten anschleppt, hatte er warnend geschrien und: Denk an die Kinder, teure Herta!

Nadine Colbertini war in höchster Aufregung. Auch sie hoffte, etwas über die Hintergründe dieses obskuren Unfalls heraus zu finden, von dem sie über die junge Freundin dieses Monsieur Retur erfahren hatte. Madeleine hatte sie angerufen und ihr gesagt, dass Hermann und Robert ums Leben gekommen seien. Aber wie, unter welchen Umständen, darüber hatte sie nichts gewusst.

Tatsächlich hatte Nadine Colbertini die letzte Nacht vor dem Unfall mit Robert verbracht. Wie immer, wenn er ohne seine Frau in Paris war, war sie zu ihm ins Grand Hotel gekommen. Es war eine schöne Nacht gewesen, und Robert hatte Nadine gefragt, ob sie nicht jede Woche einmal nach Metz oder wenigstens nach Epernay kommen könnte, so dass sie sich regelmäßig hätten treffen können. Sie hatten mehrere Monate lang einander entbehren müssen, und als sie Robert in der Halle des Hotels stehen sah, wo er auf sie wartete, er stand an einen Sessel gelehnt und hielt eine Zeitung in der Hand, in der er blätterte, sein Hut saß ihm wie immer schräg auf dem Kopf, er sah in diesem Moment viel älter aus, als sie ihn in Erinnerung hatte, und zugleich leichtsinnig, beinahe verwegen, in diesem Augenblick, wo sie ihn so erblickte, war ihr jäh ein Glück in die Glieder gefahren wie sonst nur der Schreck. Sie war auf ihn zugegangen und hatte eine Fingerspitze gegen seine Zeitung geschnippt und »Robääär« gehaucht. Und dann die Überraschung in seinem Gesicht, sein übertölpeltes Lachen und sein Ausruf: Nadine! (Mit missglückter Stimme, ein Räuspern hatte sich zwischen das »Na« und das »dine« geschoben). Nadine Colbertini flossen die Tränen über die sorgfältig geschminkten Wangen, als sie die Metrostation verließ. Sie tupfte sie mit dem Taschentuch fort, aber es rann unweigerlich nach. Wie konnte ihr das passieren, wo sie doch sonst nicht aus der Fassung zu bringen war. Im Grunde hatte sie noch gar nicht realisiert, dass »mon cher Robert« nicht mehr da war. Denn bis jetzt war ja alles wie sonst gewesen, man hatte sich gesehen, hatte sich getrennt und dann wochenlang von der Fantasie gezehrt.

Nadine war eine von diesen perfekten Französinnen, die, aus rätselhaften Quellen mit unendlichen Energien gespeist, die Widersprüche ihres Köchinnen-Mutter-Gattinnen-Gesellschafts-Organisatorinnen-Trösterinnen-Maîtresse-BerufsRaucherinnen-Sportlerinnen- und Katholikinendaseins mit jener unanfechtbaren Souveränität meistern, um die sie alle anderen europäischen Frauen bitter beneiden. Die Kombination ihres perfekten Aussehens und ihrer unverwüstlichen weiblichen Eigenschaften war das, was den Männern das berühmte »O'lala« entlockte. Nadine war genau die Frau, die Robert hätte gebrauchen können. Aber sie war ihm nur als Geliebte vergönnt gewesen.

Als er sie kennenlernte, war sie bereits verheiratet gewesen und hatte bereits vier Kinder. Außerdem war damals alles andere angebracht, als eine Französin zu heiraten. Ganz davon abgesehen, dass so eine Französin sich niemals hätte scheiden lassen. In Nadines kraftvoller entschiedener Umarmung fühlte Robert sich wie ein Fisch im Wasser, wie ein Stern am Himmel, wie ein Kind im Mutterbauch, wie eine Urzelle im Urschlamm, kurz, wie etwas, das genau da ist, wo es genuin hingehört. Und wenn er ihr während des Koitus in die Augen blickte, nachdem er sie angefleht hatte, sie zu öffnen, war ihm, als könne er ganze Völker zeugen. So jedenfalls hatte er sich ausgedrückt, als er sich klarzumachen versuchte, was er an ihr hatte. Wenn er geschäftlich in Paris war, versäumte er nie, sie zu treffen. Selbst wenn er mit Luise da war, richtete er es immer so ein, dass er unter dem Vorwand eines Geschäftstermins ein paar Stunden Zeit für sie fand. Sie trafen sich dann in einem der luxuriösen Stundenhotels hinter der Notre Dame, wo sie übereinander herfielen wie ausgehungerte Löwen auf die Gladiatoren (so jedenfalls sie, als sie einmal lachend, alle Viere von sich streckend und zufrieden über die Art ihrer Zusammenkünfte, vor sich hin sinnierte). In solchen Momenten duzte Robert seine Geliebte und nannte sie »Madame Tu«. Ansonsten blieben sie nämlich beim ortsüblichen »Vous«.

Für Nadine war Robert die andere Seite der Allemands, auf die sie seit dem Krieg einen solchen Hass hatte, dass sie das wurde, was man eine Résistance-Kommunistin nannte. Das hieß, dass sie während der deutschen Besatzung für den front national aktiv war und nach dem Krieg ihre Ansichten puncto Kommunismus wieder änderte. In jenem einzigen Punkt war sie damals uneins gewesen mit ihrem Freund Robert, aber nur in diesem einzigen, der ja dann auch wieder ausgeräumt wurde.

Sie hatten sich gut amüsiert, Nadine und Robert, und der begrenzte Rahmen ihres Zusammenseins hatte sie vor den üblichen Zerwürfnissen des Alltags bewahrt. Es war einfach keine Gelegenheit dagewesen, die Illusionen zu sprengen. Die längste Zeit, die sie am Stück miteinander verbracht hatten, waren drei Tage in der Nähe von Bayeux am Meer gewesen.

Sie hatten einander regelrecht aufgesaugt in diesen drei Tagen, so dass sie völlig erschöpft von diesem weekend zurückkehrten. Madame Tu musste sich kurz danach einer Abtreibung unterziehen, es war schrecklich. Sie wäre fast umgekommen dabei, aber das hatte ihre Liebe zu Robert nur noch gesteigert. Einmal hatte Robert seiner Freundin sogar Dienste erwiesen, die ihn das Leben hätten kosten können.

Übrigens ahnte sie nicht, dass auch er in der Partei der Nazis war. Als Nadine verhaftet wurde, weil sie beim Transportieren eines Stapels verbotener antifaschistischer Zeitschriften entdeckt worden war, kaufte Robert sie mit einem Bestechungsgeld frei, das zu diesen Zeiten beinahe über seine Verhältnisse ging. Ihre plötzliche und für ihre Freunde nicht zu begreifende Freilassung brachte sie in den Geruch der Kollaboration. Damals verließ sie mit ihren Kindern Paris, zog sich aufs Land zurück und sah Robert drei Jahre lang nicht.

Später, nach dem Krieg, ließ sie ihm eine Nachricht zukommen, die prompt beantwortet wurde. Und als sie sich wiedersahen, war ihr ganz übel gewesen vor »envie de toi«, diesem ans Unanständige grenzenden Glück des Ausgeliefertseins. Damals, als sie mit geschlossenen Augen neben ihm lag und rauchte, stellte er fest, dass die ersten Zeichen des Alters weiße Furchen gebildet hatten, die wie Eisfäden ihr helles Wintergesicht umsponnen. Mit zitternden Wimpern lag sie da und stieß wortweise Rauchwolken aus, sie redete und redete mit brüchiger Stimme, ihr Gesicht war wie nackt, die ganze Schminke war abgeliebt, und die Rauchwolken fielen auf ihre kühle, nervöse, weiße Gletscherhaut. In diesem Moment begriff er, dass da etwas war, das er sich um alles in der Welt wünschte, aber nicht haben konnte. Weder mit Geld noch mit sonst etwas würde er diese Frau jemals ganz für sich bekommen können. Und dieser Tatbestand steigerte seine Sehnsucht nach Nadine in einem Maße, dass er sich einbildete, er könne nicht mehr ohne sie leben. Folge war, dass er seine französischen Geschäftsbeziehungen aktivierte und sich vornahm, irgendwann nach Paris überzusiedeln.

Du bist die einzige Frau, die mich versteht, sagte er zu ihr, es würde mir nichts ausmachen, wenn jetzt die Welt unterginge. Zumindest forderte er ihr den Schwur ab, niemals einen anderen Geliebten zu haben als ihn. Er stellte ihr bohrende Fragen nach ihrem Ehemann, während ihre Lider wie Insektenflügel unter der Pein der Ausweglosigkeit flatterten. An diese Nacht erinnerte sie sich jetzt, als sie die Metrostation verließ und nach dem Café Ausschau hielt, in dem nicht Robert, sondern sein Fahrer, dieser Monsieur Sukow, auf sie wartete.

Sie erinnerte sich an jene Nacht, die ein ernsthaftes Zerwürfnis mit ihrem Mann nach sich gezogen hatte. Sie war einfach bis zum Morgen bei Robert liegengeblieben, und ihr Mann hatte bereits die Polizei angerufen gehabt. Einfach so war sie im Hotel geblieben und hatte sich, weit entrückt von ihrem Hauptleben, waghalsig dem Strom aller Unwägbarkeiten der Leidenschaft überlassen. Es war das mutigste gewesen, was sie jemals getan hatte. Ihr Mann hätte sich fast von ihr getrennt. Ein Teilgeständnis war unumgänglich gewesen, was darauf folgte, war die Hölle. Seither kam ihr ihr Mann vor wie ein »kleiner mieser Giftpilz, der sich aufbläht und wutschnaubend gelbe giftige Schwefelwolken ausstößt«. Sie war mit Robert im Hotel geblieben und war am nächsten Tag erst um die Mittagszeit zu Hause erschienen. Du stinkst nach Sperma, hatte ihr Mann gebrüllt, und sie hatte es ihm bestätigt, ja, ja, ich stinke nach Sperma, und wie, *et c'était la plus grande satisfaction de ma vie*!

Sie hatte sich von Robert in jener Nacht und in dem durch ihren plötzlichen Mut entstandenen Taumel zu Liebespraktiken hinreißen lassen, die ihr noch Jahre danach die Schamröte ins Gesicht trieben, wenn sie daran dachte. Und als sie Robert das nächste Mal traf, und er wieder von ihr verlangte, sie solle ihre Zunge in seinen Anus bohren, weigerte sie sich und griff verlegen in sein Haar, eine verschämt mütterliche Geste. Aber sie hatte noch anderes in jenen denkwürdigen sechzehn Stunden mit sich tun lassen und selbst getan, und das einzige Problem, das sie danach hatte, war, dass sie niemandem, nicht einmal ihrer besten Freundin, etwas davon erzählen konnte. Schon allein weil ihr einfach keine Wörter einfielen, mit denen man das hätte ausdrücken können.

Sie stand immer noch am Ende der Treppe an der Metrostation Maubert-Mutualité und bearbeitete ihre vom Weinen gerötete Nase mit einer Puderquaste. Wie elektrischer Strom trieben die Stöße der jetzt so unwirklich erscheinenden Erinnerungen durch ihren Sinn, sie glaubte, sie würde verrückt. All dies passte überhaupt nicht zu ihrem Hauptleben. Die Unwirklichkeit des Todes und die Unwirklichkeit jener verwegenen Nacht und die Unwirklichkeit dieses Augenblicks und ihr verzweifelter Versuch, sich per Puderquaste wieder in den Griff der Gegenwart zu bringen, machten sie vollends hilflos. Als sie dann schließlich doch noch, mit viel Verspätung, in dem Café erschien, in dem Josef Sukow auf sie wartete, bot sie den Anblick einer verstörten, älteren Frau. Hätte sie ihn nicht angesprochen, Josef hätte sie nicht wiedererkannt. Plötzlich hatte er alle Fragen vergessen, die er ihr stellen wollte.

Seine Vernehmung am nächsten Tag durch die Ermittlungsbeamten der Polizei, bei der er sich ordnungsgemäß meldete, brachte für ihn selbst kein Licht in die Affaire. Von Madame Colbertini konnte er nur berichten, dass sie ernsthaft erschüttert sei. Roberts Kontakt zu Madame Colbertini war für die Beamten eine interessante Neuigkeit. Jetzt endlich glaubten sie, eine heiße Spur in diesem mysteriösen Fall Aschen entdeckt zu haben.

Es war eine hungrige Zeit, wo selbst der Eintritt in die geheime Organisation der Kinder einen verzehrbaren Preis hatte. Speckschwarten, weiße und rosa Pfefferminzspiralen, überzogen von schillernder Perlmutthaut, sie schimmerten wie die Juwelenschätze aus tausendundeiner Nacht, Blockschokolade, Bärendreck genannte Lakritzklumpen, selbstgemachte Karamellbonbons und alles Essbare, was zu beschaffen war. Lily brachte eine große Tüte Zucker mit. Sie stieg über die verrosteten, in die Wand eingeschlagenen Eisensprossen in die Ruine hoch, dorthin, wo das Ereignis stattfinden sollte. Was das Ereignis war, war ein Geheimnis. Nur die Eingeweihten kannten es. Es gab Gerüchte, die hinter vorgehaltenen Händen und im Zuge von Wenn-du-mir-ein-Bonbon-gibst-sag-ich-dirs-Tauschgeschäften weitergegeben wurden. Jedenfalls war eine Sauerei dabei, wie Emil behauptete. Sein Gesicht sprach Bände, es musste eine unsägliche Sauerei sein, eine, die seine Mundwinkel bis zum Hals hinunter zog, seine Brauen in Circonflexe verwandelte und ihn in Schüttelkrämpfe und vieldeutiges Kichern versetzte.

Die Vorbereitungen waren seit Tagen im Gange. Ruß war in Streichholzschachteln gesammelt worden. Lippenstifte (damals noch aus echtem Läuseblut), mütterliche Stöckelschuhe, Büstenhalter, und zwar solche, die diese Bezeichnung noch verdienten: große Gestelle aus Gummi, Fischbein, Spitze und Satin, wahre textile Geräte, deren Immensität und Hautfarbe das schöne innere Schütteln hervorrief, das einen beim Bruch gewisser Tabus befällt. Sie rochen intensiv nach hinterster Kleiderschrankecke, nach Mottenpulver, Mousonlavendel und vor allem: nach Verbotenem.

Karls Einstand war ein Päckchen getrockneter Bananen, das er seiner Mutter gestohlen hatte. Es waren braungeschrumpelte, an die Finger einer Mumie erinnernde Dinger. Er wickelte sie andächtig aus einem Fetzen Zeitungspapier.

Bevor das Theater mit dem Titel »Neger und Amiflittchen« losging, wurden Karl und Lily feierlich in die Bande der Rächer des Häuptlings aufgenommen. Ein Spalier aus in Flaschen aufgesteckten brennenden Kerzen war zu durchlaufen, und zwar barfuß und mit nacktem Oberkörper. Die Rächer des Häuptlings hatten sich mit ernsten Gesichtern im Halbkreis aufgestellt. Auf dem Boden zwischen den Flaschen lagen kleine, spitze Steine ausgestreut. Lily und Karl setzten Fuß vor Fuß, es schmerzte sehr. Am Ende wartete der Bandenführer Fritz mit einem Aluminiumbecher. Der große Häuptling nimmt euch gnädig auf, sagte er. Sein Gesicht war rot bemalt, und seine Augen leuchteten gefährlich weiß daraus hervor. Der Weg zu den höheren Weihen heldischer Zugehörigkeit führte durch eine gehörige Ekelprobe. Zitternd nahm Lily den Becher in Empfang: eine Mischung aus Saarwasser, Urin, Bier und Katzenblut. Sie schaltete ihre Geschmacksnerven aus, indem sie den Atem anhielt und nahm einen Schluck. Sie würgte, behielt den Schluck jedoch in sich. Karl spuckte und wurde zu einem zweiten Schluck verurteilt.

Die ausgebombte Halle, in der die Kinder sich befanden, war auf einer Seite offen, eine Bombe hatte die nördliche Außenwand herabgerissen. Der Boden hing schief, an seinem offenen Rand hatten sich große Brocken gelöst und hingen brüchig an den verbogenen und verrosteten Eisenstreben, die daraus hervorstaken. Schon das Heraufsteigen über die Reste einer Feuerleiter war eine Mutprobe, denn die verbliebenen Sprossen bildeten für Kinderbeine viel zu große Abstände.

Fritz, Karl der Große und Schmidde Emil waren die

»Befehler«. Die Befehler teilten den Kindern die Rollen zu, die sie zu spielen hatten. Die ältesten der Jungen durften die Ärzte sein, natürlich waren alle drei Befehler Ärzte. Gleich darunter rangierten die Neger. Die Mädchen wurden in Krankenschwestern und Flittchen aufgeteilt. Elfriede, die größte unter den Mädchen, war die »Razzia«, eine beinahe ebenso respekteinflößende Rolle wie die der Ärzte. Feierlich und im Chor wurde der Schwur abgelegt: Wir geloben Schweigen bis ins Grab, bei der Ehre des großen Häuptlings geloben wir Schweigen bis ins Grab, bei der heiligen St. Barbara geloben wir Schweigen bis ins Grab.

Lily konnte sich nicht viel darunter vorstellen, was ein Flittchen war. Aus irgendeinem Grund dachte sie, ein Flittchen wäre so etwas Ähnliches wie ein Huhn. Ein Zwischending aus einer Zirkusprinzessin und einem Huhn. Dass etwas anstößiges dazugehörte, hatte von Anfang an außer Frage gestanden. Man brauchte gar nichts über die Dinge zu wissen, um sie in anständig oder unanständig einordnen zu können. Das teilte sich am Stimmton mit, in dem so ein Wort gesagt wurde, sozusagen in den Nerven der Luft, die beim Aussprechen eines solchen Worts in Schwingung gerieten. Jedenfalls musste Flittchen etwas Glitzerndes, Gackernd-kicherndes, Aufgedonnertes und auf jeden Fall Weibliches sein. Alle wussten, was zur Ausstattung eines solchen Geschöpfs herangeschleppt werden musste. Die Flittchen also schmückten sich. Es war eiskalt, und ein schneidender Wind zog durch die Ruine. Aber die Erregung hatte nicht nur die Gemüter erhitzt, und nicht einmal die Flittchen froren, um deren nackte Oberkörper nur die mit zerknülltem Zeitungspapier ausgestopften Büstenhalter schlotterten. Das Gekicher und Gekreisch hallte in hohlem Echo wider. Die Mädchen schütteten sich den Ruß in die Hände und rieben ihn den Jungen in die Gesichter. Die Jungen genossen es, auf diese Weise bearbeitet zu werden und hielten still.

Lily stakte in den Schuhen ihrer Mutter einher, auf den Kopf hatte sie sich ein ebenfalls dem mütterlichen Modevorrat entnommenes Federhütchen gesetzt, und auch sie trug einen Büstenhalter, den sie zwischen den Schulterblättern zusammengeknotet hatte. Sie kam sich vor wie eine Filmschauspielerin. Jens, der etwas zu klein geratene Sohn des Metzgers, den die Befehler ebenfalls in die Rolle eines Flittchens befohlen hatten, bekam unter Protest die Lippen geschminkt. Er schämte sich. Als ihm ein Büstenhalter umgebunden wurde, traten ihm die Tränen in die Augen. Lily hielt ihn fest, während die anderen Mädchen ihn zum Flittchen dekorierten. Die Jungen klopften sich auf die Schenkel vor Vergnügen an seinem Anblick. Die Befehler machten eine Stimmprobe mit ihm: wie heißt du? – Jens. – Nein, Susi. Sag Susi! Also wie heißt du? – Susi. – Gedemütigt blickte er zu Boden, Lily betrachtete ihn mit Neugier. Er tat ihr nicht leid, sondern er gefiel ihr. Er gefiel ihr viel besser als die Neger und die Ärzte. Zur Krönung seiner Verwandlung klebte sie ihm mit Spucke einen rußgeschwärzten Papierschnipsel als Schönheitsfleck unter die rechte Wimper. Er wehrte sich erfolglos dagegen. Sieht doch toll aus, sagte Lily, was gibts denn da zu heulen, Dummkopf.

Der Blick, den er ihr zuwarf, sollte ihr nachhaltig im Sinn bleiben. Während der folgenden Tage und besonders abends vor dem Einschlafen musste sie an ihn denken. Er hatte sie verzaubert. Jens hatte graue, von langen, dunklen Wimpern umrandete Augen, und gerade das Traurige dieser Augen gefiel ihr.

Du gehst mit mir, das ist ein Befehl, Lily fand sich von einem der Neger am Arm gepackt. Los, jetzt gehts los, schrien alle. Die »Neger«, waren das Menschenfresser oder schokoladeschenkende Amis? Die Dinge vermischten sich. Man wusste nie, woran man war. Sie balancierte auf den Stöckelschuhen am Arm ihres Negers durch die Halle. Der Wind pfiff, und die Raben krächzten. Lily verstand zuerst nicht, was Sieglinde mit der Aufforderung »los, wackel!« meinte. Was? – Ja, wackeln! Mit dem (verschämtes Gekicher) … mit dem Arsch! Die Kinder grölten. Sieglinde machte es vor. Sie machte ein paar Verrenkungen mit den Hüften: so! rief sie im Genuss ihres Könnens, so! und sie machte ein paar demonstrativ übertriebene Hüftschlenker. Lily hätte in den Boden versinken wollen. Am liebsten wäre sie davongelaufen, aber dazu war es jetzt zu spät. Die Augen der Rächer des Häuptlings ruhten auf ihrem Hintern und warteten darauf, dass er anfing zu wackeln. Lily gehorchte. Sie konnte es sogar. Schließlich war es nichts Neues für sie, sie hatte es oft genug vor dem Spiegel ihrer Mutter probiert, abends, wenn Luise ausgegangen war, und sie wackelte mit zunehmendem Selbstbewusstsein. Sie wackelte für Jens, sogar sein Blick heiterte sich jetzt auf.

Auch die anderen Neger-und-Flittchen-Paare hatten sich jetzt zusammengefunden. Die kleine Prozession bewegte sich andächtig auf die alte Maschine zu, die groß und schwarz am anderen Ende der Halle stand. Die Kinder durchquerten den mit Abfall übersäten Boden bis zum anderen Ende des Raums. Die Flittchen wackelten so übertrieben mit ihren Hüften, als wären ihre Körper in zwei Hälften getrennt. Die Ärzte und die Razzia begleiteten den bizarren Reigen mit Musik. Mit Stöcken schlugen sie auf Blechdosen, die sie sich um den Bauch gebunden hatten. Einmal wurde die Prozession unterbrochen, weil eines der Flittchen auf den Stöckelschuhen umknickte und hinfiel, was ein lautes Gekreisch zu Folge hatte. Emmi machte sich in die Hose vor Lachen, als Sieglinde anfing zu singen, Eieiei Mariaaa, dei Bux iss aus Papiaaa …

Bald hatte die groteske Kinderschar die Maschinenruine erreicht. Was dann geschah, sollte Lily ihr ganzes Leben lang in einen Lachanfall versetzen, wenn sie daran zurückdachte. Die Flittchen zogen ihre Unterhosen herunter und bückten sich über das kniehohe rohrförmige vordere Teil der Maschine, so dass sich ihre Hinterteile nackt und weiß und in einer gleichmäßigen Reihe den Ärzten, Krankenschwestern und Negern entgegenwölbten. Selbst Jens hatte sich in diese Reihe eingeordnet. Lily war, als stockte ihr das Blut, als ihr von Emmi bedeutet wurde, es den anderen Flittchen nachzutun. Verlegen stand sie da und zupfte an ihren Strumpfstrapsen, so dass diese schmerzhaft gegen ihre Oberschenkel schnellten. Die Augen der Neger und Ärzte waren erwartungsvoll, ja gebieterisch auf sie gerichtet. Nur ihr Freund Karl hatte den Blick niedergeschlagen, es war ihm schrecklich peinlich.

Aber schließlich tat sie es. Zu Boden blickend schob sie ihren Rock hoch. Das seltsame Gefühl, das sich dabei als weiche Spirale von oben nach unten in ihren Leib schob, machte sie vollends widerstandslos. Sie zog ihre Unterhose unter dem festgezurrten Leibchen herunter und lehnte sich über das Eisengerüst. Es war eiskalt. Sie schloss die Augen. Eine Art wunderbare Übelkeit überkam sie, als sie zur Seite blickte und Jens sah.

Die Ärzte machten sich ans Werk. Lily spürte, wie etwas ihr Hinterteil berührte. Das sind jetzt die Ärzte, sagte Emmi, und sogleich wurden die einschlägigen Fragen gestellt, und zwar in strengem Ton: Fieber? Wo tuts weh? Husten? Die gekicherten Antworten ließen keinen Zweifel. Die Krankheiten blühten und erforderten unablässige Behandlung. Die Neger begleiteten die Ärzte. Sie durften aus nächster Nähe zusehen. Aber anfassen durften sie nicht. Auf das Anfassen hatten allein die Ärzte das Monopol. Die Krankenschwestern assistierten mit Gabeln, Stöckchen und Tüchern, die sie um die entblößten Hinterteile legten, um sie wieder fortzunehmen und die Ärzte einen Blick auf die zu behandelnden Körperstellen werfen zu lassen. Die Prozedur schien Lily eine Ewigkeit zu dauern. Unverwandt sah sie zu Jens hinüber, dessen Kopf nach unten hing und dessen Augen geschlossen waren. Es lief ihr heiß den Rücken hinab. Sieglinde stöhnte.

Als Karl der Große verkündete, jetzt wird mir schlecht, und das Stöckchen, das er in der Hand hielt, von sich schleuderte, war das Spiel zu Ende. Die Neger durften den Mädchen die Hosen hochziehen und sie an das andere Ende der Halle zurückführen. Wieder wurde gewackelt. Diesmal aus Verlegenheit. Man wagte sich kaum in die Augen zu sehen. Selbst die Befehler waren jetzt verlegen. Die Verkleidungen wurden abgelegt, die Hüte wurden von den Köpfen gezogen, die Büstenhalter abgenommen, und die Ärzte zogen ihre Kittel aus. Die plötzliche Scham beschleunigte die Geschäftigkeit der Kinder. Schnell räumten sie die Requisiten ihres Geheimnisses zusammen, holten die getrockneten Bananen, die Süßigkeiten und Speckschwarten hervor und breiteten sie auf einem Stück Zeitungspapier aus. Dann wurde gegessen. Wortlos wurde an den Pfefferminzstangen gelutscht und an den Bananen und Speckschwarten gebissen. Bis die Razzia dem Gelage ein rabiates und erleichterndes Ende machte, indem sie, Polizei! Polizei! schrie und: die Razzia kommt, die Razzia kommt! Worauf die Kinder antworteten: Neger pfui, Amiflittchen pfui, Russki, Russki, Schiebung, Schiebung und auseinanderstieben.

Egon Schanz schloss die Tür. Endlich war er für sich. Dieses Kind, murmelte er und schüttelte den Kopf, diese Klette von Kind …Er ging in die Küche, nahm ein paar Kartoffeln aus einem Eimer und legte sie auf ein altes Stück Zeitung. Aber er vergaß, sie zu schälen. Er nahm einen Schluck Schnaps aus der Flasche und blieb untätig sitzen. Seine Wohnung war verwahrlost. Es fiel ihm schwer, irgendwo anzufangen und irgendwo aufzuhören. Es gab nichts Wichtiges und nichts Unwichtiges mehr in seinem Leben … Außer in diesen von außen an ihn herangetragenen Dingen, die für kurz und wie automatisch eine Regung in ihm auslösten. Das war eine Belebung. Dieses Kind mit seinen schrecklichen Fragen war eine Belebung. Jemanden unten in der Fabrikhalle anzuschreien war eine Belebung. Sich Zigaretten auf der Haut auszudrücken war eine Belebung. Sie reichte nicht einmal für die nächste Stunde.

Auch der Alkohol war eine Belebung, aber eine von ganz anderer Art. Er sickerte durch die paläolithischen Schichten seiner Seele. Überließ sich Egon Schanz lethargisch diesem Geschehen und blieb reglos sitzen, konnte es sein, dass sich aus der minimalen Öffnung durch die Gesteinsschichten etwas hervorbewegte. Etwas, was aus einer unsagbaren Ferne kam. Das Atmen machte ihm Mühe. Es war, als würde er an einer zerbrochenen Zigarette ziehen. Er nahm einen weiteren Schluck aus der Flasche und noch einen, er trank die Flasche leer. Sein Kopf sackte auf das schmutzige Wachstuch, das auf dem Tisch lag.

Wäre in diesem Moment sein Blick nicht zufällig auf das

schäbige Stuhlkissen gefallen, so hätte sich für diesen Tag jene minimale Öffnung wieder geschlossen. Aber das Stuhlkissen, es war ein schwarzes, mit ehemals roten und gelben und inzwischen grau gewordenen Blumen besticktes Kissen, das Jonathan ihm einst geschenkt hatte, bewirkte einen plötzlichen Erinnerungsstrom. Egon Schanz lächelte. Aus seiner herunterhängenden Unterlippe rann ihm der Speichel. Er tropfte über den Tischrand in seine Handfläche, die geöffnet auf seinem Knie lag. Er spürte den Tropfen dort ankommen, und diese kleine Sensation in Verbindung mit dem Anblick der Blumen auf dem Stuhlkissen bewirkte eine Aktivität durch die verschütteten Schichten hindurch: eine Hand legte sich auf die Blumen und blieb dort liegen. Egon Schanz lallte Jonathans Namen. Schooo … Schooonnnjja … dddd … Schjooonadddaaannn …

Jonathan hatte schöne große Hände gehabt, Jonathan, von dem Egon Schanz anfangs immer gedacht hatte, er ist viel zu jung und zu schön für mich. Zuletzt hatten sie zusammen gelebt. Es war eher das Ergebnis eines Zufalls gewesen und für Jonathan eher eine billige Gelegenheit, dass er zu Egon Schanz gezogen war. Aber Egon war darüber glücklich gewesen. Manchmal glaubte er sogar, auch Jonathan sei glücklich darüber.

Die Hand auf dem Kissen bewegte sich. Egon Schanz stierte darauf und sah, wie sie sich langsam wendete. Er ruckte seinen Kopf in Richtung Stuhl, aber das war sehr schwer. Beinahe unmöglich, denn der Kopf war ihm wie mit Blei ausgegossen. Vielleicht erinnerten ihn Lilys Lippen an die Lippen Jonathans. Irgendein Zusammenhang musste da sein zwischen diesem Kind und Jonathan.

Jonathan war eitel gewesen. Er band sich immer eine Schürze um, wenn er kochte, seine Kleider sollten picobello sein. Ein weiteres Wort fiel von Egons lallender Zunge: Kindskopf. Duu Kindskopf. Nichwahr, duuuu KKKKinnnnskobbbf.

Nach dem Baden hatte sich Jonathan immer ein Handtuch um die schlanken Hüften geschlungen und war pfeifend in der Wohnung herumgelaufen. Der Anblick der seitlichen Wölbungen nach innen an Jonathans Flanken hatte Egon wehrlos gemacht vor Begierde. In solchen Augenblicken konnte Jonathan alles, aber auch alles von Egon haben. Das heißt, er konnte ihm so gut wie alles abschwatzen. Ein bisschen mehr Geld, einen neuen Anzug, die Vollmacht über sein Sparkonto, ein freies Wochenende ohne zu fragen, wo und mit wem, alles.

Manchmal war Jonathan mitten in der Nacht aufgewacht und hatte grundlos und verrückt gelacht. Ein irrsinniges Gelächter. Egon hatte sich geärgert. Verdammt nochmal, du Kindskopf, wer muss denn morgen früh raus, du Esel! Ruhe jetzt! Hau ab! Du bist verrückt, ja, richtig verrückt bist du. Und einmal in einer solchen Nacht sagte Jonathan, er hätte einen Hund gesehen. Jaja, Hund, höhnte dann liebevoll Egon, und ließ sich trotz Müdigkeit das gesichtete Geschöpf ausführlich beschreiben. Was war es denn für ein Hund, he? – Er war blond. – So, blond … und seit wann sind Hunde blond? – Ich sag dir, er war blond – und wie groß war er? war er vielleicht so groß wie eine Frau? – Nein. Jonathan nahm Egons Ironie nicht wahr. Er reichte mir bis zum Knie, antwortete er ernst. So. Jonathan stand auf und schritt durchs Zimmer, mit dem Blick nach unten, als wäre der Hund gegenwärtig und als liefe er neben ihm her. Also blond. Egon überlegte und blickte ratlos auf seinen Freund, den er für nicht ganz bei Trost hielt. Jonathan bückte sich sogar und streichelte den nicht vorhandenen Hund und sagte, siehst du nicht, dass er ein Frauengesicht hat? Nein, ich seh nix, gar nix seh ich. Jonathan lachte, er lachte Egon aus, er lachte sich kaputt. Na, und er hat wohl auch geschminkte Lippen, spottete Egon. Nein, er hat wunderschöne blasse junge Lippen. (Das gab Egon einen Stich in die Herzgegend.) Und was hat er für eine Frisur, dein Hund? Locken vielleicht? – Ja, Locken, bis zum Boden Locken. Wunderschöne Locken. Seidige weiche Locken.

In Egon richtete sich ein schrecklicher Verdacht auf. Er hatte ja schon immer so eine Ahnung gehabt, dass da irgendein Weibsbild mit im Spiel wäre. Und irgendwann stieß es dann aus ihm heraus: Du meinst wohl eine Frau mit einem Hundegesicht. Aha, aha, aha, ich habs kapiert, von wegen Hund mit Frauengesicht. Das riecht mir doch eher nach Nelly oder Sieglinde oder … Jonathan aber bog sich vor Lachen. Er hatte die Rotweinflasche leergetrunken und lag wieder auf dem Bett. Er lag nackt da und hatte eine Erektion. Betäubt von Eifersucht löschte Egon das Licht und versuchte zu schlafen. Jonathan schnarchte bereits.

Irgendwann kapitulierte Egon. Er gab den Kampf ums vernünftige Leben auf und führte mit Jonathan ein Leben wie die Studenten. Nächte durchgesoffen und morgens mit berauschtem Schädel in die Fabrik. Nach einem großen Streit hatten sie sich eine Zeitlang nicht gesehen. Egon wäre fast daran kaputtgegangen. Es war, als hätte man ihm die Eingeweide aus dem Leib gezogen. Aber dann, Heimaturlaub, es war ja schon Krieg, kam Jonathan von der Front und heulte sich bei Egon aus. Wenn Egon morgens neben Jonathan aufgewacht war und ihn in tiefem Schlaf und mit geöffnetem Mund daliegen sah, beugte er sich zu ihm hinab, so dass er seinen Atem riechen konnte. Das waren die einzigen Momente, in denen Jonathan ganz ihm gehörte.

Einmal hatte er dem schlafenden Jonathan die Hand um den Hals gelegt. Es war ein plötzlicher Impuls gewesen: Wenn ich jetzt zudrücken würde, dann hätte ich ihn für immer für mich. Alkohol und Nachtvergorenes, Blut auf den Zähnen, denn er hatte ungesundes Zahnfleisch, das immer blutete. Aber gerade dieser Anblick erhöhte Egons Liebesgefühle. Diesen Anblick gönnte er erst recht keinem anderen

Menschen. Nasser Fleck auf dem Kopfkissen unter Jonathans Mund.

Als Egon einmal heimlich Jonathans Taschen durchwühlte, während dieser noch schlief, fand er einen Zettel mit einem handgeschriebenen Vers, unterschrieben mit »Rilke«. Ach, der Geschmack seiner Achseln. Wenn er durfte, wenn Jonathan es erlaubte, leckte Egon ihm die Achseln aus.

Die einträchtigsten Stunden waren, wenn sie zusammen kochten. Egon liebte es zuzusehen, wie Jonathan etwas in die Hand nahm. Seine Hände hielten eine Kartoffel nicht wie man eine Kartoffel hält, sondern als wäre die Kartoffel etwas Kostbares, ein schönes Stück Holz, aus dem man etwas schnitzt.

Leg deine Hand hierhin, hatte Egon gesagt, als Jonathan noch zu gewissen Dingen bereit war, zu denen er später nicht mehr bereit war.

Leg deine Hand hierhin, und Jonathan hatte getan, was er verlangte. Schon allein der Anblick dieser Hand auf einer Stelle seines Körpers hatte ihn wahnsinnig gemacht. Einmal, als sie in einer Bar waren und Egon sich Jonathans Umarmung entzog, weil er den Klatsch und Schlimmeres fürchtete, hatte Jonathan gesagt: Lass die Leute doch sehn, dass wir glücklich sind! Das hatte Egon entwaffnet. So etwas hatte noch nie ein Mensch zu ihm gesagt.

Das war ganz am Anfang gewesen, kurz bevor sie nach Weimar und in den Thüringer Wald gefahren waren. Im Lager war ihm dieser Satz manchmal eingefallen und hatte ihm neue Kraft gegeben. Der Satz war ihm wie ein Gebet geworden.

Jonathans Charakter war weich. Die Leute sagten über Jonathan, er sei verweichlicht. Er hatte keine Disziplin. Was er dachte, das sagte er. Er verriet sich unentwegt selbst. Er kannte keine Vorsicht und auch keine Rücksicht. Wenn Egon ihn in prekären Situationen anfauchte, Mensch pass doch auf, schreckte Jonathan zwar zusammen, fragte aber dann laut und so, dass jeder es hören musste, was soll ich denn aufpassen? Ist denn was schlimmes dabei, dass wir uns lieben?

Er war taktlos. Er trat in jedes Fettnäpfchen, das auf ihn lauerte und merkte es nicht einmal. Selbst wenn er Egon betrog, erzählte er es offenherzig, so als wäre nichts dabei. Und gerade das erhöhte nicht nur Egons Eifersucht, sondern auch seine Liebe. Die Szenen, die sie sich machten, waren verzehrend. Aber Jonathan war nicht nachtragend. Ein Streit war für ihn ebenso schnell verflogen wie etwas Schönes. Irgendwann hatte Jonathan verkündet, er habe beschlossen, normal zu werden. Plötzlich war ihm die Idee gekommen, eine Familie zu gründen. Er bändelte mit einer Frau an. Aber er kehrte immer wieder zurück.

Wenn Egon abends aus der Fabrik kam und sich die Hände von den Flecken reinigte, die die Chemikalien, mit denen er hantieren musste, hinterlassen hatten, und wenn er sie danach eincremte, um das Rissige wegzubekommen, schämte er sich. Er gewöhnte sich sogar an, mit Gummihandschuhen zu arbeiten, nur um für Jonathan seine Hände zu schonen. Er strengte sich an für Jonathan. Er trieb Sport, er hörte auf, Bier zu trinken, um schlanker zu werden, er benutzte Parfum und kaufte sich neue Kleider. Jonathan ging mit ihm einkaufen und ließ ihn im Beisein der schmunzelnden Verkäuferin vor sich auf und abgehen, um ihn mit offenherzigen Kommentaren über sein Aussehen zu verletzen.

Als es Egon gelang, seinem Freund eine Stelle im Betrieb zu besorgen, dachte er, er hätte ihm einen Gefallen getan. Die Stelle war nicht besonders gut bezahlt, aber immerhin war sie etwas in diesen Zeiten. Jedoch erntete Egon keinen Dank dafür. Für alles, was Jonathan misslang, wurden Egon Vorwürfe gemacht. Bei seiner Arbeit zettelte er sofort einen Streit mit dem Vorgesetzten an. Auch dafür gab er Egon die Schuld. Du Marmeladenschwuchtel, hatte er damals geschrien, danach sofort aber wieder versöhnlich gelacht, so dass sich die durch diesen Stich in Egons Brust entstandene kleine doch tiefe Wunde trügerisch schnell wieder schloss. »Du Gummistiefelheld« war eine andere Variante von Jonathans Schmähungen oder, und das war das Beleidigendste, was ihm einfallen konnte: »du Kackfingertunte«, womit er auf die chemiegebräunte Farbe seiner Finger anspielte.

Wenn sie in die Bar gingen, sah Jonathan sich nach den Mädchen um. Ja, er fragte Egon sogar, was meinst du wohl, welche von den beiden passt am besten zu mir? Diese kleine Madonna vielleicht, ich glaub sie ist ein Zwitter, vielleicht ist sie überhaupt ein Knabe? Als sie zusammen ins Riesengebirge fuhren in einen kleinen Landgasthof mit rotweißkarierter Bettwäsche machten sie lange Wanderungen. Jonathan liebte die frische Luft und tobte sich aus wie ein Kind. Er rannte Egon lange Strecken voraus und versteckte sich hinter Bäumen, um dann überraschend hervorzuspringen und mit Huhuhuuu … Egon zu erschrecken. Kindskopf, sagte Egon dann, hilflos vor so viel Vitalität, die ihm selbst das Gefühl gab, ein Greis zu sein. Als sie zurückkamen, schenkte Egon ihm ein Buch mit Bildern von den Gemälden Caspar David Friedrichs. Jonathan konnte Stunden damit verbringen, sich diese Bilder anzusehen. Er vertiefte sich in sie. Und eines Tages verkündete er, er wolle Maler werden. Aber er tat nicht das Geringste dazu. Einmal waren sie in Dresden in einer Ausstellung, sie sahen »Leda mit dem Schwan«, Jonathan war begeistert. Er teilte seine Begeisterung gleich im nächsten Café irgendwelchen Mädchen mit, mit denen er anbändelte.

Nicht nur die Frauen renkten sich die Köpfe nach ihm aus. Egon war stolz, einen so bewunderten Freund zu haben, aber zugleich peinigte ihn die Eifersucht. Seine Erscheinung, er trug ein rotes Tuch um den Hals, Knickerbocker und ein schmal geschnittenes, englisches Jackett, war gesund und jugendlich. Dieser Eindruck jedoch trügte. Er war nicht so gesund wie er aussah. Nächtelang wurde er von Zahnschmerzen geplagt. Egon zahlte ihm die Zahnarztrechnungen, auch die teuren für die Kronen. Für Jonathan plünderte Egon sein Sparkonto. Sein ganzes bescheidenes Vermögen schwand während seiner Zeit mit Jonathan dahin. Ja, er war sogar bereit, sich für Jonathan zu ruinieren und Schulden zu machen. Je mehr Egon Jonathan half, desto mehr Vorwürfe erntete er dafür. Dein Zahnarzt …, so fingen diese Streitereien an. Natürlich hatte der Arzt keine Wunder vollbringen können. Wie immer trug Egon die Schuld dafür.

An jenem Tag in dem Café in Dresden lernte Jonathan einen gutaussehenden jungen Mann in Uniform kennen. Er verbrachte die Nacht mit ihm und kam betrunken und verdächtig aufgekratzt ins Gasthaus zurück. Egon machte ihm eine Szene, oben im Zimmer, wo niemand es hören konnte. Jonathan nickte mit dem Kopf, so als wäre er einsichtig. Du bringst uns ins Grab, schrie Egon damals, du bringst uns noch ins Kazett. Jonathan hatte diesmal nicht alles preisgegeben, Egon hatte ihn zu sehr eingeschüchtert, als dass er ihm hätte gestehen können, wie sehr der Mann in Uniform ihm gefiel. Das Leben war viel zu rasant für solche Engherzigkeiten, fand Jonathan, wer will denn versauern? Jonathan schlug Egons Warnungen in den Wind und amüsierte sich. Diesmal gelang es ihm sogar, den Mund darüber zu halten. Er war nicht einmal ein Draufgänger, er nahm nicht alles, was er kriegen konnte. Und er kam immer wieder zu Egon zurück, mit verblüffender Unschuldsmiene.

Dann kam die Zeit, in der Jonathan Egon Vorwürfe dafür machte, dass er schwul sei. Wenn du nicht wärst, wär ich normal, sagte er traurig und in voller Überzeugung. Aber Egon wusste, dass dies nicht der Wahrheit entsprach. Jonathan hatte eine Menge anderer Liebhaber vor ihm gehabt. Aber er schien sie alle vergessen zu haben. So war er eben. Du hast wohl den Arsch offen, schrie Egon einmal in ohnmächtiger Hilflosigkeit.

Seit Jonathan wöchentlich zu seiner Mutter fuhr, die ihm ein Mädchen besorgen wollte und ihn aus den Fängen »dieses alten Mannes«, womit Egon gemeint war, loszueisen versuchte, befielen Egon qualvolle Visionen. Überall sah er Frauen, die es auf Jonathan abgesehen hatten. Ein Heer junger Frauen, die auf nichts warteten, als sich von Jonathan die Gebärmutter anfüllen zu lassen. Und diese Visionen wurden zum Wahn. Alles was rund und weich war, verwandelte sich vor Egons Augen in weibliche Körperteile. Er konnte nichts dagegen tun. Äpfel verwandelten sich in weibliche Brüste, die Arbeiterinnen in der Fabrik waren ihm unerträglicher denn je, weil sie plötzlich alle schwanger aussahen. Und in einem unbeherrschten Augenblick ließ er sich sogar dazu hinreißen, eine von ihnen, eine ganz junge Arbeiterin, zu verprügeln. Er packte sie, zog sie auf seine Knie, hob ihr den Rock hoch und schlug mit der flachen Hand auf ihren Hintern.

Jonathan fuhr immer öfter zu seiner Mutter, und wenn er zurück war, löcherte Egon ihn nach Details. Dann kam die Sache mit dem Hündchen. Es war kurz bevor er zur Wehrmacht eingezogen wurde, als Jonathan eines Sonntagnachmittags einen kleinen Hund mitbrachte, ein junges verludertes Tier, das ihm auf der Straße nachgelaufen war. Es war halb verhungert und hatte ein stumpfes, räudiges Fell. Jonathan hielt es auf den Armen und sah Egon dabei an, als wäre er selbst dieses halb verhungerte Tier. Egon hatte sich mit Zynismus dagegen zu wehren versucht, denn er hasste Hunde. Aus tiefer Not schrei ich zu dir, Herrgott erhör mein Rufen, sagte er. Aber Jonathan verstand wie immer keine Ironie. Er fand Egon herzlos und bat ihn auf Knien, das Hündchen dazubehalten. Natürlich ließ Egon sich erweichen. Also behielten sie den Hund. (Ist wohl der Hund mit dem Frauengesicht, höhnte Egon, aber Jonathan ärgerte sich nicht einmal darüber.) Sie gaben ihm den Namen Fluff. Sie setzten ihn in die Badewanne und wuschen ihm das Fell, dann packten sie ihn in Tücher und fütterten ihn. Der Hund ließ sich alles gefallen. Jonathan kümmerte sich um ihn als wäre er ein Kind. Das wiederum rührte Egon zutiefst. Er konnte nicht anders, als ihn dafür noch mehr zu lieben. Seine Leidenschaft hatte neue Nahrung, sie bestand aus einer Mischung von Mitleid, Rührung und Kindesliebe. Wenn er Jonathan während dessen fürsorglicher Betätigung mit dem Hund zusah, war ihm, als müsste er vergehn. Um so gemeiner fand er es, wenn Jonathan ihm unterstellte, er würde Fluff heimlich malträtieren. Dabei kaufte Egon nichts als Leckerbissen für Fluff und versorgte ihn, wenn Jonathan sich bei seiner Mutter oder bei dem Offizier oder sonst wo herumtrieb. Er kaufte Fleischabfälle und Schlund, worauf sich Fluff so gierig stürzte, als sei er immer noch am verhungern. Er redete auch mit ihm, ja, er ertappte sich sogar dabei, ihn mit Johnny anzusprechen, oder mit Schatz oder sonst einem für Jonathan bestimmten Kosenamen. Er schalt sich einen Deppen, wenn er im Ernst über all dies nachdachte, aber das änderte nichts.

Der Hund schlief bei ihnen im Bett. Er legte sich entweder zwischen Jonathan und Egon, und wenn Jonathan nicht da war, legte er sich dahin, wo Jonathan sonst lag. Manchmal lag er auch zu ihrer beider Füße und vergnügte sich damit, ihnen die Sohlen zu lecken und nach den Zehen zu schnappen. Jonathan bekam dann einen seiner verrückten, irren Lachanfälle und schalt Egon einen Spießer und Spielverderber, wenn er sich darüber ärgerte und fluchte.

Einmal, in plötzlichem Zorn und ohne jeden Grund, packte Jonathan Fluff beim Nackenfell und schlug auf ihn ein. Das Tier war ganz verwirrt und kam hernach winselnd angekrochen. Selbst dafür gab Jonathan Egon die Schuld. Hättst du mich nicht so gereizt, wär mir die Hand nicht ausgerutscht, sagte er. Er sah auf seine Hand und sagte, warum hast du den armen, armen, kleinen Fluff geschlagen? Nur weil du nicht dahin geschlagen hast, wo du hin schlagen solltest: auf diese alte, stinkende Marmeladenschwuchtel, die uns hier doch nur wie die Kaninchen hält. Jonathan hatte ein hundsgemeines Gespür dafür, wie er Egon zur Weißglut bringen konnte. Eines Tages wurde Fluff vom Auto überfahren. Jonathan war dabei. Er kam mit dem blutenden Fluff auf den Armen angerannt. Es war genau einen Tag bevor er zur Wehrmacht musste. Fluff überlebte den Unfall nicht. Natürlich war auch daran Egon schuld. Jonathan verabschiedete sich nicht einmal von ihm, als er am nächsten Tag zum Bahnhof ging. Mörder, hatte Jonathan Egon an den Kopf geworfen. Er warf es ihm noch vor, als er auf Fronturlaub da war. Er verzieh es ihm nie. Trotzdem kam er immer wieder. Bis ihn eine Granate zerfetzte.

Egon war nicht eingezogen worden. Er hatte TBC gehabt und war untauglich. Jetzt, viele Jahre später, erblickte der betrunkene Egon auf dem mit roten und gelben Blumen bestickten Kissen die Hand Jonathans, die sich langsam wendete. Egons bleigefüllter Kopf schob sich dem Tischrand zu, bis er über ihn hinweg rutschte, herabfiel und mit einem dumpfen Stoß aufschlug.

Die Welle der Weihnachtsfeiern wogte. Eierwärmer wuchsen unter Kleinmädchenhänden an, verknotete Zeugnisse weiblichen Fleißes aus aufgeribbelter Restwolle prangten auf den Tischen der Wohltätigkeitsbazare, Stricklieseln, bestehend aus umnagelten Garnrollen, entließen meterlange Wollschlangen, die mühsam zu Mützchen, Schals und Boleros zusammengenäht wurden. Das Christkind huschte in glitzernden Varianten durch die Rußluft, mal einer Zirkusprinzessin ähnlich, mal in Gestalt einer schimmernden Schneeflocke, denn alles, was mit »Christ« zu tun hatte, lebte von den funkelnden Imaginationen einer schönen Zeit, die da kommen sollte. Unter klecksenden Federhaltern wuchsen lange Wunschlisten an. Das alte arme Kind in der Krippe war eine Kriegslast der Erinnerung. Das neue Christkind glich Wonneproppen von barocken Putten. Die Parole, die da hieß Friede auf Erden und den Menschen ein Wohlgefallen und die von den Bischöfen, Pastoren und Politikern ausgegeben worden war, wurde in den öffentlichen Reden ausgewalzt und zum Appell an den großen deutschen Schaffensdrang (mit Engelsgesang vorher und nachher) effektiv eingesetzt. Das Christkind war die Neue Zeit.

Seine Zuneigung zu den Menschen aber war nicht berechenbar. Den Sarrois wurde eine Katastrophe beschert. Einen Tag vor Weihnachten wurde in der Grube Duhamel das sogenannte Schicksal aktiv. Es entfachte auf der dreizehnten Sohle der Grube einen Streckenbrand. Die Brandgase trieben mit dem Wetterstrom durch den Stollen und zwanzig Knappen erreichte das Bergmannslos, wie man so schön sagte, mitten im fröhlichen Hauen und Kohleschaufeln (fröhlich, weil in Erwartung des Christfests, so jedenfalls die Mutmaßung eines Journalisten). Witwen und Mütter brachen in der Kirche zusammen. Unter eisklarem, sonnigem Dezemberhimmel wehten die französischen und saarländischen Flaggen auf Halbmast. Die Politiker ergriffen die Gelegenheit, in zu Herzen gehenden Worten Mitleid zu bekunden. Es wurde über den Bergmann und sein Los philosophiert.

Loni Rotbusch konnte nicht mehr aufhören zu weinen. Ihr Liebster, der schöne junge Knappe, war in der Grube geblieben. Sie wusste nicht, wie sie das überleben sollte. Als der Choral die Trauerfeier in der Grubenkapelle eröffnete, brach sie zusammen. Der jüngste der toten Knappen war siebzehn Jahre alt. Der Weihbischof von Trier nannte die Toten Opfer eines Kampfes mit den unberechenbaren Elementen, dessen Ausgang ein Ratschluss Gottes sei: die Toten seien in das himmlische Reich gerufen worden. Die Politiker nannten die Opfer Helden der Arbeit und sprachen vor allem jenem Bergmann, der noch einmal hinunter gefahren war in den Schacht um die Kameraden bergen zu helfen und dabei erstickte, eine öffentliche Belobigung aus. Der Berg hat seinen Zoll gefordert, sagten die Leute. Friede auf Erden und den Menschen ein Wohlgefallen, die Parole wurde als Fahne des Trotzes gegen das Schicksal hochgehalten. Was immer es auch sein möge, dieses Schicksal, und wer immer auch dahinter stecken sollte, ob nun der liebe Gott oder ein kosmisches Gesetz oder ein Teufel oder nichts, einfach gar nichts, jetzt erst recht wurde der Frieden beschworen und das Wohlgefallen den Menschen. Schließlich war man in Katastrophen geübt.

Luise hielt vor versammelter Belegschaft eine ermutigende Rede und drückte jedem die Hand, so wie es der verstorbene Chef auch getan hatte. Danach war sie urlaubsreif und begab sich in die Ferien. Lily wurde mitgenommen. Sie durfte ein paar Tage mit ihrer Mutter im Hotel bleiben. Endlich ging es ihr wieder gut. Sie durfte neben ihrer Mutter im Doppelbett schlafen und zu Bett gehn und aufstehen, wann sie wollte. Früh morgens, wenn Luise noch schlief, schlich sich Lily durch die langen Gänge des Hotels und verwickelte die Hotelangestellten in Dialoge, die mit »warum« anfingen. Sie bekam ein Paar Skier gekauft und wurde in die Skischule gesteckt, wo sie hinter einem Schwanz frierender Kinder mit beschlagenen Brillen hertrottelte. Ihr sportlicher Ehrgeiz wurde auf diese Weise nicht angeregt. Sie weinte und kam mit nassen Hosen und frierend ins Hotel zurück. Luise nahm sie in den Arm und tröstete sie, machte ihr ein warmes Bad und nahm sie zu sich ins Bett.

Lily schmiegte sich an den Körper ihrer Mutter und schlief selig ein. Am nächsten Tag brauchte sie nicht mehr in die Skischule zu gehen. Das Leben im Hotel ohne Skischule hätte, wäre es nach Lily gegangen, noch länger dauern können. Es hätte gar nicht mehr aufzuhören brauchen. Die Gebirgsluft intensivierte den nächtlichen Schlaf. Eine wunderbare und seit ihrer Kindheit nicht wieder erlebte Entspanntheit löste Luises Nervensystem. Keine Schlaftabletten waren mehr nötig. Das Gerüst ihrer Strategien fiel auseinander. Sie hatte den Kampf gegen ihre Tochter aufgegeben. Lily kroch an den mütterlichen Körper zurück.

Während Luise im Bett lag und las, lag Lily an ihrer Seite, die Arme um ihren Leib geschlungen. Auf dem Nachttisch stand ein Teller mit Pralinen und Weihnachtsplätzchen, von denen die beiden ohne Gedanken an schlanke Linie und Appetitverderben sich bedienten. Lily schmiegte sich an den weichen, nach Wärme, Haut und Parfum duftenden Körper Luises. Sie wühlte ihren Kopf unter das Nachthemd ihrer Mutter und schob ihn ihr auf den Bauch. In gleichem Rhythmus atmend, kam eine unendliche Ruhe über die beiden. Lily bekam rote Backen. Luise hatte die Hand im Haar ihrer Tochter und strich von Zeit zu Zeit gedankenverloren durch das zarte Gewirr. Das Zimmer lag voller Kleider, Luise fiel die Unordnung nicht einmal auf. Zum Essen durfte Lily bestellen, was sie wollte. Es war jede Mahlzeit dasselbe: Rührei und Bratkartoffeln. Luise zog sich in ihre sieben Häute zurück. Sie war, ebenso wie ihre Tochter, für diese paar Tage ein zufriedener Mensch. Sie schlief lange und sagte nichts, wenn Lily stundenlang im Hotel herumstreunte, ohne sich blicken zu lassen. Mutter und Tochter hatten miteinander Frieden geschlossen. Die Fabrik und das Haus und die schmutzige, nach faulen Eiern stinkende Luft und die Katastrophe waren vergessen.

Es war schön für die beiden. Am besten, sie wären dort geblieben. Luise nahm sich sogar die Zeit, Lily abends aus dem zu Weihnachten geschenkten Buch »Heidi« vorzulesen. Die Bergwelt tat das ihre dazu. Lily war ganz Heidi. Aber die Idylle fand ihr allzu schnelles Ende. Einen Tag bevor Friedhelm Schwarz anreiste, lieferte Luise ihre Tochter auf der Mitte der Strecke, welche zwischen dem Hotel und dem Kinderheim Ermuthenhof lag, an die »Tante« ab.

Es war schon spät am Nachmittag. Die Sonne ging bereits unter. In der weißen, von einem traurigen Licht beleuchteten Landschaft wurde Lily der Tante übergeben, samt Koffer. Luise traten bei Lilys Versuch, sich an ihr festzuklammern, die Tränen in die Augen. Aber sie hatte es nun mal geplant. Sie gehorchte der Stimme ihrer sogenannten Vernunft. Und während sie ihre Tochter an der Hand der evangelischen Schwester immer kleiner werden sah, zog sie fröstelnd ihren Pelzmantel enger und machte kehrt, um zum Hotel zurückzugehn. Noch nie in ihrem Leben war sie so einsam gewesen. Auf dem Weg zurück über den knirschenden Schnee befiel sie eine gnadenlose Kälte.

Später, in der Hotelbar, beim Herunterkippen mehrerer Whiskys, richtete sich allmählich wieder das Gerüst ihrer Strategien in ihr auf, an dem ihre normalen und für diese eine Woche in Vergessenheit geratenen Lebensprinzipien festgewachsen waren. So gewann das, was ihr vernünftig und deshalb unerlässlich erschien, wieder Macht über sie. Sie war überzeugt vom Gesundheitswert eines Aufenthalts unter Kindern. Lily würde endlich essen lernen. Sie war überzeugt davon, dass spiensige Kinder schon allein aus Futterneid in Gegenwart einer konkurrenten Schar von Essensanwärtern das Essen lernen würden.

Lily ihrerseits sah ihre Mutter, als sie sich auf dem von hohen Schneemauern umsäumten Weg umblickte, ebenfalls immer kleiner werden. Ein schwarzer Punkt inmitten einer weißen, unendlich weißen Landschaft. Diesen Anblick würde Lily nie vergessen. Es war eine für damalige Zeiten verhältnismäßig harmlose Situation. Schließlich gab es da ganz andere Schicksale. Schließlich gab es Kinder wie den am selben Tag im Kinderheim Erdmuthenhof eingelieferten Ischtwan, der drei Jahre lang in einer Bande heimatloser Kinder durch die Ruinen der Westzonen gezogen war. Bis ihn ein amerikanischer Soldat, der wie lschtwan ungarischer Herkunft war, unter seine Fittiche nahm, ihn aufpäppelte und ihn schweren Herzens in das Kinderheim Erdmuthenhof gab. Später wollte er ihn zu sich nach Amerika holen.

Die Tränen rannen Lily über die Wangen, und sie machte es der Schwester, die zugleich den Koffer tragen und das sich sträubende und weinende Kind hinter sich herziehen musste, nicht leicht. Die Schwester redete auf das Kind ein wie auf einen Hornochsen, aber es war, als redete sie in die Luft hinein. Das Kind war bockig. Es gab kein einziges Wort von sich. Es antwortete auf keine der eindringlich gestellten Fragen. Die Hand der Schwester, welche Lilys Hand umfasste, war unerbittlich. Lily schluchzte und stampfte mit dem Fuß auf. Es hatte keinen Zweck. Der Schnee war weich und gab nach, aber nichts sonst veränderte sich unter Lilys ohnmächtigem Stampfen. Nichts entzauberte sich. Der Frosch Tante blieb der Frosch Tante. Lily ergab sich in ihr Schicksal. Sie lief nicht davon wie der kleine Ischtwan, dessen Bett bereits am nächsten Morgen, als die Wecktante in den Schlafsaal trat, leer war. Das hätte Lily nicht gewagt. Sie kam nicht einmal auf die Idee zu flüchten.

Sie blieb und schwieg. Sie klemmte die Lippen zusammen. Sie verweigerte alles, was durch die Öffnung Mund hinein oder heraus hätte kommen können. Nach dem Abendessen, von dem sie nichts zu sich nahm, und das sie so lange (über eine Stunde lang) schweigsam anstarrte, bis die Schwester es mit einem resignierten »dann eben nicht« wegnahm, fragten die Kinder sie, wie sie hieße und woher sie komme und: warum bistn du so komisch? Sie kamen ihr vor wie Geister.

Dann, im Schlafsaal, im Bett, unter dem nach Medizin riechenden Plumeau, dachte sie an Jens. Sie stellte sich vor, sie läge in einer mit Eisstücken und Schnee gefüllten Badewanne und Jens stünde daneben und blicke unter seinen schattigen Wimpern auf sie herab. Er stand ebenso reglos da wie sie selbst reglos in der Wanne lag, eingebettet in Eis, gleichsam im Gefrierzustand (wenn sie später darüber nachdachte). Dieses reglose Einanderansehen, Jens in seiner sanften Schönheit von oben herab auf die in Eis gepackte Fast-Leiche, machte sie glücklich. Für diese heimliche Szene schon lohnte es sich, nicht zu essen. Je kälter und leerer das war, was unter der Haut lag, desto sanfter und regloser erschien ihr dieses Glück. Allein in dieser Unbewegtheit gehörte es ihr, ihr allein. Jens war ebenso blass und schwach und … er war natürlich ein Engel.

Lily ging ohne Widerstand zu Bett, ganz im Gegensatz zu den anderen Kindern. Die Tage waren nichts. Sie waren nur für diese Stunde vor dem Einschlafen da. Die Schwestern beobachteten das Verhalten der magersüchtigen Prinzessin auf der Erbse mit Sorge. Morgens wurde sie an den Dünnentisch gesetzt, wo ein großer mit Porridge aufgefüllter Suppenteller auf sie wartete. Daneben eine Tasse heiße Schokolade. Rechts und links neben Lily saßen die anderen Unglücklichen, denen das Breiessen verordnet worden war. Alle verabscheuten gleichermaßen den Brei. Selbst die, die eigentlich hungrig waren, verabscheuten ihn. Sie verabscheuten ihn aus anderen Gründen als die verwöhnte Lily, denn sie waren ja eigentlich hungrig. Dennoch wollten sie keinen Haferschleim essen.

Die Körper der Dünnen waren Objekt besonderen Interesses. Täglich, und nicht nur wöchentlich wie die Körper der normalen Kinder, wurden sie mit Waage und Metermaß geprüft. Und wehe wenn die Messergebnisse keine Fortschritte zeitigten. Außerdem mussten die Dünnen regelmäßig und viel öfter als die anderen die medizinischen Tast- und

Tatschrituale des Arztes über sich ergehen lassen. Der kinderfreundliche Arzt bohrte in Gegenwart der Tante den Mädchen seinen Finger in die Scheide, während er das Geschlecht der Knaben auf die flache Hand nahm und still und schwer atmend betrachtete und beklopfte. Lily dachte, das sei normal. Es störte sie längst nicht so wie das Essen.

Sie hasste Essen. Essen war eine Falle der Erwachsenen. Man konnte nie wissen, was sie in Wirklichkeit wollten, wenn sie sagten »iss«. Schließlich war Lily eine Meisterin im Erriechen bestimmter Hintergedanken der Erwachsenen. Und mit dem »Iß« hatten Lilys Erfahrung nach die Erwachsenen immer, ohne Ausnahme, Hintergedanken. Wie alle Mütter hatte auch Luise gedacht, sie könne das vom ersten Tag an entnervende und eigentlich nach mütterlicher Zuwendung schreiende Gebrüll ihrer Tochter mit dem Einstopfen von Brei und dem Einflößen von Milch beseitigen. Lily jedoch hatte den Braten sehr bald gerochen. Schon in den ersten Tagen ihres Lebens musste sie ihn gerochen haben.

Jedenfalls war das Frühstück für die Dünnen kein Vergnügen. Eher war es ein streng beaufsichtigtes synchron ablaufendes Würgen und ein ekelerstricktes Zwangsschlucken, das sich da abspielte. Und nicht selten kam es vor, dass eines der Kinder die Kontrolle über die Funktionen des Schlunds, dem Grenzübergang von außen nach innen, verlor und in einem Schwung die bereits nach unten befohlene Masse wieder hervorbrach. In solchen unglücklichen Augenblicken kam es darauf an, welche der Tanten die Aufsicht führte. War es Tante Karin, so wurde das Erbrochene zusammengeschabt und zurück in den Suppenteller befördert, um ein zweites Mal auf den Weg durch die Speiseröhre geschickt zu werden. Natürlich kam es bei den Dünnen häufiger als gewöhnlich vor, dass Teile der klumpigen Breimasse statt in die Speiseröhre in die Luftröhre gelangten und erst recht ein Gespucke und Gehuste auslösten, das mit unwillkürlichen Schleudereffekten verbunden war: kleine Brocken schossen aus der Tiefe des konvulsivisch sich vorstülpenden Kinderschlunds. Sie flogen explosionsartig in alle Richtungen und besudelten womöglich, und das war das schlimmste, die Bluse der Tante.

Tante Karin war besonders ungnädig. Sie schien das Kind unter die natürlichen Wiederkäuer einzuordnen. Andere Tanten wischten fluchend das Erbrochene fort und befahlen, wenigstens den Rest »anständig« zu essen. Es ging überhaupt ständig um »anständig« im Kinderheim Erdmuthenhof. Anständig zu sein und »im Sinne«, womit gemeint war, im Sinne des Herrn, war ein und dasselbe. Der Sinn des Herrn war identisch mit dem Sinn der Tanten.

Die Dünnen hassten einander. Denn jeder war dem anderen das miese Abbild seines miesen Selbst. Dünnsein galt als Schande. Ein anständiges Kind hatte nicht dünn zu sein. Die Dünnen umgab eine anrüchige Aura. Schon der Katzentisch, an dem sie morgens zwecks Einnahme des Mastgerichts beisammensaßen, machte sie zu Sonderlingen. Außerdem lebten sie wie die Greise. Sie mussten in die Liegekur. Das hieß, sie wurden in Wolldecken eingepackt und mit einem Butterbrot auf die Terrasse gelegt. Die anderen Kinder durften derweil Skifahren oder Schlitteln oder sonst einem Vergnügen nachgehn, das den Dünnen nur alle zwei Tage und nur in Maßen erlaubt war. Denn sie könnten sich ja »was holen«. Aus diesen Gründen wurde zur Beaufsichtigung der Dünnen die energischere Riege der Tanten eingesetzt. Es war nicht leicht, mit ihnen fertig zu werden. Nur Tante Karin konnte sich rühmen, auch die Dünnen dahin zu kriegen, dass sie »wie die Lämmer« wurden. Jedenfalls behauptete sie das.

Wie köstlich und beneidenswert erschienen vom Tisch der Dünnen her betrachtet die mit dünner Margarine und dünnem Zuckerrübensirup bestrichenen Frühstücksstullen der anderen. Lily gehörte zu denen unter den Dünnen, die die Starrköpfigkeit besaßen, bis zum Mittagessen vor dem gefüllten Haferschleimteller sitzenzubleiben, ohne einen Löffel Brei herunterzuschlucken. Selbst wenn die Tante versuchte, mit einem zangenartigen Griff zwischen Ober- und Unterkiefer Lily den Mund zu öffnen, um dann flink einen gefüllten (wenigstens einen! für die Mama!) Löffel hineinzuschieben, blieb sie starrköpfig. Sie schob den Brei in die Backentaschen, um ihn ein paar Minuten später über die hervorgestreckte Zunge und trotz Argusblicks der Tante wieder aus dem Mund rollen zu lassen. Der milchigschleimige Klumpen plumpste ihr übers Kinn auf den Tischrand oder auf den Pullover. Denn sie tat dies bewegungslos, so als hoffe sie, dass es die Tante übersehen könne. Manchmal schaltete die wachhabende Tante schnell, hielt dem Kind die Hand unters Kinn und fing den Brocken auf. Ansonsten saß Lily vor dem Teller und tippte von Zeit zu Zeit mit der Löffelspitze oder dem Finger auf die lederne Haut, die sich an der Oberfläche des Haferschleims gebildet hatte.

Nach mehreren in dieser Weise verschenkten Vormittagen mussten sich die Tanten etwas einfallen lassen. (Allein schon aus Personalgründen, wenngleich die Frau Aschen etwas mehr bezahlte als das Gros der Eltern). Die anderen Dünnen ließen sich von Lilys Totalverweigerung anstecken und taten es ihr nach. Jedenfalls warfen die Tanten ihr das vor. Lilys Abneigungen waren eine ansteckende Krankheit. Also war sie selbst eine ansteckende Krankheit.

Samstagsabends wurden den Kindern Stifte zum Briefeschreiben in die Hand gedrückt. »Liebe Mami mir geht es gut …«. Andere Mitteilungen wurden nicht abgeschickt. Lilys Postkarten-SOS-Ruf in Form eines »ISCH WIL HAIM« erreichte natürlich nicht die Adressatin. Stattdessen wurde ein Weihnachtsschneemann mit schwarzen Augen, roter Nase und grünem Besen samt braunem Sack abgeschickt, von allen Kindern gleichzeitig nach den Anweisungen einer der Tanten mühsam zu Papier gebracht. Luise fand die selbstgemalte

Postkarte reizend. Sie hatte das Gefühl, ihre Tochter sei gut aufgehoben. Man schien sich um sie zu kümmern. Die in dem schwarz zugekritzelten winzigen zweiten Schneemann mitgeteilte Botschaft entging ihr. Sie dachte, dieser kleine zweite Schneemann sei ein ausgestrichener, misslungener Malversuch gewesen. Dabei war der kleine durchgekritzelte Schneemann Lily selbst.

Sie hatte es indes erreicht, dass sie von dem Mastprogramm ausgenommen wurde, denn sie hatte allen Bestrebungen zum Trotz nicht an Gewicht zugelegt, sondern nur abgenommen. Dabei hatte die gnädige Frau ausdrücklich eine Gewichtszunahme als Kurziel gefordert. Sie wolle ein kräftiges, fröhliches, gesundes Kind zurückhaben, hatte sie, als sie mit der Leitung des Kinderheims Erdmuthenhof telefonierte, gesagt. Weder eine Tracht Prügel, noch das Einsperren in die Kammer unter dem Dach, gemeinsam mit dem gefüllten Porridge-Teller, noch Appetitanreger wie Lebertran und Klosterfrau Melissengeist, noch Höhensonne, noch der Entzug aller Speisen (irgendwann muss der Appetit ja kommen) zeitigten Erfolg. Die Schwestern konnten nicht umhin, wollten sie eine so gut zahlende Kundin wie Frau Aschen nicht verlieren, Lily ihren Willen zu lassen. Ab da brauchte Lily keinen Haferschleim mehr zu essen. Von diesem Tag an durfte sie sich von dem, was es gab, nehmen, was sie wollte. Damit das Beispiel nicht Schule machte, musste sie abseits der Gemeinschaft an einem Tisch alleine mit einer Tante sitzen. Auch das war ihr recht, denn zu den Kindern hatte sie ebenso wenig Kontakt wie zu den Tanten. Also aß Lily unter Ausschluss der Öffentlichkeit Kartoffeln. Das einzige, was ihr schmeckte, waren Kartoffeln und Brot ohne Butter mit Marmelade.

Es wurde ihr zu verstehen gegeben, dass sie im Falle ihres Ablebens kein Vergnügen zu erwarten habe. Du kommst in die Hölle, verkündete die wachhabende Tante apodiktisch. Unsere Männer hungern im Osten und duuuu … was machst du …? Das beste Essen spuckst du aus! Dir gehts zu gut! Du verwöhntes Gör! Der liebe Gott sieht das gar nicht gern! Die Tante entwarf Lily eine für sie bestimmte Spezialhölle, in welcher die Qualen aus immerwährendem Hunger zu bestehen hätten. Da stehen die Töpfe mit Fleisch und Sauce und Klößen und Suppen und Speck und Kuchen und du kriegst nichts davon! Wirst mal sehen, was du da für einen Hunger hast! Was du da nach Haferschleim schreist! Aber nix! Nix kriegst du! Du böses Kind! Die von der Tante bisweilen inbrünstig ausgemalte Hölle allerdings war für Lily keine Abschreckung. Nein, wenn die Hölle so war, wie die Tante sagte, war sie schon eine Art Himmel. Nichts mehr essen müssen wäre überhaupt das schönste. Und schon gar kein Fleisch. Keinen Speck. Kein Gemüse.

Extrawürste standen nicht hoch im Kurs. Sympathiespiele wie »mein rechter Platz ist leer, ich wünsche mir … her« waren für Lily eine Schande. Niemand wünschte sich Lily her. Und wenn abends im Schlafsaal das Licht ausgeschaltet wurde und unter den Kindern ein reges Zueinander-ins-Bett-Huschen anfing, verkroch Lily sich unter ihre Decke, um sich ungestört auf Jens konzentrieren zu können.

In dieser Zeit fing die Sache mit den Wollfäden an. Lily riss Wollfäden aus ihrer Strickjacke und zog sie sich gespannt zwischen den Lippen hin und her. Sie tat dies abends vor dem Einschlafen unter der Bettdecke. Hier war sie für sich, hier war ihr Reich. Jens hatte geschminkte Lippen und lange Wimpern und war schön wie eine Frau. Vielleicht so schön wie ihre Mutter. Lily schob ihre Zunge hervor, die anwuchs, so dass sie bis zu Jens' Wimpern reichte. Mit der Zungenspitze hob sie ihm die Lider hoch und wartete darauf, dass sein Blick auf ihren in Eis liegenden Körper fiele. Dies alles während sie den Wollfaden manisch und ohne Schmerzempfindung zwischen den Lippen hin und her zog. Der Faden schnitt in die Mundwinkel, die sich entzündeten. Der Betrachter ihres in

Eis ruhenden Leibes neigte sich zu ihr herab. Die Wehrlosigkeit seines Blicks fiel auf ihre von Hunger und Heimweh erregte Haut. Das Eis hatte die Farbe seiner Augen angenommen. Jens' Augen waren zum Sterben schön. Ihre Farbe war die eines hellen Wassers, der Schwäche, der Traurigkeit, der Einsamkeit und eines unendlichen Verlangens.

Und wieder tauchte ihr Vater auf. Er stand an einer großen Treppe und hielt seine Tochter an der Hand. Diesmal war er gekleidet wie ein Herr. Er nahm sie an der Hand und sie gingen zusammen hinab. Die Treppe war sehr belebt, Menschenmassen fluteten hinauf und hinab, und mitten darin Lily mit ihrem Vater. Die Stufen, die zu Anfang breit und bequem waren, wurden mit dem Herabsteigen schmaler. Lily klammerte sich an die Hand des Vaters. Den entgegenkommenden Menschen schien das Ungewöhnliche dieser Treppe nicht aufzufallen. Als wäre es selbstverständlich, sich auf Stufen zu bewegen, die bald keine mehr waren. Niemand ließ sich eine Anstrengung anmerken. Dabei waren die Stufen bereits so schmal, dass Lily die Füße quer stellen musste. Auch der Vater zeigte keine Verwunderung. Wie ein Balletttänzer bog er die Füße über die Stufenkanten, als wäre es das Normalste von der Welt. Am Fuße der Treppe wogte das Großstadtleben. Straßenbahnen, Autobusse, Menschen, berittene Polizei, Frauen mit immensen Hüten, schreiende Kinder. Am Ende war die Treppe stufenlos. Lily und ihr Vater gingen auf flacher, beinahe senkrechter Schräge.

Als die Tanten herausfanden, dass Lilys Mundwinkelentzündung sich nachts verschlimmerte, schnallten sie sie bei den Handgelenken am Bett fest. Lily schrie, sie gab keine Ruhe. Tagsüber landeten ihre Finger im Mund. Aber dies war bei allem ein so geringes Übel, dass die Tanten es stillschweigend duldeten. Baldriantropfen wurden ihr eingeflößt, ohne Erfolg. Dann Barbiturate, die Lily in dumpfe Schlaftiefe stießen, aus denen sie benommen erwachte. Sie war jetzt noch schweigsamer als am Anfang. Die Kinder hatten ein Spiel erfunden: Wer-bringt-Lily-zum-Sprechen? Sie schlossen Wetten ab. Auf Lilys Mundwinkeln prangte dicke, weiße Salbe. Lily, sag mal was! Schweigen. Lachen der Kinder. Lily, der Pups war von dir. Sag mal Entschuldigung! Schweigen. Lily hier stinkts! Schweigen. Lily, deine Mama kommt nie wieder. Sie hat sich ein Amibaby geholt, weil du so blöd bist. Schweigen. Jemand zog ihr an den Zöpfen. Sie drehte sich um und schlug zu. Gekreisch. Tante! Tante! die da! die haut uns! Tante, die haut den Gerti! Schweigen. Jede Zurredestellung Lilys war erfolglos. Eines Abends, als sie unter die Decke schlupfte, stieß ihr Fuß an etwas Nasses, Glitschiges, Kaltes. Es war nichts als ein nasser, mit Sand ausgestopfter Lederhandschuh gewesen. Die Tante rückte frische Laken heraus, für solche Scherze hatte sie Verständnis.

Schlangengruben taten sich in Lilys Fantasie auf. Sie wachte auf und schrie. Ihr Schreien weckte die anderen Kinder. Sie wurde aus dem Schlafsaal in ein Extrazimmer ausquartiert. Dort blieb sie bis zum Ende der Kur. Die Wetten, Lily zum Sprechen zu bringen, gingen weiter. Weißt du, was die Russen mit den Kindern, die nicht essen wollen, machen? Sie nageln sie ans Bett fest wie Jesus ans Kreuz und stecken ihnen Schlangen in den Mund. Sie schießen den Kindern die Augen aus. Schweigen. Du bist eine Zigeunerin. Gell, die haben dich geklaut. Du hast gar keine Mama und gar keinen Papa. Du schläfst unter dem Wagen auf Stroh. Und Essen kriegst du auch keins, weil ja die Zigeuner gar keins haben. Ätsch! Schweigen. Du pinkelst in die Scheune und deine Mama und dein Papa, die pinkeln auch in die Scheune! Schweigen. Dein Papa klaut die kleinen Kinder, gell? Schweigen. Die kommen ins Kazett. Schweigen. Wenn die nix sagt, kommt die in den Ofen. Schweigen.

Als Luise Aschen auf dringliches Anraten der Heimleiterin (sie ist noch nicht gemeinschaftsreif) ihre Tochter eine Woche früher als ausgemacht abholte, fand sie ein schwer verstörtes Kind vor, das nicht mehr als ein einziges Pfund zugenommen hatte. Ihre Mundwinkel waren aufgerissen, der von den Tanten verpasste Haarschnitt (nachdem eines der Kinder Lily einen Zopf abgeschnitten hatte) und die dunklen und unkindlichen Ringe unter ihren Augen sahen hässlich aus. Sie machten Lily zu einem hässlichen Kind. Sie sah aus wie ein aus dem Nest gefallener, magerer Vogel. Tief enttäuscht nahm Luise ihre Tochter in Empfang. Womit habe ich das verdient, fragte sie sich. Dennoch überwand sie sich, schlang die Arme um sie und versprach ihr zum Trost ein neues Kleid. Es war kein ganz uneigennütziges Versprechen, denn ein hübsches Kleid würde aus der hässlichen Nervensäge vielleicht doch noch ein erträglich anzuschauendes Wesen machen. Ja, Luise stellte sogar fest, dass ihre Tochter einen wahrhaft pestartigen Geruch verströmte. Er kam aus ihrem Mund und umhüllte das ganze Kind. Wie kam ein Kind zu einem solchen Mundgeruch? Als erstes meldete Luise ihre Tochter beim Kinderarzt an.

Interessantes Objekt zur Erforschung der Degenerationsfähigkeit der menschlichen Rasse, konstatierte Thiery, man müsste ein geistiges Abführmittel erfinden. Xavier antwortete mit Hohngelächter, du bist doch immer noch der kleine, spießige Katholik, den sie aus dir gemacht haben! Thiery aber hatte nicht das gemeint, was auf der Bühne zu sehen war, sondern die vom Hitlerismus deformierten Deutschen, über die sie den ganzen Abend disputiert hatten. Für Max war es der erste Tag in Paris, und anstatt ihn mit seiner Mutter zu verbringen, hatte er sich davongemacht, sich mit Xavier und Thiery getroffen, und sie hatten sich die Köpfe heiß geredet. Irgendwann, als es viel zu spät war, war ihm eingefallen, dass seine Mutter ja mit dem Abendessen auf ihn warten wollte.

Auf der schmalen Bühne zwischen den Faltenwürfen eines symmetrisch hochgezogenen roten Vorhangs bewegte sich das berühmte siamesische Schwesternpaar. Jeder wusste, dass die zwei Frauen nicht zusammengewachsen waren, sondern dass eine Metallklammer die beiden aneinander fesselte. Die Vollkommenheit der Obszönität, schwärmte Xavier. Die Klammer war genau auf die beiden Frauen zugeschnitten. Ihre Form entsprach exakt den Rundungen, die sie umfasste, so dass die von ihr aneinandergezwungenen Körper aussahen, als wären sie in Lendenhöhe zusammengewachsen. In schneckenförmigen Windungen bog sich die Klammer nach links und nach rechts um das Gesäß der Frauen herum und rankte sich seitlich ihrer Flanken hoch. Dicht mit Strass besetzt funkelte sie auf der weißen, makellosen Haut. Die direkt vor der Bühne sitzenden drei jungen Männer konnten sogar den Duft der Frauen wahrnehmen. Die siamesischen Schwestern waren eine Entdeckung Xaviers. Er konnte sich nicht sattsehen an ihnen, und es verging kaum ein Abend, an dem er nicht auf einen Sprung hierher gekommen wäre. Thiery dagegen lästerte, die Zwillinge seien Xaviers Obsession, weil ihn, seit er sie zum ersten Mal gesehen habe, die Frage plage, wie er es mit den beiden gleichzeitig treiben könne. Dabei sei jedoch der eigentliche Witz an der Sache, dass man es gar nicht mit ihnen treiben könne, weil die Klammer nichts anderes als eine besonders fantasiereiche Variante des Keuschheitsgürtels sei. Die Perversität von Xaviers sexueller Obsession sei offenkundig. Du hast einen Narren an einem garantiert nicht zu penetrierenden Wesen gefressen, höhnte Thiery, nur damit du dich ungeschoren weiterhin in deinem omnipotenten Selbstbild suhlen kannst! *Quel obsessé*!

Die Frauen bogen sich mit schlangenhafter Beweglichkeit umeinander. Die Flexibilität ihrer Körper grenzte an Magie. Mal sahen sie wie zwei ineinander verschlungene weiße, abstrakte Gewächse aus, mal wie zwei lebendige, spiegelverkehrte Cs, die sich voneinander fortsträubten. Mal kämpften sie miteinander, bewegten sich in entgegengesetzte Richtungen, spielten Sieg und Niederlage, wobei jede das Publikum mit hochgezogenen Brauen und vielsagenden Blicken auf ihre Seite lockte. Mal waren sie ganz eins, und man wunderte sich, wenn aus dem einzigen Körper plötzlich ein drittes und viertes Bein und eine verwirrende Anzahl graziös kreisender Arme hervorwuchsen.

Natürlich war die Show nicht ohne männlichen Auftritt denkbar. Und natürlich mussten die beiden Männer, die jetzt auf der Bühne erschienen, einer im getigerten, der andere im schwarzen Lendenschurz, die erotischen Befehlshaber spielen. Es wurde kein Wort gesprochen. Nur ein Klavierspieler begleitete die Darbietung mit witzigen musikalischen Dramatisierungen und Kommentaren. Die Schwestern mimten die sklavisch Gehorsamen und vollbrachten nun erst recht die unvorstellbarsten Verrenkungen. Sie entpuppten sich als wahre Akrobatinnen. Auf dem Boden kniend und die Rücken zu Kreisen gebogen, so dass sich ihre Köpfe mit ihren Fußspitzen berührten, formten sie eine makellose Acht. Dann wieder verwandelten sie sich in ein Knäuel zärtlich sich windender Arme und Beine und Leiber. Die Männer spielten die Verwirrten. Welches Gesicht, welche Hand, welcher Fuß, welche Brust gehört welcher der Schwestern? Die Frauen mokierten sich. Sie führten das Verwirrspiel mit humoresker Aggressivität ad absurdum. Mit clownesken Attacken stürzten sie auf die sich gierig gebärdenden Männer, die sich auf diese Weise foppen ließen und in törichter, blöder Erregung um die Zwillinge herumjapsten.

Xavier konnte nicht mehr an sich halten vor Lachen. Er grölte. Er bog sich vor und zurück und bot seinen Freunden einen besorgniserregenden Anblick. Thiery hingegen kam immer wieder auf die anthropologische Debatte und die Frage zurück, wie man *ces allemands* für alle Zeiten zur *raison* bringen könnte. Max saß zwischen den beiden und kämpfte mit seinem schlechten Gewissen. Er hätte längst seine Mutter anrufen müssen. Es war schon viel zu spät, jetzt fiel ihm keine Entschuldigung mehr ein, und je mehr Zeit vergangen war, desto unfähiger war er anzurufen. Die Vorstellung, wie sie tief enttäuscht und einsam am gedeckten Tisch säße, während er sich obszöne Darbietungen zu Gemüte führte, machte ihn hilflos vor schlechtem Gewissen, und ihm war leicht übel davon. Er ahnte ja nicht, dass sie ihm an diesem Abend ihren Ehemann in spe, Leo Finkthaler, vorstellen wollte.

Thierys apodiktische verbale Penetranz ging ihm auf die Nerven. Sie formulierte ewige moralische Wahrheiten am laufenden Band. Seine Stimme schlug Stakkato. Es war ihm nicht zu widersprechen. Er aalte sich in Selbstgerechtigkeit. Da war Xavier mit seinem *sexmaniaque* Tick noch erträglicher. Es war wahrhaftig ein Kontrastprogramm, gestern noch in der Fabrik und heute hier, in Paris.

Inzwischen hatten sich die Befehlsverhältnisse auf der Bühne umgekehrt. Jetzt kommandierten die Schwestern die Männer, die sich geschlagen zeigten, indem sie devot niederknieten, die Köpfe zurückwarfen und es zuließen, dass sich in ihre weit geöffneten Münder die Schuhspitzen der Schwestern schoben. Das fand Xavier die Höhe. Er schleuderte sein Glas auf die Bühne, wo es zerschellte. Die Zwillinge warfen ihm, sie kannten ihn ja bereits, vielsagend rügende Blicke zu.

Für die ertragene Demütigung wurden die Männer jetzt gnädig von ihrer Verwirrung befreit. Keine Verwechslung mehr. Anstalten zum Happy End. Mit übertriebener Leidenschaft machten sich die Schwestern daran, den Männern die Lendenschurze zu öffnen. Sie rollten mit den Augen, zogen theatralisch die Schultern in die Höhe, blickten gen Himmel und pressten die Hände übers Herz, es war die perfekte expressionistische Leidenschaftspose, wie man sie aus den Filmen kannte.

In diesem Moment hatte Max seine Mutter und das Abendessen vergessen. Das Piano spielte auf Spannung. Mit einem schrillen Schrei der Schwestern fielen die Hüllen der Männer. Auf den Gesichtern der Zwillinge Entsetzen: die Männer drehten sich, wandten sich den Zuschauern zu, so dass das Publikum sie von vorn sehen konnte. An den Stellen ihres Geschlechts kringelten sich rote Schweineschwänzchen. Das Publikum brüllte. Am Ende trat der Conférencier auf und befreite die Schwestern von ihrer Klammer. Mit einem routinierten Griff zwischen ihre ausgestellten Beine öffnete er das Gestell und zog es nach unten von den Körpern herab.

In diesem Moment beschloss Max, dass es keinen Aufschub mehr geben dürfe. Die großen Fragen der Menschheit, über die Thiery immer noch nicht aufgehört hatte zu monologisieren, (also ich bin der Ansicht, mein Lieber, es gibt Mutationen der menschlichen Rasse, die die Frage aufwerfen, ob sie noch menschlich zu nennen sind oder nicht …), und die erst das Saxophon dank akustischer Überlegenheit niederschmetterte, interessierten Max überhaupt nicht mehr. In dieser Nacht wollte er leben. Es musste nachgeholt werden. Zwei verlorene Monate mussten nachgeholt werden. Süchtig nach Musik, zogen sie von Bar zu Bar. Day out, day in, I needn't tell you, how my days begin … Auf keinen Fall würde er in dieses stinkende, ärmliche, rußige, geistlose Drecksloch zurückgehen, beschloss Max. Du wirst deine Schlacht hier schlagen. Egal, wer dieser Erzeuger ist, von dem du abstammst.

Sie waren alle drei schon ziemlich blau, als ihnen Nadine und Odile über den Weg liefen. Odile trug einen roten Turban. Sie musste ihr Gesicht mit weißem Puder bearbeitet haben, jedenfalls hatte Max noch nie ein so weißes Gesicht gesehen. Er kam nicht einmal zum Staunen. Nie würde er dieses Bild auf dem altmodischen Paravent vergessen, hinter dem sie sich am frühen Morgen auszog und mit Wasser plätscherte. Ein weißäugiger Papagei äugte aus einem nach Rousseauscher Manier gemalten Blätterwald, und eine exotische Menschengestalt hielt eine schnablige Blume wie ein Schwert zwischen den Lippen. Ein Strumpf wurde darüber geschleudert. Max lag auf dem Bett und kämpfte mit der Entscheidung, ob er sich ausziehn sollte oder nicht. Eine idiotische Schwäche im Hirn, blieb er untätig liegen. Es hatte alles etwas höchst Unwirkliches in diesem Moment. Das Bild des Paravents vermischte sich mit den Bildern der siamesischen Schwestern und der Stimme des Jazzsängers aus der Bar, day in, day out … Als Odile hinter dem Paravent hervorkam, nicht nackt, wie er befürchtet hatte, sondern im Unterrock, einem absurden, lachsfarbenen, hässlichen Ding, das gar nicht zu ihr passte, siegte die Biologie. Max vermerkte es später in seinem Tagebuch als höchst glückliches und unerwartetes Phänomen. Die Initiation seines Erwachsenwerdens war ganz einfach. Odile schien nicht einmal zu merken, dass es das erste Mal für ihn war.

Max tauchte am nächsten Morgen bei seiner Mutter auf und stellte sie vor die vollendete Tatsache, dass er die nächsten drei Tage von der Bildfläche verschwinden würde. Sie solle sich keine Sorgen machen, es gehe ihm bestens. Ihr sorgenvoller Protest ließ ihn überraschend kalt. Um sie zu trösten, gestand er ihr sogar, dass er sich verliebt hätte. Odile wohnte in einer Miniaturwohnung in der Rue des Anglais. Sie hatte einen kleinen Antiquitätenladen hinter der Notre Dame. Ihre Theorien über die Liebe verblüfften Max. Sie behauptete, die Ehe sei nichts weiter als öffentlich anerkannte Prostitution. Ihre Kleidung sah aus wie aus dem Fundus einer Theaterwerkstatt. Der rote Turban war immer dabei. Ihre Wohnung war eingewölkt von Maiglöckchenparfum. Der Turban verdeckte ihr kurzgeschnittenes schwarzes Haar, so dass man nichts mehr davon sah. Sie schwärmte von James Joyce, obwohl sie mit Sicherheit nichts von ihm gelesen hatte. In ihrem Antiquitätenladen hatte sie einen Zettel an die Wand gehängt mit der Parole »Jugendliche aller Länder vereinigt euch«. Sie behauptete, das sei ein Sartre-Zitat, und sie sei persönlich dabei gewesen, als dieser Sartre am dreizehnten Dezember die Jugend aufgerufen habe, sich für ein vereinigtes Europa zusammenzuschließen. Sie ging zu jeder Vernissage und in jeden neuen Film. Eigentlich war sie, wie Max fand, schrecklich oberflächlich, aber gerade das entzückte ihn. Er sah in ihr die reine Inkarnation der Vitalität. Alles an ihr war ihm fremd, und genau das machte das Vergnügen mit ihr aus. Sie war weder Jüdin noch Kommunistin, noch hatte sie große Ambitionen. Sie ist ganz Gegenwart, notierte er später in seinem Tagebuch.

Wenn sie vor ihm niederkniete und sich beißend, lachend und jammernd mit Küssen hocharbeitete bis zu seinen Augen, auf deren geschlossene Lider sie ihre Brustspitzen legte, verwandelten sich die großen Fragen der Menschheit in flatternde Vogelgestalten, die davonstieben wie der abendliche Rabenschwarm in der Baumkrone vor ihrem Fenster.

Noch nie in seinem Leben hatte sich Max so frei gefühlt. Sie verbrachten die Tage im Bett und im Kino. Odile machte keinen Hehl daraus, dass sie einen *sugar daddy* hatte, der ihren schlechtgehenden Laden finanzierte. Er wohnte in Le Havre und ließ sich einmal im Monat bei ihr blicken. Nicht öfter als ich ihn verkraften kann, behauptete sie. Sie war der Ansicht, dass die Liebe erst dann das Höchstmaß an Vergnügen biete, wenn man völlig verzehrt von ihr sei. Es war ein ans Asketische grenzendes Programm, aber Max unterwarf sich ihm begierig. Praktisch hieß das, so gut wie kein Essen, viel Alkohol und viel Liebe. Max' Einführung in die Geheimnisse der weiblichen Wünsche fand also unter dem Prinzip Entgrenzung statt. Wenn er später daran dachte, wunderte er sich über seine Skrupellosigkeit seiner Mutter gegenüber.

Nach drei Tagen schickte ihn Odile nach Hause und forderte ihm das Versprechen ab, sie in der folgenden Woche in Ruhe zu lassen. Max protestierte gegen diese Zurückweisung. Das kannst du doch nicht machen, warf er ihr vor, jetzt, grade jetzt, tu n'es pas une putain, non? Er war verliebt bis über beide Ohren und mehr. Später machte er sich lustig darüber: Mein Körper war eine einzige Erektion, notierte er in seinem Tagebuch, eine einzige Erektion wandelte den Boulevard Saint Michel entlang. Ich dachte an nichts, als daran, den verbotenen Haken in die Rue des Anglais zu schlagen. Natürlich endete es jedes Mal damit, dass ich unten in der engen Gasse unter ihrem Fenster wie ein sehnsüchtiges Raubtier auf und ab tigerte. Er argwöhnte, Odile habe ihn fortgeschickt, weil sie ihren sugar daddy erwarte.

Als Max nach zwei Tagen, weil er es nicht mehr aushielt, sein Versprechen brach und in ihrem Antiquitätenladen auftauchte, wurde er von einem älteren Herrn empfangen.

Odiles roter Turban leuchtete aus dem dunklen Hintergrund zwischen Kerzenständern und Spiegeln hervor. Als sie Max erblickte, gab sie ihm mit einer verzweifelten Geste zu verstehen, nur ja den Mund zu halten. Beschämt machte er sich wieder davon. Er lernte die Qualen der Eifersucht kennen. Thiery und Xavier mokierten sich über ihn. Sie kannten Odile schon lange, und Max wurde von dem schrecklichen Verdacht befallen, dass auch sie es mit ihr getrieben haben könnten. Aus lauter Verzweiflung kehrte er reumütig zu den großen Fragen der Menschheit zurück und beschloss, als Selbstbestrafung für seine törichten Liebesillusionen, die er sich punkto Odile gemacht hatte, die nächsten Wochen wie geplant in der Fabrik abzubüßen.

Nachdem er ausführlich mit Thiery über das Thema diskutiert hatte, verfasste er einen Artikel über die Deutschen an sich. Es ging um den inneren Widerstreit ihres Charakters zwischen nationalem Zukurzgekommensein und preußischem Größenwahn und um die These, dass, wer andere massakriert, das Menschliche in sich selbst massakriere. Es war ein sehr angestrengtes und in bemühtem Sarkasmus formuliertes Elaborat, und es endete mit dem Entwurf einer pädagogischen und sozialistischen Diktatur und der Verhöhnung aller idealistischen Hoffnungen, vor allem der, wie sie in diplomatischen Kreisen kursierten und wie sie gerade wieder in *Le Monde* von le comte Sforza proklamiert worden war: nämlich, dass man die Deutschen nur mit gutem Beispiel kurieren könne. Nein, beschlossen Thiery und Max, mit einer Diktatur der Vernunft müsse man sie kurieren. Außerdem einigten sie sich auf den Schluss, dass die germanische Mutation der menschlichen Rasse nicht mehr Mensch zu nennen sei. Xavier nahm an den Debatten und dem Verfassen der Schrift nicht teil. Er hatte die persönliche Bekanntschaft seines Idols Boris Vian gemacht und verbrachte seine Zeit damit, ihm in den Cafés aufzulauern. Thiery hatte gesiegt, er hatte Max auf seine Seite gezogen. Er triumphierte heimlich: Xavier hat verloren, Xavier mit seiner frivolen, theoriefeindlichen, bourgeoisen Obsession.

Max und Thiery beschlossen, sich ins Studium des Marxismus zu stürzen. Als ihnen am Abend vor Max' Aufbruch in der Nähe des Deux Magots Odile über den Weg lief, auf Max zustürzte, ihre Arme um ihn schlang und ihn abküsste, schmolz er dahin und verbrachte wieder die Nacht mit ihr. Aber es war nicht mehr das ungebrochene Glück wie zuvor. So blieb also Max bei seinem tapfer gefassten Entschluss, konsequent zu Ende zu bringen, was er sich vorgenommen hatte. In unaufgeräumter und von Selbstzweifeln geplagter Verfassung bestieg er am nächsten Tag den Zug. Bevor er abfuhr, eröffnete ihm seine Mutter, dass sie wieder heiraten wolle. Der Auserwählte war ihr alter Freund Leo Finkthaler, den Max nicht ausstehen konnte. (Diese Karikatur von einem Rechtsanwalt, dieser Möchtegernintellektuelle, dieser verbissene, als Jude getarnte Masochist von Katholik, der!) Max war davon überzeugt, dass der Beweggrund seiner Mutter, wieder zu heiraten, in nichts anderem als ihrer Enttäuschung über ihren Sohn zu suchen sei. Und dass diese Heirat eine reine Racheaktion bedeute. Zerknirscht stellte er fest, dass das Erwachsenwerden mit einer Menge unliebsamer Begleiterscheinungen zu tun hatte. Kein philosophischer Trost wollte ihm jetzt einfallen. Sein Kopf war leer wie eine ausgepresste Zitrone, und sein Körper brannte vor Sehnsucht nach Odile.

Als der alte Friedrich Schotter wie jeden Morgen um die Stunde des Appells (halb sechs) im Gefolge seines Dackels die imaginäre Parade abnahm und dabei mit militaristischer Stimme seinen Hund befehligte, bei Fußßß, Zack, bei Fußßß, als er wie jeden Morgen um diese Zeit seine Kommandos »rechts um«, »links um«, »Haalttt« ausstieß, und als er geraden Kreuzes und stolz erhobenen Kopfes den Zaun des Kraftwerks entlangmarschierte und soeben bei seinem »Melde gehorsamst« angelangt war, erschien ihm ein Geist. Es war eine weiße, flatternde Gestalt, die aus dem Dunkel hervorstieb und sich wehenden Schritts über die Straße bewegte. Der alte Schotter erstarrte und bekreuzigte sich. Er war überzeugt, endlich und eigenen Auges die heilige Jungfrau von Marpingen zu sichten. Abermals erhob er geistesgegenwärtig seine Stimme und rief der vermeintlichen Jungfrau zu: »Maria hilf, vernichte den Erbfeind!« Dann kommandierte er die Kopfhaltung seines Bataillons rechts um, so dass der magische Heiligenschein der Jungfrau von Marpingen direkt in die glänzenden Augen der Soldaten fiel und diese mit unverbrüchlicher Siegesgewissheit füllte. Wir werden es ihnen zeigen, diesen Galliern, rechts um kehrt, brüllte er triumphierend. Seinen Dackel jedoch hatte ein plötzlicher Jagdtrieb erfasst. Kläffend jagte das Tier über die Straße und schnappte nach den Füßen der weißen Gestalt. Herta Sukow schrie auf. Ihr verwirrtes Haar stand wild von ihrem Kopf ab. Als sie den alten Schotter erblickte, setzte sie sich in Bewegung und flüchtete in Richtung Kirche. Ein Arbeiter, der sie kannte, griff sie vor dem Bäckerladen auf, legte ihr seine Jacke um die Schultern und brachte sie nach Hause.

Nachdem Herta »diese vieille saloppe von Polackenflüchtling« aus dem Hause gejagt hatte, sie hatte sie unten in der Waschküche mitten im Dampf in inniger Umarmung mit ihrem Josef erwischt gehabt, und das drei Tage nach Weihnachten, hatte sie wie der Teufel das ganze Haus durchgeputzt. Die Sankt Barbarazweige trieben bereits Kirschblüten, und alles hätte so schön werden können … jetzt wo sie alle wieder »dahemm« waren und wo ihr Brüderchen Fritz sich wieder gefangen und sogar eine Arbeit angenommen hatte. Aber was zu weit geht, geht zu weit, hatte sie geschrien, und sie hatte ohne Mitleid und ungeachtet aller Drohungen Josefs, der es noch wagte, sie der Herzlosigkeit zu bezichtigen und an das Fest der Versöhnung zu appellieren, dieses »Miststück samt Bankert« vom einen auf den anderen Tag vor die Tür gesetzt.

Josef hatte seiner Frau ein umfängliches Teilgeständnis abgelegt und war auf ihr Geheiß hin sogar zur Beichte gegangen. Jedenfalls, was Helga Piorski betraf. Zizi, Isabelle, und wie sie alle hießen, hatte er vorerst ausgelassen. Und zwar mit dem festen Vorsatz, sie überhaupt und für immer aus seinem Herzen zu verbannen. Herta hatte das Haus noch nie so gründlich geschrubbt wie an diesem Tag. Sie hatte mehrere Eimer kochenden Wassers über den Stragulaboden im Wohnzimmer gegossen, und oben in der Kammer, die Helga Piorski mit ihrem »Bankert« bewohnte, hatte sie den Holzboden sogar mit Scheuersand bearbeitet, sie hatte die Ecken mit einem Messer ausgekratzt, war damit zwischen die Dielen gefahren, eine Menge klebriger Dreck war dabei zum Vorschein gekommen, und zu guter Letzt hatte sie alles mit Desinfektionsmittel ausgewaschen. Die Matratze, auf der dieses »gottlose Luder von einem säuischen Flittchen mit seiner dreckigen Fut und seinem noch dreckigeren cul« es getrieben hatte, wurde in den Garten gebracht und verbrannt. In das so gesäuberte Zimmer wurde Fritz einquartiert. Bevor er einzog, war Herta in die Kirche gegangen, hatte sich eine Flasche mit Weihwasser aufgefüllt und damit das entweihte Zimmer wieder in den Zustand der Gottgefälligkeit versetzt. Unter meinem Dach, Gott, dass ich nicht lache, murmelte sie und besprenkelte Decken, Wände und Boden ausgiebig mit dem heiligen Wasser. Gottlob, dass wenigstens mein Fritzchen verschont worden ist von dieser Hexe, sagte sie zur Nachbarin.

Herta, die nie groß Gedöns gemacht hatte, wenn ihr Klääner mal über die Hürden gegangen war, von der alle sagten, sie hat das Herz auf dem rechten Fleck, Herta mit den gesegneten Händen, die noch aus dem letzten Fetzen Stoff wahre Königinnengewänder zu zaubern wusste, Herta, die schuften konnte wie ein Pferd, sogar während sie in anderen Umständen war … die, als sie mit Schorschi schwanger ging und Josef an der Front war und Christa noch ein Säugling, und als ein Querschläger in das Gartenhaus schlug, die damals ohne groß zu lamentieren einfach aus der Lamäng alles wieder in Ordnung gebracht hat, selbst Stein auf Stein gesetzt, die elsässische Herta, die Josef auf einer Tour in Straßburg aufgegabelt hatte, auf diesem Fest des katholisch-elsässischen Gesangsvereins, als sie so süß aussah in ihrem geblümten Kleid, Herta, die mit dem schönen elsässischen Kauderwelsch, Schang, schass de Gockel ausm Schadäng, er frissts ganze Legüm, dem Sukow seine Herta, die tanzte wie Marika Rökk, dass dem jungen Gemüse die Augen aus den Köpfen fielen, die einfach klooor war, wie die Sarrois sagten, die nie um einen Reim verlegen war, (zum Geburtstag des Chefs: mit vierzisch Johr schunn uffm Buggel, unn reich geworr mit ohne Schmuggel …), Herta, diese Frau mit Nerven wie Röchlingstahl und Zauberhänden, die nur etwas anzufassen brauchten, schon war es wieder heil, zu der die Frauen aus dem Dorf kamen, weil sie die alchimistischen Geheimnisse der Dauerkrause kannte, die noch aus dem verfilztesten Haar seidigste Schillerlocken drehte, die den Leuten die Splitter aus den Augen hervorholte, mittels eines Streichholzes, um das sie das Lid nach oben wickelte, die gute, alte Herta, von der man sagte, der Herrgott hätte sie sonntags erschaffen … die stets wusste, was Sache war, die Kohlen schippte wie ein Mann, die beim Hamstern den Geizhälsen von Bauern das Hemd vom Leib schwatzte, die nie den Tag einen schönen Tag sein ließ, deren Wohnung immer blitzblank war, zu der immer jeder kommen konnte, sie hatte immer alles da, was so gebraucht wurde, angefangen bei den Monatsbinden bis zum Rattengift und dem Zinnkrauttee gegen geschwollene Beine, die die Kunst des Warzenbesprechens beherrschte, die ohne mit der Wimper zu zucken Katzen schlachtete, weil Katzenfell das beste Mittel gegen Hexenschuss ist, die ihr goldenes Händchen nur auf einen bauchwehgeplagten Leib zu legen brauchte, schon war der Schmerz geschwunden, die der Mittelpunkt einer jeden Kirmes war, die sogar die Kälber aus den Kühen holte, wenn sie stecken geblieben waren, die auch den kleinen Jean Teuter aus dem zu engen Becken seiner Mutter manövriert hatte, und zwar ohne Dammriss und ohne Schaden für das Kind, die einen heiligen Zorn auf diese imbezilen Ärzte hatte, die nix von nix verstehn und nicht wissen, wie man einen Kindskopf abstützt und mehr Ehen auf dem Gewissen haben als die Huren aus dem Knappschaftsbordell, wie zum Beispiel die der armen Erika, die bei jedem Nümmerchen mit ihrem Gatten Torturen erlitt, nur weil dieser Kurpfuscher den Damm hat reißen lassen und ihn dann viel zu eng zugenäht hat … Herta, in deren Garten es blühte, als hätte der liebe Gott persönlich hineingeatmet, wo im Mai die üppigsten Pfingstrosen wuchsen und wo die Stangenbohnen ein Format wie aus »Unser kleines Atomgärtlein« erreichten, welches damals als utopisches Wunder in Kinderbüchern die Runde machte, … Herta, die mit den Tieren redete wie

Doktor Doolittle, die ein persönliches Verhältnis zur heiligen Odile pflegte, einmal im Jahr pilgerte sie den Odilienberg im Elsass hinauf, Herta mit dem runden Hintern, dem immer noch nachgepfiffen wurde, und den sie bei Festivitäten immer noch gerne auf den einen oder anderen Schoß schob, die damals der Nonne aus Blieskastel den mongoloiden Ulli abnahm, weil sie, im Gegensatz zu der Leitung des Heims, in dem er untergebracht war, nicht glaubte, es sei besser, der liebe Herrgott solle ihn zu sich nehmen, und den sie auf diese Weise vor der sogenannten Euthanasie bewahrte, Herta, die Schifferklavier spielen und französische und deutsche Lieder dazu singen konnte, die die haute cuisine elsacienne beherrschte, jeder Pariser Koch hätte vor Scham den Löffel aus der Hand gelegt, hätte er von ihren Saucen gekostet, die stets singende Herta (die deutsche Gans, lieb Mütterlein, ist gut, jedoch die Franzosen, sie stopfen die Gänse besser als wir, auch haben sie bessere Saucen …), deren Stimme aber auch martialisch werden konnte, jeder preußische Feldwebel wäre erstarrt davon, die, geschäftstüchtig wie sie war, damals achtundzwanzig den Coup mit der Kernseife landete, sie erstand zu einem Spottpreis dreitausend Stück »Savon de Marseille« und verkaufte sie mit dreihundertprozentigem Gewinn der Grubenverwaltung weiter, Herta, die den russischen Flüchtling vom Kazett auf der goldenen Bremm drei Tage in ihrem Keller versteckt hielt, nachdem er sich aus dem Fabrikgelände vor dem anschlagenden Hund hatte retten können, sie hatte ihn dann weiter nach Südfrankreich geschickt, Herta, die über das verfügte, was man ein Muttergehör nennt, sie hörte alles im Schlaf, selbst wenn sich am anderen Ende des Dorfes etwas ereignete, hörte sie es, dieses Energiebündel, diese Herta, die wieschongesagt einfach rundum klooor war, hatte durchgedreht.

Nachdem sie Helga Piorski dahin geschickt hatte, wo der Pfeffer wächst, Josef die Lewiten gelesen, nachdem sie das

Haus geputzt hatte, bis kein Stäubchen mehr irgendwo zu sehen war, und als die Fenster so blank waren, dass man sie schon nicht mehr von der Luft unterscheiden konnte, nachdem Herta ihren Bruder einquartiert und ihren Kindern eine Tracht Prügel verabreicht hatte, weil diese es gemein fanden, dass »die arme Tante Helga mit dem lieben Erichlein hinaus in die Kälte« musste (euer Vater hat euch aufgehetzt, ihr sales gosses, ihr …), nachdem sie dies alles erledigt hatte, war sie durchgedreht.

Sie stand nachts auf und irrte im Dorf umher. Jedes Mal, wenn sie für einen Moment alleine im Zimmer gelassen wurde, stand sie auf und verließ das Haus. Kaum aus den Augen gelassen, schon war sie verschwunden. Einmal, während Josef schlief, gelang es ihr, unbemerkt aus dem Fenster zu steigen. Morgens fand man sie im Gestrüpp am Saarufer, halberfroren, neben einem schlafenden Trunkenbold. Schließlich band Josef seine Herta ans Bett fest. Es gab kein anderes Mittel mehr. Von da an lag sie in den Kissen und starrte an die Decke.

Sie hatte keine erhöhte Temperatur, aber sie fantasierte wie im Fieberwahn. Sie hatte keine körperlichen Symptome, und der Arzt sagte, sie sei kerngesund. Nur nahm sie überhaupt keinen Anteil mehr an dem, was um sie herum geschah. Nicht einmal mehr ihre Kinder konnten den Schleier, den die Leute geistige Umnachtung nannten, lüften. Sie standen vor ihrer Mutter, betrachteten ihr blasses Gesicht, dessen Züge ein geistesabwesendes Lächeln verklärt hatte, und wunderten sich. Als Schorsch und Christa wieder einmal so dastanden und zusahen, wie Josef seiner Frau die Füße wusch, hob Herta den Kopf, zerzauste ihr Haar und sagte: Damit's auch alle sehn, que je suis folle.

Was sie sonst von sich gab, war so verrückt, dass niemand es ernst nahm. Dem Sukow seine Herta ist übergeschnappt, sagten die Leute. Es wusste ja niemand, dass sich über Herta der Himmel geöffnet hatte. Der Herrgott blickte aus dem offenen Wolkenmeer herunter, unter der wippenden Sichel schwang er sich herab, Engel und alles was dazu gehört im Gefolge, und indem Herta gen Himmel blickte, wo das Gottesereignis stattfand, wartete sie auf die Empfängnis. Sie hörte die Stimmen ihrer Kinder aus weiter Ferne.

Der Herr jedoch hatte unter dem hochgerutschten Gewand einen nackten Leib, unter dessen Wölbung ein Gemächt von erschreckender Größe hervorfiel. Es war nicht eines, wie es zu einem Menschen passt, sondern ein tierisches, es war so gewaltig, dass es selbst einem Hengst Ehre getan hätte. Es bestand aus einem behaarten, immensen Schaft von dem Umfang einer Hauerfaust und der Länge einer ausgewachsenen Salatgurke und aus zwei zuckerrübengroßen und mit Rosshaar umkräuselten Hoden.

Herta lag mit halbgeöffnetem Mund da und starrte unverwandt und glasigen Blicks diesem Allmächtigen entgegen. Später, als sie wieder alle Tassen im Schrank hatte, wie die Leute zu sagen pflegten, sollte sie sich an all dies ebenso wenig erinnern, wie ein Mensch sich an die via dolorosa seines Geburtswegs erinnert. Allmächtiger Herr, komm und labe meine hungernde Seele, sagte sie, indem sie die Augen verrollte, so dass man nur noch das Weiße darin sah, sie faselte etwas von Gottesgebärerin, von blutigem Opfertod, von dem »Seitenwundelein des Herrn«, und sie bog dabei ihren Körper obszön ihrer Herrgottsvision entgegen.

Die Tage und die Nächte flossen ineinander über, und Herta hatte immer nur dasselbe Bild vor Augen. Josef versuchte mit viel Geduld und guten Worten, ihre Geistesabwesenheit zu durchbrechen, aber vergeblich. Meine Dicke, was machst du denn für Sachen, das geht doch nicht, guck dir mal die Küche an, da siehts aus wie bei Jääbs, wir brauchen dich, flehte er und dachte an die Kameraden im Feldlazarett, von denen es immer hieß, ein überzeugtes Wir-brauchen-dich sei das einzige Mittel, mit dem man die an der Todesgrenze Schwankenden zurückholen könne. Aber seine Anstrengungen blieben ohne Erfolg. Herta starrte nach wie vor an die Zimmerdecke und weigerte sich zu essen. Nur trinken wollte sie, und das in Massen, sie soff sich mit Wasser voll.

In dem Szenarium des geöffneten Himmels erschien eine weitere Gestalt, Hertas erster Verlobter Alfred. Sie hatten eigentlich zu Ostern heiraten wollen. Aber dann war Josef aufgetaucht, und es war aus gewesen mit Alfred. Als sie ihn später, es war so im Juli dreiundvierzig, zum letzten Mal sah, rein zufällig sah sie ihn, sie war sich zuerst nicht sicher gewesen, ob er es auch wirklich war, so merkwürdig halbgehängt sah er aus, aber dann erkannte sie ihn an dem unverwechselbaren braunen Fleck neben seinem linken Ohr, wagte sie nicht, ihn anzusprechen. Dabei brauchte sie keineswegs ein schlechtes Gewissen mehr zu haben, denn, wie sie gehört hatte, war auch er mittlerweile im Hafen der Ehe gelandet und hatte sich also getröstet. Dass sie ihn nicht angesprochen hatte, lag daran, dass ihr war, als könne etwas von seinem Unglück wie eine Ansteckung auf sie übergehen. Vor allem in Gegenwart all der Uniformierten, die da am Bahnhof herumstanden, war ihr die Courage geschwunden. Später dachte sie, ein Glück, dass ich ihn hab sitzenlassen, mein Gott, was würd ich für einen Huddel haben, wenn ich von so einem ein Kind … und ihre Mutter sagte, siehstu, das war mal ein Zeichen des Herrn, ein Segen, dass dein Josefsche im richtigen Moment aufgetaucht iss, das wär doch nix gewesen …

Ein Jahr später bekam sie Besuch von ihrer Freundin Gretel, die mit einem SSler verheiratet war. Gretel war gerade von einer Reise zu ihrer Schwester nach Weimar zurückgekommen, von wo aus sie einen Abstecher nach Buchenwald gemacht hatte. Sie hatte ihrem Mann, der dort einen gutbezahlten Posten hatte, ein Weihnachtspäckchen gebracht. Als sie zurückkam, suchte sie Herta auf, nur um ihr zu sagen, du,

Herta, ich hab da deinen Alfred gesehn. Sei froh, dass du nix mehr mit dem hast. War alles nix gewesen, hättst nur Kuddelmuddel gehabt, wärst ganz schön in die Predulje gekommen, der is doch'n Krimineller, wie man sieht. Ich hab ihn gesehn, als ich meinem Männe das Paket gebracht hab, dacht zuerst, das ist doch nicht die Möglichkeit, Jesses nää, aber er war's. Sah aus wie ein ungewaschener Zigeuner. Hat der Mensch noch Worte! Es ist doch eine Schande, und was er mal für ein anständiger Kerl war. Du kannst dir nicht vorstellen, was für Kreaturen da rumlaufen, soll der Herrgott doch ein Erbarmen mit denen haben und sie zu sich nehmen, und mein armer Männe immer mittendrin in diesem Abschaum, manche von denen sind so wild, dass sie sie an die Bäume ketten müssen. Ich soll keiner Menschenseele was sagen, aber dir sag ich's doch, schwör mir, dass du schweigst wie ein Grab, versprich mir das bei der heiligen Barbara, der schlägt mich sonst tot. Nur dass du Bescheid weißt wegen deinem Alfred, das wollte ich dich doch wissen lassen. Du kannst von Glück sagen, dass du damals im richtigen Moment den richtigen Riecher hattest, gell, ei jo, der war doch auch äner von dänne ... Und als ich ihn sehe, guckt er mich an als ob ich die heilige Jungfrau wär, und ich hab ihm zugenickt und gesagt, tja, Herr Konradi, wer ist nun das Gespenst, Sie oder ich?

Jetzt also lag Herta unter dem geöffneten Himmel, und das Gesicht Alfreds neigte sich im Schatten des Gottvaters zu ihr hinab, im Profil, so wie sie es zuletzt gesehen hatte. Gottvater hatte sich aufgerichtet und seine Hand an sein Gemächt gelegt. Zwischen den Augen zerschmolzen dem Herrn die Brauenhaare, die alte Haut straffte sich, die Urvaterfalten wichen einer zarten, jungen Haut und zugleich einer anmutigen Helle, die eher einer Frau zukam als einem alten Mann. Alfred hatte den Arm um die Schulter der Frau gelegt, er sah sie mit leeren Augen an, es waren überhaupt keine richtigen Augen, sondern nur Weißes war darin, und Herta wunderte sich. Blut tropfte ihm aus dem Mund, und obgleich sie ihn immer noch im Profil sah, blickte er doch mit seinem einen, ihr zugewandten Auge auf sie herab. Sein Blick war schrecklich, und Herta war ihm wehrlos und ohne die Augen schließen zu können, ausgeliefert. Sie fragte sich, ob dies das jüngste Gericht sei.

Als der Arzt sich dazu entschloss, Herta mit Beruhigungsmitteln zu behandeln, weil weder kalte Umschläge etwas genutzt hatten, noch Johanniskrauttinktur, noch die exorzistischen Beschwörungen des Pastors, der sich im Bestreben, Herta den Satan auszutreiben, mit ihr ins Zimmer eingesperrt und sich sehr viel Zeit für sie genommen hatte, (sie aber lächelte nur auf seine heiligen Worte und Handlungen hin, und das einzige, was sie sagte, war »der Allmächtige hat Großes mit mir getan«), als der Arzt sich also entschloss, Herta mit einer anständigen Dosis starker Barbiturate stillzulegen, begann der Himmel über ihr, sich wieder zu schließen. Sie sank in einen tiefen Schlaf.

Es sollte noch einige Zeit dauern, bis sie wieder zu sich kam. Josef indes kniete vor der heiligen Jungfrau nieder und murmelte: die Strafen der Sünden, verschone uns nicht, unter deinen Schlägen wird unsere Schwäche zermalmt, schluchzte er, Hertachen, meine Dicke, aber unsere Bosheit wird nicht von uns genommen, nein, streckst du deine strafende Hand aus, so geloben wir Besserung, Hertachen, gelobet seist du, Jungfrau Maria … du und dein jungfräulicher Gemahl Josef, (gesteigertes Schluchzen), fürsorglicher Beschützer der heiligen Familie, denk an mich!

Folgendes konnte als sicher angenommen werden. Robert Aschen war Freitag abends mit seinem Freund Hermann Retur im Grand Hotel angekommen. Sie hatten ein Doppelzimmer mit Bad und eine Suite genommen. Die Suite war von Monsieur Aschen bezogen worden, der später an der Hotelbar gesehen wurde und danach im Café de la Paix, wo er mit einer Dame und einem Herrn ein offensichtlich erregtes Gespräch führte. Jedenfalls so die Aussage des Kellners, der behauptete, Monsieur Aschen seit Jahren zu kennen. Er sei einer von diesen Gästen gewesen, die mal ein überdimensionales Trinkgeld, mal so gut wie gar nichts gaben. Er sei ein gutaussehender Mann gewesen, sagte der Kellner, und vor allem habe er Humor gehabt. Einmal, und daran konnte sich der Kellner besonders gut erinnern, war er in Begleitung einer Französin und eines kleinen Jungen erschienen. Der Junge mochte nicht älter als vier gewesen sein. Monsieur Aschen stellte im Beisein des Kellners dem kleinen Jungen die Frage, ob er wisse, wozu die langen, dicken Trotteln an den Vorhängen seien. Der Junge schüttelte den Kopf. Daraufhin Monsieur Aschen, die sind dazu da, dass die Gäste sich die Schuhe damit polieren, bevor sie in dieses vornehme Hotel eintreten. Dabei zwinkerte er dem Kellner zu, so dass dieser heftig nickend den Scherz des Monsieurs bestätigte. C'est vrai, mon petit, il faut avoir des chaussures bien polies! Daraufhin lief der Kleine zum Fenster und polierte sich die Schuhe mit den Trotteln. Er erntete einen großen Lacherfolg damit.

Die an diesem Freitag Abend mit Monsieur Aschen im Café de la Paix beisammen sitzenden Personen konnten den

Ermittlungen nach weder Madame Colbertini noch Hermann Retur gewesen sein. Denn Madame Colbertini war an diesem Abend mit ihrem Mann zu einem Diner bei Freunden eingeladen gewesen, wie sie der Polizei glaubhaft nachweisen konnte. Und der zweite Herr war groß und schlank, während Hermann Retur klein und beleibt gewesen war. Monsieur Aschen war dem Kellner an diesem Abend aufgefallen, weil dieser ihn, solange er den Hut auf dem Kopf trug, mit einem Filmschauspieler verwechselt und ihn mit dessen Namen angesprochen hatte. Der Irrtum ließ Monsieur Aschen in amüsiertes Gelächter ausbrechen und der Kellner entschuldigte sich mit einem Scherz. Die drei Personen waren, als sie den Tisch im Café de la Paix verließen, trotz des überaus erregten Gesprächs sichtlich gutgelaunt. Monsieur Aschen wankte, ein Widerspruch zu seiner eleganten Erscheinung. Er vergaß sogar seinen Hut, den ein garçon ihm später aufs Zimmer brachte. So jedenfalls der Kellner, der sich auch daran zu erinnern glaubte, dass Monsieur Aschen einen dunkelgrauen Flanellanzug trug und eine rotblau gestreifte Krawatte. Seine Erinnerung an »den Deutschen«, wie er ihn nannte, weil er eigentlich kein typisch Deutscher war, war erstaunlich detailliert.

Der Deutsche sprach fließend französisch, wenngleich mit einem ausgeprägt elsässischen Accent, der zu seiner eleganten Erscheinung und seinem weltmännischen Verhalten nicht unbedingt passte. Er schien sich keineswegs zu genieren dafür, im Gegenteil, er kokettierte damit und übertrieb das badisch-deutsch klingende Französisch, vor allem, wenn er in besonders distinguierter Begleitung war. Gelegentlich trank Monsieur Aschen einen über den Durst, was hier nicht üblich war, und fiel dadurch auf, dass er laut singend die Hotelhalle durchquerte. Er pflegte eine umfangreiche Damenbekanntschaft, sagte der Kellner, aber in Begleitung seiner ungewöhnlich hübschen Gattin mimte er den unbescholtenen

Ehemann. War er ohne seine Gattin, so pflegte er meist in Begleitung einer Französin aufzutauchen, die offensichtlich älter war als er. Mit ihr brachte er das Diner auffallend schnell hinter sich, um sich dann, wie die femmes de chambre zu berichten wussten, mit ihr aufs Zimmer zurückzuziehen. Verhältnismäßig früh pflegte er diese Französin dann zum Taxistand zu begleiten. Aber, wie schon gesagt, er tauchte auch mit anderen Frauen auf.

Nadine Colbertini hatte eine lange Aussprache mit den Ermittlungsbeamten, die sich dergestalt entsponn, dass die Madame den Beamten eindringlichere Fragen stellte als umgekehrt. Sie ließ sich das Notizbuch Robert Aschens zeigen, in dem er für den Samstagnachmittag mehrere Termine mit Maklern notiert hatte.

Sie hatte davon nichts gewusst, und noch im nachhinein war sie gerührt darüber, denn dies schien ihr ein Beweis für die Ernsthaftigkeit seiner Umzugspläne zu sein. Ganz offensichtlich hatte er wirklich nach Paris übersiedeln wollen. Telefongespräche mit den in dem Notizbuch vermerkten Immobilienhändlern ergaben, dass Robert sich bereits entschlossen hatte, eine Sieben-Zimmer-Wohnung nahe dem Jardin du Luxembourg in der Rue de Vaugirard zu kaufen. Erst diese Neuigkeit bewirkte bei Nadine Colbertini das Bewusstwerden des Verlusts. Bis dahin war ihr Roberts Tod immer noch unwirklich erschienen, jetzt plötzlich setzte Trauer ein. Etwas ereignete sich in ihr, wogegen sie sich nicht wehren konnte. Robert kehrte in ihre Fantasie und in ihre Traumwelt zurück, seine imaginäre Gegenwart trieb als körperliches Verlangen in ihre Gedanken. Er begleitete sie tagtäglich, selbst wenn sie Einkäufe machte und wenn sie kochte, war er an ihrer Seite. Er verwandelte sich in die Luft, die sie umgab. Nadine wurde blass, und die Ringe unter ihren Augen wurden groß und dunkel. Sie vergaß ihre sonst eisern eingehaltenen Termine. Nachts lag sie neben ihrem Mann und sehnte sich nach

Robert. Sie verlor den Appetit. Ihre Sehnsucht verursachte ihr körperliche Qualen. Sie magerte ab, sie spürte Roberts Atem auf ihrer Haut, ein alle Lebensgeister erlöschendes Verlangen nach ihm befiel sie, sie bildete sich ein, seine Hand läge auf ihrer Schulter, die von plötzlichen Schmerzen befallen wurde, so dass sie ihren Arm nicht mehr bewegen konnte.

Sie hatte das Gefühl, ihr Körper sei nichts mehr als eine dünne Haut ohne Inneres und ohne festes Gerüst, und sie schlug ihren Kopf gegen die Wand im Badezimmer, indes sie auf die Rückkehr ihres alten Realitätssinns hoffte. Eine permanente Übererregung hatte sich ihrer bemächtigt, Orgasmen ereigneten sich in ihrem Körper, ohne dass sie auch nur die geringste Anstrengung dazu tat, und dies an Orten und zu Zeiten, die sie absurd fand. Zum Beispiel mitten im Metzgerladen oder bei der Schneiderin oder während sie mit ihren Kindern Hausaufgaben machte.

Ihr Aussehen veränderte sich. Sie war gealtert. Ja, sie sah viel älter aus als sie war. Ihr Haar wurde stumpf und ließ sich zu keiner Frisur mehr hinrichten. Sie wurde von jähen Schweißausbrüchen befallen, mitten im Alltag, ohne Anlass und ohne Grund. Und bei alledem sagte sie sich, du musst dich zusammenreißen, und: *il faut savoir, ce qu'on veut dans la vie*, und das wollte sie wahrhaftig nicht. Sie hatte Robert immer eine begrenzte Region in ihrem Gefühlsleben eingeräumt, eine Traumtänzerin war sie nicht. Und jetzt, wo er tot war, hatte er sich ihrer ganz und gar bemächtigt. Jetzt, da es zu spät war, erschien Robert ihr als der Sinn ihres Lebens. Wie sehr bereute sie nun, all die Jahre mit der nächtlichen Zeit, die sie ihm gönnte, so sehr gegeizt zu haben.

Schlaflosigkeit befiel sie. Nachts wachte sie auf und bildete sich ein, der Körper ihres Geliebten läge neben ihr. Sie flüsterte die Worte, die er so sehr zu hören liebte. Und indem sie nach dem vermeintlichen Gesicht Roberts tastete, berührte sie das Gesicht ihres Mannes, der die Nervenkrise seiner Frau stoisch ertrug. Wusste er doch, der Konkurrent war endgültig aus dem Feld geschieden. Monsieur Colbertini war überzeugt, irgendwann würde sich seine Frau wieder den Geboten der Ehe und des Familienlebens beugen.

Nadine Colbertinis psychisches Funktionssystem war zusammengebrochen, auch das ihres Körpers. Heftige Blutungen außerhalb ihrer Menstruation setzten ein und brachten sie in peinliche Situationen. Einmal ging sie ins Café de la Paix, dahin, wo sie sich immer mit Robert getroffen hatte, und nahm, ebenfalls wie früher mit Robert, ein Glas Champagner zu sich. Noch während sie dasaß, merkte sie, wie es aus ihr herausfloss. Der plötzliche Blutschwall war so stark, dass er einen großen Fleck auf dem Stuhlkissen hinterließ.

Zu jener Zeit machte sich Nadine in obsessiver Weise an die Erforschung des Unfalls. Immer wieder tauchte sie bei Madeleine Gaben auf, der Freundin Hermann Returs, um penetrante Fragen zu stellen. Selbst die Anstrengung, alles, was mit Robert zu tun hatte, peinlichst vor ihrem Mann zu verbergen, gab sie auf. Sie lief die Läden ab, in denen Robert Geschenke für sie zu erstehen pflegte. Sie suchte alle Leute auf, die Robert kannten. Den Automechaniker Mouloix, bei dem die durchstochenen Reifen von Hermann Returs Mercedes ausgewechselt worden waren, unterzog sie einer nervenaufreibenden Befragung. Aber auch er half ihr nicht weiter.

Monsieur Fred, der Juwelier in der Rue Royale, sagte, er könne sich noch gut daran erinnern, wie Monsieur Aschen bei ihm gewesen sei und gesagt habe, er suche ein Präsent für eine Dame, die er sehr liebe. Ja, so habe sich Monsieur Aschen ausgedrückt, er erinnere sich dessen, weil derlei öffentliche Geständnisse schließlich ganz untypisch für Männer seien. Auf die Frage, ob es ein Verlobungsring sein solle, habe er geantwortet »leider nein«. Er habe dann einen Ring mit einem Solitär ausgewählt, einem sehr schönen Diamanten übrigens. Als Madame Colbertini Monsieur Fred den Ring zeigte, den

Robert ihr am Tage vor dem Unfall geschenkt hatte, bestätigte sich, dass es der war, den Monsieur Aschen hier gekauft hatte.

Nadine Colbertini suchte auch den Juwelier auf, bei welchem Madeleine Gaben aushilfsweise gearbeitet hatte. Dort erfuhr sie von der Sache mit dem Smaragd. Eines Tages, es sei der fünfzehnte Juli gewesen, sei Mademoiselle Gaben mit einem Stein zu ihm gekommen, dessen Anblick ihm den Atem verschlagen habe. Eine Person, die anonym bleiben wollte, habe sie geschickt, diesen Stein zum Verkauf anzubieten. Es sei ein Smaragd von unerhörter Schönheit gewesen. Die Tiefe seines Grüns, die Reinheit seines inneren Bildes, das Strahlen seiner Lichtbrechung, »*la dispersion de sa lumière*«, seien solcherart gewesen, sagte der alte Herr, dass er zuerst gedacht habe, es handele sich um eine synthetische Dublette. Aber der Blick durch das Mikroskop habe jeden Zweifel ausgeräumt. Der Stein sei von einer Qualität gewesen, wie man sie in Kronschätzen finde.

Der alte Herr geriet geradezu ins Schwärmen, er sprach von »un feu inoui«, welches von diesem Prachtexemplar ausgegangen sei. Er beschrieb die Raffinesse seines fein gestuften Smaragdschliffes, wiederholt rühmte er die innere Klarheit des Steines, die ihm in dieser Art, in dieser Luzidität bisher nur wenige Male in seinem Leben vorgekommen sei. Der Stein habe keine Fahne, keine Einschlüsse jedweder Art, keine einzige Schliere aufgewiesen, und dies bei sage und schreibe zweihundertfünfunddreißig Karat. Die absolute Reinheit seines Grüns sei unbeschreiblich gewesen. So einen Stein vergisst man nicht, sagte er.

Und er zog Madame Colbertini dabei in einen kleinen Raum hinter der Verkaufstheke und sprach flüsternd weiter. Jener Smaragd, um den es hier gehe, habe ihm Fantasien in den Kopf getrieben, ja, er habe bereits daran gedacht, die Polizei zu informieren. Es erübrige sich wohl zu sagen, welch ein

Vermögen so ein Stein wert sei. Dieses kleine Biest von Gaben sagte er, wollte um alles in der Welt nicht sagen, wer sie geschickt hatte. Mir war die Sache unheimlich. Ich wollte nichts damit zu tun haben. Übrigens könne er sich daran erinnern, dass nach dem ersten Weltkrieg einmal eine mit östlichem Akzent sprechende Dame in den Laden gekommen sei, die ihm einen ebenso prächtigen und dem von Madeleine Gaben frappant ähnlichen Smaragd angeboten habe. Leider habe er damals nicht über das nötige Kapital verfügt, diese einmalige Gelegenheit wahrzunehmen. Die Dame habe ihm eine Expertise vorgelegt, wonach der Stein aus dem Kronschatz der Zarenfamilie kam und aus einem Fund stammte, der 1830 nördlich von Swerdlowsk gemacht wurde. Eine Überprüfung habe die Echtheit der Expertise bestätigt. Die Dame habe erzählt, ihr Großvater, ein russischer General, habe den Stein vom Zaren zum Dank für seine Verdienste erhalten.

Sie können sich vorstellen, Madame, wie sehr es mich aufregte, dass Madeleine Gaben nicht sagen wollte, wer sie mit dem Smaragd geschickt hat, sagte der alte Juwelier. Wie ein Idiot habe er auf sie eingeredet. Es sei ein Jammer, und er hoffe nur, dass die kleine Gaben nicht in schmutzige Geschäfte geraten sei. Im Übrigen habe er ihr daraufhin gekündigt. Denn er könne es sich nicht leisten, mit derart zweifelhaften Personen zu arbeiten. Wer weiß, wer weiß, sinnierte er nach einer kurzen Pause, wer weiß, wer weiß … wollte aber auf Madame Colbertinis Nachfrage nicht weiter antworten.

Nadines letzter Abend mit Robert war folgendermaßen verlaufen. Sie trafen sich samstags gegen sieben in der Hotelhalle. Sie tranken einen Champagner an der Bar und gingen anschließend in Roberts Suite, wo sie sich in die Arme fielen. Es hatte eine heftige Auseinandersetzung über die Zeit stattgefunden. Sie hatte gesagt, ich muss um eins zu Hause sein, Robert hingegen verlangte, dass sie die ganze Nacht über bei ihm bleibe. Am Ende hatten sie sich darauf geeinigt, die Frage offen zu lassen. Wobei Nadine, und das bereute sie jetzt zutiefst, für sich den unumstößlichen Entschluss fasste, um eins zu Hause zu sein. Sie hatten gebadet und anschließend hatten sie sich geliebt. Ihre Menstruation war noch nicht ganz vorüber gewesen. Sie hoffte, er würde es nicht merken, aber die Flecken auf dem Betttuch förderten es peinlich zutage. Robert jedoch hatte nur gelacht darüber.

Wieder hatte er Nadine aufgefordert, das zu tun, was sie in jener denkwürdigen, unvergesslichen Nacht ein paar Wochen zuvor getan hatte. Und als sie sich weigerte, hatte er sie dazu gezwungen. (Soweit dies möglich war.) Später wäre es beinahe zu einem ernsthaften Zerwürfnis gekommen, das sie nur mit dem Versprechen hatte abwenden können, sich in Zukunft alle vierzehn Tage mit ihm in Epernay zu treffen. Er schlug vor, ihr als Alibi eine Scheinanstellung in der Firma eines Freundes zu beschaffen. Eine solche Konstruktion wäre nicht unglaubhaft gewesen, denn Monsieur Colbertini war in geschäftliche Schwierigkeiten geraten, und es wäre nur naheliegend gewesen, wenn seine Frau sich um einen Zuverdienst bemüht hätte. Sie hatten köstlich gelacht bei der Idee, Monsieur Colbertini auf diese Weise zu hintergehen, diesen kleinen, hässlichen Giftzwerg, wie Nadine ihren Mann seit dem großen Streit damals nannte. (In Wirklichkeit war er eine stattliche, elegante und etwas mediterrane Erscheinung.)

Bei alledem hätte sich Nadine jedoch niemals von ihrem Mann getrennt, nicht einmal, wenn sie die Garantie gehabt hätte, dass Robert sie heiraten würde. Denn sie wusste genau, dass Männer wie Robert vor allem das attraktiv finden, was sie nicht haben können. Ihr Realitätssinn reichte aus, sich das Konstrukt ihres bewährten und berechenbar gefährlichen Verhältnisses als Dauerlösung vorzustellen. Die Rolle der Geliebten war ihr gerade recht.

An jenem letzten gemeinsamen Abend waren sie, nachdem sie sich geliebt hatten, zu »Chez Fabien« essen gegangen.

Nadine hatte keinen Appetit gehabt, ihr war leicht übel gewesen, wie oft, wenn sie ausgiebig dem sexuellen Vergnügen gefrönt hatte. Sie hatte die Hälfte des Essens zurückgehen lassen, was Robert mit hochgezogenen Brauen konstatierte, und wobei er ihr sagte, dass sie nur ja nicht seinetwegen auf die Linie achten solle. Ich liebe jedes deiner Pfunde, meinetwegen kannst du so dick werden wie die Pompadour, das treibt mir nur noch mehr das Wasser im Munde zusammen, ma chérie, sagte er, indem er ihren Schenkel tätschelte. Nach dem Diner hatte er ihr dann das Weihnachtsgeschenk überreicht, das sie sofort auspackte. Es war der Ring mit dem Diamanten, einem Solitär, wie ihn die jungen Männer ihren Bräuten schenken, und sie war so gerührt von dieser Symbolik, dass sie weinen musste. Der Abend hatte allerdings in Zwietracht geendet. Robert wollte unbedingt, dass Nadine die Nacht bei ihm im Grand Hotel bleibe, aber sie war bei ihrem Vorsatz geblieben und hatte sich ein Taxi zu Chez Fabien bestellt. Mit einer unheilvollen Ahnung stieg sie ein. Ihre Liebe zu Robert war allerdings beinahe immer von unheilvollen Ahnungen begleitet gewesen. Punkt eins war sie zu Hause und legte sich ungewaschen und ohne sich die Zähne geputzt zu haben neben ihren Mann.

Robert hingegen zog weiter durch die Bars und verbrachte den Rest der Nacht mit einem Mädchen, das er in einem Jazzlokal aufgetrieben hatte. Es war eines dieser Abenteuer, von denen niemand jemals etwas erfährt, außer den beiden Beteiligten. Nicht einmal die Zimmermädchen hatten es gemerkt. Er vergnügte sich bis zum frühen Morgen mit dem Mädchen, und zwar auf eine Weise, die Nadine, hätte sie davon gewusst, tief beleidigt hätte. Er wiederholte nämlich mit dem Mädchen all das, was er ein paar Stunden zuvor mit Nadine getan hatte. Es war eine richtige Inszenierung gewesen. Das Mädchen hatte gut mitgespielt. Sie war sogar seiner Anweisung, sich zu weigern, gefolgt und hatte sich dann zwingen lassen, genau wie Nadine sich ein paar Stunden zuvor hatte zwingen lassen.

Zigarettenqualm mischte sich in harzigen Dampf und in den ätzendfauligen Geruch der Dauerwellenflüssigkeit, der Mathildes Kopf entströmte. Gestank erfüllte das Zimmer. Edda, Loni, Mathilde, Maria und Käthe räkelten sich halbnackt auf dem Sofa. An diesem Tag war Schönheit angesagt, dabei wurde heftig disputiert. Thema Nummer eins war die Frage, wer hat den Chef ermordet, Nummer zwei die Affaire zwischen Josef und dieser »Dahergelaufenen«, dieser Piorski.

Edda rührte mit einem Holzlöffel das zähe Gemisch aus Wachs und Baumharz. Dieses Gemisch richtig zu proportionieren, war eine große Kunst. Es diente der Beinenthaarung. Die Masse war bereits mehrmals benutzt worden, und auf ihrer Oberfläche schwamm eine Schicht von Haaren, die Edda mit dem Löffel abhob und auf Zeitungspapier tropfen ließ. Nachdem sie geprüft hatte, dass die ganze Masse geschmolzen war, nahm sie den Topf vom Herd und stellte ihn auf die Fensterbank.

Vielleicht wars der klään Franzos, sagte Maria, ist der nicht grad angekommen, als der Chef losgefahren iss? Irgendwie kommt einem das doch komisch vor. Eine echte Kriminalstory, konstatierte Mathilde. Und diese Schlampe von einem Flittchen! Im hohen Bogen hat Herta sie rausgeschmissen, ich tät das auch so machen … darin waren sich alle einig, was »diese Nutte von Helga« betraf. Käthe goss Fusel nach, es wurde gekippt, die Stimmung stieg. Kennt ihr diesen? Der Jääb ihr Mann ist gestorben, kommt die Nachbarin zur Jääb und sagt, mein Beileid, schrecklich, furchtbar, aber Sie wissen ja, liebe Frau Jääb, der Herr über uns wird Sie trösten was, kreischt die Jääbsche, rot Marke Osram, hat er schon was gesagt? Die Frauen schlugen sich auf die Schenkel und lachten. Von einem Grammophon, das auf der Kommode zwischen einem Packen Lockenwicklern, Fläschchen und gerahmten Soldatenbildern stand, eierte Zarah-Leander-Gesang, davon geht die Welt nicht unter …

Erstes Opfer der Enthaarungsprozedur war Käthe. Sie hob ihr Bein auf den mit Zeitungspapier belegten Stuhl und ließ sich von Edda das heiße Wachs aufs Schienbein streichen. Es war immer noch mörderisch heiß, und Käthe schrie auf, als Edda den harzigen schwarzen Klumpen auf ihr Bein klatschte. Wer schön sein will, muss leiden, gelle … Nach einer Weile griff Edda mit spitzen Fingern den unteren Rand des erkalteten Wachsstreifens und riss ihn beherzt mit einem Ruck nach oben. Triumphierend hielt sie den braunen Streifen zur allgemeinen Bewunderung hoch, jede wollte mit der Hand darüber fahren und die Haare fühlen, die jetzt nicht mehr an Käthes Bein, sondern an dem erkalteten Wachs hingen. Auf Käthes Bein glühte dafür eine handbreite, rote, haarlose Schneise inmitten der rechts und links davon wuchernden schwarzen Behaarung. Es dauerte bis in die Nacht hinein, bis alle Beine rotentzündet, aber aalglatt, bis alle Mitesser ausgedrückt, alle Haare onduliert, alle Fingernägel gefeilt und gelackt, alle Achselhaare rasiert, alle Augenbrauen gezupft, alle Hühneraugen beschnitten und alle Hornhäute mit Bimsstein bearbeitet worden waren.

Es war der gleiche Samstag nachmittag, als sich die Rächer des Häuptlings, mit zwei den elterlichen Kellern entnommenen Luftgewehren bewaffnet, am Saarufer versammelt hatten, um Ratten zu schießen. Sie hockten dicht beieinander und ließen eine Pfeife mit getrocknetem Eichenlaub umgehen.

Die Mädchen hockten etwas abseits von den Jungen. Sie tuschelten und kicherten. Es ging um die Frage aller Fragen: Wie-kommt-das-Kind-in-den-Bauch-hinein? Ein reger

Handel in Sachen Bescheidwissen war in der letzten Woche aufgeblüht. Monika Neuschi hatte für dreißig Centimes Vorauszahlung ein Buch mit des Rätsels Lösung versprochen. Das schwere Nachschlagewerk jedoch, das sie im Wäscheschrank ihrer Mutter gefunden hatte, hatte nichts Neues offenbart. Aus den birnenförmigen Umrissen graphischer Darstellungen des männlichen wie des weiblichen Unterkörpers ging nur hervor, dass das Glied, im heimischen Hochdeutsch »Kliet« genannt, irgendwie in den Körper der Frau hineinmanövriert werden müsse. Aber wie? Monika behauptete, es sei ganz einfach, der Mann pisst eben in die Frau rein. Ich sags ja, das heißt Samen. Brunhilde Kessler dagegen proklamierte die These, der Mann habe einen Knochen vorn hängen, der rundum mit Fleisch gepolstert sei, und den stecke er der Frau in den Bauchnabel, was aber nur funktioniere, wenn er zuvor mit Salatöl und Butter eingeschmiert würde. Sie hätte das ganz genau gesehen bei ihren Eltern. Sonst würd er nämlich stecken bleiben wie bei den Hunden, behauptete sie wichtig. Elfriede verkaufte gegen die Anfertigung einer Förderturmzeichnung, die sie für die Schule brauchte und schon seit Tagen erfolglos in Angriff genommen hatte, die These, mit Knochen und Pisse habe die ganze Sache nix zu tun, das männliche Kliet wachse mit abnehmendem Mond, das heißt, je kleiner der Mond würde, desto größer würde »das Kliet da«. Und wenn die Mondsichel auf Z stünde, sei das Kliet da so groß wie eine Banane. Aus seinem Ende käme rohes Eiweiß heraus, deshalb würden die Männer immer so viele rohe Eier essen. Hab ich selber gesehn, ätsch! Aber sie würde nicht sagen, wo, das würde sie nie nie nie sagen. Nach Emmis ebenfalls an lebendigem Beispiel gesehenen (ich schwörs bei der heiligen St. Barbara, werklesch) Version glich das »Kliet von den Männern« den gedrechselten Mahagonipfosten, die an den Fußenden der Betten ihrer Großmutter emporragten. Das Kliet sei gedreht wie ein Affenschwanz und am Ende mit einer ausfahrbaren Spitze versehen, die hart wie Metall sei und spitz wie die »Pickelhauben von den alten Soldaten oben aufm Kopp«. Da sei ein »Schaniea«, und damit würde sich der Vater wie eine Schraube in die Mutter drehen. Danach würde die Mutter bluten und sich Lappen zwischen die Beine binden. Und sie versicherte nochmals hoch und heilig, ihr Wissen komme aus eigener Ansicht und sei also die reine Wahrheit und nichts als die Wahrheit. Die Mädchen also kicherten, aber behielten ihr Wissen für sich. Überhaupt wäre das Ganze erst bei den erwachsenen Männern fertig zu sehen, sagte Elfriede, wie bei den Frauen, und wenn man wolle, dass es schneller gehe, müsse man kräftig jeden Morgen daran zupfen. Die Buben am Zipfel, die Mädchen an den Brustspitzen. Natürlich zupfte Lily, seit sie dies wusste, jeden Morgen ihre Brustspitzen, jedoch ohne Erfolg und deshalb mit abnehmendem Eifer.

Als die erste Ratte da auftauchte, wo die dem Metzger abgebettelten Schlundreste als Köder ausgelegt waren, legte Karl der Große das Gewehr an. Die Kinder duckten sich und verhielten sich jetzt so still, dass man nur das Plätschern des Wassers hörte. Die Ratte war nicht mehr als vielleicht acht Meter entfernt. Sie kam Lily riesig vor, viel größer als die Ratten, die auf dem Fabrikhof waren, so groß wie eine ausgewachsene Katze. Schwarz und nass glänzend kam ihr fetter Leib aus dem schwarzen Wasser hervor. Sie wuselte um den Schlundfetzen herum, ohne ihn zu berühren. Plötzlich ein Schuss, die Ratte sprang in die Höhe und fiel in das aufspritzende Wasser zurück. Es dauerte nicht lange, bis die nächste Ratte erschien. Karl und Fritz schossen drauf los. Aber die Kugeln glitten an dem glatten, glitschigen Fell der Ratten ab. Erst der achte Schuss traf und ließ das Tier in Todesangst zappelnd auf dem Treidelpfad landen.

Die Ratte war in den Kopf getroffen worden, aber keines der Kinder wagte, sich dem angeschossenen Tier zu nähern.

Sie beobachteten, wie es hin und her schlug, aufsprang und liegenblieb, als wären seine Kräfte erschöpft, dann aber wieder aufjagte und im nächsten Moment mit einem schrecklichen Ton den Kopf hochstieß, um endlich, aber immer noch zuckend, aufzugeben. Erst jetzt schlichen sich die Jungen an die Ratte heran, betasteten sie mit einem Stock und packten sie, indem sie die Hände in einen mitgebrachten Sack steckten, den sie der immer noch zuckenden Ratte überstülpten. Als der Sack zugebunden war, verabreichte Fritz der Ratte ein paar Schläge mit dem Gewehrkolben, bis sich unter der Jute nichts mehr bewegte.

Das Schlachten der Ratte ging im hinteren Fabrikgelände vonstatten, da wo die Fässer lagerten, und wo man sicher sein konnte, dass nie ein Erwachsener sich hin verirrte. Jens, der schöne Sohn des Metzgers, hatte ein frischgewetztes Messer mitgebracht. Jetzt war seine große Stunde gekommen, nie mehr würde er sich als Flittchen demütigen lassen müssen. Fachgerecht, wie er es bei seinem Vater gesehen hatte, hängte er das Tier kopfabwärts an ein Fass und führte einen geraden, flachen Schnitt von der Kehle der Ratte mitten über ihren Leib bis zum Schwanz hinunter. Es war bereits dunkel, und Lily hielt eine aus Josefs Handwerkskasten herbeigeholte Taschenlampe auf das Tier gerichtet. Gebannt sah sie zu, wie Jens mit geschickten Schnitten der Ratte das Fell abzog. Flink und sicher führte Jens seine Handgriffe aus. Lily blickte gebannt auf seine blutigen Hände, die mit dem schmalen, langen Messer hantierten. Auch die Befehler verfolgten mit Hochachtung die Prozedur. Lily warf Karl dem Großen einen Blick zu, der besagte, siehste mal, so was kannst duu nicht. Sie sah Jens' konzentrierten Blick unter den langen Wimpern auf das blutige Objekt gerichtet. Ohne ein Wort zu reden, öffnete er vor der versammelten, staunenden Mannschaft den Leib der Ratte und nahm die Innereien heraus und legte sie fein säuberlich nebeneinander auf den Fassdeckel. Von Zeit zu Zeit wischte er sich mit dem Arm die über seine Augen fallende Haarsträhne zurück. Lily bebte vor Ekel und Entzücken.

Abends vor dem Einschlafen, nachdem es ihr gelungen war, den Verband von der Hand zu reißen, schob sie sich die Finger in den Mund und stellte sich vor, es wären Jens' Finger. Die Sache mit dem Blut, mit dem Tod und dem Krieg war um eine Variante der Vorstellung reicher geworden. Im Mittelpunkt ragte Jens auf dem Podest allgemeiner Bewunderung empor. Er war zum Helden geworden, sein Blick ruhte nicht mehr auf Lilys sich verzehrendem Körper, er schnitt in ihn hinein, er zog gerade, sichere Linien auf seiner Haut.

Als Edda dem alten Scholly wie immer das Essen an seiner Tür abgeben wollte und sich auf ihr Klopfen hin nichts tat, verschaffte sie sich mit einem Stoß ihrer kräftigen Schulter gewaltsam Einlass. Zum ersten Mal betrat sie die Kammer. Ein Schwarm Tauben flatterte jäh auf und floh auf die Dachbalken. Verwundert sah Edda sich um. Die Wände waren mit Zeitungsfotografien der Naziprominenz tapeziert. Eine große Weltkarte wehte von einem Balken herab. Sie war mit bunten, geheimnisvollen Zeichen bekritzelt. In einem Goldrahmen prangte das Bild von Ilse Koch, der Frau des Kommandanten von Buchenwald. Die Böden waren über und über mit Taubenmist bedeckt. Auf einem Holzgestell, das neben einem wackligen Tisch der einzige Gegenstand war, der einem Möbel glich, stapelten sich verschimmelte Pappkartons, randvoll gefüllt mit daumennagelgroßen Zetteln. Es waren die in miniaturhaften deutschen Schriftzügen verfassten und nur mit der Lupe zu entziffernden geheimen Botschaften, die der alte Scholly von seinen inhaftierten Schützlingen empfangen hatte. Mit Gummiringen an die Taubenfüße geheftet, hatten die Zettel Nachrichten aus der Landsberger Haftanstalt und anderen Gefängnissen transportiert, in denen die von Scholly vergötterten alten Kämpfer einsaßen. Ein paar zerfledderte, ebenfalls von Taubenmist verklebte und vermoderte, antifranzösische Flugblätter und nationalsozialistische Standardwerke lagen auf dem Boden verstreut.

Zuerst konnte Edda den alten Scholly nicht finden und stellte bereits die Überlegung an, die Pappkartons mitzunehmen und ihren Inhalt zu verbrennen. Denn, und das war klar wie Kloßbrüh, die Zettel durften weder der Chefin noch einem Franzosen in die Hände fallen. Diese Überlegung stellte sie nicht nur im Interesse Schollys an, sondern auch für seine Protegés. Scholly war nämlich einer, den Edda alias Erdmuthe oder umgekehrt nur voll und ganz unterstützen konnte. Und jetzt, wo sie seines großartigen Einsatzes für die Helden des Vaterlandes und für die Wiederherstellung gerechter Zustände gewahr wurde, bedauerte sie zutiefst, sich nicht mehr um ihn gekümmert zu haben, und nahm sich vor, dies in Zukunft nachzuholen.

Als sie jedoch einen Blick hinter den Bretterverschlag warf, hinter dem ein alter Schuh hervorragte, vergaß sie vor Schreck die Rettung des Kassiberschatzes. Scholly lag leblos auf einer Matratze. Er hatte den zahnlosen Mund weit geöffnet, den Blick starr zur Decke gewandt, die Hose bis zu den Knien heruntergezogen, das Geschlecht wie ein verfaultes, schwarzes Gekröse zwischen den Beinen liegen, und unter seinem Leib hatte sich eine Lache Kot ausgebreitet. Es stank furchtbar.

Wie ein Lauffeuer sprach sich die Nachricht vom Tod des alten Scholly in der Fabrik herum. Alle eilten hinauf, um sich den Alten anzusehen. Die Polizei erschien und beschlagnahmte die verschimmelten Kartons samt Inhalt. Allen Tauben wurden die Gummiringe von den Füßen entfernt, unter denen die neuesten Botschaften zum Vorschein kamen. Vielleicht liegt ja hier der Schlüssel zu dem mysteriösen Fall Aschen verborgen, wagte einer der Beamten zu mutmaßen.

Für Luise war es das erste Mal, dass sie diesen Bereich des Fabrikgebäudes betrat. Es gab Räume in der Fabrik, von deren Existenz sie nicht einmal wusste. Bereits an der Schwelle zu Schollys Kammer schlug ihr ein mörderischer Gestank entgegen. Sie ordnete an, den unsäglichen Schmutz sofort zu entfernen, die Tauben dem örtlichen Taubenzüchterverein zu übergeben, die Matratze zu verbrennen, den Kammerjäger kommen zu lassen und die ganze Mansarde umgehend einer gründlichen Renovierung zu unterziehen. Sie fürchtete, demnächst im Irrenhaus zu landen, wenn das so weiterginge.

Fräulein Kaub ließ über ihren französischen Geliebten ihre Beziehungen spielen und erreichte bei der Sureté, dass man sie in die beschlagnahmten mysteriösen Zettel Einblick nehmen ließ. Ja, sie bot sich an, diese zu entziffern. Tag für Tag opferte sie ihren Feierabend, indem sie mit einer Lupe die geheimen Botschaften las. (Übrigens tat sie dies vor allem aus Liebe zu ihrem antifaschistischen französischen Geliebten.)

Ungeheuerliches förderte sie dabei zutage. Der alte Scholly hatte mit seinen Brieftauben Kontakt zur Creme de la Creme der einsitzenden Nazigrößen unterhalten. Hunderte von nicht abgeschickten Zetteln waren mit ermutigenden Sprüchen und Zitaten aus den Konvoluten des »Führers« bekritzelt. Der Studienrat Marunscher, ein Mitkämpfer der Kaub im *Mouvement pour le Rattachement de la Sarre à la France*, beteiligte sich an der mühsamen Entzifferungsprozedur.

Seine politischen Beweggründe für die solchermaßen geopferten Abende rührten aus den Zeiten der »certaine époque«. Er war damals aus dem Schuldienst entlassen worden, nur weil er aus reiner Zerstreutheit während eines Klassenausflugs in einem Herbergsbuch hinter der Rubrik »Staatszugehörigkeit« das Wort »Sarrois« geschrieben hatte. Er hatte es aus purer Gewohnheit so hingeschrieben. Nur wegen dieser einzigen Gedankenlosigkeit war er entlassen worden, dabei hatte er fünfunddreißig für Heim-ins-Reich gestimmt gehabt. Und dies war der Grund für sein heutiges Engagement im *Mouvement pour le …*

Er glaubte seinen Augen nicht zu trauen, als sich aus dem Chaos der Zettel Indizien ergaben, die ohne Zweifel auf die Planung eines Verbrechens schließen ließen. Den Kassibern war zu entnehmen, dass ein Attentat auf den Amerikaner Michael A. Musmanno stattfinden sollte. Musmanno war als Richter der SS-Einsatzgruppenmitglieder in Nürnberg tätig.

Marunscher benachrichtigte sofort die zuständigen Behörden, die aber das als Beweis vorgelegte Material zu unseriös fanden, um der Angelegenheit ernsthaft nachzugehen. Außerdem fand Marunscher unter den Zetteln einen Hinweis, der darauf schließen ließ, dass jener boshafte Wisch, welcher Luise nach Roberts Tod zugegangen war, ebenfalls ein Machwerk des alten Scholly war. Dies widerlegte einmal wieder Luises grundsätzliche Überzeugung, dass solche bodenlosen Unverschämtheiten nur von bolschewistischer Seite kommen könnten.

Womit allerdings der alte Nazi Scholly allem Anschein nach nichts zu tun hatte, war jener Vorfall in der Nähe von Saarlouis. Dort hatte eine Horde Jugendlicher einen fünfzehnjährigen Franzosenjungen eingefangen, ihn gezwungen, die Hände aufzuhalten, ihm Benzin in die Handflächen gegossen und es angezündet. Danach befragt, was sie sich dabei gedacht hätten, sagten sie, sie hätten gedacht, der Junge wäre »ein Judd«. Die Polizei gab das Vorkommnis nicht an die Presse weiter, denn sie wollte eine Anregung zur Nachahmung solcher Taten vermeiden. Loni Rotbusch hatte von Nachbarn davon gehört und es in der Fabrik weitererzählt. Alle bedauerten den kleinen Franzosen. Wenn er wenigstens ein Judd gewesen wär, sagten sie.

Lily tobte auf dem Sofa der Großmutter. Eine Horde »Franzosenkinder« tobte mit. Sie hatten alle die Schuhe an und sprangen hemmungslos und vor Spaß kreischend auf dem Sofa auf und ab. Lilys Großeltern wohnten in der Mansarde des gleichen Hauses, das Sofa stand in der Wohnung im Erdgeschoß, die derzeit beschlagnahmt und von einer französischen Familie bezogen worden war. Bei aller Liebe zur Großmutter bereitete es Lily größtes Vergnügen, klammheimlich und ohne die Straßenschuhe ausgezogen zu haben, auf dem Sofa herumzuspringen, ansonsten ein strenges Tabu.

Die vier Söhne der Großmutter waren in Kriegsgefangenschaft, und obwohl sie eine überzeugte Nazigegnerin war, weil die vom Nationalsozialismus fanatisch begeisterte Nachbarin Schmidt prophezeit hatte, das ganze Affentheater, womit die Kirche gemeint war, fliege demnächst in die Luft, hatte man auch ihre Wohnung sequestriert.

Auch bei der Großmutter wirbelten Gut und Böse zu einem Gestöber, das Lily nicht verstand. Ihre Warumfragerei brachte die Großmutter an den Rand des Wahnsinns. Kind, ich kleb dir den Mund mit Heftpflaster zu, wenn du nicht still bist. Zu Hause gingen die Franzosen aus und ein, es wurde französisch gesprochen, die Eltern waren in Paris bei den Franzosen, und hier bei der Großmutter waren die Franzosen der Feind. Der Feind jedoch war die Madame, die Lily und den anderen Kindern selbstgemachte kandierte Früchte zusteckte, der Feind waren Jean und Claudelle, die beiden Kinder, die Lily zum spielen herunterriefen und er war der

Monsieur, der Lily über den Kopf strich, ihr in die Wange kniff und sie mon petit chou nannte.

Lily sang französische Kinderlieder, ließ sich beim Versteckspielen von Jean auf den Mund küssen und lernte wie man »sche täme« sagt. (Indem man ohne mit der Wimper zu zucken Jean in die Augen blickt und sich fest Leib an Leib drückt.) Natürlich schlug die Großmutter die Hände über dem Kopf zusammen, als die Chose aufflog. Du raubst mir noch den letzten Nerv, klagte sie, indem sie alle Heiligen auf einmal anrief. Das Verhör förderte alles zutage. Was habt ihr gespielt? – Oooch, gerolst … – so, gerolst, und wo habt ihr gerolst? In der Küche? Im Schlafzimmer? – Ooooch … – Im Wohnzimmer? – Lily schluckte und blickte schuldbewusst zu Boden. Jesses, die Großmutter hatte verstanden, ich habs ja gewusst. Auf dem Sofa! Schon wieder auf dem Sofa! Heilige Muttergottes, diese Kinder, diese Franzosen, dieser Krieg … Die Großmutter brach in Tränen aus. Lily bohrte die Fußspitze in den Boden, ihre Finger glitten in den Mund. Diese Madame, schrie die Großmutter, dieses Weibsstück von einer Madame schrubbt die Wäsche auf dem guten Tisch im Wohnzimmer, die ruinieren uns, diese Franzosen … Sie bekreuzigte sich und schickte ein Stoßgebet an die heilige Barbara. Die Feindeskinder waren aus der Sicht der Großmutter der verbotene schlechte Umgang. Umso attraktiver waren sie für Lily. Frech und unerzogen sind sie, diese Franzosenkinder, sagte die Großmutter, sie ramponieren mir meine ganze Wohnung, du gehst da nicht wieder runter.

Aber es war zu schön, mit den Franzosenkindern zu spielen. In ihrer exotischen Eigenschaft als Feind lösten sie unendliche Neugier aus. Sche-täme wurde tagtäglich im Keller bei spuckegetränkten Küssen wiederholt. Krieg und Schule wurde gespielt. Zum Krieg wurden Holzknüppel als Gewehrattrappen benutzt, es wurde auf die boches geschossen, und da niemand verstand, wer die boches waren, schossen alle auf die boches. Die boches waren der Feind an sich, sie waren genauso Feind wie der Russe. Es wurde dramatisch gestorben, es wurde sich zu Boden geworfen, es wurde an Wänden gestorben, mit hochgehobenen Händen wurde an den Wänden wie nach einer Erschießung zusammengesackt, es wurde geschrien, gehechelt, getaumelt, mit aus dem Mund hängender Zunge und mit verdrehten Augen wurde gefallen, mit zuckenden Armen und Beinen wurde sich dem Sieger ergeben.

Beim Schulespielen wurde disziplinarisch vorgegangen. Es wurden strenge Fragen gestellt, und es wurde auf die Finger geschlagen. Wer unartig war, sang: Franzosen, Franzosen, haben blaue Hosen, haben rote Streifen dran, schieß auf den Franzosenmann! Dafür gab es Ohrfeigen, die meist in ein wildes, verknäultes Gebalge und gegenseitiges Ohrfeigen und Küssen übergingen. Jeder wollte Lehrer sein. Die aufgeschürften Knie von Jean und Claudelle wurden von der Madame mit einer roten Flüssigkeit bestrichen, und als Lily eines Tages mit einem rotgefärbten Ellbogen zu Hause bei der Großmutter erschien, griff diese zum Waschlappen und rief »Pfui, so ein Geklecker, Kind Gottes, siehst ja aus wie ein Franzosenracker!«.

Solange ihre Söhne noch in Gefangenschaft waren und die Franzosen im Hause, rüstete die Großmutter für den nächsten Krieg. Ihrer Ansicht nach deutete nichts darauf hin, dass der Krieg zu Ende sei. Im Keller hortete sie Säcke mit getrocknetem Brot. In den Regalen drängte sich Eingemachtes, Seife, Trockenmilch und unzählige kleine Knäuel von Stoffresten. Man muss immer Vorrat haben, mein Kind, man weiß nie, was kommt, und wenn man Vorrat hat, kann einem nichts passieren. Eines Tages wird der Russe kommen und uns alles wegnehmen. Der Herrgott möge es verhüten, aber eines Tages wird der Russe kommen, sagte sie und schickte abermals ein Stoßgebet an die Heiligen. Kommt dann der Onkel Fridolin auch, fragte Lily. Onkel Fridolin war der in russischer Gefangenschaft einsitzende Patenonkel. Wir wollen dafür beten, mein Kind, sagte die Großmutter und bekreuzigte sich. Eine Postkarte von Onkel Fridolin hing an der Wand über der Kommode. Es war ein mit Bleistift gezeichnetes Rotkäppchen darauf zu sehen, das einen Korb mit einer Flasche und einem Laib Brot trug. Meine liebe, kleine Lily, stand dabei, aus dem fernen Russland, wo es sehr kalt ist, grüßt dich dein Onkel Fridolin. Sei hübsch lieb und mache deinen Eltern keine Sorgen. Vergiss dein Abendgebet nicht, du weißt ja, brave Kinder kommen in den Himmel. Der Onkel Fridolin schließt dich in seinem Gebet immer ein.

Als der Onkel überraschend nach Hause kam, wurde gefeiert. Blass und teilnahmslos saß er am Tisch, während von den anderen die Buttercremetorte vertilgt wurde, die zum Ritual der familiären Feste gehörte. Komm, nimm doch auch ein Stückchen, aber der Onkel schüttelte den Kopf und hielt sich an trockenes Brot. Er war das üppige Essen nicht mehr gewohnt. Lily starrte den Onkel an, so sieht also einer aus, der von den Russen kommt. Onkel! Er nahm Lily auf den Schoß. Wo sind denn die Läuse? Allgemeines Gelächter. Hör auf, Kind, das ist doch vorbei. Aber wo sind sie denn, die Läuse? Alles verbrannt, mein Kind, und jetzt reden wir von was anderem.

Die Großmutter hatte die Kleider, in denen der Onkel eines Tages und völlig unverhofft an der Tür erschienen war, in den Ofen gesteckt. Sie hatte ihm das Haar geschoren und ihm ein Kamillenbad bereitet. So fette Läuse hat die Welt noch nicht gesehen, aber löcher mich nicht. Wie groß sind denn die Läuse, hatte Lily wissen wollen. So groß wie Maikäfer? Nein, Kind, aber groß genug. Schluss jetzt. Etwas umgab den Onkel, das nicht zu dieser Welt gehörte. Einmal fragte Lily ihn, wie viele Russen er totgeschossen hätte. Der Onkel hatte gelacht und ihr über den Kopf gestrichen. Ich weiß es, hundert!

Hör auf mit dem Quatsch, hatte die Großmutter gesagt und nach der mit Glöckchen behängten Schnur gegriffen, die vom Küchenfenster hinaus zu dem Kirschbaum im Garten gespannt war, um die Spatzen zu vertreiben. Hör mir auf mit diesem Quatsch!

Der Großvater schwieg zu alledem. Er saß am Küchentisch und hatte das Rasiergeschirr vor sich aufgestellt. Sorgfältig und schweigend schabte er den weißen Schaum von seinen Wangen und strich die Klinge an einem Lappen ab. Aber einmal brach er in Schreien aus. Er, der nur immer dasaß und nickte und im Zweifelsfall einnickte, schrie plötzlich so laut, dass die Großmutter verstummte, was ebenso selten war wie dass der Großvater schrie. Was der Großvater damals wie ein wildgewordenes Tier aus sich herausbrüllte, sollte Lily erst viel später, als sie erwachsen war, verstehen. Der sanfte Großvater, der nie schimpfte und immer nur nickte, dessen glänzende, frischrasierte Wangen für Lily ihr Leben lang ein Symbol der Liebenswürdigkeit bleiben sollten, machte plötzlich seinem Herzen Luft. Er fluchte.

Er fluchte auf eine Weise, die die Großmutter verstummen und sich bekreuzigen ließ. Dieser Teufel, dieser Hitler, diese Verbrecher, diese Idioten von Kindern, diese Mörder, diese Franzosen, diese Russen, Himmelsakrament, diese verdammten gottlosen Bengel … Er meinte seine Söhne, die allesamt und gegen seinen Willen, wie Lily später von ihrer Mutter erfahren sollte, in der Partei waren, und die jetzt ausbaden mussten, was sie sich eingebrockt hatten. Großvater, das sollte Lily später erfahren, war der einzige gewesen, der kein gutes Haar an den vergangenen Zeiten gelassen hatte. Er hasste das Militär, das er im ersten Weltkrieg als preußischer Kürassier zur Genüge kennengelernt hatte, er hasste Hitler, er hasste die Nazis, er hasste die Kommunisten, er hasste die Partei, sowohl diese als auch jene, er hasste den Pastor, der sein Fähnchen nach dem Wind drehte, er hasste seine vier gottverlassenen Söhne, die so dumm waren, gegen seinen Willen zu handeln und sich dem Teufel zu verschreiben, er hasste die Franzosen, die in den Gruben das Leben der Bergleute aufs Spiel setzten, indem sie die Ausbeute bis zum Gehtnichtmehr und ohne die notwendigen Sicherheitsmaßnahmen betrieben, er hasste seinen korrupten, leichtlebigen Schwiegersohn, den das Schicksal mit recht bestraft hatte, er hasste die Heim-ins-Reich-Idioten, die in das vermaledeite Preußen zurück wollten, er hasste die Spatzen, die ihm die Kirschen wegfraßen, er hasste die Nachbarin Schmidt, die jetzt so tat, als hätte sie nie ein Wässerchen getrübt und sich bei den Franzosen einschmeichelte, er hasste alles und alle außer seinem Enkelkind Lily.

Als er in den letzten Kriegstagen zum Volkssturm eingezogen werden sollte, und als ihm seine Frau sagte, »entweder du gehst oder ich geh, ich hab keine Lust aufs Kazett«, hatte er sein Fahrrad genommen und war in die Wälder gefahren. In einem alten, ausgedienten Förderturm hatte er sich versteckt. Nicht einmal seine Frau wusste damals, wo er war. Als sie dann kamen und nach ihrem Mann fragten, konnte sie nichts weiter sagen, als ich weiß nicht wo er ist. Sie kam nicht ins Kazett.

Als Großvater in Schreien ausbrach, waren alle Schleusen offen. Fridolin lag im Bett, und Großmutter war dabei, ihm die von Krätze befallenen Beine mit Kamillenkompressen zu wickeln. Sie sagte noch, aber Mann, sei doch ruisch, der Großvater jedoch hörte nicht so schnell wieder auf zu schreien. Er verspürte kein Mitleid mit seinem Sohn. Lily war erstarrt ob dieses Gebrülls. Ihre Eltern hatten sich oft gestritten, aber die Großeltern, da war Frieden und Eintracht gewesen, und jetzt das … Plötzlich krümmte sich Großvater und presste sich die Hand auf die Brust. Großmutter tat einen Aufschrei, du wirst doch nicht, Mann! Sie schob den vor Schmerz gekrümmten Großvater ins Schlafzimmer. Es sah komisch aus, wie der eben noch gottvatergleich zürnende Großvater jetzt wie ein Kind von der Großmutter aufs Bett gehievt wurde.

Die Fragen Lilys an den Großvater wurden auf einer Bank auf dem Friedhof gestellt, wohin der Alte seine Enkelin regelmäßig mitnahm. Opa? – Jaa? – (Der Großvater saß mit geschlossenen Augen da, als wäre er eingenickt. Die Sonne schien auf seine glattrasierten Bäckchen.) Ist der Onkel Fridolin ein dummer Kerl? – Er ist ein dummer Kerl, aber er hat seine Lehre gekriegt. Wer nicht hören will muss fühlen, das ist immer so. – Opa? – Ja, mein Kind – zeigst du mir die Zähne? – nein, heute nicht – Warum? – deshalb – Warum nicht? – weil die Zähne in den Mund gehören – aber wenn du wolltest, könntest du sie mir zeigen? – deine Großmutter will das nicht, Kind, und sie hat recht, man soll kleinen Mädchen nicht die Zähne zeigen – aber ich sag nix – die Zähne sehen heute so aus wie sie gestern ausgesehn haben. Lily aber bohrte weiter. Jedesmal war es so. Manchmal jedoch ließ er sich erweichen. Die Zähne waren etwas, was Lilys größtes Interesse hervorrief. Als sie drei Jahre alt war, hatte sie eine unheimliche Bekanntschaft mit diesen Zähnen gemacht. Die Großeltern lagen bereits in den Betten und Lily war noch einmal aufgestanden und hatte sich in die Küche geschlichen, um in Großmutters Schublade zwischen Haarnadeln und Muskatnüssen nach einem Stück Schokolade zu suchen. Sie drehte das Licht an, und vor ihren Augen tauchten die Zähne auf. Sie lagen in Wassergläsern auf dem Küchentisch. Lily musste geschrien haben wie am Spieß. Jedenfalls war die Großmutter aus dem Bett gesprungen und in die Küche gestürzt, umshimmelgotteswillen Kind … Die Zähne, die Zähne! Von Entsetzen gepackt flüchtete Lily der Großmutter in die Arme. Von da an waren die Zähne ein Objekt steten Interesses. Opa, bitte! – nein, Kind! Das Nein war apodiktisch. Lily gab sich geschlagen.

Wenn der Großvater aber bereit war, Lilys Wunsch zu erfüllen, griff er mit Daumen und Zeigefinger in den Mund

und zog das Gebiss hervor. Die Aktion war von einem knackenden Geräusch begleitet. Lily konnte sich nicht sattsehen an dem Gebiss. Wie es rosa und gelb in der Sonne glänzte, an einem der Zähne war sogar eine kleine goldene Stelle, des natürlicheren Aussehens wegen. Die Zähne so abgesondert von dem Mund, in den sie gehörten, zu sehen, war so etwas ähnliches, wie dem lieben Gott in die Werkstatt schauen. Die aus dem Mund genommenen und auf der Handfläche des Großvaters ruhenden Zähne sprachen eine Sprache für sich. Es war, als könnten sie losbeißen, losfressen, losschreien. Dass sie es nicht taten, schien allein der Autorität des Großvaters verdankt zu sein, der abwechselnd die Zähne und Lily ansah, mit einem Ausdruck, der sagte, was soll schon dran sein, an diesen Dingern. Ein Gebiss, nichts weiter.

In Lilys Träumen tauchten die Zähne als selbständige Wesen auf. Zähne mit Beinen, die von alleine dahermarschierten, Zähne mit Augen, mit Nasen, Zähne, die unter dem Gebüsch hervorlugten, zwischen Kartoffeln und mitten aus den Zuckerrübenbergen heraus. Allerorten führten sie ihr skurriles Eigenleben. Lily hatte sich daran gewöhnt. Es waren nicht nur diese Zähne, die jenseits der Welt der Erwachsenen etwas nicht mitteilbares vollführten. Es gab Dinge zwischen Himmel und Erde, von denen offensichtlich keiner etwas wusste. Legte man die Hand an bestimmte Stellen, davon war Lily überzeugt, würden die Zähne auftauchen und das tun, was Maria, während sie Lily den abendlichen Verband um die Finger legte, schon lange prophezeit hatte: schnapp! Finger ab. Eines Tages werden dir deine eigenen Zähne deine eigenen Finger abbeißen, sagte Maria, als Lily schon wieder den Verband abgerissen hatte und lutschte. Lily aber fürchtete sich nicht. Vor ihren eigenen Zähnen hatte sie keine Angst. Sie waren die Wächter des Raums, der ihr gehörte, und nur ihr. Sie waren die Zinnen der geheimen Fluchtburg, sie waren Schutz und Trutz ihres Innenlebens. Was sich dahinter verbarg, war die räumliche Möglichkeit des Friedens: im Zweifelsfalle in sich selbst. Wenn Jean, der kleine Franzose, seine Zunge zwischen Lilys Zähne zu pressen versuchte, kniff sie die Kiefer zusammen. Niemand sollte dahinein! Ein ernsthafter Kampf, eine bittere Nebenerscheinung des Sche-täme.

Die prickelnde Brisanz deiner Brüste unter dem brillanten Blau … die Brisanz deiner prickelnden Brüste, nein, das prickelnde Blau über der brisanten Wirkung deiner Brüste … ich habs, sagte Friedhelm Schwarz und ließ Daumen und Mittelfinger geräuschvoll schnippen, indem er Luise über die schräg hochgestellten Skier an sich zog, ohne zu bedenken, dass eine Pfütze geschmolzenen Schnees der Landeplatz ihres Hinterns wäre, wenn sie das Gleichgewicht verlöre. Aber sie verlor es nicht, sondern balancierte erfolgreich aus der Rückenlage in die Bauchlage, indem sie sich von dem auf der Bank liegenden Friedhelm hinüberziehen ließ. In unfreiwilliger Grätsche hing sie nun über ihm und ließ sich die Skijacke aufknöpfen, deren brauner Wollstoff mit den grünen Applikationen kleiner Eichenblätter sich allerliebst zu ihrem von der Hochgebirgssonne gefrischten Teint ausmachte. Lachend rangelte sie mit Friedhelm, sie fuhr ihm mit gespreizten Fingern durchs Haar und ließ sich nun vollends auf ihn hinab, um ihm einen innigen Kuss zu geben. Er schmeckte bitter von der Sonnencreme.

Der Himmel spannte sich knallblau (Marke Veilchen, oder, Zitat Friedhelm Schwarz: wie das Blau in den Augen Parzifals) und wolkenlos über die Hochgebirgsgipfel Luises Sonnenbrille landete im Schnee.

Nachdem Friedhelm und Luise einander vorerst genügend beküsst hatten, schnallten sie wieder die Skier an und glitten der Sonne entgegen. In Friedhelm hatte das schöne Wetter (zum Heldenzeugen, meine Liebe!) eine Art poetischer Euphorie hervorgerufen, die ihn, was die Hervorbringung von

Bonmots betraf, zu Hochform auffahren ließ. Friedhelm sog den Duft des Schnees ein, ein Duft, der Erinnerungen an seine Gebirgsjägerzeiten in ihm wachrief. Ein Juwel von Tag, ein Tag zum Hineinlegen, rief er aus und beschloss, diesen von den Göttern eigens für ihre Lieblinge erfundenen Tag bis zur Neige auszukosten.

Die erschöpfte Luise im Schlepptau, stieg er bis zum mittleren Gipfel, wo sie sich vor einer Hütte zur Brotzeit niederließen und dabei die Skifahrer begutachteten. Auch diese Dame würde ich nicht von meinem Bette weisen, sagte Friedhelm angesichts einer ungeschickt sich hinabbückenden und den Hintern von sich streckenden Person, die im gleichen Hotel wohnte wie sie. Na, na, na, monierte Luise scherzhaft sein leichtsinniges Gehabe, aber ihr Tadel war nicht ernst gemeint, schon allein wegen der konkurrenzunfähigen Erscheinung der gemeinten Dame.

Auch Luises Laune war bestens, denn seit sie die Fabrik fluchtartig für zehn Tage verlassen hatte, um ihre überstrapazierten Nerven zu kurieren, ging es ihr wieder gut. Heute ging es ihr sogar sehr gut. Sogar bestens. Sie genoss den Geistesreichtum ihres Begleiters als auch die Tatsache, vorübergehend von ihrer nervenzermürbenden Tochter befreit zu sein.

Stell dir vor, meine Liebe, sie hängen wie künstliche Monde am Himmel, der amerikanische Außenminister lässt sie als militärische Außenposten ins All schießen. Ist das nicht fantastisch! Luise nickte lächelnd Beifall. Es war bereits Abend, sie saßen im Speisesaal, und Luise hatte sich in Schale geworfen. Ein Diorimitat, ganz im Stil des letzten Schreis (trompe l'oeil, ein enger Rock, dessen Raffinesse darin bestand, dass bei jedem Schritt eine überraschende weite Glocke unterhalb der Kniekehlen aufschlug). Die körperliche Anstrengung des Tages hatte sie so entspannt, dass sie aufrichtig Anteil an Friedhelms enthusiastischen Zukunftsvisionen nehmen konnte, ohne sich zu langweilen.

Ihre Tischnachbarn, ein Ehepaar aus München, mischten sich mit wissbegierigen Fragen in die Unterhaltung ein. Der Mensch kann alles, wenn er will, verkündete Friedhelm. Die Arbeiter im Weltraum werden sich ohne jede Anstrengung bewegen, der Wegfall der Schwerkraft erlaubt es, die schwersten Arbeiten in schwebender Leichtigkeit zu verrichten, stellen Sie sich das einmal vor, ist es nicht großartig? Sie tragen Rucksäcke auf den Rücken, in denen die Sauerstoffflaschen stecken und schweben wie Vögel damit durchs All. Vielleicht könnte man sie an solchen Tagen wie heute sehen. Vielleicht feiern unsere Kinder Hochzeit auf dem Mond. Man mietet sich nicht mehr im Seehof ein, sondern im Mondhof. Nachts blicken die Verliebten romantisch auf die glühende Erde. Ich habe keine besondere Sympathie für den Amerikaner, wie du weißt, aber dieser Mister Forrestol, alle Achtung. Im Übrigen sind es sowieso unsere deutschen Wissenschaftler, die das alles erfunden haben. Schatz, darf ich dich zu einer Mondfahrt einladen? Und wann, mein Süßer? Na, sagen wir in sieben Jahren. Luise formte ihren Mund zu einer gespielten Enttäuschung.

Die Sorgen der Betriebsführung waren, kaum dass Luise im Seehof angekommen war, von ihr abgefallen. Der Argwohn der letzten Wochen hatte sie über die Maßen strapaziert. Sie war überzeugt, dass hinter ihrem Rücken ein Komplott geschmiedet würde, nicht einmal Herr Maurer und Fräulein Kaub erschienen ihr mehr vertrauenswürdig. Die große Familie, die sie doch alle seien, wie Robert immer gesagt hatte, indem er an die zuverlässigen Elemente in der Belegschaft appellierte, hatte sich als eine Horde hinterlistiger Intriganten herausgestellt, die man wie einen Sack Flöhe hüten musste. Irgendwo hinter Luises Rücken, jenseits ihres Einflusses schien ein Spinnennetz hinterhältiger Machenschaften entstanden zu sein. Vor ihrer Abreise hatte sie in einem gewaltigen Ordnungsschub alles erledigt, was erledigt werden musste. Sie hatte den Aktenstapel auf dem Schreibtisch bearbeitet, das Haus von oben bis unten durchputzen lassen, hatte die Ehebetten ausrangiert und sich dafür ein französisches Bett kommen lassen, mit geblümtem englischem Chintz bezogen, und dann hatte sie Roberts Anzüge verschenkt und beschlossen, mit Friedhelm Schwarz nach Davos zu fahren.

Sie hätte eine Ignorantin sein müssen, um nicht zu merken, was ihr Liebhaber für ein Charakter war. Aber auf vertrackte Weise hing sie jetzt an ihm und manchmal fragte sie sich, ob es das sei, was man »verfallen« oder »hörig« nennt. Nichtsdestotrotz hatte sie sich für ihn entschieden, jedenfalls vorläufig, und dieses Vorläufig stand fest mit Ausrufezeichen in ihrem Bewusstsein. Der ist doch ein Hallodri, hatte ihre Freundin sie gewarnt, sie hatte darauf nur die Schultern gehoben und gesagt: tant pis … gedacht hatte sie, ich bin schließlich eine unabhängige, selbständige Frau, ich kann tun und lassen, was ich will. Und sie beschloss, auf dieser Plattform vorläufigen Glücks fürs erste ihrem amant nicht zu entsagen. Ein Trost immerhin war, dass er ihr gegenüber bisher noch keine allzu schlechten Seiten seines Charakters gezeigt hatte. Vielleicht hat er sich geändert, dachte sie, schließlich lohnt es sich, für mich einen guten Charakter zu haben. Wenn er seine für ihr Gefühl allzu leichtsinnige Miene aufsetzte, zum Beispiel in Gesellschaft, wo er es immer fertig brachte, im Mittelpunkt zu stehen, oder wenn er sich verspätete, wie auch diesmal, wo er drei Tage später in Davos angekommen war, als ausgemacht, zahlte sie es ihm heim, indem sie ihrerseits mit anderen Männern flirtete. Solche Racheaktionen hatten die Wirkung, dass er sie einer peniblen Befragung unterzog, die sie, indem sie ihn an vagen Antworten zappeln ließ, genüsslich auskostete. Jedenfalls war sie sich einstweilen sicher, ihn im Griff zu haben.

An diesem Abend jedoch wurde ihr nach dem Dessert plötzlich schwarz vor Augen. Auf der Toilette, wo sie sich frisch machen und den Lippenstift nachziehen wollte, kippte sie vornüber und stieß mit der Stirn auf den Waschbeckenrand. Friedhelm brachte sie aufs Zimmer und trieb unter den Gästen einen Arzt auf. Jetzt saß er an ihrem Bett und hielt ihr die Hand. Gestern noch hatte er über ihre Prüderie gespottet, weil sie darauf bestanden hatte, in zwei Einzelzimmern zu wohnen. Jetzt war er heilfroh darüber. Wenn er eine Situation hasste, dann war es so eine.

Wie erfreulich war es doch mit Edith gewesen, mit der er vor der Reise nach Davos zwei amüsante Tage im Schwarzwald verlebt hatte. Sie hatten es sich wie Gott in Frankreich gehen lassen. Er und Edith, die kleine Krankenschwester, der er praktisch sein Leben zu verdanken hatte. Seit damals traf er sie von Zeit zu Zeit. Sie hatte ihn auf dem Lazaretttransport aus Griechenland gesund gepflegt. Er war dabei gewesen, als jene waghalsige Operation mit Fallschirmen auf Kreta gelandet wurde, bei der ihm der Teufel einen lebensgefährlichen Splitter zwischen die Rippen gejagt hatte. Edith hatte ihn hingebungsvoll gesundgepflegt, und das würde er ihr nie vergessen. Sie gehörte nicht zu der Sorte Frauen, die vor Ansprüchen platzen. Außerdem war sie glücklich genug verheiratet, um auf Heiratspläne verzichten zu können. Sie war groß, sportlich, fröhlich und unkompliziert. Sie war das, was man pflegeleicht nennt. Und sie war sogar in gewisser Weise spröde, sie zierte sich sogar, und das gefiel ihm, denn »nichts ist unappetitlicher«, pflegte er zu sagen, »als eine Weibsperson, die sich nackt ins Bett legt, die Beine breit macht und wartet, dass man auf sie plumpst«. Manchmal hatte sie den Charme einer knarrenden Schranktür, aber das verzieh er ihr angesichts ihres wunderbar großgewachsenen Körpers, dessen schlanke Ebenmäßigkeit unter der weißen Schwesterntracht ihm geradezu als arisches Idealbild erschienen war.

Die für seinen Geschmack etwas klein geratene, wenngleich auch fantastisch gutaussehende Luise war leider zu kompliziert. Wenn er etwas hasste, dann waren es weinende, leidende, schmachtende oder kranke Frauen. Luise lag mit hohem Fieber im Bett, und Friedhelm Schwarz musste ihr jetzt Händchen halten. Oh, wie er solche Szenen verabscheute! Aber er fügte sich, denn seine Ambitionen auf Luise waren von möglicherweise zukunftsträchtiger Bedeutung, und dass diese Zukunft nicht ohne Investitionen möglich war, war gewiss. Und da sie eine von den Frauen war, die es gewohnt sind, umsorgt und umkümmert zu werden, und die es nicht dulden, dass man sie vernachlässigt, hatte er sich überwunden und sich zu ihr ans Bett gesetzt.

Ihr Fieber war bereits während der Vormittagsstunden in beängstigende Höhen gestiegen. Sie fantasierte. Sie bildete sich ein, Robert zu sehen. Ein Abgrund hatte sich vor ihr aufgetan, in den sie schwebend hinabfiel, sie fiel und fiel und blieb doch immer an derselben Stelle, und das war das beängstigende. Der Abgrund war grauenhaft, es war eine Schlangengrube, aus der heraus sich Reptilleiber wanden und sich ihrem Körper entgegenstreckten. Nein, es war ein Gemisch aus Schlangen, Lily, Robert, Friedhelm und ihren Brüdern. Sie fiel und fiel ohne Ende. Und dann hörte sie ein kehliges Schreien, das nicht erkennen ließ, ob es das Schreien eines Kindes, eines Manns oder einer Frau war, und man konnte auch im ersten Moment nicht sagen, ob es laut oder unterdrückt war. Es war der Ausdruck einer furchtbaren, namenlosen Angst, es war eine Stimme, die an sich selbst erstickte, an der Atemnot, die sie selbst hervorbrachte, indem sie schrie, ein Schreien, das sich losgelöst hatte von der Person, aus der es kam, und das sich trotz seiner Schwäche weithin ausbreitete, in der ganzen Straße, im Haus, jeder hinter den Vorhängen hörte es.

Friedhelm Schwarz saß hilflos neben Luise, er dachte, sie nehme ihn nicht wahr in ihrem Fieberdelirium, aber kaum hatte er sich davongeschlichen, schon hörte er sie mit jämmerlicher Stimme seinen Namen rufen. Der Arzt diagnostizierte Lungenentzündung, spritzte Penicillin und verordnete Bettruhe bis auf weiteres. Wie sie so dalag, mit feucht verklebtem Haar, mit offenem Mund, schlafend, rote Flecken auf Wangen und Stirn, und wie sich ihre kleine Hand um Friedhelms Hand klammerte, mit einer krankhaften Kraft, mit stählerner Energie hielt sie seine Hand, und wie die Wülste der Fingerkuppen unter ihren zerbissenen und mit Resten roten Lacks bekleckten Fingernägeln hervorquollen – all dies widerte ihn an.

In den letzten Tagen bevor sie krank geworden war, war ihre kleine Unart, wie sie das Nagelbeißen selbst nannte, zur Manie geworden. Selbst im Speisesaal hatte sie sich dabei ertappt und schuldbewusst die Hände unter dem Tisch versteckt. Der Nagellack hatte das peinliche Ergebnis noch auffälliger gemacht. Wie kleine Tiere bewegten sich diese Finger jetzt in Friedhelms Hand, sie bohrten sich geradezu in sie hinein. Mit der freien Hand blätterte er in einer Illustrierten und las zum dritten Mal diese merkwürdige Geschichte, die ihn faszinierte. Ein Mann hatte Selbstmord begangen, indem er eine Kapsel mit atomischen Substanzen verschluckte. Als er tot war, war kein Arzt aufzutreiben, der bereit gewesen wäre, die Autopsie vorzunehmen, weil sie alle fürchteten, die Leiche könnte explodieren. Er langweilte sich zu Tode und seufzte vor Erleichterung auf, als die Schwester kam, um Luise zu waschen und ihn von seinem unfreiwilligen Liebesdienst zu suspendieren.

Erlöst schlich er sich davon und beschloss, für ein paar Stunden zu verschwinden. Draußen schnallte er die Skier an und stieg hoch. Er atmete tief. Die frische Luft befreite ihn von der bedrückenden Stimmung und von der Beklommenheit, die sich in Luises Gegenwart seiner bemächtigt hatte.

Im Falle einer Heirat würde er Luise an die Kandare nehmen, ja, das war der richtige Vergleich, fand er, wie ein verzogenes Pferd würde er sie zureiten, er würde ihr die Sporen geben, sie hart machen, und nicht nur sie, sondern auch ihren verzärtelten Nachwuchs würde er in die Dressur nehmen. Er stieß die Stöcke in den Schnee und holte weit aus. Die Skier glitten über die weiße Fläche, hier war Kraft, hier war Klarheit und Reinheit, hier stimmte die Bewegung der Muskeln mit den äußeren Dingen überein. Eine eisklare Luft umgab ihn, und die untergehende Sonne warf einen rosa Schimmer über die Gipfel im Westen. Ein glänzender Tag, ein brillanter Tag, den ich in diesem überhitzten Zimmer verloren habe, dachte er. Minimale Muskelbewegung und maximaler Effekt, so eilte er vorwärts.

Er würde mit Luise das Haus bauen, das sie mit Robert hatte bauen wollen, und er würde die Dinge in die Hand nehmen. Endlich war ihm eine Chance gegeben, Fortuna wollte nur beim Schopf gepackt werden. Aber er ahnte nicht, dass Luise längst ein graphologisches Gutachten über seine Schrift eingeholt hatte, das entschieden negativ ausgefallen war. Und dass sie nach etlichen Beratungen mit etlichen Vertrauenspersonen entschlossen war, fest entschlossen, ihn lediglich als vorübergehenden Liebhaber zu behalten.

So hatten beide ihre geheimen Absichten, die natürlich von den unkalkulierbaren und ihnen selbst unbekannten inneren Gesetzen des Handelns durchkreuzt werden sollten. Friedhelm Schwarz sollte es natürlich nicht durchhalten, sich um Luise zu kümmern, so wie es ihren Vorstellungen entsprach. Sie hingegen sollte drei Jahre später, als sie den dritten ernsthaften Versuch machte, sich von diesem »unglückseligen Hallodri« zu trennen, dem sie eine beträchtliche Menge Geld ohne schriftlichen Vertrag leihweise überlassen hatte, die Macht der Liebe, wie man so schön sagt, schmerzhaft am eigenen Leibe erfahren. Sie sollte seinetwegen sogar für ein paar Wochen in einer psychiatrischen Anstalt landen, eine Tatsache, die für ihn das Signal zur endgültigen Trennung sein sollte. Erst als sie mit Hilfe der besorgten Vermittlungen ihrer Bekannten eine sogenannte Vernunftheirat mit einem erfolgreichen Geschäftsmann einging, sollte sie Friedhelm allmählich vergessen. Sie sollte auch im Laufe der Jahre zu einer umsichtigen Chefin heranwachsen, die Mysterien der Sachlichkeiten sollten sich ihr enträtseln, so dass sie Friedhelm Schwarz, jedenfalls für diese Dinge, nicht mehr nötig hatte. Die Erfordernisse einer erfolgreichen Betriebsführung hätten sowieso seine Fähigkeiten überschritten, wie Luise schneller und drastischer als ihr lieb war, realisieren musste. Einstweilen jedoch lag sie in ihrem Hotelzimmer und brütete den Krankheitsanfall aus, der sie für Wochen in die glückliche Lage versetzte, dem Diktat des Arztes folgen und die schmutzige heimische Industrieluft meiden zu müssen.

Drei Monate lang weilte sie im schönen Davos und gab sich der Lektüre der neuesten Romane hin, wobei sie sogar auf die Idee kam, Germanistik zu studieren. Die Dinge aber nahmen ihren Lauf, und das Wirtschaftswunder sollte auch sie mit der identitätsprägenden Macht seiner Wirkung erfassen, so dass sie sich nicht mehr mit Diorimitaten begnügen musste, sondern in echten Modellkleidern auftreten konnte. Auch die Sache mit ihrer Tochter sollte sich regeln. Allerdings sollte sie immer wieder von dramatischen Überraschungen unterbrochen werden. Dann sagte sich Luise, ihrer alten Überzeugung getreu, dass sich die Probleme quasi biologisch auswachsen, wenn der Mensch einen gesunden Stammbaum habe: Auch das wird vorübergehn. So gesehen war alles zu ertragen.

Als Lily einmal nach Luises Rückkehr aus Davos ihre Mutter mit ihrem Liebhaber im Bett überraschte und hinterher, wenn er auftauchte, immer den Satz »es stinkt nach Mann« ausstieß, ging sie mit dem Kind zu einem Arzt. Die Pillen, die der Arzt dem Kind verschrieb, blieben jedoch weitgehend ohne Wirkung. Mit der Zeit gewöhnte sich Luise daran, dass sie ein unausstehliches, auf Zwietracht erpichtes Kind hatte. Dagegen konnte man nichts machen.

Einmal, als sie während ihres samstäglichen »Mittagsschläfchens« die Tür zum Schlafzimmer abgeschlossen hatte, und als es dem Kind gelang, über einen angrenzenden Raum durch die geöffnete Balkontür ins Schlafzimmer zu gelangen und mit einem triumphierenden Ätsch an das Bett zu treten, in dem Luise soeben ihren Geliebten in sich aufgenommen hatte, riss ihr der Geduldsfaden. Sie sprang aus dem Bett und verprügelte ihre Tochter mit dem nächstbesten dazu geeigneten Gegenstand, dem Ledergürtel, den sie aus Friedhelms Hose gezogen hatte. Aber auch dieses Drama sollte wieder in Vergessenheit geraten.

Vorerst aber erholte sich Luise von ihrer schweren Lungenentzündung und unternahm lange Spaziergänge in Davos und Umgebung. Nachdem Friedhelm Schwarz abgereist war, besuchte sie täglich das Café Schneider, in das Friedhelm keinen Schritt hatte tun wollen, weil er während »cette certaine époque«, wie Luise inzwischen, angeregt durch die französischen Ermittlungsbeamten, die Nazizeit nannte, einmal durch die Hausherrin persönlich des Lokals verwiesen worden war. Er hatte damals einen Freund in Davos besucht, der eine Lehrerstelle am Davoser deutschen Gymnasium begleitete. Bestens gelaunt und in Uniform war er nach einem Spaziergang in das Café eingetreten und hatte bereits Platz genommen, als die Chefin ihn höflich aber bestimmt bat, sich wieder zu entfernen. Eine so entwürdigende Situation war ihm selten vorgekommen. Was konnte ich denn dafür, dass ich Uniform tragen musste, sagte er noch im nachhinein, und immer wenn er mit Luise die Dorfpromenade entlangging und sie das Café Schneider passierten, fiel ihm ein passendes Bonmot ein, den »Saftladen« entsprechend zu charakterisieren.

Jetzt aber, nachdem Friedhelm Schwarz abgereist war, machte Luises Genesung vitale Fortschritte, und sie ließ sich auch die tägliche Portion Nusstorte in ihrem Lieblingscafé nicht mehr entgehen. Eines Tages lernte sie dort einen englischen ehemaligen Fotoreporter kennen, der sich in die Einsamkeit der Berge zurückgezogen hatte, weil er sich von der Allgewalt, so sagte er, der Ereignisse, die er fotografiert habe, erschlagen fühle. Er habe nach einem schweren Flugzeugunfall die Folgen einer Dermatoplastik hier auskuriert und sei einfach dageblieben.

Er war ein für Luises Geschmack recht verlotterter Typ, aber er war originell, und das gefiel ihr. Sie traf sich nun täglich mit ihm, um Spaziergänge zur Schatzalp, nach Frauenkirch oder in die schönen Täler hinein zu unternehmen. Mehr wollte sie nicht von ihm, denn als Mann war er ihr doch zu bohemien.

Nur das Fernsein von den Schlachtfeldern setzt die Dinge wieder ins rechte Licht, sagte er, irgendwann muss der Mensch sich aus dem Feld ziehen, wenn er mit heiler Haut davonkommen will, und das meinte er im übertragenen Sinne, obwohl der wörtliche in seinem Falle auch stimmte. Luise wunderte sich darüber, dass er ihr keine Avancen machte, ja, sie war sogar fast beleidigt deshalb. Aber gerade das reizte sie, ihn immer wieder zu treffen. Sie holte ihr verlorenes Gewicht wieder auf und eine »himmlische Ziellosigkeit« kam über sie, ein Zustand, der sie anregte, mit ihrem Bohemien ins Philosophieren zu kommen.

Die Zerreißprobe zwischen Abhängigkeit und Hass, die wir Liebe nennen, sagte ihr Bohemien, dessen Bildung sie mittlerweile schätzen gelernt hatte, verlässt Ihren Körper, Sie erschlaffen weil die Pole verschwinden, auf die Sie gespannt worden waren und zwischen denen Sie sich dehnten und streckten, zwischen denen Ihre Sehnsüchte wie die Vögel auf Hochspannungsmasten saßen, in der Ferne aufgereiht, aber unerreichbar. Es ist das Beste, was Ihnen passieren kann, dear. Manchmal geht dieser Verlust der inneren Führung mit Trübsinn einher, aber das darf Sie nicht erschrecken. Ich kenne diesen Zustand zur Genüge. Manche nennen ihn Leere. Aber es ist keine Leere, sondern der gesunde Trübsinn einer wirbelnden Unordnung, und vorübergehend finden Sie die Unterschiede, die man Ihnen beigebracht hat, nicht wieder. Das ist, psychologisch gesehen, nur von Vorteil. Früher waren Sie ein Punkt als Bestandteil einer festen Linie, und jetzt sind Sie ein freischwebender Punkt, wie eine Schneeflocke. Luise nickte und pflichtete seinen, wie sie fand, sehr tiefen philosophischen Gedanken bei.

Sie erholte sich rapide. Nicht einmal die Nachricht, dass der kleine, Josef Sukow zur Lehre unterstellte Stift durch einen tragischen Unfall zu Tode gekommen war, konnte sie aufschrecken. Die Fernheit ihres Geistes von den verhassten äußeren Zwängen schien ihr das beste Heilmittel. Der Junge hatte in den Motor des Lastwagens hineingeblickt, aber er hatte dabei vergessen, die Kühlerhaube richtig zu fixieren. Sie fiel, während er seinen Kopf über den Motor gebeugt hielt, herunter und brach ihm das Genick. Luise schrieb seiner Mutter einen anteilnehmenden Brief, in dem sie glaubhaft mitfühlende Trauer bekundete. Dieses Unglück aber war für sie eher ein Grund, ihren Kuraufenthalt zu verlängern, als ihn abzubrechen. Die Furcht vor der Verantwortung war gerade schon wieder dabei, sich über sie herzumachen, und auch das Mysterium der Sachlichkeiten bauschte sich in ihrer Vorstellung von Neuem zu unüberwindlichen Bergen auf. Also verließ sie Davos einstweilen nicht, sondern setzte die Spaziergänge mit ihrem Bohemien bis zur Schneeschmelze fort.

Dünkelmüller brach seinen Schwur erst nach dem siebten Glas Bier. Max saß mit ihm in einer Frankfurter Gaststätte und versuchte, herauszubekommen, was mit Katharina Scheer, seiner Großmutter, geschehen war, bevor man sie zur Großmarkthalle zur Deportation gebracht hatte. Dünkelmüller war der Portier des Hauses der Großmutter gewesen. Daran hatte sich Max erinnert. Es war nicht schwer gewesen, Herrn Dünkelmüller aufzutreiben, denn er wohnte immer noch in dem Haus, das einmal der Familie Scheer gehört hatte, und er hatte dort immer noch den Portiersposten inne. Im trüben Wirtshauslicht saß Max diesem Dünkelmüller jetzt gegenüber, dessen karge Sprache einem tiefen und entschiedenen Blick ins Bierglas gewichen war. Die einzige Äußerung, die er seit einer halben Stunde von sich gegeben hatte, war ein Schütteln des Kopfes und ein aus dem Mund fallendes, alsoalsoalso so was …

Max war also inzwischen in die Fabrik zurückgekehrt, sein im Liebeskummer gefasster Vorsatz, das Angefangene zu Ende zu führen, nahm seinen Lauf. Nach wie vor erledigte er vormittags die französische Geschäftskorrespondenz und kümmerte sich nachmittags um Lily und ihre Hausaufgaben. Abends versuchte er, sich in die Lektüre des Marxismus zu vertiefen, ganz wie er es sich mit Thiery vorgenommen hatte. Oft allerdings wurden seine guten Vorsätze, fleißig zu sein, durchkreuzt.

In das Arbeiterwohnhaus nämlich war Helga Piorski mit ihrem Bruder eingezogen. Max freute sich darüber, und da sein von Odile in angeliebtem Zustand entlassener Körper (die Seele war nicht ganz davon zu trennen) vor Sehnsucht brannte, ebenso wie der von Josef Sukow verstoßene Körper der armen Helga, kamen die beiden sich näher. Sie kamen sich aber nicht in der ausschließlichen Trivialität sexueller Begierden (so Max' Formulierung in einem Brief an Thiery) näher, sondern Helga Piorski sollte ihm die Überraschung einer ungewöhnlichen Belesenheit bescheren. »Irgendwo aus dem Osten« kam sie für Max her, genauer gesagt, sie kam aus Estland und beherrschte die russische Sprache ebenso gut wie die deutsche. Sie hatte Literatur studieren wollen, aber der Krieg und die Vertreibung hatten einen vorläufigen Strich durch diese Pläne gezogen.

Max hatte, während er Helga nach dem Inhalt des russischen Buchs ausfragte, das sie gerade las, (es war Tschernytschewskys »Was Tun«) den Entschluss gefasst, »Menschengeschichten« zu schreiben. Das heißt, er wollte Lebensgeschichten sammeln und zu Papier bringen. Die Idee hatte sich wie ein kleines Feuer in seinem Kopf entfacht. Er fing sofort an mit dem Schreiben. Vielleicht lässt sich später etwas damit anfangen, dachte er. Die Theorien, mit denen er sich in der letzten Zeit herumplagte, erschienen ihm wieder einmal völlig unzulänglich angesichts der Verrücktheiten des Lebens. Und er entdeckte mit Erstaunen, dass ihm das Geschichtenschreiben Vergnügen bereitete. Helga indessen hatte beschlossen, ihrem neu entdeckten Idol Vera, der Protagonistin aus »Was Tun«, nachzueifern und, sobald es die Verhältnisse erlaubten, Medizin zu studieren.

Kapitel für Kapitel erzählte sie Max den Inhalt ihrer Romanlektüre und regte ihn damit so an, dass er einen kleinen Essay mit dem Titel »Wo hat Lenin sein Cto Delat geklaut« verfasste und ihn an eine Pariser Studentenzeitschrift schickte. Zu seiner Enttäuschung wurde er ihm mit der Begründung mangelnder theoretischer Seriosität zurückgeschickt und mit einer Bemerkung, über deren lehrhaften Ton

Max sich besonders ärgerte: der utopische Sozialismus von Saint Simon, unter dessen Einfluss dieser Tschernytschewsky gestanden habe, sei total obsolet, und dass Lenin diesem Romankitsch seinen berühmten Titel »Was Tun« entnommen habe, gehöre wohl eher in die Märchenwelt des Idealismus als in die Geschichte.

Natürlich beschränkte sich das Näherkommen zwischen Helga und Max nicht aufs Umarmen und Küssen und schon gar nicht aufs rein Geistige. Während der kleine Erich schlummerte, übten sie die Variationen der von Helga proklamierten befreiten Liebe am eigenen Leibe. Sie trieben es auf dem Boden, der zwischen einem wackligen Schrank und ein paar mit Büchern vollgestellten Marmeladenkisten gerade so viel Platz ließ, dass sie sich darauf ausstrecken konnten. Immerhin gönnten sie sich Kerzenlicht, obwohl Helga die nicht beschönigende Helligkeit einer Glühlampe vorgezogen hätte. Die Kerze war ein Zugeständnis an das schlummernde Brüderchen, das, wachte es auf, allem geistigen und körperlichen Zauber ein abruptes Ende zu machen pflegte.

Sie gestanden einander ihre geheimen Fantasien, und Max ging, durch Helgas radikale Wahrheitssucht angefeuert, sogar soweit, ihr seine zwanghaften Vorstellungen mit der dicken Edda anzuvertrauen. Sie suchten ihn immer noch heim. Aber allmählich tat das »Wahrheitsspiel« (so nannten sie ihre Geständnisse) seine Wirkung, und die Zwangsvorstellungen wichen den realeren Fantasien. Die schöne Odile nahm immer noch einen beträchtlichen und von schrecklicher Sehnsucht durchflirrten Raum darin ein. Selbst diese Tatsache verschwieg Max seiner derzeitigen Geliebten nicht. Sie nahm dies mit unverhohlener Neugier auf. Sie war irritiert davon, ja verletzt. Aber, gehärtet wie sie das Leben und die Flucht davor zu den Ideen der vollkommenen freien Liebe gemacht hatten, zu denen sie, wollte sie sich nicht lächerlich machen, auch stehen musste, verbat sie sich jede Eifersucht. Das heißt, sie tat ihre verliebten Zukunftshoffnungen in puncto Max mit »kleinbürgerliches Besitzdenken« ab. Um einen gerechten Ausgleich zu schaffen, versuchte sie, auch in ihm Eifersucht zu erwecken. Während sie miteinander schliefen, schilderte sie ihm detailliert, wie sie ihrem Verlobten damals im Lazarett die gewünschte Erleichterung verschaffte und wie sie mit Josef Sukow in der Rumpelkammer hinter der Garage die von allen bürgerlichen Hemmnissen befreite Sexualität praktiziert hätte.

Die Fabrik hatte Max also in weitaus erfreulicherer Weise empfangen, als er es erwartet hatte. Seine anfängliche Verzagtheit nach der rüden Abweisung durch Odile war wieder der alten Lebenslust gewichen. Er fühlte sich wieder voller Kraft. Helga führte ihn in die russische Literatur ein. Auf dem Boden liegend und bei Kerzenschein, las sie ihm die Gedichte der Anna Achmatowa vor. Sie las sie in russischer Sprache, deren poetischer Wohlklang Max in Begeisterung versetzte. Helga also brachte Max Russisch bei, das er später in Paris weiterlernen sollte. Bald ließ er die marxistische Literatur unter seinem Bett liegen und widmete sich ausschließlich der Formulierung seiner »Menschengeschichten« und den durch Helga an ihn herangetragenen neuen Geisteswelten. Ein großer, unbekannter Raum schien sich ihm zu öffnen. Auf diese Weise gelang es ihm, die deprimierende Atmosphäre der Fabrik nicht mehr an sich herankommen zu lassen.

Ja, er war glücklich in dieser Zeit. Die Nachrichten von seiner Mutter drückten ihn nicht mehr nieder, sondern forderten ihn heraus. Wenn ihm schon dieser Esel von Leo Finkthaler seine petite maman wegnehmen wollte, was inzwischen ausgemachte Sache zu sein schien, so wollte Max ihm wenigstens in einer Sache zuvorkommen. Denn Leo Finkthaler war Rechtsanwalt, und Elisabeth hatte ihrem Sohn bereits angekündigt, er wolle sich um ihre Angelegenheiten in Sachen Wiedergutmachung kümmern. Diesen Triumph wollte Max diesem Finkthaler nicht gönnen. Er war schließlich Manns genug, die Sachen seiner Familie selbst in die Hand zu nehmen, und Helga Piorski unterstützte ihn mit allen Mitteln ihres realitätserfahrenen Kampfeswillens darin. Er fuhr nach Frankfurt am Main. Max' Argwohn gegen »diesen Finkthaler« war durch eine weitere Begebenheit genährt worden. Elisabeth hatte ihrem Sohn in ihren letzten Briefen nicht mehr nur durch die Blume, sondern frank und frei ans Herz gelegt, sich doch zu überlegen, ob er nicht nach Erez Israel gehn wolle. Dort würden junge tatkräftige Menschen gebraucht, und sie kenne eine gute Bekannte, die in einem prächtig gedeihenden Kibbuz namens Hazorea lebe, wo er zumindest doch probeweise einmal für ein paar Wochen den Sozialismus, von dem er doch so überzeugt sei, ausprobieren könne. Der Empfehlung folgte dann eine ausführliche Beschreibung des Kibbuzlebens, die ihm erstens nichts Neues war und die ihn zweitens mit ohnmächtigem Ärger erfüllte. Denn er war überzeugt davon, dass ihn seine Mutter nur aufgrund der Einflüsterungen ihres Auserwählten wegschicken wollte. Ja, er mutmaßte, sie wolle ihn loswerden, um ungestört ihrer neuen Liaison frönen zu können. Er fand es unerträglich würdelos mitanzusehen, wie sie sich einwickeln ließ von diesem Idioten, der gar nicht zu ihr passte. Sie wollte ihn, ihren Sohn Max, loswerden, das war's. Sie will mich in die Wüste schicken, dabei weiß sie, dass ich Philosophie studieren will, und dass mich nichts und niemand davon abhalten kann, zu tun, was ich mir vorgenommen habe. Er war sehr enttäuscht von seiner Mutter, und das schrieb er ihr auch. Zwar vorsichtig, in Andeutungen nur, aber es war zu verstehen.

Jetzt also saß Max diesem Dünkelmüller gegenüber und versuchte, etwas aus ihm herauszuquetschen, was offensichtlich nicht aus ihm herauszuquetschen war. Ich schwör Ihnen, junger Mann, von mir erfährt keiner was. Damit will ich nix zu tun haben, hatte er noch nach dem zweiten Bier versichert.

Aber nach dem siebten Bier brach er seinen Schwur und rückte mit Bruchstücken seiner Erinnerung heraus. Wie er der Gnädigsten den Koffer nach unten getragen und in den Reuterweg geschleppt hätte, dahin, wo sie einquartiert wurde, und dass die Gnädigste ihm die Pflege ihrer Möbel ans Herz gelegt habe, die in der Wohnung zurückgeblieben waren, denn irgendwann würde sie wieder zurückkommen. Ei ma hat ja nix mache könne, sagte er, ma steckt net drin, und dass die Gnädigste erhobenen Hauptes das Zimmerchen bezogen habe, das ihr in dem Haus zugeteilt wurde, wo »lauter Judde und nix als Judde gehaust« hätten. Ein Jammer, die Gnädigste, wo sie doch was ganz anderes gewöhnt war, und dass sie was gesagt hätte von nach Paris ziehen, aber dass sie alle paar Tage in ihrem Haus aufgetaucht sei, obwohl doch längst die Familie Baaben dort die Gnädigste ersetzt hätte, sie hätten das Haus rechtmäßig erworben, betonte Dünkelmüller, ei da kamma nix mache, und dass sie irgendwann aufgehört hätte ihre Nase in die Sachen zu stecken, die sie nix mehr angegangen seien, weil die Frau Baaben ihr gesagt hätte, das iss jetzt mein Haus, Frau Scheer, vielleicht kapieren sie das mal … das sagte nach dem siebten Bier, bereits leicht lallend, Herr Dünkelmüller. Max erfuhr auch, dass die Baabens, die neuen Hausbesitzer, ein Schneiderehepaar, noch heute dort wohnten und dass sie im zweiten Stock eine Schneiderei eröffnet hätten, wo auch er, Herr Dünkelmüller, ein gutes Zubrot verdiene. Schon lang iss das her, und dass bestimmt keiner den armen, fleißigen Baabens etwas vorwerfen könne, dadran is nix zu rütteln, sagte er. Nach diesen Sätzen musste ihm wohl gedämmert haben, was er da ausgeplaudert hatte, zumal er nicht genau wusste, wem und was er ausgeplaudert hatte. Er versicherte also, ich hab nix gesagt, werter Herr, so drückte er sich plötzlich aus, werter Herr, ich will nix gesacht haben, dann stand er auf und ging davon.

Max' Irrwege von Pontius zu Pilatus führten ihn zunächst zum Katasteramt, wo man ihn zur Wiedergutmachungsstelle

Bockenheimer Landstraße verwies, eine Adresse, die sich aber als falsch herausstellte. In der Bockenheimer Landstraße 25 residierte die Kommission für Pferdeleistungsprüfungen in Hessen. Immerhin war die Sekretärin dort so freundlich, ihm die Adresse der Wiedergutmachungskammer in der Gerichtsstraße 2, Zimmer 377, dritter Stock herauszufinden. Dort allerdings erfuhr er, dass die Kammer erst zuständig sei, wenn ein Verfahren bereits im Gange ist. In der Hauptstelle des Wohnungsamts in der Lenaustraße wurde er auf das Liegenschaftsamt verwiesen, das seinen Sitz in der Bethmannstraße hatte, und dessen Leiter, ein Herr Dr. Maury, ihm anriet, einen Rechtsanwalt aufzusuchen, denn ohne Rechtsbeistand würde er in dem Dschungel der juristischen Tatbestände sowieso und nicht einmal in tausend Jahren ans Ziel kommen.

Am Abend dieses zweiten Tages war Max tief deprimiert. Er sah sich ausgeliefert. In einem Jazzlokal Nähe Hauptwache lernte er einen jungen amerikanischen Armeeangehörigen, der aus Deutschland emigriert war, kennen, und der ihm die Adresse eines für solche Fälle geeigneten Anwalts im nahegelegenen Wiesbaden aufschrieb. Als Max am nächsten Tag, weil er Kopfschmerzen hatte, erst um elf Uhr aus dem Bett stieg und sich auf den Weg zur letzten ihm brauchbar erscheinenden Adresse machte, bevor er den Anwalt aufsuchen wollte, kam er zu spät. Das Amt für Vermögenskontrolle und Wiedergutmachung in der Bockenheimer Anlage hatte nur bis elf Uhr geöffnet.

Verzagt machte er sich ans Telefonieren. Mittags traf er Hunschhaber. Hunschhaber, halbwegs jüdisch und halbwegs Jurist, wie er sich selbst bezeichnete, wobei er aus vollem Halse und, wie Max fand, der Situation nicht angemessen, lachte, saß hinter einem Schreibtisch, auf dem ein Tonbandgerät und eine Schreibmaschine zwischen immensen Aktenbergen und Blätterstößen standen. Hunschhaber rauchte Kette und machte einen nicht gerade ermutigenden Eindruck auf Max. Hier, bitte, sagte er und schob Max einen Packen Papiere hin, die bei näherem Hinsehen Max' Hirnwindungen in beängstigende Schwingungen versetzte. Das Amtsdeutsch der Liegenschaftswiedergutmachungsvorgänge übertraf seine Fähigkeiten der deutschen Sprache. Hunschhaber schien verrückt zu sein. Auf Max' Fragen schien er nichts als lachen zu können.

Erst beim Mittagessen, einem Heringsfilet mit gekochten Kartoffeln, nahm Hunschhaber Vernunft an. Nein, mein Lieber, so einfach, wie Sie sich das vorstellen, ist das alles nicht. Frage eins, war es eine schwere oder angemessene Entziehung. Das heißt, ist die Liegenschaft unter unzumutbarem Zwang oder freiwillig und mit angemessenem Veräußerungspreis an den Käufer übergegangen. Frage zwei, wenn ersteres der Fall, ist der Preis bezahlt oder nicht bezahlt worden. Das müssen Sie nachweisen können, mein Lieber, und das kann man ja wohl kaum nachweisen, da so ziemlich alle Bankakten verbrannt sind. Frage drei, war eine Hypothek auf dem Haus, und ist sie vor der Veräußerung, falls sie stattgefunden hat, von der Eigentümerin Scheer abgelöst worden. Frage vier, falls die Veräußerung dem Tatbestand einer schweren Entziehung entspricht, wie hoch war die Rendite in der Zwischenzeit (also zwischen dem Februar neununddreißig und demselben Monat neunundvierzig). Frage fünf, mit welchem Zinssatz ist der Kaufpreis, falls er gezahlt worden sein sollte, anzusetzen, mit vier oder mit viereinhalb Prozent. Frage sechs, wie hoch waren die Verwaltungsgebühren, die in den genannten zehn Jahren angefallen sind, und die von der eventuell auszuzahlenden Wiedergutmachungssumme abgezogen werden, da sie auch im Falle einer Nichtentziehung von dem Antragsteller, der Sie, lieber Herr Cheer in unserem Falle wären, beziehungsweise Ihre verehrte Frau Mutter als Rechtsnachfolgerin der Verstorbenen, hätten getragen werden müssen. Frage sieben, in welchem Zustand befindet sich das Liegenschaftsobjekt, und ist daraus ein Kriegsschadensanspruch an die entsprechende Stelle zu beantragen, was, nebenbei, einen Prozess à part erfordert. Frage acht, gibt es, falls die Zahlung des Kaufpreises nicht nachgewiesen werden kann, Gründe dafür, dass sich die potentiellen Antragsgegner Baaben auf den Paragraphen 891 BGB mit Par. II38 BGB berufen können, wonach sie im vermeintlich guten Glauben den vereinten Kaufpreis gezahlt haben könnten. Dies alles aber unter der Prämisse, dass erst einmal der Kaufpreis herausgefunden werden müsse, der ja der Familie Baaben bekannt sein dürfe, wobei der Erfahrung nach das Argument, die Unterlagen seien verbrannt, meist nicht zu widerlegen sei, und unter der zweiten Prämisse des Nachweises eines Rechtsnachfolgeanspruchs der Mutter, dessen Besorgung ja wohl nicht von großer Schwierigkeit sein dürfe. Die ganze Prozedur erfordere, na, was … und wieder brach Hunschhaber in sein unangenehmes Lachen aus, Gäääá-duuuuld! In der Regel dauerten derlei Prozesse Jahre, und das, mein Lieber, nicht immer mit dem Erfolg, den sich ein junger dahergelaufener Optimist so vorstellt.

Nach dieser juristischen Gehirnwäsche betranken sich Hunschhaber und Max mit einer Flasche Cognac, den ein Rechtshilfesuchender dem versierten Nichtjuristen, der die Vorarbeit für einen überlasteten jüdischen Anwalt leistete, mangels Geld geschenkt hatte. Hunschhaber hatte die alte Frau Scheer noch gekannt, aber er war nicht in der Lage, Max' neugierige Frage nach der Großmutter zu beantworten. Was aus seinen dürftigen Mitteilungen hervorging, war, dass die alte Dame seit ihrer Übersiedlung in das Getto im Reuterweg, so drückte er sich aus, denn in diesem Hause seien nur Juden untergebracht gewesen, und zwar wie die Heringe, so eng, dass die alte Dame also seit dieser Umquartierung wie ein verlorenes Kind in den Straßen herumgewandert sei. Manchmal, in lichten Momenten aber, sei sie in ihr altes Haus in der

Lenaustraße gegangen und habe bei den Mietern geklingelt und gefragt, ob alles in Ordnung sei.

Als Max sich am Abend des selben Tages mit Hunschhaber betrank, was ihn nicht wie sonst in den Zustand bleierner Müdigkeit, sondern in äußerste Erregung versetzte, entfuhr ihm ein schrecklicher Fluch auf seine Herkunft, und er brach in Tränen aus. Der-Mann-der-mein-Erzeuger-ist tauchte unvermittelt in seinen Gedanken auf, und Max schüttete in alkoholgetränkter Stimmung dem ebenfalls alkoholisierten Hunschhaber sein Herz aus. Der aber schien nicht sonderlich Anteil an dieser Geschichte zu nehmen, sondern schlug Max auf die Schulter (mein Gott, immer schlagen sie einem auf die Schulter) und forderte ihn auf, die Nerven zu behalten. Behältst du sie nicht, bist du verratzt und wirst meschugge, sagte er, und damit wären wir da, wo sie uns haben hinhaben wollen, nämlich perdu und weg vom Fenster. Und merk dir eins, mein Lieber, es lohnt sich nicht, gegen den Wind zu pissen.

Max schnäuzte sich also und versuchte, die nachfolgenden Aufstöße aus seinem schluchzenden Inneren zu unterdrücken. Er schämte sich, aber sein Tränenfluss hatte bereits die kontrollierbare Grenze überschwemmt und schwappte in immer neuen Ausbrüchen hervor. Die Hand Hunschhabers auf seiner Schulter tröstete ihn nicht. Irgendwie kam ihm Hunschhaber schuldig an dieser Tränenschwemme vor. Kurz nach Mitternacht verabschiedete er sich von ihm, das heißt, Max verließ das trostlose und von Akten überfüllte Zimmer.

Er wankte auf die Straße und ließ sich von einem ebenfalls umherirrenden Sergeanten der amerikanischen Armee irgendwo zwischen Konstablerwache und Hauptwache in einen Jazzkeller mitschleppen, wo er in der entspannenden Fröhlichkeit der Dixiklänge der Two Beats Stumplers wieder zu einem erträglichen seelischen Gleichgewicht zurückfand.

Damals ahnte er noch nicht, dass sich die Sache mit dem Haus noch Jahre hinschleppen sollte. Max sollte in vereinten

Kräften mit Leo Finkthaler, mit dem er sich nolens volens doch noch versöhnte, die Sache durchfechten, aus der am Ende allerdings nicht viel herauskam. Die Baabens konnten dem Gericht einen Zettel vorweisen, aus dem hervorging, dass sie im Jahre 1939 eine Summe von 13000 Reichsmark an Frau Scheer entrichtet hatten. Das Konto der Großmutter war damals jedoch, wie alle jüdischen Konten, gesperrt worden, ein Vorgang, über den die Bank keinen Nachweis führen konnte, weil die Akten verbrannt waren. So ging der weitere Streit um die Frage, wieviel Reichsmark die »Verstorbene« von dem empfangenen Kaufbetrag vor ihrem »Ableben« noch von ihrem Konto abgehoben habe. Der Kaufpreis hatte um eine beträchtliche Summe unter dem mutmaßlichen Einheitswert des Hauses gelegen, der jedoch ebenfalls nicht mehr zu ermitteln war. So wurde denn, über den Daumen gepeilt, von einem gutwilligen Richter ein Nachzahlungsbetrag von 10 000 Reichsmark beschlossen, den die Familie Baaben an die Rechtsnachfolger der Frau Scheer zu zahlen hatte. In DM umgerechnet waren das, dem dazumal nach der Währungsreform üblichen Kurs entsprechend von eins zu zehn, ganze tausend Mark. Diese Summe wurde fünf Jahre nach Beginn der Auseinandersetzung an Elisabeth Cheer, frühere Scheer, überwiesen.

Max hatte bis auf weiteres nach seinem durchgehaltenen und von Helga Piorski versüßten Aufenthalt in der Fabrik »die Nase pläng« von den deutschsprachigen Gefilden. Erst sehr viel später kehrte er wieder dorthin zurück, und zwar als Journalist. Er berichtete über den Prozess gegen den ihm bereits bekannten Herrn Qualrich, der als Arzt in der sogenannten Euthanasieaktion tätig gewesen war und dem es gelang, dem Gericht glaubhaft zu machen, dass er die »armen Kreaturen von Menschenhülsen nur aus Mitleid mit der leidenden Menschheit« per Gas ins Jenseits befördert hätte. Fürs erste wurde Qualrich freigesprochen. Der Prozess wurde aber in den späten achtziger Jahren wiederaufgenommen und bescherte dem Angeklagten für die erwiesene Vergasung einiger tausend Menschen eine Gefängnisstrafe von vier Jahren. Bis dahin hatte Qualrich gut gelebt.

Max sollte während des ersten Prozesses gegen Qualrich in den sechziger Jahren zum ersten und einzigen Mal dem Mann-der-mein-Erzeuger-ist begegnen. Er war ein inzwischen grauhaarig gewordener Herr, der als Entlastungszeuge seines Kollegen in dem Prozess auftrat und nichts gemein hatte mit dem Hochzeitsfoto aus dem Familienalbum, noch mit dem Mann, den Max als kleiner Junge aus dem Hotel Lutetia hatte treten sehen und der ihm über den Kopf gestrichen und ihn kleiner Racker genannt hatte. Er war Max so fremd, dass er in dem Moment seiner ersten und einzigen Begegnung mit ihm nicht einmal eine besondere innere Erschütterung zu registrieren vermochte.

In der Folge allerdings entschloss er sich, auf seine späten Jahre noch eine Psychoanalyse zu machen. Denn das Bild des grauhaarigen Herrn hatte angefangen, mit vehementer Penetranz in Max' Träumen aufzutauchen und ihn mit einer durch nichts zu kurierenden Schlaflosigkeit zu befallen. Zunächst aber, im Jahre neunundvierzig, kehrte Max nach zwei Monaten Fabrikaufenthalt in sein geliebtes Paris zurück und stürzte sich ins Studium. Als seine Mutter mit Leo Finkthaler zusammenzog, suchte er sich eine eigene Unterkunft. Mit Helga Piorski sollte ihn eine lebenslange Freundschaft verbinden. Helga wurde gemäß ihrem Vorbild der Protagonistin Vera aus Tschernytschewskys »Was Tun« Ärztin und ließ sich in einem kleinen Dorf im Saarland nieder.

Aus den angefangenen »Erzählungen von neuen und alten Menschen« (Max hatte diesen Titel in Anlehnung an den Untertitel von Tschernytschewskys »Was Tun« gewählt, der da hieß »Iz rasskasow o novych ljudjach«) wurde vorerst kein Roman und auch kein Erzählungsband. Denn irgendwann, mitten im Schreiben, kamen Max Zweifel an der Vertretbarkeit der Mixtur von Dichtung und Wahrheit. Seine Mutter, die von ihm behauptete, er habe eine blühende Fantasie, musste wohl recht gehabt haben. Er konnte die Dichtung von der Wahrheit nicht mehr unterscheiden, und es überkamen ihn Skrupel, wenn die Pferde der Erfindungslust mit ihm durchgingen. Das Manuskript wuchs dennoch zu einem sechshundertseitigen Werk an, das, wie es solchen Manuskripten bisweilen geht, am Ende in der Schublade landete. Irgendwann aber verließen ihn die Skrupel, und er schickte das Manuskript an einen Verlag, der es tatsächlich veröffentlichte.

Die Ermittlungsbeamten konnten dem Automechaniker Mouloix nichts Belastendes nachweisen. Die Materialuntersuchungen aber hatten eindeutig ergeben, dass die Spurstange des schwarzen Kölner Mercedes 170 V angesägt worden war. Mouloix, und das bestätigten alle in der kleinen Werkstatt, hatte nichts anderes getan, als die durchstochenen Reifen zu erneuern. Dieser Deutsche, dieser Monsieur Retur, dem der Wagen gehörte, war ein kleiner, blonder, komischer Typ gewesen, der Mouloix gegenüber einen Ton anschlug, als hätte er einen Befehlsempfänger vor sich. Solche »types emmerdants« vergisst man nicht, sagte Mouloix zu den Ermittlungsbeamten, und er gab zu, es diesem boche mit einer doppelt gepfefferten Rechnung heimgezahlt zu haben. Der Typ sei übrigens nicht alleine gekommen, als er den Mercedes abholte, sondern in Begleitung einer Französin, die nicht älter als Mitte zwanzig gewesen sein konnte. Das hatte Monsieur Mouloix den Beamten zu sagen, nichts mehr.

Madame Colbertinis Versuche, in Madeleine Gaben zu dringen, blieben erfolglos. Immer brach die kleine Gaben in Tränen aus, wenn Madame Colbertini ihr zum tausendsten Mal dieselben Fragen stellte. Auch der Smaragd war nicht wieder aufgetaucht, und der Fall Aschen/Retur wurde auf der Préfecture de Police zu den Akten gelegt. Schließlich war der Fall nicht aufsehenerregender als viele andere. Da nicht einmal die Gattin des einen und die Mutter des anderen Opfers größere Anstrengungen zur Erhellung der Ereignisse unternahmen, sondern nur diese hysterische Madame Colbertini regelmäßig mit wahnhaften Mutmaßungen auftauchte, die so wenig zur Klärung des Falles beitrugen wie das Gackern eines Huhns, wurde also die Angelegenheit ad acta gelegt. Nadine Colbertini kehrte nach einiger Zeit resigniert in die Arme ihres Mannes zurück und erfüllte auch wieder ihre ehelichen Pflichten. Bald war ihr die Kraft ausgegangen, dem Tod ihres Geliebten nachzuforschen, und sie hatte einsehen müssen, dass es wichtiger war, sich um ihre Kinder und den Haushalt sowie, nolens volens, um die Wiederherstellung ihres ehelichen Friedens zu kümmern als um etwas, das sowieso nicht mehr zu ändern war. Sie fand zu ihrer alten Disziplin zurück und versenkte die Erinnerungen an Robert Aschen in der Tiefe ihrer Seele. Niemand sollte jemals erfahren, wie viel ihr dieser Mann bedeutet hatte. Nicht einmal, als sie drei Jahre später nach Roberts Tod plötzlich an einem Hirnschlag starb. In ihren Hinterlassenschaften war nichts zu finden, was auf die große Leidenschaft ihres Lebens hätte schließen lassen können. Einzig drei Schmuckstücke, darunter der Ring mit dem schönen Brillanten, Roberts letztes Geschenk an seine Geliebte, waren in der hintersten Ecke des Wäscheschranks versteckt, wo Nadines Tochter sie viele Jahre später nach dem Tod ihres Vaters fand. Sie lagen in einem kleinen, mit Intarsien geschmückten Kästchen, das die Initialen R.A. trug.

Madeleine Gaben jedoch wusste Bescheid. Sie hatte Hermann Retur ein paar Monate vor dem Unfall in einem Café kennengelernt. Sie saß da und blätterte in einer Zeitschrift. Sie war wütend, denn sie wartete bereits seit über einer Stunde vergeblich auf ihren Freund Marcel. Sie hatte gerade beschlossen zu gehen, als eine männliche Stimme sie in schlechtem Französisch nach der Uhrzeit fragte. Sie wusste sofort, dass es ein Deutscher war. In ihrer aufgebrachten Stimmung kam er ihr gerade recht. Sie attackierte ihn mit einer patzigen Bemerkung über diese einfallslose Art der Anmache. Da sie etwas von Juwelen verstand, fiel ihr sogleich die ausgefallen elegante und mit drei kleinen Brillanten besetzte Nadel auf, die an seiner Krawatte steckte. Das machte sie nur noch aggressiver. Sie fand ihn auch keineswegs attraktiv, so overdressed wie er gekleidet war und so angestrengt selbstbewusst, wie er sich gab. Auch fand sie es lächerlich, wie oft er »o' lala« sagte.

Madeleine Gaben hatte so ihre Erfahrungen mit den Deutschen. Während sie in Paris ihr Unwesen trieben, gehörte Madeleine einer Gruppe der Résistance an, die auch die unkonventionelleren Mittel des Kampfes einsetzte. Im Zuge dieser Aktionen hatte Madeleine, damals noch blutjung, sich unter dem Decknamen Dominique an bestimmte, von der Organisation ausgewählte mutmaßliche Geheimnisträger der deutschen Wehrmacht herangemacht. Auf deutsch gesagt, sie war als Prostituierte aufgetreten mit dem Auftrag, die deutschen Freier in Liebestaumel und Weinrausch zu versetzen, um ihnen diskret Informationen zu entlocken. Es waren nicht nur die Unsympathischsten gewesen, auf die sie angesetzt worden war, und manchmal war sie in Schwierigkeiten geraten, die ihre Standhaftigkeit in Sachen politischer Moral ins Wanken geraten ließen. Die Liebe war eben nicht immer im Rahmen des Dogmas, das da hieß, du kannst meinen Körper haben, meine Seele bekommst du nicht, du Hund, einzugrenzen gewesen.

Einmal, er hieß Schmitt und war schüchtern wie eine männliche Jungfrau, hatte sie sich ernsthaft verliebt. Nach der durch Sehschlitze streng bewachten Stunde in dem Etablissement traf sie sich mit ihm im Keller des Hauses ihrer Tante in der Rue Monsieur, wo sie ihn warnte, und wo er ihr seine grauenhafte Angst gestand. Er wisse genau, dass er nicht mehr lange zu leben habe. Er hatte nichts von ihr gewollt, als seinen Kopf auf ihren Schoß zu legen und hatte geweint wie ein kleines Kind. Das bisschen Französisch, das er sprach, ließ ihn noch naiver erscheinen als er wahrscheinlich war. So viel hatte sie immerhin verstehen können: Er war Restaurator von Beruf und in Friedenszeiten damit beschäftigt, von einer alten Kirche zur nächsten zu ziehen. Zwischen einem Heizkessel und einem Kohlenhaufen hatten sich die beiden zitternd umarmt und einander klopfenden Herzens angeatmet.

Madeleine wusste danach nicht mehr, was sie tun sollte. Der Stolz auf ihre Rolle als Widerstandskämpferin war weggeschmolzen, und sie hatte nur noch Scham empfunden, wenn sie in dem Etablissement unter den Blicken ihrer solidarischen Bewachergenossen das tat, was zu tun war. Schmitt sah sie nie wieder. Aber seine ängstlichen Augen und seinen gegen den Heizkessel gelehnten Kopf mit dem offenen Mund und die verzweifelte Nässe seiner Handflächen, würde sie nie vergessen. Wenn sie dennoch weitermachte, so nur, weil sie dachte, ich tu's auch für ihn, für Schmitt.

Im Übrigen war ihr gar keine andere Wahl geblieben, denn hätte sie aufgehört, so hätte man sie der Kollaboration verdächtigt. Die zunehmende Unerträglichkeit ihrer Aktivitäten ertrug sie nur, indem sie sich immer wieder sagte, ich tu's, damit dieser Scheißkrieg endlich aufhört. Mit derlei individuellem Größenwahn hatte sie sich vor dem Ekel zu schützen gesucht, der sie befiel, wann immer ein Deutscher ihr ins Zimmer geschickt wurde.

Solchermaßen mit Durchhaltemoral gewappnet, sah sie sich gezwungen, die deutsche Seele auf ihre eigene Art zu erkunden. Nicht wenige ihrer Freier waren ausgemachte Schweine gewesen und entsprachen ganz dem Klischee, das man von ihnen im Kopf hatte. So hatte Madeleine in ihren jungen Jahren die Erkenntnis gewonnen, dass die Wirklichkeit das Klischee oft bei weitem übertrifft. Hätte sie sie beschreiben wollen, diese Schweine, sie hätte, um glaubhaft zu bleiben, ein paar gute Eigenschaften dazuerfinden müssen. Sie waren hässlich, eingebildet, ungeschickt, und außerdem hatte Madeleine feststellen müssen, dass sie sich alle nicht richtig wuschen. Die deutschen Mütter schienen ihren

Söhnen einfach nicht beizubringen, wie man sich den Dreck unter der Vorhaut wegwäscht. Bevor sie ihre »Arbeit« antrat, schickte sie die Herren deshalb immer aufs Bidet, nicht ohne ihnen erklärt zu haben, was sie dort zu tun hätten.

Hermann Retur aber, den sie an besagtem Tag, als ihr Freund sie versetzte, kennenlernte, war da ganz anders, so drückte sie sich später aus. Er war penibel sauber. Die Wut über Marcels Verspätung hatte eine innere Spannung in ihr ausgelöst, die sie unbedingt loswerden musste, egal wie. Und dass die zufällige Gelegenheit der Spannungsabfuhr sich in der Person eines Deutschen bot … umso besser, tant pis, sagte sie sich trotzig. Auf gemeinere Art hätte sie sich an Marcel nicht rächen können. Denn er hasste die Deutschen, und zwar alle. Und er hatte seine Gründe dafür. Um so größer war Madeleines Genugtuung bei der Vorstellung, sich mit diesem dahergelaufenen boche an ihm zu rächen. Die Idee machte sie geradezu wollüstig. Es war schließlich nicht das erste Mal, dass Marcel sie versetzt hatte, weil ihm die Arbeit in der Redaktion weitaus wichtiger zu sein schien als seine Liebe zu Madeleine. Wenn da überhaupt noch von Liebe die Rede sein kann, dachte sie.

Bei Hermann Retur indessen bewirkte die Aggressivität Madeleines und ihre verbalen Attacken die Steigerung seines O'lala-Gefühls, das ohnehin angesagt war, wenn er in Paris war. Er konnte es kaum noch erwarten, mit ihr ins Hotel zu gehen. Ohne große Umstände also begaben sich die beiden auf den Pfad des Vergnügens.

Seither hatten sie sich noch dreimal getroffen. Er kam mit seinem Mercedes, in den sie allerdings nie einsteigen wollte. Irgendwie fand sie es anstößig, in so einem deutschen Luxusgefährt durch Paris zu fahren.

Während Madeleine jetzt vor dem Spiegel stand und sich das Gesicht mit einer Puderquaste bearbeitete, hielt sie plötzlich inne. Eine Fratze blickte sie aus dem Spiegel an. Eine von unnatürlichem Schwarz umrahmte weiße Fratze. Sie spuckte mitten in diese Fratze hinein, und der kleine, schaumige Tropfen floss von der Nase der Fratze hinunter zu ihrem Kinn und weiter auf den Hals. Sie wischte mit der flachen Hand darüber, so dass die Fratze unter dem Geschmier diffus hervorschimmerte. Die Fratze blieb.

Madeleine hatte eigentlich aufstehn und zur Sorbonne gehn wollen, aber jetzt beschloss sie, sich wieder ins Bett zu legen. Wenn Marcel käme, würde sie sagen, sie fühle sich krank. So elend wie in diesen Tagen hatte sie sich ihr ganzes Leben nicht gefühlt, nicht einmal damals nach der Sache mit Schmitt. Sie legte eine Schallplatte auf, Miles Davis, und zog sich die Decke über den Kopf. Retur hatte ihr diese Platte geschenkt. Sie zog die Decke über den Kopf und krümmte ihren Körper zu einer embrionalen Haltung zusammen. Dann kroch sie wieder hervor, nahm einen Schuh und warf ihn auf das Grammophon. Die Platte hörte auf, sich zu drehen.

Es war eine geradezu fixe Idee geworden, diese Vorstellung, sich ein Metall, irgendein Bohrgerät, wie es die Bauarbeiter benutzen, in den Schädel zu rammen. Ihr Schädel würde auseinanderbersten. Sein Inhalt würde gesprengt werden wie ein Felsblock. Brockenweise würde er herausfallen. Oh, sie stöhnte. Sie schob die Faust in den Mund und presste ihre Zähne darauf. Sie wollte den Inhalt dieses verdorbenen Schädels loswerden. Diesen fauligen, schrecklichen, steinigen, rumorenden Inhalt, der sie Tag und Nacht plagte.

Was hatte sie getan? Hatte sie einen Unschuldigen verraten? Was stimmte von alledem, was Hermann in angetrunkenem Zustand und auch nur in Andeutungen gelallt hatte? Und was sie in einem Moment des Zweifels und der Selbstvorwürfe Marcel weitergesagt hatte. Es war im Juli gewesen. Es war in der Nacht vom dreizehnten zum vierzehnten Juli gewesen, und da Marcel in der Redaktion war und keine Zeit für sie hatte, war sie mit Retur (mon petit-viens-retour, wie sie ihn genannt hatte) durch die Straßen um Saint Germain gezogen und weiter über die Place Maubert, von dort hinüber zur Ile Saint Louis, wo sie in der Rue des Deux Ponts lange einer Chansonsängerin zuhörten, und wo getanzt wurde. Ja, sie hatten auf der Straße getanzt, und Retur hatte sie an sich gedrückt und sie im Kreis geschleudert, und sie waren beide vergnügt gewesen. Sie hatten auf das Ende des Krieges angestoßen, und Retur hatte ihr die komische Geschichte von dem Dichter Heine erzählt, der an einen Freund geschrieben hätte, fragt Sie jemand, wie es mir in Paris geht, dann sagen Sie, wie einem Fisch im Wasser, nein, sagen Sie, dass, wenn im Meer ein Fisch den anderen nach seinem Befinden fragt, dieser antwortet, ich befinde mich wie Heine in Paris. Und wenn Hermann dieses unendlich traurig klingende Lied, das Madeleine nicht verstand, sang, dieses Lied von der Loreley, dann traten ihr sogar die Tränen in die Augen. Sie waren in dieser Nacht dann noch in einem Lokal gewesen, wo getanzt wurde, und wo Retur übermütig einen Champagner nach dem anderen bestellte.

Später im Hotel, es war ein kleines Hotel in der Rue du Dragon, als sie auf der durchgelegenen Matratze aneinanderrutschten, vor lauter Champagner völlig liebesunfähig, stand er noch einmal auf und öffnete den Kleiderschrank. Madeleine sah amüsiert zu, wie er sich nackt in den Schrank hinein bückte. Sie hatte jetzt noch dieses Bild vor Augen, wie er ihr seinen nackten Hintern, ohne sich zu schämen, zustreckte.

Und dann kam die Sache mit dem Smaragd. Er kroch aus dem Schrank zurück, eine Aktentasche in der Hand, aus der er ein kleines Kästchen hervorholte. Madeleine traute ihren Augen nicht, als er ihr das Kästchen gab und sie es öffnete. Auf einem schwarzen Kissen lag der Smaragd. Sie verstand etwas von Steinen, denn sie arbeitete aushilfsweise damals in einem Juweliergeschäft. Sie hatte nie einen schöneren, von lebendigerem Feuer und tieferem Grün belebten Smaragd gesehen als diesen. Der Anblick machte sie vollkommen nüchtern. Wo hast du den denn her? hatte sie Retur gefragt, und er, indem er sich an sie anschmiegte und sie von unten her ansah wie ein Clown, so betrunken war er, erzählte dann jene verhängnisvolle Geschichte. Sie war nicht ganz klar, diese Geschichte, und der Alkoholpegel Returs, der sein Französisch verwirrter gemacht hatte, als es ohnehin schon war, trug möglicherweise zu weiteren Missverständnissen bei.

Jedenfalls verstand sie soviel, dass Retur zu jenen Zeiten, die jetzt Gott sei dank vorbei waren, in Budapest gewesen sei, und dass er eines Tages in einer verlassenen Wohnung einen Herrenpelzmantel gefunden und an sich genommen habe. Und als ich ihn anzog, merkte ich, dass ein ungewöhnliches Gewicht den Saum beschwerte. Ich riss ihn auf, und was finde ich? Ein kleines Bündel, voll mit Edelsteinen. Hätte ich so dumm sein sollen, den Fund den Herren zu übergeben, die sowieso genug hatten? Also behielt ich das Bündel samt Inhalt und nähte es in meine Uniformjacke. Und wofür das alles? Dabei hatte er gelacht und Madeleine umarmt, für dich, ma chérie, für niemand anders als für dich!

Am nächsten Morgen wunderte er sich, dass der Smaragd zwischen Aschenbecher und Armbanduhr wie nachlässig hingeworfen auf dem Nachttisch lag. Er war sichtlich irritiert darüber und stellte Madeleine die besorgte Frage, ob er dummes Zeug geredet habe in seinem trunkenen Zustand nachts. Nein, antwortete sie, du warst furchtbar lustig und hast mir diese Geschichte mit dem Pelzmantel und den Juwelen erzählt. Der Schreck war ihm anzusehen, als sie dies sagte. Er nahm einen Schluck Kaffee und überlegte. Nach einer Weile ratlosen Stirnrunzelns, blickte er sie an, lachte und sagte, sag mal, chérie, kannst du nicht deinen Chef fragen, ob er Interesse an dem Smaragd hat? Und weiter sagte er, sie dürfe aber auf keinen Fall verraten, wer sie damit geschickt habe. Die Angelegenheit müsse absolut diskret behandelt werden. Und falls es ihr gelinge, das gute Stück zu Geld zu machen, wolle er ihr eine anständige Provision zukommen lassen, und zwar mindestens fünf Prozent des Erlöses. Es war ihm nicht leicht gefallen, ihr in seinem dürftigen Französisch dies alles klar zu machen. Trotzdem hatte sie verstanden.

An diesem Morgen machte er ihr noch während des Frühstücks im Bett eine heiße Liebeserklärung, nur um sie sich als Komplizin zu sichern. Versprich mir, Schatz, dass du schweigst wie ein Grab, sagte er, que tu te taises comme une tombe. (Er wunderte sich selbst über seinen plötzlichen französischen Sprachschatz). Sie versprach es ihm lachend, denn es hörte sich sehr komisch an, wie er dies sagte.

Am fünfzehnten Juli war Madeleine zu ihrem Chef, dem Juwelier, gegangen und hatte gefragt, ob er den Stein kaufen wolle. Der Chef prüfte den Smaragd eingehend, hob erstaunt die Brauen und wollte unbedingt wissen, wer sie damit geschickt habe. Als sie sich weigerte, es ihm zu sagen, schüttelte er wortlos den Kopf. Hermann schien beinahe erleichtert zu sein, als Madeleine ihm den Stein wieder zurückgab.

An dem Freitagabend vor dem Unfall hatte er ihr den Stein wieder gegeben und sie gebeten, es noch einmal bei anderen Juwelieren zu versuchen. Aber auch diesmal wollte ihn niemand kaufen. In der Aufregung mit den durchstochenen Reifen hatte sie ganz vergessen, ihn Hermann wieder zurückzugeben. Und auch er hatte nicht daran gedacht. Jetzt lag das Kästchen mit dem Smaragd unter ihrer Matratze.

Es war in dieser Nacht vom dreizehnten auf den vierzehnten Juli, in der sich ihr Hirn mit jenem Inhalt angefangen hatte zu füllen, den sie jetzt heraussprengen wollte. Es war unerträglich gewesen. So unerträglich, dass sie die Sache irgendwie hatte loswerden müssen. Es war eines Abends, als sie mit Marcel am Tisch saß und zusah, wie er sich bis spät in die Nacht hinein mit einem Artikel herumquälte, der ihm nicht gelingen wollte, und den er am Ende in den Papierkorb warf.

Als sie dann nach dem Essen anfingen, ihr Geld zu zählen, das einmal wieder nicht hinten und nicht vorn ausreichte, hatten sie sich betrunken. In einer Mischung aus Wut, schlechtem Gewissen und Scham war Madeleine die Geschichte von dem Smaragd herausgerutscht. Sie hatte dabei allerdings einiges ausgelassen. Davon, dass sie mit Retur ins Bett gegangen war, hatte sie nichts gesagt. Er sei ein Kunde, der sie eingeladen habe, den vierzehnten Juli mit ihm zu feiern, einfach so. Und da sie keinen Grund gesehen habe, dies nicht zu tun, habe sie »ja« gesagt. Sie habe gar nichts dabei gefunden, zumal er, Marcel, an diesem Abend unbedingt hätte arbeiten wollen, anstatt mit ihr zu feiern. Sie seien essen gegangen, wobei dieser Retur viel zu viel getrunken habe. Und in diesem Zustand habe er ihr dann die Geschichte von dem Pelzmantel erzählt.

Was in der Folge geschah, hatte nicht mehr in Madeleines Macht gestanden. Marcel hatte ihr keinen Glauben geschenkt. Er wusste sofort, dass sie mit Retur nicht nur essen gegangen war. Er kannte sie zu gut, als dass er sie nicht durchschaut hätte. Er stellte ihr keine einzige Frage.

Er war zutiefst getroffen. Den ganzen Krieg über hatte er seine Zeit der Résistance geopfert. Nicht nur einmal hatte er sein Leben dabei riskiert. Er hatte Leute versteckt, hatte Flugblätter verteilt, hatte wochenlang in einer unterirdischen Druckerei gehaust und Pässe gefälscht und vieles mehr. In dieser Zeit war er Madeleine begegnet, und sie hatten sich ineinander verliebt. Er gewann sie für die Résistance und überredete sie, sich auf die Deutschen ansetzen zu lassen. Das hatte ihn eine Überwindung gekostet, die ans Selbstzerstörerische grenzte. Und in seine Liebe zu ihr war ein perfider Argwohn gesickert, den er bis heute nicht wieder losgeworden war. Madeleine machte ihre Sache gut, zu gut. Seine Gefühle zu ihr schlugen in Haß um. Selbstvorwürfe quälten ihn, denn er war es ja gewesen, der sie dazu überredet hatte. Die Vorstellung, wie die Genossen sie durch den Sehschlitz bei ihren Aktivitäten in diesem Etablissement beobachteten und belauschten, verfolgte ihn in nächtlichen Alpträumen. In dem Maße, wie sie ihn peinigte, erregte sie ihn auch. Es war beinahe nicht mehr auszuhalten gewesen. Selbst nach dem Krieg ließen ihn diese Vorstellungen nicht los. Sie waren zu einer Obsession geworden. Zugleich fesselten sie ihn an Madeleine. Der einzige Ausweg aus diesen Qualen war seine Arbeit geworden.

Er schuftete Tag und Nacht. Er arbeitete als Redakteur bei einer liberalen Tageszeitung, aber die Arbeit bereitete ihm keine Freude. Das Schreiben und Redigieren fiel ihm von Tag zu Tag schwerer. Oft war ihm, als wolle ihm nichts mehr gelingen. Und Madeleines Lebenslust steckte ihn nicht etwa an, sondern verbitterte ihn. Irgendwie wusste er, dass es so nicht weitergehen konnte, aber es fiel ihm nichts ein, um die Situation zu ändern. Und je mehr Madeleine sich von ihm vernachlässigt fühlte, desto mehr flüchtete er sich in seine ungeliebte Arbeit.

So traf ihn, was sie an jenem Abend im Juli unfreiwillig ausgeplaudert hatte, an der zentralen Stelle seiner Existenz. Die Folge davon war eine merkwürdige, erschreckende Belebung. Plötzlich gerieten die Dinge in Bewegung. Er stellte keine Fragen, sondern beschloss zu handeln. Er nahm ihr nicht ab, dass sie mit diesem boche »nur einfach so« den vierzehnten Juli gefeiert habe. Er sagte nichts, sondern spionierte hinter ihr her und öffnete ihre Post. Nichts, was Madeleine tat, sollte ihm mehr entgehen.

Als Retur im September wieder auf ein Wochenende nach Paris kam, ließ Marcel die beiden beschatten. Die Bestätigung, dass Madeleine mit diesem boche ins Bett ging, traf ihn trotz seiner bereits bestehenden Gewissheit. In diesem Moment fasste er seinen Entschluss. Mit Hilfe eines Angestellten des Grand Hotels kam er dahinter, mit welchem Wagen Retur aufzukreuzen pflegte. Nachdem Marcel den Brief an

Madeleine, in dem der boche seinen nächsten Besuch für den dritten November ankündigte, geöffnet, gelesen und wieder geschlossen hatte, traf er die Vorbereitungen zur Verwirklichung seines Plans.

Das Durchstechen der Reifen an Wagen mit deutschen Nummernschildern war damals nichts Besonderes gewesen. Marcel aber hatte die Reifen nur deshalb durchstechen lassen, damit Retur gezwungen war, den Mercedes in eine Werkstatt zu bringen. Das wohlüberlegte Arrangement hatte funktioniert. Marcel hatte einen jungen, Madeleine unbekannten Typen dahin geschickt, wo der Wagen geparkt war. Er sollte die Reifen durchstechen und sich so lange in der Nähe des Wagens herumtreiben, bis Retur auftauchte. In diesem Moment sollte der Typ Retur ansprechen, ob er ihm behilflich sein könne. Alles hatte geklappt. Retur war auf das Hilfsangebot eingegangen und hatte sich von dem Typen den Abschlepper holen lassen. Retur war nicht einmal erstaunt gewesen, als er die durchstochenen Reifen sah. Sein Begleiter, dieser Monsieur Aschen, wie sich später herausstellen sollte, wollte partout selbst den Abschleppdienst anrufen, aber noch während Aschen ins Hotel zurückkehrte, um zu telefonieren, hatte Marcels Beauftragter schon alles wie geplant in Gang gesetzt.

Der alte Mouloix, den Marcel aus Résistance-Zeiten kannte, war vorbereitet gewesen und sofort gekommen. Er hatte in keine dreckigen Geschichten hereingezogen werden wollen und sich um nichts als um die Reifen gekümmert. Die Sache mit der Spurstange erledigte dann der von Marcel beauftragte Typ. Mouloix war währenddessen in sein Büro gegangen und hatte gefrühstückt. Es hatte nicht lange gedauert. Als Mouloix später von dem Unfall erfuhr, war ihm zwar ein kurzer Schreck in die Glieder gefahren, aber er hatte Nerven genug, den Fragen der Ermittlungsbeamten standzuhalten. Natürlich wusste Madeleine bald alles, denn wie es ihr gegangen war, so ging es auch Marcel: Irgendwo musste er die Sache loswerden.

Seither behandelte er Madeleine wie ein Stück Dreck. So jedenfalls drückte sie sich einer Freundin gegenüber aus, ohne ihr jedoch die Vorgeschichte dieser Behandlung anzuvertrauen. Schließlich war sie sich bewusst, dass die Angelegenheit kein Kinderspiel war und dass sie Marcel eine gehörige Strafe einhandeln konnte, wenn sie nicht den Mund hielte.

Die entnervenden Auftritte Nadine Colbertinis machten sie verrückt. Jetzt lag sie im Bett und hielt mit beiden Händen ihren schmerzenden Schädel, der keine Ruhe geben wollte. Das Bild Hermann Returs verfolgte sie und mischte sich in die Bilder des zertrümmerten Wagens, die sie sich bei der Polizei angesehen hatte. Ihr gemartertes Hirn zwang ihr Unerträgliches auf: Bilder von jüdischen Flüchtlingen, von ihrer Freundin Charlotte, die in ein Kazett deportiert worden war, von Hermanns lachendem Mund, von einer Handvoll glitzernder Steine, von dem verbitterten und abgearbeiteten Gesicht Marcels, von einem Herrenpelzmantel in einer verlassenen Wohnung in Budapest, von einem zerstörten Mercedes, von dem Bett im Hotel du Dragon und von Hermanns Hintern während er sich in diesen Schrank bückte. Sie hörte seine Stimme, die dieses traurige Lied von der Loreley sang. Sie sah Schmitt und seinen an den Heizkessel gelehnten Kopf und seine traurigen schönen Augen.

All dies vermischte sich mit den Bildern aus dem Etablissement damals, aus dieser längst vergangenen Zeit, die so unverhofft wieder gegenwärtig geworden war, und mitten hinein blitzte der Blick Nadine Colbertinis, der sich wie eine weiße Spirale auf Madeleine richtete, und den sie besonders haßte, weil sie sich selbst in diesem Blick sah, weil ihr vorkam, als blicke diese Colbertini sie mit ihren eigenen verwirrten Augen an. Dann wieder fragte sie sich, ist es denn so schlimm, was Hermann getan hat, wer hätte denn sonst diese Steine

… und dann kam ihr der noch schrecklichere Gedanke, dass ihr Geliebter Retur ja irgendeine Arbeit in diesem Budapest hatte verrichten müssen, die sicher nicht nur darin bestanden haben konnte, in verlassenen Wohnungen umherzuirren. Sie hatte keine Ahnung, was ein Botschaftsangestellter damals zu tun hatte, aber nach allem, was man sich vorstellen konnte, konnte er nicht unbeteiligt gewesen sein an diesen … diesen … wie sollte sie sich ausdrücken? Wie nennt man so etwas?

Unter der Matratze hatte sie das kleine Kästchen versteckt, in dem auf einem schwarzen Satinkissen immer noch der sagenhafte Smaragd ruhte. Würde sie ihn in Geld umsetzen, ihre und Marcels finanziellen Probleme wären gelöst.

Eines Tages, nachdem Marcel sie wieder wie der letzte Dreck behandelt hatte, gab sie sich einen Ruck und beschloss, ihre deprimierende Passivität zu überwinden. Marcel hatte ihr vorgeworfen, sich von ihm aushalten zu lassen und nichts zu tun außer im Bett zu liegen, er könne ihr mehliges Clownsgesicht nicht mehr sehen, sie sähe aus wie eine heruntergekommene Nutte, il faut savoir ce qu'on veut dans la vie ma chère, hatte er ausgerufen, und ihr den Haufen schmutziger Wäsche vor die Füße geworfen, der seit Wochen in der Küche lag. Und dann entfuhr ihm ein Satz, der Madeleine ins Hirn fuhr wie ein Stück Metall und dort stecken blieb: sale putain des boches …

Dieser von Marcels Scharfschützenzunge abgefeuerte Schuss hatte getroffen. Madeleine stand auf, duschte sich, zog sich an, nahm das Kästchen mit dem Smaragd, verließ das Haus, ging zum nächsten Juwelier um die Ecke in der Rue Saint Jacques, verweilte eine Zeitlang vor dem Schaufenster, kehrte wieder um, ging durch die Rue Dauphine bis zur Pont Neuf und beugte sich über das Brückengeländer. Indem sie ihren Oberkörper weit über die Brüstung lehnte und auf das fließende Wasser der Seine blickte, leerte sich ihr Kopf. Sie blickte auf das Wasser und hielt das Kästchen in der Hand.

Der Fingernagel ihres Zeigefingers fuhr auf der geriffelten metallischen Oberfläche des Kästchens hin und her, und sie blickte auf das fließende Wasser. Sie dachte an nichts. Sie sah das Wasser unter sich fließen und lehnte sich über die Brüstung. Ihr Blick floss mit dem Fluss des Wassers hinweg. Die dunkle, fließende Masse bewegte sich in trägen, ewigen Wellen dahin, und Madeleine kratzte mit ihrem Fingernagel auf dem Kästchen hin und her. Dann öffnete sie es, warf einen kurzen Blick auf den Stein, der grünflammend auf dem schwarzen Kissen lag, nahm ihn und ließ ihn hinunterfallen. Sie konnte nicht sehen, wie er im Wasser aufkam, dazu war er doch zu klein.

Es war ein wunderschöner Sonntag. Es war einer dieser Tage, die einem die Sehnsucht ins Herz treiben. In der Fabrikhalle leuchteten die frischpolierten Kupferkessel. Der rote Plattenboden glänzte. In einem der Kessel dampfte kochendes Wasser. Rund um den Raum herum waren lange Tische und Bänke aufgestellt. Gläser und Tellerstapel standen darauf. In der Mitte der Halle ragte ein aus drei hohen, dicken Holzstangen gebautes stabiles Gerüst empor. Alles war vorbereitet. Die Sonne schien durch die oberen, blaugestrichenen Fenster in den Raum hinein und warf bläuliche Lichtflecken auf die weißen Papiertischdecken. Das Hallentor stand weit offen, und ein kühler, morgendlicher Frühlingswind zog in den Raum.

Alle hatten sich am Eingang der Halle versammelt und sahen gespannt zu, wie die auf eine Karre gebundene Lola hereingerollt wurde. Sie schrie und quiekste und zappelte, dass einem das Herz erweichen konnte. Lily hielt sich an der frisch gestärkten, weißen Schürze Marias fest. Gelegentlich wagte sie einen Blick auf das um sein Leben zappelnde Tier, dann verzog sie sich wieder hinter Marias breite, warme, schützende Hüfte. Als sie hörte, wie jemand schrie, los, mach schon, gib ihm das Beil, und als sie Jens' Stimme hörte, die rief, da, Papa, da isses, ließ sie Marias Schürze los und machte einen Schritt in Richtung des Karrens.

In diesem Moment erhob Jens' Vater, der Metzger, seine Hand, und das Beil sauste auf Lolas Kopf herab. Alle klatschten, das hast du gut gemacht, Alter, gezielt und getroffen, das soll dir mal einer nachmachen. Bravo! Ei so äbbes! Lola fiel in sich zusammen und hörte allmählich auf zu zappeln.

Der Metzger kam mit einem spitzen Messer und stieß es Lola in die Kehle. Eine Blutfontaine spritzte hervor, die von dem bereitstehenden Fräulein Kaub mit einem Eimer aufgefangen wurde. Mathilde machte sich sofort daran, das Blut mit einem Löffel umzurühren. Und während immer mehr von der rotschwarzen Flüssigkeit aus Lolas Hals floss, bewegte sich Mathildes starker Arm unablässig über dem Eimer.

Lily sah mit großen Augen zu, wie die Sekretärin Rotraut mit einem Schöpflöffel das frische Blut in eine Tasse gab, Salz darauf streute und die Tasse leer trank. Aaah, sagte sie, wischte sich mit dem Unterarm über den Mund und wiederholte, aaah, so was Gutes hat's schon lang nicht mehr gegeben.

Als die arme Lola ausgeblutet war, band Olga Zink sie los und hievte sie gemeinsam mit Jens' Vater in einen der Kupferkessel. Schlicker stach das Bierfass an und schenkte aus. Max saß in der äußersten Ecke der Halle und hielt den kleinen Erich auf dem Schoß, der mit einem Schlüssel auf der Tischplatte herumklapperte. Max' Blick war wie verloren auf Edda gerichtet, die sich mit hochgekrempelten Ärme über den Rand des Kessels, in dem das Schwein lag, beugte und mit einer Schelle die Borsten abschrubbte. Ihr rotblondes Haar war hochgesteckt und fiel ihr lockig in das erhitzte Gesicht.

Als Helga Piorski sich neben Max setzte und sagte, na, Max, ist der Zwang wieder da, wachte er auf aus seinem Tagtraum und schüttelte den Kopf. Er hatte gar nicht gemerkt, dass der auf seinem Schoß sitzende kleine Erich seine Limonade in das Salzfass gekippt hatte. Helga schlug ihrem Brüderchen auf die Finger und lachte. Komm ich mir vor wie früher (frieher, sagte sie) zu Haus. Ach … und sie seufzte.

Ein jäher Erinnerungsschub versetzte sie in den von hohen alten Linden beschatteten Innenhof ihrer Kindheit. Sie sah ihre Mutter und ihren Vater, der ihr in Uniform und vom

Pferd herab mit einem Cognacglas zuprostete, hoch soll sie leben, hoch soll sie leben, dreimal hooooch … meine kleine Helga! Eine Abfolge verwischter Bilder schob sich vor ihren inneren Blick, in denen ebenfalls ein quiekendes Schwein auftauchte, das Haken schlagend um die Bäume herumrannte, eine Horde junger Männer hinter ihm her und mittendrin ein blumengekränztes Kind im Sommerkleid. Als Max Helga anrempelte und im Scherz sagte, nu tschto za schieika, tschto za glaski …, (es war der Anfang einer russischen Fabel, die er gerade lernte und bedeutete soviel wie, was für ein Mündchen, was für Äuglein …) kehrte sie wieder in die Gegenwart zurück und zog die Hand des kleinen Erich aus der Senfschüssel.

Herta Sukow stand auf hohen Stöckelschuhen neben dem Kupferkessel und sah zu, wie die Frauen die Borsten abschrubbten. Sie hatte die Hüfte eingeknickt, und ihr enger blauer Pullover zog sich stramm um ihre Brüste. Sie erzählte gerade Loni Rotbusch, dass man den alten Schimanski, der letzte Woche gestorben war, »auseinandergeschnibbelt« hätte und dass seine Lunge schwarz gewesen sei wie ein Kohlenbrikett. Jesses nä, seufzte Loni Rotbusch. Sie dachte an ihren in der Grube Duhamel erstickten Liebsten und dankte dem Herrgott, dass er wenigstens nicht auseinandergeschnibbelt worden war. Silikose, sagte Käthe, is doch klar, die ham das doch all so.

Herta hatte sich wieder erholt. Als eines Tages der Doktor im Gefolge Josefs und der Nachbarin an ihr Bett trat und sie das Wort »Merzig« hörte sowie den Satz, mein lieber Sukow, ich glaube, wir kommen nicht umhin Ihre Frau in die Heilanstalt zu bringen, schlug wie ein Blitz die Erkenntnis in ihren Kopf ein, dass das, was da beschlossen wurde, ihr Ende bedeuten würde. Mit einem gewaltigen inneren Ruck kehrte sie zu ihrer alten Vernunft zurück. Als am nächsten Tag die Männer in weißen Kitteln kamen, um sie abzuholen, stand sie auf, sagte, ich glaub, ihr seid verrückt, ich bin doch ganz normal und zog sich an, machte Kaffee, bewirtete die beiden, steckte ihnen einen Geldschein zu und sagte zu der verblüfften Nachbarin, sie solle abhauen und sie in Ruhe lassen. Das ist der Welt Dank, sagte die Nachbarin verbittert und verbreitete seither im Dorf, Herta hätte nur simuliert, um sich ein paar faule Wochen zu machen.

Weil sie sich beweisen wollte, dass sie wieder ganz die Alte war, hatte Herta sofort einen Nähauftrag bei Frau Aschen angenommen und ihr eine Diorimitation geschneidert, von der die Chefin ganz hingerissen war. Seither ging Herta wieder ihren Geschäften nach und mehrte mit nicht zu überbietender Geschicklichkeit ihr kleines Vermögen. Ihren Josef hatte sie einstweilen zappeln lassen. »Nixda von Nümmerchen und so weiter.«

Während Herta jetzt so dastand und mit Loni Rotbusch das Neueste austauschte, riskierte sie einen Blick in Richtung hinterste Ecke, dahin, wo die Dame aus dem Osten neben dem jungen Herrn aus Frankreich saß und, davon war Herta überzeugt, sich nichts als ranmachte an ihn. Typisch, dachte sie, aber das Thema Helga war absolut tabu, sie sagte nicht einmal zu Loni Rotbusch etwas, dabei hätte sie einiges sagen können, weiß Gott! Sie fuhr gerade mit der Hand unter ihren engen Pullover und kratzte sich unter der Brust, als Josef zu ihr hinsah.

Er war dabei, ein Messer zu schleifen. Sein Arm fuhr über dem schwarzen Schleifstein hin und her, und er überlegte, ob er seiner Dicken nicht mal die Leviten lesen sollte, so wie sie sich in der letzten Zeit anstellte. Da fiel ihm auf, dass sie gar nicht mehr so dick war und dass sie eine Figur hatte, die schon fast an die Figur Zizis reichte. Er senkte den Blick auf das Messer, hob ihn wieder und sah wieder zu Herta hinüber, die gerade lachend den Kopf schüttelte und sich immer noch unter dem Pullover kratzte. Ihr rotgeschminkter Mund lachte in diesem Moment so unverschämt breit, dass Josef war, als führe das Messer, das er gerade schliff, mitten durch seinen Leib nach unten, und eine ganz unliebsame Wallung machte sich zwischen seinen Beinen spürbar. (Unliebsam, denn: wohin damit?) Er senkte wieder seinen Blick auf das Messer und den Schleifstein.

Aber als er ihn wieder hob und Herta immer noch so dastand, die Hüfte eingeknickt, sich immer noch unter der Brust kratzte und dabei diesen Schlicker, (mein Gott, war der die ganze Zeit schon da?) diesen Angeber, diesen Sandkastenhelden, diesen Furz von einem Bolschewisten anlachte, (macht sich bestimmt mal wieder mit der Geschichte wichtig, wie er dem spanischen Falangisten den Hals umgedreht hat, mit so was geht der doch immer hausieren bei den Weibern) senkte Josef Sukow noch einmal mit zusammengebissenen Zähnen den Blick auf das Messer. Dann aber passierte es. Er schleuderte das Messer von seiner Rechten in die Linke und wieder in die Rechte zurück, erhob es, rannte damit wie ein Irrer lachend auf seine Herta los, hielt es ihr an die Kehle und schrie: Entweder oder! Hertas Hand blieb vor Schreck unter ihrer Brust stecken. Ihr Gesicht nahm fast den gleichen Ausdruck an wie vorhin das Gesicht des Schweins. Sie schrie auf und empfing von ihrem Mann einen inbrünstigen Kuss, der von allen Herumstehenden lauthals belacht und beklatscht wurde. Josef ließ das Messer zu Boden fallen und führte Herta im Walzerschritt zur nicht vorhandenen Musik um das Schlächtergestell herum und sang lalàlaa, la lalà lalalaaa …

Helga Piorski, die diese Szene mit gemischten Gefühlen verfolgte, stand auf und verließ die Halle Richtung Klo. In dieser Angelegenheit hatte sie verloren, das war klar. Und während sie ihr Gesicht in dem fleckigen Spiegel über dem Waschbecken betrachtete, stampfte sie auf den Boden und schnitt eine Grimasse in den Spiegel. Dann bürstete sie sich das Haar zurück, schluckte erfolglos einen hochkommenden Tränenschwall hinunter, der sich dann doch durch ihre geschlossenen Lider presste, schloss sich in die Toilette ein und verschaffte sich, indem sie an Josef dachte, einen Orgasmus. Als sie in die Halle zurückkam, war Lola bereits an dem Holzbock aufgehängt, und die Belegschaftskapelle hatte angefangen, einen Walzer zu spielen. Die Stimmung war bereits ziemlich angeheitert. Lily hockte neben dem Schlachtbock und beobachtete, wie Jens seinem Vater half, das bereits aufgeschnittene Schwein auszunehmen. Loni Rotbusch war damit beschäftigt, die Därme auszuspülen, und Schlicker tanzte mit Herta Sukow Walzer, als Egon Schanz wie ein Gespenst in der Eingangshalle erschien. Er wankte, so betrunken war er. Seine Brille war ihm bis zu den Nasenflügeln gerutscht, und sein Hosenstall stand offen. Erst nach längerem mitleidigem Hinsehen nahm sich Maria ein Herz, ging zu Egon hin, zog ihn in das Dunkel des hinteren Hallenraums und knöpfte ihm das Ding, wie sie sagte, zu.

Eigentlich war Maria dagegen gewesen, dass dieses Schlachtfest während des Trauerjahrs stattfand, und sie hatte der Chefin auch nichts davon gesagt. Als sie jedoch einsehen musste, dass nichts mehr zu verhindern war, hatte sie beschlossen, samt Lily dabeizusein, um wenigstens das Schlimmste zu verhindern. Sie wusste zwar nicht, was das Schlimmste hätte sein können, aber sie hatte das Gefühl, sie müsse die Sache im Blick behalten. Die arme Frau Aschen würde sowieso so schnell nicht wieder heimkommen mit ihrer Lungenentzündung. Also so was, dieses Kindchen, sagte Maria immer wieder, womit sie die Gnädigste meinte, also so was, wie man nur so Sachen machen kann, womit sie die Sache mit diesem Herrn Schwarz meinte. Und wenn sie Fürsprache mit der heiligen Jungfrau hielt, betete sie inbrünstig, dass um Gottes willen nicht noch Schlimmeres passieren möge. Sie war überzeugt, dass diese Lungenentzündung eine Strafe Gottes für diese Sünde sei, als welche sie diese »Sache mit diesem Schwarz« ansah.

Während im Laufe des Nachmittags in den verschiedenen Kesseln die verschiedenen Suppen vor sich hinbrühten, im größten Kessel schwammen die Fleischstücke, im kleinsten brodelte die Blutsuppe, und während die Würste gestopft wurden und der Appetit immer größer wurde, stieg die Stimmung. Die Kapelle intonierte Schuhplattler, Walzer, Foxtrott und »mir sinn Saabrigger unn spiele Gligger und reiße Bäääm aus mit ääner Hann …«, alles wild durcheinander. Mathilde erwies sich als begnadete Sängerin und trug das Lied von der Loreley und danach Röslein Röslein Röslein rot vor. Sie sang so hingebungsvoll und mit so viel Herz, dass Schlicker, der eigentlich mit Mathilde aus politischen Gründen seine Probleme hatte, sich in sie verliebte. Um ihr zu zeigen, was Sache ist, trat auch er, nachdem die Metzelsuppe gegessen war, als Sänger auf und gab eine leidenschaftliche Version von »Spaniens Himmel breitet seine Sterne über unsre Schützengräben aus …« zum besten, und als er bei »die Heimat ist weit, doch wir sind bereit, zu kämpfen und siegen für dich, Freiheit! …« angelangt war, und dabei vielsagend zu Mathilde blickte, wurde sein schmetternder Gesang plötzlich von heftigem Klatschen unterbrochen. Ausrufe wie »jo, jo, hemm ins Reich!« und »die Saar ist deutsch« erschollen. Dass sein Lied ein derartiges Missverständnis hervorrief, überging Schlicker jedoch souverän. In diesem Moment interessierte ihn etwas ganz anderes: Mathilde und nichts als Mathilde. Fräulein Kaub und ihr ebenfalls anwesender französischer Geliebter kommentierten die nationalistischen Heim-ins-Reich-Parolen mit einem lauten »Europe, Europe …! Europa, die Zukunft!«

Ohne sich irritieren zu lassen, sang Schlicker weiter, und als er Mathildes verklärten Blick auf sich gerichtet sah, ließ er noch ein weiteres Spanienkämpferlied folgen und verabschiedete sich mit der erhobenen Faust. Alle klatschten, und dann wurde ausgiebig und hemmungslos gegessen. Das frischgebrühte Fleisch landete samt »Grumbiere« und Sauerkraut auf den Tellern.

Max war angeekelt von der »Schweinerei«, ein anderes Wort fiel ihm nicht dazu ein. Keinen Bissen hatte er herunterbringen können und viel zu viel Bier getrunken. Er legte seinem ebenfalls schweinabstinenten algerischen Zimmergenossen Kateb den Arm um die Schultern und lallte, ils sont cinglés, ces allemands, ils sont tous absolument cinglés. Als Helga ihm mit fettigen Lippen einen Kuss aufdrücken wollte, wendete er angewidert sein Gesicht ab. Diese eindeutige Geste der Abweisung erzürnte sie so sehr, dass sie beim nächsten Foxtrott einfach auf Josef zuging und ihn zum Tanz aufforderte.

Diese Damenwahl hatte eine Szene zur Folge, die sich, wie Loni Rotbusch später sagte, gewaschen hatte. Herta nämlich schnappte sich Schlicker, lehnte ihren Kopf an seine Schulter und bewies aller Welt, dass sie nicht auf ihren Hampel von Ehemann angewiesen sei, wenn es darauf ankommen sollte. Mathilde war gerade dabei, aufzustehen und sich über die Knie der auf der Bank sitzenden und mampfenden Schlachtfestler zu zwängen, weil sie sich den Anblick ersparen wollte, wie Schlicker mit »dieser Schlampe« tanzte. Da stürzte Josef auf Schlicker zu und verabreichte ihm einen gewaltigen Faustschlag. Schlicker sank zu Boden. Herta und Helga standen daneben und versuchten zu vermeiden, dass sich ihre Blicke trafen. Schlicker stand wieder auf, ballte seinerseits die Faust und schlug zurück.

Der Kampf zwischen Schlicker und Sukow sollte noch Jahre später als Lacherfolg unter der Belegschaft kursieren. Er endete damit, dass Maria, die gerade auf »so was« gewartet hatte, (ich kenn doch meine Pappenheimer), auf das Männerknäuel zutrat, Josef am Kragen packte und ihn wie einen minderjährigen Schlingel hochzog. Dem Schlicker gab sie einen Klaps, so was macht man auch nicht, du Esel, sagte sie zu ihm und schickte ihn an seinen Platz am Tisch zurück. Herta glühte vor Genugtuung, und noch in selbiger Nacht sollte sie ihr »Nixda vonwegen Nümmerchen« aufgeben.

Helga Piorski verließ als erste das Fest. Sie nahm den eingeschlafenen Erich auf den Arm, verzog sich in ihre Kammer und tröstete sich mit ihrer Lektüre. Lily war immer noch hellwach, und alle Versuche Marias, sie ins Bett zu schicken, scheiterten. Auch sie hatte Bier getrunken. Sie tanzte mit Jens, indem sie ihn an den Händen hielt und sich mit ihm im Kreis drehte. Unter seinen langen Wimpern krochen kleine Blutstropfen hervor. Sie sagte, du musst mich heiraten, Jens, weißt du das? Draußen war es bereits dunkel geworden, und auf den Tischen flackerten die Stearinkerzen aus dem immer noch im Fabrikkeller gelagerten Kriegsvorrat. Alles comme il faut, lallte Max an der Schulter Katebs, c'est la vie. Der Mond schien, und hätte Arno Schmidt ihn gesehen, so hätte er gesagt, auch er war nichts weniger als voll hier: seine staubige Schale gefüllt mit einer gleichgroßen Aschenkugel.

Zum Nachtisch wurde Vanillepudding mit Harz aufgetragen. Das Bier dazu schmeckte köstlich. Beim nächsten Walzer schnappte sich Josef Sukow Lily, nahm sie auf den Arm und drehte sich mit ihr, dass ihr die Rattenschwänze flogen und sie nichts mehr sah als drehende Gesichter und drehende Kupferkessel und drehende Kerzenlichter. Sie presste ihr Gesicht an Onkel Josefs duftenden Hals, und der Geruch von männlichem Schweiß, Metzelsuppe, Harz, Maschinenöl und Zigaretten sollte ihr für immer als Quintessenz der Erotik im Gedächtnis bleiben.